O círculo de ouro

OUTROS LIVROS DO AUTOR PUBLICADOS PELA RECORD

Série O *livro do tempo*

A pedra esculpida
As sete moedas
O círculo de ouro

Guillaume Prévost

O círculo de ouro

Tradução de
ANDRÉ TELLES

Rio de Janeiro | 2010

CIP-BRASIL. CATALOGAÇÃO-NA-FONTE
SINDICATO NACIONAL DOS EDITORES DE LIVROS, RJ

P944c

Prévost, Guillaume
O círculo de ouro / Guillaume Prévost; tradução André Telles.
– Rio de Janeiro: Galera Record, 2010.
-(O livro do tempo; 3)

Tradução de: Le cercle d'or
Sequência de: As sete peças
ISBN 978-85-01-08669-3

1. Ficção francesa. I. Telles, André. II. Título. III. Série.

10-3500

CDD: 843
CDU: 821.133.1-3

Título original francês:
LE CERCLE D'OR

Design de capa: Christian Broutin

Texto revisado pelo novo Acordo Ortográfico da Língua Portuguesa.

Direitos exclusivos de publicação em língua portuguesa somente para o Brasil adquiridos pela EDITORA RECORD LTDA.
Rua Argentina 171 – Rio de Janeiro, RJ – 20921-380 – Tel.: 2585-2000
que se reserva a propriedade literária desta tradução

Impresso no Brasil

ISBN 978-85-01-08669-3

Sumário

I

Quarto 313

— Precisa segurar a barra, papai — sussurrou Sam. — Está me ouvindo? Você tem que resistir!

Allan Faulkner estava deitado no leito da clínica, imóvel, de olhos fechados, a boca e o nariz cobertos por uma máscara de oxigênio sob a qual ele respirava com dificuldade, a parte de cima do corpo cheia de eletrodos e sondas destinados a monitorar e garantir suas funções vitais. Uma bateria de máquinas piscava e bipava ao seu redor, exibindo intermitentemente curvas e algarismos incompreensíveis e disparando um alarme estridente assim que os parâmetros entravam no vermelho. Seu rosto, depois que as enfermeiras lhe haviam cortado os cabelos e feito a barba, parecia pavorosamente magro, assim como seu peito, seus ombros, seus braços... Os seis meses de cativeiro nas jaulas de Vlad Tepes — o outro nome de Drácula — haviam-no transformado numa sombra frágil que apenas um fio minúsculo ainda ligava à vida.

Samuel colocou a mão sobre a de seu pai. A luz verde acima do travesseiro envolvia-os num fulgor sepulcral e o cheiro de desinfetante no quarto era superenjoativo.

— Os médicos dizem que não adianta nada falar com você, papai, mas tenho certeza do contrário. Você me compreende, não é mesmo? Reconhece minha voz?

Nenhuma reação.

Já fazia três dias, na realidade, que Allan não voltava a si, desde que Samuel e ele tinham logrado escapar do castelo de Bran e que, perseguidos por uma matilha de soldados e cães, tiveram êxito em alcançar a pedra esculpida. No momento de efetuar o grande salto que devia trazê-los da Idade Média para o presente, Allan avisara ao filho que não tinha certeza de aguentar a viagem de volta. Já estava muito fraco, esgotado e com a razão vacilante, e o arrebatamento feroz que toma conta do viajante no instante de ser projetado no tempo podia-lhe ser fatal. Apesar do fôlego curto, fez questão de explicar o que fora procurar no antro de Drácula: o Círculo de Ouro, um bracelete antiquíssimo de que existiam dois exemplares no mundo — um deles, o que estava nas garras de Vlad Tepes — e que, combinado com sete moedas furadas e a pedra esculpida, permitia ao usuário deslocar-se à vontade de uma época a outra. Mais que isso, Allan admitira que tudo estava preparado para que Samuel pudesse encontrá-lo e apoderar-se da joia em seu lugar, se ele por infelicidade fracassasse: uma mensagem codificada escondida na Livraria Faulkner, uma moeda cunhada com uma serpente negra facilitando o acesso ao castelo de Bran, além de um punhado de outros indícios espalhados aqui e ali. Na sequência, tragédia! Allan caíra nas garras de Vlad Tepes, e foi efetivamente Samuel, ao fim de um longo périplo, que conseguira salvá-lo e resgatar a joia no nariz e na barba — ou melhor, no bigode — do *voievod* da Valáquia...

Mas por que tamanha obsessão pelo Círculo de Ouro, indagara então Sam? Por que arriscar a própria vida e a de seu filho desafiando o Drácula em seu covil? "Tenho certeza de que podemos salvar sua mãe com esse bracelete", respondera Allan. "Está me ouvindo, Sam? Você pode salvar sua mãe com esse bracelete!" Haviam sido estas as últimas palavras inteligíveis que ele pronunciara: uma fração de segundo mais tarde, eram ambos brutalmente tragados pelos meandros do tempo...

Samuel acariciou a mão do pai: estava gélida.

— Não sei quando a enfermeira vai voltar — ele continuou —, mas estou contente de ficar um pouco sozinho com você, papai. Em primeiro lugar, para lhe dizer que não o odeio. Pensei bem no que você me contou... No que você pretendia fazer com o Círculo de Ouro e nas razões pelas quais você nunca me falara disso. Acho que você agiu bem... Se eu não tivesse descoberto a pedra e toda essa história sozinho, não teria tido a chance de me tornar um verdadeiro "viajante". Nem forças para ir procurá-lo... Você enxergou certo, papai, desde o início!

Deu uma olhada na tela que monitorava o ritmo cardíaco e a pressão arterial de seu pai. Afora o blip! normal, não havia o menor sinal de oscilação. Allan continuava fechado em seu mundo, emparedado, fora de alcance. Mas Samuel já não o tirara de uma prisão inacessível? O segredo era perseverar.

— Também queria me desculpar, para dizer a verdade... Durante todas essas semanas em que você não estava aqui, acabei acreditando que você usava a pedra para roubar livros antigos e revendê-los na livraria. Eu sabia que seus negócios iam mal e... E não via motivos para você ter me escondido tudo, entenda, nem para sumir sem dizer uma palavra. Eu estava... eu estava desorientado. Sinto muito, eu não devia ter duvidado de você.

Blip! Blip! Seria um efeito aleatório? A frequência cardíaca de Allan acabava de subir ligeiramente. Não muita coisa, de 61 para 64 batimentos por minuto. Isso significava que seu pai reagia às suas palavras?

— Papai — disse apertando-lhe a mão. — Você está aí? Papai, sou eu... Está me escutando? Tem que lutar! Não pode ficar desse jeito! Você precisa acordar de qualquer maneira! Se você soubesse como tive medo... Quando voltamos de Bran e o encontrei estirado perto da pedra, pensei que... pensei que estivesse morto. Você não se mexia, parecia não respirar mais e...

Sua voz ficou embargada de emoção. Vivera um dos piores momentos de sua vida, debruçado sobre o corpo inanimado do pai, no subsolo escuro da livraria. A transferência do castelo do Drácula tinha sido excepcionalmente violenta, como se a presença do Círculo de Ouro na cavidade de transporte da pedra tornasse a viagem mais rude e mais sofrida. Como Allan poderia ter sobrevivido? Afinal, jazia com o rosto no chão, inerte, e Sam em vão lhe sacudira, ele não respondia. Quanto à sua respiração e seu pulso, estavam inaudíveis. Samuel sentira uma onda de desespero tomar conta dele e tivera de se concentrar intensamente para não naufragar. Como podia ajudar seu pai, ali, naquele instante, imediatamente? Levando-o para um médico, claro. Mas como fazer para transportá-lo? Sozinho, era impossível...

— Vovô e vovó foram maravilhosos — esclareceu. — Quando os chamei para contar que você estava doente, não fizeram perguntas, vieram na hora. Foram eles que chamaram a ambulância. Estavam tão preocupados! Ainda que no fundo esperassem por uma coisa assim, suponho. Eu já tinha explicado a eles tudo sobre pedra esculpida e sobre Vlad Tepes e eles certamente desconfiavam que, na sua volta, você não estaria em plena forma. Em todo caso, me apoiaram e souberam guardar segredo. O que prova claramente que para eles você é mais importante que tudo, não é mesmo? E eu sinto a mesma coisa, você sabe...

Sessenta e seis batimentos por minuto, anunciavam os algarismos azulados. Duas unidades a mais. Aquilo não podia ser uma simples coincidência. Allan devia perceber sua presença e talvez, pelo menos vagamente, o sentido de suas frases. Era agora ou nunca a oportunidade de lhe passar uma mensagem... Alguma coisa que o levasse a lutar para sair daquilo, alguma coisa que lhe restituísse a força e a vontade de viver. Alguma coisa que Sam virava e revirava em sua cabeça havia três dias.

— Vou... vou fazer o que você me pediu — deixou escapar após certa hesitação. — Vou voltar ao passado e salvar a mamãe. Não sei ainda onde e como arranjarei a moeda furada que poderá me levar ao dia de seu acidente, mas tenho o Círculo de Ouro, vou conseguir.

Depois, muito lentamente, implorando do fundo da alma para que seu pai o ouvisse:

— Juro que vou salvá-la, papai. Por você e por mim...

Blip! Blip! Os diodos na tela puseram-se a dançar: 68, 72, 76 batimentos por minuto! E continuava: 82, 86! Samuel vibrou: estava coberto de razão! Seu pai não tinha caído num coma definitivo, seu espírito continuava ali, em algum lugar, em alerta. Uma pequena chama ainda vacilante mas que só pedia para crescer e aquecer o seu corpo! E daí se Samuel não fazia ideia de como voltar exatamente três anos atrás e evitar o acidente que fora fatal para sua mãe. E daí se o plano parecia insensato e, sob muitos aspectos, temerário... Se Allan estava convencido de que poderia rever Elisa um dia, não restava dúvida de que recuperaria a esperança e o gosto de viver. E que terminaria por despertar!

Oitenta e oito, noventa, ele pareceu, aliás, aprovar.

— Muito bem — exclamou a enfermeira entrando no quarto —, há atividade por aqui.

Samuel voltou-se, sobressaltado.

— Tenho... tenho a impressão de que ele está melhor, senhora. Eu estava falando com ele e o coração dele começou a bater cada vez mais rápido. Parecia... parecia que me escutava. É um bom sinal, não é mesmo? Será que ele vai voltar a si?

A enfermeira, uma moça loura chamada Isobel — dizia o crachá na blusa —, presenteou-o com um sorriso quase maternal. A situação do doente do 313 acabara realmente comovendo os atendentes do andar: não apenas Allan Faulkner sobrevivia num estado quase desesperador em consequência de uma série misteriosa de maus-tratos, como havia perdido a mulher alguns anos atrás, quando, ali mesmo, seu filho passava por uma cirurgia de apendicite. Como se a fatalidade pairasse sobre a família...

— Bom — ela disse, checando os dados na tela —, eis uma excelente notícia! Embora, na minha opinião, seja preciso paciência, você sabe: seu pai ainda necessita de muito repouso. Além disso, em seu estado, acontece de o coração acelerar ou desacelerar sem que saibamos muito bem por quê. A propósito, veja, o ritmo está diminuindo de novo.

Realmente, os algarismos azulados começavam a cair: 87, 85, 83... Samuel quase replicou que ela estava enganada e que Allan enviara-lhe efetivamente um sinal, mas teve a intuição de que seria inútil. De toda forma, independentemente do que ela pudesse pensar, ele conseguira estabelecer um contato real com seu pai. E, mesmo que este não estivesse ainda suficientemente em forma para emergir do coma, possuía agora uma excelente razão para fazê-lo. Bastava dar-lhe tempo. "Não irei abandoná-lo, papai", pensou Samuel. "Não irei abandoná-lo..."

Isobel tocou-lhe delicadamente o ombro:

— Imagino que deva ser muito duro para você e que você vai precisar de muita coragem, aconteça o que acontecer... Se tiver vontade de conversar sobre isso um dia desses, passe para me ver na sala das enfermeiras. Enquanto isso, há duas visitas no corredor para o seu pai. Eu disse para ficarem lá fora, pois tenho que preparar uma tomografia para ele. Elas poderão vir lhe fazer um carinho mais tarde.

Samuel balançou a cabeça lançando um último olhar para o único objeto pessoal que decorava a mesinha de cabeceira, um pequeno relógio redondo com o fundo creme que Allan prezava muito. Deixou-o a contragosto — sua pulsação cardíaca caíra abaixo de 70 — e abriu a porta perguntando-se quem podia estar ali para visitá-lo, já que o resto da família ficara de aparecer somente à tarde. Ao reconhecer as duas silhuetas perto da máquina de bebidas, Samuel exultou:

— Senhora Todds! Alicia!

Era a melhor surpresa que podiam lhe fazer!

Helena Todds precipitou-se, abrindo os braços:

— Samuel, meu querido! Viemos assim que obtivemos autorização. Que catástrofe!

Abraçou-o, deixando-o tonto com seu perfume floral de limão, enquanto atrás, Alicia, visivelmente agitada por sentimentos contraditórios, continuava pregada no chão. A adolescente usava um jeans engenhosamente bordado com bijuterias, uma blusinha decotada cor de pêssego que mal lhe cobria o umbigo, e seus cabelos louros soltos formavam como uma coroa de luz ao redor de seu rosto de madona. Samuel piscou os olhos: a beleza em sua ofuscante evidência... E pensar que durante três anos ele se proibira de encontrá-la, quando antes haviam sido tão próximos! Com efeito, depois do acidente com sua mãe, Sam tendera a se confinar em sua dor, julgando que o menor segundo de felicidade, inclusive com Alicia, teria sido imoral. Três anos trancando as portas de sua casa e de seu coração, três anos avistando Alicia apenas de longe, contendo-se a todo custo...

Depois Allan desaparecera e, mais uma vez, o mundo de Sam viera abaixo. De tanto circular pelas sendas do tempo, terminara esbarrando com Yser, uma antepassada de Alicia, a quem salvara por um triz de um casamento forçado com o detestável Klugg, o alquimista de Bruges. Na presença da adolescente, Sam constatara que continuava apaixonado por Alicia e o quanto devia tê-la feito sofrer ao abandoná-la daquela forma. De volta em casa, tentara explicar-se com ela e desculpar-se. Mas a tarefa era delicada: Alicia estava saindo com Jerry Paxton, um debiloide superciumento, e, o principal, estava magoadíssima com Sam pela maneira brutal como ele a expulsara de sua vida. Apesar de tudo, tinham tido uma longa conversa, e Samuel percebera que alguma coisa de sua antiga cumplicidade ainda vibrava — embora Alicia bancasse a durona. Daí, talvez, a atitude indecisa que a adolescente manifestava hoje, dividida entre um resto de ternura por Sam — não podia esperar mais que isso — e o rancor que sentia a seu respeito. Quando sua mãe terminou com os abraços, ela se contentou em lhe dirigir uma leve batida de cílios, como que para manter a distância. Samuel respondeu da mesma forma, sem se mexer.

— Então, como ele está? — interrogou Helena Todds.

— Continua em coma — suspirou Sam. — Mas tenho certeza de que logo vai melhorar...

— Claro que vai melhorar! — assegurou Helena, com convicção. — Nosso Allan é duro na queda, não é mesmo? E... Eu não quis chatear sua avó com isso, mas, como foi que aconteceu?

Samuel abaixou imperceptivelmente os olhos. Afora seus avós e sua prima, Lili, estava fora de questão revelar o segredo da pedra esculpida para quem quer que fosse. Nem mesmo para Alicia. Precisou então inventar uma versão oficial capaz de convencer todo mundo, inclusive a polícia, que se interessava bem de perto pelos acontecimentos da Livraria Faulkner. De uma maneira geral, Samuel não gostava de mentir, e a ideia de enganar Helena Todds que o acolhera em sua casa num momento difícil lhe era penosa. Sem falar de Alicia, cujo olhar preferiu evitar...

— Papai foi vítima de uma quadrilha de traficantes — começou. — Ao contrário do que se acreditava, ele não tinha ido ao estrangeiro para comprar livros antigos: foi sequestrado em algum lugar na região. Na noite em que saí da casa de vocês, recebi uma ligação feita do celular dele. Uma voz de homem, que disse simplesmente: "ele está na livraria". Avisei imediatamente meus avós e nos encontramos lá. Papai estava deitado em frente à porta, praticamente inconsciente. Apenas balbuciou umas palavras que falavam de uma obra rara e de seus sequestradores... Depois perdeu os sentidos definitivamente e foi transferido para a clínica.

Samuel calou-se, compondo uma expressão cândida que Helena Todds engoliu.

— Um sequestro! Mas o que eles queriam? Um resgate?

— A polícia supõe que papai se apoderara de obras valiosas. A livraria chegou a ser arrombada há alguns dias — acrescentou, e pelo menos nesse ponto dizia a verdade.

— Meu Deus, mas em que mundo vivemos? Uma de minhas vizinhas também foi agredida anteontem! A Srta. Mac Pie, lembra-se dela? Um ladrão entrou em sua casa durante o jantar e a obrigou a lhe entregar o conteúdo de sua caixa de joias! A coitada da velha achou que ele ia matá-la!

— É só ela não passear por aí com seus colares de pérola e seus anelões — interveio Alicia, meio de saco cheio. — Parece um pinheiro de Natal!

— Alicia, a coisa é séria! Imagine se esse vigarista continua rondando o bairro! E depois, trata-se de uma velha amiga, afinal de contas!

— Está brincando! Mac Pie é uma velha coruja! Lembra quando ela pegou Jerry e eu nos beijando na rua? Amotinou toda a vizinhança e quase escreveu ao prefeito! Se essa história pudesse fechar seu bico de uma vez por todas!

Helena Todds fez um gesto de impotência, mas Samuel julgou que, se valia tudo para separar Alicia do insuportável Paxton, a Srta. Mac Pie intrometera-se com razão... Graças a Deus, não teve tempo de formular sua opinião, pois a enfermeira passou a cabeça pela porta entreaberta.

— Podem vir, mas uma pessoa de cada vez e não mais que cinco minutos.

Alicia fez sua mãe entrar primeiro.

— Vá, mamãe, irei depois.

Helena enfurnou-se no quarto 313 e Alicia, um pouco triste, aproximou-se de Sam:

— Minha mãe talvez tenha engolido suas mentiras, Samuel, mas eu não... Mesmo quando éramos pequenos eu sabia logo quando você estava mentindo. Talvez porque crescemos juntos, acho. Pelo menos, nos resta isso...

Ela balançou a cabeça com um ar triste que machucou Samuel mais do que todas as acusações do mundo.

— Ignoro o que aconteceu realmente com Allan — ela emendou —, mas nessa história de sequestro e telefonema é que eu não caio. Assim como não engoli aquelas pesquisas que você andava fazendo sobre Drácula outro dia e aqueles enigmas bizarros em todas aquelas folhas de papel. Você não quis explicar nada, mas percebi que me escondia alguma coisa. Uma coisa grave... O que está acontecendo, Samuel?

Sam fez de tudo para sustentar seu olhar, de um azul tão profundo que era possível afogar-se nele. Era uma gata, atormentada ou despreocupada, quando o procurava ou quando ficava distante e indiferente, às gargalhadas ou com narizinho franzido e contrariado... Havia mil Alicias e Samuel adorava todas elas. Mas como confessar-lhe seu segredo quando justamente desse segredo dependia a vida de seu pai? E como mentir de novo para ela quando não aguentava mais fazer isso?

— Desculpe, Alicia — ele balbuciou com um nó na garganta. — Se há uma pessoa no mundo a quem eu gostaria de contar tudo, essa pessoa é você. Mas agora é impossível. Não enquanto meu pai não melhorar... Depois, prometo, você será a primeira a saber.

Ela fez uma cara de despeito:

— Realmente, você não é fácil de acompanhar. Foi você que voltou para mim, não foi? E todas as vezes que dou um passo em sua direção, você parece que foge. Que tem medo... O que quer que eu compreenda nisso tudo?

No espaço de um instante, o tempo pareceu suspender seu curso, e foi como se eles tivessem alguns anos a menos, como se vissem desfilar no rosto um do outro tudo que os tornara inseparáveis, mas que entretanto não impedira que se separassem. Sua cumplicidade do primeiro dia, seu desejo tão forte de crescerem juntos, seus milhares de risadas loucas, suas conversas sem fim e tantas, tantas outras coisas mais... Dava para imaginar o abismo que se escavara entre eles hoje.

Poderiam ter ficado daquele jeito longos minutos convocando em silêncio os fantasmas do passado, mas Helena Todds saiu do quarto 313, os traços desfeitos, tocada pelo que vira e procurando a todo custo algo encorajador para dizer:

— Parece que ele está só dormindo, não é mesmo... — disse com uma alegria forçada. — Um pouco como a Bela Adormecida, não é? Tenho... tenho certeza de que vai acabar acordando!

II

O retorno do Tatuado

Durante os dois dias que se seguiram, o estado de Allan Faulkner não apresentou nenhum sinal de melhora. Samuel alimentara esperanças de que sua "conversa" provocaria no pai um sobressalto de vida, mas era melhor desiludir-se: se Allan recebera efetivamente sua mensagem — e disso Samuel tinha certeza —, era preciso mais para tirá-lo do coma. Mais, queria dizer, de uma maneira ou de outra, devolver-lhe Elisa... Ora, sempre que Samuel pensava nisso, era tomado pela vertigem. Pois, além das dificuldades que um retorno a três anos atrás pressupunha, havia também a questão angustiante de seus próprios sentimentos. Teria forças de rever sua mãe viva sem desabar? Conseguiria persuadi-la a vir até o seu presente por meio da pedra esculpida? E o que aconteceria depois? Ela aceitaria ficar com eles? Ou iria querer retornar à sua própria existência?

Sem falar da terrível transgressão que representava o fato de salvá-la da morte... Por ocasião de seu único encontro com o grão-sacerdote Setni, o ilustre guardião das pedras de Thot e o mais sábio dos viajantes do tempo, este o avisara: “Uma cadeia de catástrofes infinitas poderia se seguir” advertira “se alguém resolvesse alterar a marcha do mundo.” E acrescentara: “Esta é a razão para haver sempre um guardião das pedras... Ora, estou convencido, Samuel Faulkner, de que você seria totalmente digno de exercer essa função.” O venerável Setni imaginava-o como um incorruptível defensor do tempo, ao passo que Samuel preparava-se para abalar seu curso!

Se Sam ainda pudesse dividir suas angústias com alguém.. Mas seus avós estavam tão aflitos com o estado de saúde de Allan que teria sido cruel alarmá-los ainda mais. Quanto à sua querida prima Lili, aquela com quem ele tanto convivera essas últimas semanas, tinha sido despachada para uma colônia de férias a centenas de quilômetros dali. Samuel decerto a mantinha a par por e-mail, mas ela não tinha a mesma facilidade para lhe responder. Acontecesse o que acontecesse, teria que tomar suas decisões sozinho.

Na manhã do sexto dia depois de seu retorno de Bran, Samuel ainda dormia quando a porta do seu quarto abriu-se estrepitosamente.

— Samuel, acorde!

Rudolf, o noivo de tia Evelyn, precipitou-se na penumbra para sacudi-lo.

— Samuel!

— Mmmmhh!

— Você precisa se vestir — ele intimou, acendendo a luminária da cabeceira. — Rápido!

Samuel protegeu os olhos como pôde, o cérebro ainda entorpecido, tentando compreender o que Rudolf queria dele. Nada de bom, em geral... Nesses últimos tempos, ele e tia Evelyn pareciam ter se associado para transformarem sua vida num inferno, desconfiando dele a respeito de qualquer coisinha, tratando-o como um perigoso delinquente, um traficante de drogas em potencial, e inclusive acusando-o de roubar o celular de Lili para financiar suas escusas atividades... Daí uma série de inspeções-vexações-punições insuportáveis...

Desde que Allan reaparecera, graças a Deus, o casal infernal acalmara-se um pouco, mas Samuel não estava gostando nada de ser arrancado da cama por um sujeito como aquele...

— O que está acontecendo? — resmungou.

— É Helena Todds — respondeu Rudolf. — Ela está lá embaixo.

Sam deu uma olhada no seu rádio-despertador: 7h05.

Helena Todds? A uma hora dessas?

Atochado em seu impecável terno cinza, bronzeado e recém-barbeado, Rudolf parecia descontente.

— Ela mesma vai lhe explicar. Tínhamos acabado de chegar dos Estados Unidos, sua tia e eu, quando ela tocou a campainha... É melhor você descer...

Samuel levantou-se de um pulo, agora às voltas com uma angústia bem real. O que Helena Todds vinha fazer ali tão cedinho?

Vestiu um moletom e acelerou escada abaixo atrás de Ruldolf. Helena estava afundada no sofá da sala, soluçando em seu lenço, e tia Evelyn, sentada ao seu lado, procurava reconfortá-la. O que estava acontecendo?

— Senhora Todds? — balbuciou Sam.

Helena dirigiu-lhe um olhar velado pelas lágrimas. Tinha os olhos vermelhos e os cabelos desmazelados.

— Sammy? Você esteve com ela?

— Com ela? — repetiu Sam sem compreender.

— Alicia... Ela não voltou à noite. Ia ao cinema ontem à noite e... Não me avisou, nem a mim nem ao pai, nem a ninguém...

Normalmente, quando ela vai à casa de alguém, ela telefona, mas agora... Ligamos cem vezes para o seu celular, entramos em contato com os hospitais... Ela está desaparecida!

Samuel reprimiu o tremor que sentia escalar sua perna. Não gostava nada daquilo.

— Desde quando ela não aparece? — perguntou ele com sua voz mais neutra.

— Desde as 18 horas de ontem — respondeu Helena fungando. — Ela tinha um encontro com Jerry, eles iam jantar juntos antes de irem ao cinema...

— Jerry Paxton? — ele a interrompeu... — A senhora o interrogou?

— Claro! Sei que as coisas não iam tão bem entre eles, mas o pobre menino estava tão abalado quanto nós! Ele percorreu os cinemas, por via das dúvidas, fez diversas ligações, sem resultado! Como se Alicia tivesse se evaporado na natureza! Depois do sequestro do seu pai e da agressão à Srta. Mac Pie, estou terrivelmente preocupada!

— Avisou à polícia?

— Mark registrou o desaparecimento de Alicia por volta da meia-noite. Eles disseram que talvez fosse uma fuga e que saberíamos mais hoje. Mas uma fuga não faz nenhum sentido! Ela teria pelo menos levado algum dinheiro e uma muda de roupa, não é mesmo?

— E a senhora achou que ela podia estar aqui? — prosseguiu Sam

— Não... não sei! Não conseguia mais ficar em casa de braços cruzados. Resolvi deixar Mark lá e dar uma volta de carro, quem sabe não a encontraria... E depois, passando pelo seu bairro, pensei que, afinal de contas, ela poderia ter-lhe contado alguma coisa.

Demonstrava para Sam um semblante de súplica, e ele se odiou por não saber de nada.

— Sinto muito, ela não me contou nada.

— Nem uma alusão? Alguém que ela gostaria de encontrar? Um lugar aonde gostaria de ir?

Samuel repassou na mente suas últimas conversas, mas nada lhe ocorria. Além do mais, Alicia tinha caráter suficiente para ir aonde bem entendesse sem se esconder de quem quer que fosse. Quanto à fuga, não fazia seu gênero.

— Não lembro, não.

— E uma mensagem? — ela sugeriu em desespero de causa. — Ela não teria deixado uma mensagem no seu celular?

— Posso até verificar — ele aceitou sem convicção.

Correu até o seu quarto com a impressão de que todo seu corpo era de algodão e de que ia pegar uma gripe daquelas. Alicia tinha desaparecido e estava em perigo, ele sentia isso...

Disparou até o celular, que pusera para recarregar na véspera. A caixa de mensagens estava vazia. Lógico. Por que Alicia teria ligado para ele? Ela tinha seus pais, tinha Jerry... A menos... Aleatoriamente, ligou o computador e abriu sua caixa de mensagens. Chegara apenas um e-mail durante a noite e o endereço do remetente era simplesmente intrigante: adivinhequem@arkeos.biz. Arkeos era o nome de uma empresa especializada na venda de antiguidades com a qual seu pai mantivera relações. Quanto ao "adivinhe quem"...

Samuel abriu freneticamente a mensagem, um texto comprido estampando como timbre um desenho que ele identificou sem dificuldade: o símbolo de Hathor, a filha de Rá, um grande par de chifres com um disco solar no centro. Esse símbolo — que era também a logomarca da Arkeos — Samuel vira diversas vezes durante suas últimas viagens. Chegara a reconhecer no ombro do Tatuado, o misterioso homem encapuzado com o qual se digladiara para se apoderar de um lote de moedas furadas no museu de Sainte-Mary. O Tatuado... Um pesadelo de verdade. Ele cismara com seu pai, saqueara a Livraria Faulkner, tentara matar Samuel e Lili quando eles estavam no passado... Seria ele, aliás, o autor da mensagem?

Caro Samuel,

Eu não imaginava escrever-lhe um dia... Você ainda não me conhece — alguns socos trocados por alguns trocados não têm valor de apresentação oficial, não é mesmo? —, porém, do meu canto, venho observando-o há algum tempo. Não lhe falta coragem, devo dizer. Nem astúcia. Inteligência? Não, tampouco esperteza e capacidade de improviso. Um pouco como seu pai. O coitado nunca teve ambição, você sabe... Nunca quis compreender o que tinha realmente nas mãos, o que poderia ter feito se fosse menos covarde. O que poderíamos ter feito. Mas ele preferiu continuar um medíocre entre os medíocres. A propósito, você viu aonde isso o levou. Pelo menos, no estado em que ele se encontra, não corre o risco de nos atrapalhar.

Mas chega de amabilidades, Samuel, se lhe escrevo é porque tenho duas novidades para você: uma boa e uma ruim. Por qual devo começar?

Antes de tudo, preciso lhe confessar uma coisa. Estas últimas semanas, é verdade, tentei me livrar de você. No museu, por exemplo, não estive longe de estrangulá-lo... Ou mais tarde, quando roubei o seu Livro do Tempo — preciso lhe contar! — e rasguei suas páginas para impedi-lo de voltar ao presente. Não foi muito fair-play, concordo. Mas você já estava me deixando cansado, se intrometendo em coisas que não lhe diziam respeito! Felizmente, se é que posso dizer, você conseguiu se safar. Cá entre nós, admito que teve sorte. Uma sorte insolente, inclusive!

Por conseguinte, vi-me obrigado a considerar as coisas de outra forma. Refleti que poderíamos muito bem desfrutar dessa sua sorte, nós dois. Sim, você leu certo, nós dois! Pois eis o que lhe proponho: passemos uma borracha no passado. Em vez de nos enfrentar, trabalhemos de mãos dadas, sejamos sócios! Como Allan e eu deveríamos ter sido se ele tivesse sido um pouco menos... cabeça-dura. Do meu lado, paro de ameaçá-lo, e você, por sua vez, me presta pequenos favores. Você costuma utilizar as pedras de Thot e as viagens não têm mais segredo para você, não é mesmo? Então, juntos, juro, nos tornaremos os senhores do tempo! Não é uma boa notícia?

Samuel, perplexo, interrompeu por um instante sua leitura. Era uma pegadinha? Mas, nesse caso, como seu correspondente teria conseguido todos esses detalhes? Não, devia realmente tratar-se do Tatuado... Quanto àquela proposta de virar sócio dele, que piada! Aquele sujeito era o Mal encarnado! Fizera tudo para liquidá-lo! Regozijava-se com o destino de Allan, saqueava os tesouros arqueológicos...

Apesar da indignação que o sufocava, a curiosidade era mais forte e Sam não pôde se impedir de voltar ao texto.

Ah! Samuel, presumo que você se questiona, que você hesita. Você pensa no seu pai, em tudo que ele sofreu até agora, no que eu mesmo fiz você sofrer. Em suma, não está convencido. Estou enganado? Então, paciência, eis a má notícia.

Provavelmente você ignora, mas você e eu temos um ponto em comum: cada um de nós está de posse de uma coisa que o outro cobiça. Para mim, é mais do que simples: preciso do Círculo de Ouro. Do Círculo de Ouro e de um ou dois objetos que eu gostaria que você trouxesse para mim. Mas disso, falo mais tarde... A respeito do Círculo de Ouro, inútil eu lhe fazer um desenho, suponho. Sei que seu pai estava no castelo de Bran, sei o que ele foi procurar lá, sei que você o trouxe. Preciso dele, isso não é negociável.

Mas, você me perguntará, o que obterá em troca disso? Em nome do quê você me cederia essa joia? Ou em nome de quem, mais exatamente?

Antes de lhe explicar, permita-me um pequeno replay — você está acostumado com isso, pelo que sei! Achei vocês dois muito comoventes na clínica outro dia... Eu estava chegando pela escada de serviço e vocês estavam perto da máquina de café. Vocês se contemplavam com tanta intensidade que eram incapazes de se dizer alguma coisa... Pareciam tão frágeis, naquele instante, tão embaraçados! Não quis perturbá-los, claro, uma questão de respeito — sou muito respeitoso, você sabe... mas isso me deu uma ideia. Afinal de contas, que melhor moeda de troca do que Alicia? Você parece realmente gostar dela, não é mesmo? Aliás, você tem bom gosto, é uma garota muito bonita. Seria lamentável se lhe acontecesse alguma coisa.

Samuel bateu na escrivaninha com a mão espalmada:

— Cachorro! Cachorro!

Uma onda de cólera negra, espessa, brutal, atropelou-o. Era o Tatuado! O Tatuado tinha sequestrado Alicia! E ele ali, impotente em sua cadeira, reduzido a suportar aquele delírio!

Você não é obrigado a acreditar em mim, Samuel, evidentemente! Em todo caso, aconselho-o a telefonar para os Todds — sem evocar minha existência, naturalmente, isso faz parte do contrato. A essa hora, essas pobres pessoas devem estar abatidas, ficarão contentes de ouvir uma voz amiga. O melhor de tudo foi que, imagine você, Alicia foi como um anjinho ao en-

contro que marquei! Óbvio, ela achava que ia encontrá-lo! A vida é cheia de surpresas, estou lhe dizendo!

— Canalha, me usou para enganá-la!

Ressoou um barulho de passos no corredor e Sam teve tempo apenas de minimizar o e-mail na tela antes que Rudolf entrasse no quarto, seguido por Evelyn e Helena Todds.

— E aí? — interrogou Rudolf. — Ouvimos você gritar. Tinha uma mensagem em seu telefone?

— Não — balbuciou Samuel —, Alicia não me ligou.

— Você está branco como um lençol — observou Helena.

Samuel fez um esforço enorme para não desabar e revelar tudo o que sabia sobre o Tatuado e o Círculo de Ouro. Será que encontraria junto a eles um apoio decisivo? Ou pelo menos se libertaria do peso terrível que lhe comprimia o estômago? Mas, além do fato de que nenhum de seus três interlocutores acreditaria naquilo, ele tinha consciência de que a vida de Alicia talvez dependesse de seu silêncio.

— Gosto muito de Alicia — justificou-se —, e... estou apenas um pouco tonto, só isso.

— Ela também gosta muito de você — disse Helena Todds aproximando-se dele para lhe passar a mão nos cabelos. — Acho inclusive que não é um acaso seu relacionamento com Jerry ter se complicado depois que você voltou para vê-la. Isso deve ter mexido com umas coisas dentro dela...

Samuel abaixou a cabeça. Sem ele, sobretudo, ela não estaria nas mãos do Tatuado...

— Jerry sabia se ela iria voltar direto para casa ontem à noite? — ele perguntou com um nó na garganta.

— Pois bem... Para falar a verdade, eles brigaram. Jerry é ciumento e você sabe como Alicia pode ser brusca, às vezes. Ela nem se despediu dele.

— Se as coisas iam tão mal assim — insinuou tia Evelyn —, a senhora tem certeza de que esse menino não perdeu a cabeça? Que não se tornou violento ou quis lhe provocar medo?

— Jerry Paxton não tem nada a ver com o desaparecimento de Alicia! — afirmou Sam.

Seu tom peremptório valeu-lhe um olhar irritado de sua tia, enquanto Helena Todds, por sua vez, suspirava com um infinito desalento.

— Eu também não acredito que Jerry tenha alguma coisa a ver com isso, Samuel. Talvez Alicia tenha sentido vontade de respirar um pouco sem dar satisfações a ninguém. Ela vai reaparecer pela manhã, vai abrir um grande sorriso, pedir desculpas por nos ter dado um susto e...

Ela consultou seu relógio com um gesto do pulso.

— Aliás, preciso voltar, não posso deixar Mark sozinho por muito tempo. Dê um beijo em seus avós por mim, Samuel, OK? Espero que eu não os tenha acordado... E, prometo, assim que eu souber um pouco mais, telefono.

Sam deixou-a sair com o coração pesado, incapaz de pronunciar a menor palavra de esperança ou encorajamento. Afinal de contas, era tudo culpa sua...

De novo sozinho e resignado ao pior, Samuel abriu novamente o texto do Tatuado na tela:

Agora que nós dois sabemos o que está em jogo, ele prosseguia, *vamos às coisas sérias. Você é capaz de abandonar Alicia na situação em que ela se encontra? Duvido muito, caro Samuel... Quando eu a deixei, ela estava aterrorizada. À beira de um ataque de nervos, até. Não compreendia nada, chorava... Convém reconhecer que a situação não é muito calma por lá. Há uma espécie de invasão, soldados por toda parte, feridos, mortos... Se quer minha opinião, não é nem o lugar, nem a época para uma moça passear.*

Não, na minha opinião, o melhor seria que esse assunto fosse resolvido o mais rápido possível. Até a noite, se obedecer às minhas ordens e segurar sua língua, estará tudo terminado. Há um link da internet no rodapé da página: basta clicar nele para me dizer que aceita nossa "colaboração". Então você receberá novas instruções. Não demore muito, porém: começou a contagem regressiva.

Seu novo sócio.

Samuel ficou por um instante embasbacado diante de seu computador, incapaz de fazer outra coisa a não ser repetir e repetir: "Ele a jogou no tempo! Ele a jogou no tempo!"

Depois, como um robô, clicou docilmente na série de letras e algarismos azulados no fim da mensagem.

III

Missão impossível

Samuel passou três horas de angústia rodopiando em seu quarto. A cada dois minutos, verificava se arkeos.biz não lhe enviara nenhum e-mail, e, como não era o caso, clicava freneticamente no link, esperando provocar uma reação qualquer. Mas, no labirinto infinito da internet, ninguém se dignava a responder-lhe. O que esperava o Tatuado então para se manifestar? Que Alicia enlouquecesse? Ou pior, que fosse morta?

Para enganar sua impaciência, Sam decidiu preparar o que sem dúvida lhe seria indispensável para ir resgatá-la. E, em primeiro lugar, o Círculo de Ouro, que ele conservava num lenço, dissimulado sob uma pilha de roupa de cama. Sempre que o tinha nas mãos, experimentava a mesma sensação de surpresa e fascinação misturadas: à luz do dia, poderíamos julgá-lo um simples bracelete, decerto elegante, mas no fim das contas bastante banal, com um pequeno fecho com gancho, alguns entalhes discretos no contorno e, na superfície, a marca de um disco solar gravado com requinte. Bastava porém colocá-la na penumbra para que a joia se iluminasse com um brilho sobrenatural, uma luz quente e dourada que parecia emanar do metal, como se o próprio sol fosse seu prisioneiro. "Há quem perca o juízo só de pensar em se apoderar dele", advertira Setni. Samuel acreditava piamente nele...

O problema era que, para que o Círculo de Ouro funcionasse, ele precisava ser combinado com sete moedas furadas. Ora, ao cabo de suas diferentes viagens, Sam acabara ficando com apenas três: uma decorada com uma serpente negra que lhe permitira alcançar a época de Drácula, outra, mais recente, que trazia inscrições em árabe, e a terceira, que sugeria uma grande ficha de pôquer de plástico azul furada no meio.

Aquilo bastaria para encontrar Alicia onde ela estava? Nada menos certo!

Quanto ao Livro do Tempo, que permitia situar-se através dos séculos, Samuel exumou-o com mil precauções do fundo do armário de roupas. Depois que algumas de suas folhas tinham sido arrancadas — pelo Tatuado, óbvio —, sua venerável capa vermelha parecia fragilizada e envelhecida, como se a perda dessa parte de si mesma houvesse afetado a obra até na espessura de seu couro.

Seu conteúdo, em compensação, não se mexera nos últimos seis dias. Cada página dupla intacta expunha um texto idêntico sobre o *voievod* da Valáquia, com este título: *Crimes e castigos sob o reinado de Vlad Tepes*. O que significava que desde a volta de Sam do castelo de Drácula, ninguém utilizara a pedra. Logo, se o Tatuado tivesse levado Alicia para o tempo, é porque dispunha de outro meio de se infiltrar nele...

Por volta das 11 horas, quando Samuel certificava-se pela centésima vez de que sua caixa de mensagens estava vazia, sua avó chamou-o do andar de baixo:

— Sammy! Um embrulho para você...

— Estou indo, vovó! Estou terminando um negócio e...

Um embrulho, refletiu subitamente. Um embrulho, claro!

Voou até o pé da escada quase derrubando sua avó, cujos traços cansados e a silhueta curvada exprimiam o quanto a saúde de Allan a preocupava. Tinha nas mãos um grande envelope plastificado de uma empresa de entrega expressa.

— Seu avô estava cortando a grama quando o mensageiro chegou — ela explicou, estendendo-lhe o pacote. — Tudo bem? Você parece estranho...

— Não — respondeu Sam —, estou preocupado com Alicia, nada demais.

— Alicia é uma grande garota, e vai se safar dessa! Tenho certeza de que estará em casa antes do anoitecer!

— Também... também tenho certeza — concordou Sam. — E esse mensageiro parecia o quê?

Sua avó arregalou os olhos espantada, com uma expressão infantil que a rejuvenescia vinte anos.

— Você faz umas perguntas engraçadas! Parecia um mensageiro, suponho! Por que, algum problema com o pacote?

Samuel pegou o envelope abraçando-o junto ao rosto:

— De jeito nenhum, vó, simples curiosidade.

— Ei — ela disse enquanto ele subia os degraus de quatro em quatro —, vamos visitar seu pai daqui a pouco, esqueceu?

— Claro que não!

Uma vez no seu quarto, Sam trancou a porta e inspecionou o envelope sob todas as suas costuras. Parecia perfeitamente normal, com o endereço certo e os adesivos de transporte. No quadrado do remetente, um nome estrangeiro estava escrito em maiúsculas: ZIB SERAKO. Uma espécie de pista ou sinal de identificação, uma vez que bastava recolocar as letras na ordem para obter ARKEOS BIZ. Muito sutil... Em contrapartida, não havia nenhuma outra informação útil, nem sobre o lugar nem sobre a data da remessa. Pena que seu avô deixara o mensageiro partir...

Sam rasgou a aba e abriu o envelope em cima da cama: folhas dobradas e uma bolsinha de pano preto caíram no lençol. Ele desatou os cordões da bolsa e a despejou em sua mão: três moedas metálicas... A primeira era de ouro brilhante e poderia parecer nova se sua forma toscamente arredondada não traísse sua antiguidade. Era furada no meio e trazia uma inscrição em sua parte cheia: *candor illaesus*. Latim? Na outra face, distinguia-se uma espécie de sol cujos potentes raios perdiam-se no vazio central. Mais um sol!

A segunda moeda parecia menos valiosa, cunhada num cobre que a corrosão esverdeara com símbolos meio apagados que podiam evocar caracteres chineses. Tinha, entretanto, uma originalidade notável: seu furo central era de forma quadrada. Uma anomalia desse gênero permitiria que ela encaixasse na pedra?, perguntou-se Sam. Ou será que o Tatuado planejava que seu novo "sócio" a usasse de outra forma?

Quanto à terceira, revestia-se de um tipo de substância cinzenta, e, afora sua parte furada, não trazia nenhuma marca especial.

Passou em seguida às folhas de papel. Numa delas estava reproduzida uma gravura antiga mostrando uma cidade fortificada sobre um rio, com um emaranhado de casas e monumentos, e na outra estava impresso um texto digitado em computador:

Caro Samuel,

Você não embromou, perfeito. Tudo estava pronto do meu lado e me bastou confirmar a ordem de expedição para que a remessa chegasse às suas mãos. Como vê, já formamos uma boa equipe!

Cá entre nós, você deve estar muito apaixonado por Alicia para ter reagido tão rápido, não é mesmo? Se posso me permi-

tir um conselho, desconfie de seus sentimentos. Observe aonde eles o levam... O amor não passa de uma muleta para aqueles que não têm a força de avançar por si mesmos. Só a indiferença nos deixa livres, Samuel. E só o egoísmo permite alcançar a indiferença!

Mas provavelmente você ainda está cheio de ilusões e determinado a salvar sua garota custe o que custar... Melhor assim! Eis então minhas instruções:

Você encontrará na bolsa preta as três moedas necessárias à sua missão. Use o Círculo de Ouro para se dirigir inicialmente à China — moeda de cobre — em seguida a Roma — moeda de ouro. Poderá voltar ao presente com a moeda cinza, que tem como missão principal trazê-lo para cá espontaneamente.

Envio em anexo um mapa de época da cidade romana, com números acrescentados a caneta. O nº 1 designa o lugar onde se situa a pedra esculpida. O nº 2 a biblioteca onde você deverá pegar um tratado que me interessa — pois é, não é só seu pai que coleciona velhos livros! O tratado em questão é facilmente identificável, tem uma capa azul com o número 13 gravado em cima. Na época de que falamos, ele era conservado em algum lugar na biblioteca, dentro de um armário ornamentado com um sol. Cabe a você encontrá-lo.

Uma vez alcançado este objetivo, você deverá ir ao nº 3 do mapa. Pedirá para ver o capitão Diavilo — guarde bem esse nome — da parte da Arkeos, mostrando a moeda de ouro. Você lhe entregará o livro, bem como o Círculo de Ouro, em troca do que ele deveria libertar Alicia. Digo "deveria", pois as coisas estão instáveis por lá e se você não for suficientemente rápido, nada garante que ela ainda esteja viva...

No caso de ficar tentado a ir a Roma sem fazer escala na China, deve saber que comprometeria suas chances de socorrer Alicia. Apenas esse desvio pode esclarecê-lo sobre a maneira de alcançar o tratado. Ora, sem tratado, nada de Alicia... Atenção, não pretendo que essa viagem seja um passeio saudável. Na verdade, não conheço ninguém que tenha retornado de lá — aliás, é por isso que você vai no meu lugar! No interesse de nós três, seja extremamente prudente.

Depois disso, prometo, estaremos quites.

Samuel leu e releu o texto até poder recitá-lo inteirinho de cor, ao mesmo tempo procurando adivinhar as verdadeiras intenções do Tatuado. Aparentemente, este exigia apenas duas coisas pela libertação de Alicia: o Círculo de Ouro, naturalmente, mas também um tratado, um livro de um gênero especial cuja definição Samuel foi verificar no dicionário. *Tratado: obra que expõe de forma didática um ou vários assuntos a respeito de uma ciência, arte etc.* Seriam esses "vários assuntos" que atraíam o Tatuado ou apenas o lucro que esperava obter uma vez revendida a obra?

Por ora, o mencionado tratado estava escondido em algum lugar na cidade romana, numa época que devia ser próxima da Idade Média a julgar pela gravura na segunda folha. Ora, tinha sido para lá também que o Tatuado levara Alicia... Se ele não aproveitara sua viagem até lá para passar a mão no livro, é porque deviam-lhe faltar informações cruciais para chegar a ele. Informações que só eram obtidas arriscando-se a vida com a moeda chinesa. Conclusão: nesse mapa, pelo menos, o Tatuado deve ter dito a verdade, e Samuel não tinha alternativa a não ser ir à China...

Valeria a pena, porém, acreditar no resto da carta? Se Sam conseguisse levar o tratado para o capitão Diavilo, por exemplo, o que garantiria que ele soltaria Alicia? Talvez o capitão tivesse recebido outras ordens. Como, por exemplo, eliminar os dois pombinhos, por que não? Num clima de rebelião e guerra, duas vítimas a mais ou a menos... E ainda que Sam conseguisse voltar graças à moeda cinzenta, como poderia ter certeza de que o homem da Arkeos os deixaria tranquilos depois?

Nunca confiar no Tatuado, esta era a única regra de ouro...

Em seguida, Samuel estudou a gravura. Tratava-se de uma vista de Roma em preto e branco realizada a partir de um ponto alto. Seu autor tinha apenas um senso mediano de perspectiva, pois as casas pareciam aglutinar-se como pintinhos friorentos em torno de monumentos desenhados sem compromisso com a proporção: imensas colunas espiraladas que dominavam as habitações adjacentes, templos de tetos arredondados ou triangulares que esmagavam as ruas com sua massa imponente, fontes e estátuas que reinavam sozinhas em vastas esplanadas etc. Era um pouco como se o artista tivesse escolhido representar Roma através de seus símbolos arquitetônicos, desinteressando-se pelo resto da cidade. Estava longe de ser o mapa confiável e acurado de que Samuel precisaria para localizar-se!

Quanto aos três números acrescentados a caneta, situavam-se felizmente num perímetro reduzido. O primeiro — o da pedra esculpida — ficava ao pé da muralha; o segundo — o da biblioteca — pertinho de uma grande igreja; o terceiro — o do capitão Diavilo —, nas proximidades de um grande monumento oval. No papel, até que parecia fácil.

Mas ainda restava um obstáculo de porte: as moedas. Incluindo as três que o Tatuado acabava de lhe enviar, Samuel continuava a possuir apenas seis, quando seriam necessárias sete para utilizar o Círculo de Ouro, e, sem isso, salvar Alicia era uma missão quase impossível...

— Sammy?

Era sua avó.

— Está na hora de irmos à clínica, Sammy. Está pronto?

Samuel enfiou o envelope sob a colcha e desceu. A família inteira preparava-se para sair, seu avô à frente, sua avó já com um lenço na mão, tia Evelyn e Rudolf elegantes, vestidos de preto como para um enterro.

— Sinto muito — ele começou —, prefiro ficar em casa. Se os Todds ligarem para falar alguma coisa de Alicia, eu gostaria de estar aqui...

— Esperar aqui ou não esperar não a fará voltar — objetou tia Evelyn. — Seria melhor você ficar ao lado do seu pai.

— Sem falar que, se Alicia quiser falar com você — reforçou Rudolf —, tem o celular. Claro, você perdeu o seu em circunstâncias suspeitas, mas, pelo que sei, sua avó lhe emprestou outro... Só precisa atender!

Rudolf, que não perdia uma só oportunidade de ser desagradável, aludia à ocasião em que Sam perdera seu telefone "visitando" o museu de Sainte-Mary na noite em que houvera o arrombamento. A polícia recolhera o objeto no local do delito e as suspeitas naturalmente haviam recaído sobre o adolescente. Mas, na falta de provas suficientes e motivação convincente — por que um adolescente de 14 anos teria roubado um punhado de velhas moedas sem valor? — e, provavelmente levando em consideração a situação de Allan, as buscas haviam sido suspensas. Sua avó, por sua vez, não hesitara em emprestar seu celular para Samuel.

De toda forma, as entrelinhas estavam claras: não convinha despregar os olhos um instante sequer do futuro delinquente ou então ele correria para cometer novas tolices.

— Os celulares são proibidos nos quartos — teimou Sam. — Não saio daqui.

Com a conversa ameaçando descambar, seu avô interveio:

— Nosso Sammy praticamente não arredou o pé da clínica nos últimos três dias. Acho que merece um pouco de tranquilidade, não é mesmo! Vamos deixá-lo descansar!

— Pena — capitulou tia Evelyn. — Na única vez em que podemos estar juntos em torno do pobre Allan...

Da parte de sua tia, era de se estranhar aquele acesso de devoção familiar, mas o importante para Sam era poder circular livremente.

— Mesmo eu não indo hoje — declarou com veemência —, digam ao papai que eu o amo e que logo irei visitá-lo. E, principalmente, que ele mantenha a fé...

Sua avó atirou-lhe um beijo com a ponta dos dedos, seu avô deu-lhe uma piscadela e o casal infernal girou nos calcanhares sem acrescentar nada. Samuel esperou até ver o monstro 4x4 de Rudolf desaparecer na esquina da rua, depois precipitou-se para o andar de cima. Cada segundo era importante.

Fazia três semanas que a Livraria Faulkner não abria suas portas e os moradores da rua Barnboïm deviam estar começando a achar que ela fechara definitivamente. Vários deles, por sinal, deviam alegrar-se com isso, pois, além da velha casa vitoriana nunca ter tido boa reputação — circulavam rumores inquietantes acerca de seus sucessivos proprietários —, a instalação da loja naquele bairro residencial tinha sido recebida desde o início como uma fonte de problemas.

Em geral, Sam entrava por uma janela do jardim para ser mais discreto, mas, uma vez que o Tatuado parecia conhecer todos os seus passos, era inútil esconder-se. Moveu o trinco da entrada principal, atravessou a sala de leitura com seus sofás e prateleiras abarrotadas de livros e subiu ao quarto de seu pai. Fez força para não prestar atenção aos objetos pessoais de Allan — seu robe no cabideiro, sua caneta preferida na mesinha de cabeceira — e escolheu no armário um traje de linho "à moda antiga", que permitia deslocar-se no tempo com mais comodidade.

Desceu então novamente até o subsolo, onde seu pai instalara a sala secreta que abrigava a pedra esculpida. Se Samuel conseguira finalmente descobri-la, tinha sido porque, vasculhando um dia na livraria à procura de Allan, tivera a impressão de que o porão diminuíra de tamanho. Examinando o reposteiro com o unicórnio que cobria a parede do fundo, percebera que ele na verdade dissimulava um aposento suplementar, dotado de um leito de campanha bem simples, uma luminária com uma luz vacilante e um banquinho amarelo-limão. Tinha sido ali que tudo começara...

Sam esgueirou-se sob o reposteiro e dispôs suas coisas no pequeno leito. Acendeu a luz, fechou a porta com cuidado, tirou de sua mochila de judô o envelope do Tatuado, bem como o lenço no qual estava embrulhado o Círculo de Ouro, depois vestiu sua camisa e sua calça de viajante. Porém, enquanto mudava de roupa, sentiu como que um acesso de febre, uma onda de calor incomum invadindo seu peito, somada a uma pulsação estranha, muito lenta, muito remota, que parecia sobrepor-se aos batimentos de seu coração. Não doía nem incomodava muito, apenas a sensação de que não estava mais completamente sozinho e alguém ou alguma coisa viva acabava de se enroscar nele. Só que não tinha ninguém ali...

Samuel voltou-se para o recanto mais escuro da saleta. A pedra esculpida, claro... Estava ali, na penumbra, silhueta mineral e familiar, aparentemente tão despojada e não obstante tão cheia de promessas!

Agarrou o envelope e o lenço, depois avançou até o bloco de pedra cinzenta. Ao tocar seu topo oval, pareceu-lhe perceber a mesma palpitação abafada que continuava a reverberar dentro dele. Tum... Tum... O mesmo martelar difuso, na mesma cadência. Tum... Tum... Como se seu corpo estivesse conectado à pedra, como se pudesse sentir a pulsação dela!

Colocou o envelope no chão e pegou o Círculo de Ouro. Este último desenhou na penumbra uma bela auréola luminosa, como as que coroavam os santos nos quadros religiosos. Segundo toda probabilidade, era à presença da joia que Sam devia esse laço novo e tão poderoso com a pedra. Um laço que talvez pudesse lhe dar um pouco de sorte...

Samuel pegou a gravura de Roma no envelope do Tatuado e alocou-a na cavidade na base da pedra, a que servia para o transporte dos objetos. Em seguida, abriu o fecho do bracelete e enfiou uma a uma as seis moedas furadas como chaves em uma argola. Se a quantidade não fosse suficiente, teria que se lançar ao acaso pelas sendas do tempo e conseguir bem rápido a moeda que lhe faltava...

Uma vez equipado o bracelete, Sam aproximou-o do sol gravado sobre a pedra, tentando fazer as moedas coincidirem com uma ou outra das seis fendas que se irradiavam do disco solar. Temia que a operação fosse delicada, mas todas as moedas pareciam ocupar docilmente seu lugar assim que eram apontadas para uma das ranhuras. Os deuses egípcios tinham realmente senso prático!

— Bom, e agora? — indagou-se bem alto.

Ergueu a mão sobre o topo liso e abaulado da pedra e deixou a palma cair. A rocha estava ligeiramente quente na superfície, o processo parecia prestes a se deflagrar. Pressionou os dedos com um pouco mais de força, o chão do porão pareceu começar a tremer. Depois foi como se uma torrente de lava subisse bruscamente do centro da terra para envolvê-lo num manto ardente. Sam abriu a boca para berrar de dor, mas já estava longe...

IV

Marcha a ré

Samuel desabou no chão com a impressão de ter sido engolido e depois cuspido por uma centrífuga em pleno funcionamento. Sua pele, sua carne, seus ossos, todo o seu ser não passava de uma gigantesca queimadura e seu estômago fazia esforços desesperados para escapar pela sua boca. Quase sem fôlego, concedeu-se alguns instantes de descanso, tentando recolocar as ideias em ordem. Tudo estava escuro à sua volta, exceto o fulgor calcinante do Círculo de Ouro, que formava uma pequena bolha de vida em meio às trevas. Aparentemente, a joia devia ter se soltado da pedra, pois jazia no chão poeirento, ainda equipada com suas seis medalhas. Setni então dissera a verdade: o Círculo de Ouro permitia que ele se deslocasse no tempo sem perder nenhuma moeda! Restava saber por que a magia funcionara com seis exemplares em vez de sete...

Samuel ficou de quatro e esticou a mão para pegar o bracelete. Ao fazer o esforço de se levantar, constatou que a dupla palpitação em seu peito não cessara, muito pelo contrário, e que, além da pulsação rápida do coração, continuava a sentir no seu âmago aquele outro pulsar, muito mais lento. Pegou a joia para iluminar a penumbra.

— E essa agora! — deixou escapar.

Tinha diante de si um sarcófago dourado apoiado sobre um bloco de pedra talhada, na base do qual estava gravado um sol cujos raios projetavam-se exageradamente para baixo. Ele conhecia bem aquela versão da pedra esculpida por já tê-la encontrado em uma de suas primeiras viagens: estava de volta ao Egito, estava no túmulo de Setni!

Resgatou o mapa de Roma na cavidade e recuou um pouco continuando a iluminar com o Círculo de Ouro: não restava dúvida, era a derradeira morada do grão-sacerdote de Amon! As paredes com decorações folheadas a ouro representavam as mesmas cenas sagradas, nas quais destacava-se o deus fetiche de Setni, Thot, à frente de uma íbis, ao mesmo tempo senhor dos magos e o manipulador das horas e das estações. O mobiliário fúnebre atrás dele também era idêntico: a barca de madeira amarela que devia facilitar o transporte do defunto para o outro mundo, assentos que lhe deviam permitir repousar depois da viagem, uma lança para se defender, estatuetas de animais para ele se sentir menos solitário, jarras cheias de víveres, supostamente para alimentá-lo no além, e todo o resto...

Ou quase. A última vez que visitara esse lugar, Sam tivera que usar a última cavidade existente para sair dali: uma abertura no teto de onde pendia uma escada de corda. A abertura parecia condenada desde então — depois dos funerais de Setni? —, mas a parede ao fundo, em compensação, tinha uma grande abertura, perto da qual viam-se ferramentas... Saqueadores?

Samuel aproximou-se: um túnel estreito cheio de entulho penetrava na escuridão. Havia uma pá e uma picareta dispostas na vertical e, no chão, um saco plástico azul. Sam desfez o nó que fechava o saco e sentiu-se nauseado com o fedor que saía dele. Uma espécie de galinha ensopada ou pura e simplesmente podre... Difícil saber o que aquilo fazia ali, mas uma coisa era certa: se estava embrulhada em plástico, era porque não datava da Antiguidade!

Samuel liberou as moedas do bracelete e as fez escorregar na palma da mão. Descartou a cinza — que na queda da joia perdera um pouco da substância que a recobria — e observou atentamente aquela que estampava caracteres árabes em uma de suas faces. Fora a primeira moeda que ele tivera em mãos... Recolhera-a algumas semanas antes, logo depois de ter descoberto a sala secreta no porão de seu pai e agora acreditava saber a que ela correspondia. Allan possivelmente a trouxera de Tebas, depois de ter participado das escavações do túmulo do grão-sacerdote, cerca de vinte anos atrás... E era com certeza para essa época que a pedra acabava de despachar Sam!

A coisa era ainda mais plausível na medida em que, de acordo com os artigos que ele lera sobre o assunto, a câmara funerária de Setni estava intacta quando os arqueólogos penetraram nela. Em outras palavras, o túnel não fora escavado na parede por saqueadores, mas pela equipe de exploração arqueológica à qual Allan pertencera! *Seu pai achava-se provavelmente em algum lugar do lado de fora, com cerca de vinte anos a menos!*

Samuel hesitou. Caso suas deduções se confirmassem, aquilo significava que a pedra não o mandara para lá por acaso: tinha "escolhido" seu destino em função de uma das seis moedas que ornamentavam o Círculo de Ouro. Seis moedas, seis pontos de chegada possíveis... Uma versão antiga da roleta ou da loteria! Se partisse imediatamente, Sam tinha então uma grande chance de aterrissar instantaneamente na China e recolher as informações indispensáveis à sobrevivência de Alicia.

Mas por outro lado tinha cinco chances em seis de ser despachado para outro lugar...

Na mesma época, Allan não devia estar longe. Se Sam conseguisse falar com ele, talvez conseguisse convencê-lo a não se aproximar da pedra esculpida... E, com isso, impedir a série de peripécias que levaram à sua hospitalização e ao sequestro de Alicia. Um desvio de alguns minutos que poderia consertar tantas coisas!

Guardou as moedas num de seus bolsos e esgueirou-se pela passagem. Esta ainda não estava suficientemente larga para permitir a retirada dos objetos do túmulo, o que provavelmente explicava que tudo ainda estivesse intacto no seu interior. Sam progrediu uns 10 metros achatando-se contra a rocha, antes de dar com uma corda cheia de nós cuja ponta superior perdia-se na escuridão. Agarrou-a e subiu sem dificuldade até o topo de uma espécie de poço que desembocava numa galeria um pouco mais desobstruída. Mais uma vez achava-se em terreno conhecido: a sala que se abria à direita era a mesma em que ele se refugiara na vez precedente — na época do próprio Ramsés III —, quando o escriba que conspirava contra o filho de Setni quase o surpreendera. Continuava magnificamente decorada com personagens com rostos de animais, mas estava igualmente obstruída por grandes sacos de terra, como se houvessem jogado ali o entulho da abertura do túnel.

Sam seguiu o corredor e subiu diversos lances de degraus ao mesmo tempo em que admirava a imensa abóbada estrelada pintada no teto e cenas cotidianas tocantes nas paredes. Camponeses ceifando seu trigo, mulheres fazendo a toalete, crianças brincando com seus pássaros... Aqueles afrescos tinham mais de 3 mil anos, mas era como se os operários encarregados do embelezamento dos túmulos tivessem acabado de terminá-los! Em contrapartida, não havia sinal de arqueólogos nem de equipe de pedreiros. Melhor assim!

Ao chegar ao topo da primeira escadaria, Samuel prendeu a respiração: a saída era ali, atrás daquela porta de madeira bamba. Puxou o ferrolho e deu uma olhada para o lado de fora: era noite, eis por que o túmulo estava vazio! Saiu prudentemente, o ouvido antenado... Uma lua redonda e quase alarajanda reinava no céu e a temperatura estava amena. Uma trilha partia para a direita e descia vertiginosamente ao longo de uns 50 metros, até um acampamento estabelecido num descampado. Estacas e arames farpados protegiam o lugar e Samuel se lembrou que, na época, várias reportagens haviam noticiado roubos no sítio de escavações — roubos de moedas, principalmente.

Do outro lado do cercado, a descida acentuava-se novamente, e a encosta ravinada da montanha despencava até a vasta planície do Nilo, cuja fita escura distinguia-se ao longe. Samuel ficou por um instante a observar a pequena aldeia de lona a fim de avaliar as chances de alcançá-la. Todo mundo parecia dormir, exceto numa das barracas, onde ainda havia luz. Allan era conhecido na família Faulkner por ter sempre tido o sono difícil: se havia um dentre todos aqueles caçadores de tesouro capaz de estar de pé em plena madrugada, certamente era ele!

Samuel acompanhou a parede rochosa tentando não ferir seus pés descalços. No momento em que ia enveredar pela trilha, percebeu um ponto luminoso em movimento num canto do acampamento. Guardou o Círculo de Ouro debaixo da camisa e congelou-se no lugar. Uma espécie de lanterna... Manipulada por um homem com um amplo traje branco que tinha ao seu lado uma espécie de bolsa escura ou... Não, tratava-se de um cão. Havia um guarda com um cão no acampamento!

Seria aconselhável retroceder? Samuel se acalmou, pensando que, afinal de contas, o homem devia estar ali para impedir as pessoas de invadirem o sítio, não para expulsar os que já se achavam nele!

Esperou que o vigia virasse de costas e lançou-se trilha abaixo. Mordeu os lábios ao constatar mais uma vez como a sola do seu pé era macia e as pedras do mundo tão duras. Derrapou na passagem mais íngreme, se recuperou agarrando-se numa das estacas que balizava a trilha e levantou a cabeça justamente a tempo de ver que o guarda e seu vira-lata haviam ressurgido mais à direita e que olhavam para o ponto onde ele se encontrava. Samuel achatou-se no solo perguntando-se se a leve brisa poderia ter carregado até lá o barulho de sua escorregadela. Durante intermináveis segundos, o halo luminoso pareceu vasculhar o espaço na direção do túmulo, depois o vigia voltou à sua deambulação como se nada houvesse acontecido.

Sam levantou-se com precauções felinas e prosseguiu sua descida. Alcançou sem outros incidentes a primeira barraca, uma das mais imponentes, sobre a qual estava costurado um pictograma representando uma espécie de malho ou martelo. Arriscou um relance para o que podia ser a alameda central e viu de longe o guarda voltando na sua direção. Enfiou-se imediatamente no abrigo daquela barraca, tirando o Círculo de Ouro de sob sua camisa para se situar. Caixotes, ferramentas, víveres... Um local de armazenamento. Encolheu-se junto a um palete de latas de conserva tentando controlar sua respiração, percebendo na passagem que o duplo batimento em seu peito se atenuara. Maior distância em relação à pedra, talvez...

Ao cabo de meio minuto, o passo arrastado do guarda chiou acompanhado do tip-tap característico das unhas do cachorro. Nas imediações da barraca, o animal pareceu parar e começou a rosnar baixinho. Samuel juntou as mãos numa prece muda.

— O que foi, Sultão? — disse a voz de um homem idoso. — Você já não comeu? Agora só amanhã! É hora do meu cigarro...

O cão continuou a rosnar, mas seguiu-se um barulho de arranhão no solo, como se o puxassem pela coleira, e o guarda terminou afastando-se. Samuel contou até 50 antes de ousar se mexer. Pegou novamente o Círculo de Ouro para evitar derrubar qualquer coisa e observou perto da saída dois caixotes empilhados sobre os quais estavam colocados um sobretudo cinza, além de um prato com caroços de tâmaras e um pedaço de pão de forma ou de torta. Ao pé dos caixotes, havia uma tigela cheia de pedacinhos de ossos.

Sam pegou o sobretudo e o desdobrou: era cortado num tecido um pouco áspero mas tinha um capuz e, o principal, uma cor cinza ideal para cobrir sua roupa branca e permitir-lhe diluir-se na noite. Sam vestiu-o e esgueirou-se para fora de seu esconderijo. O homem e a fera não estavam mais à vista... Pôde então atravessar o acampamento sem empecilhos e alcançar, na outra ponta, a barraca ainda iluminada. À medida que se aproximava, constatou que, além da luz, havia também um fundo musical: uma melodia cheia de ritmo crepitando em surdina. Allan Faulkner adorava rock, era um bom sinal!

Afastou uns poucos milímetros a aba de lona dobrada de um mosquiteiro e olhou pelo vão. Só conseguia ver um painel com um mapa traçado a caneta — o do túmulo de Setni? — e anotações ilegíveis. Ergueu mais o mosquiteiro... O lugar servia ao mesmo tempo de quarto e escritório, e seu ocupante não fazia o gênero dona de casa modelo. Bolas de papel amontoavam-se nos tapetes com arabescos coloridos, shorts e camisetas acumulavam-se numa cadeira dobrável, várias estatuetas achavam-se como que jogadas no leito de campanha... Sobre a mesa — da qual Sam só via um pedaço — havia livros e revistas em pilhas instáveis, um grande radiocassete ligado, garrafas vazias e... Samuel debruçou-se: um homem dormia caído sobre a escrivaninha, um braço na cabeça.

Sam agachou-se e entrou sem fazer barulho. As guitarras e a bateria, mesmo num volume baixo, propiciavam-lhe uma ótima cobertura sonora. Quanto à música, lembrava um clássico do rock que seu pai adorava, mas numa versão exótica com uma letra incompreensível.

Deu a volta no ambiente, evitou dois copinhos esmagados, um pacote de batatas fritas vazio e se deparou com um baú aberto ao pé da escrivaninha. Continha livros velhos deteriorados e, principalmente, um álbum de fotografias aberto com uma série de polaroides que chamaram sua atenção. Todas mostravam a mesma casa vitoriana de janelas verdes descascadas, protegida por uma cerca alta e gradeada. Meia dúzia de cães patrulhava o jardim, e, nas duas fotos tiradas de perfil, percebia-se um focinho espumante mordendo raivosamente os arames. Deixando de lado a cor das janelas e o visual canil para cães de guarda furiosos, tratava-se sem dúvida nenhuma da casa de Sainte-Mary, registrada uns vinte ou trinta anos atrás. Por curiosidade, virou as páginas do álbum: só havia imagens da rua Barnboïm... Cartões-postais antigos, uma variedade de fotos amadoras em preto e branco, depois um punhado de instantâneos coloridos no fim. Bem antes de se instalar no Canadá, Allan já reunira, parecia, um álbum completo sobre sua futura livraria!

Um silêncio sucedeu-se às últimas notas da canção e Sam lançou um olhar ansioso para a escrivaninha. Ainda que o desconhecido fosse de fato seu pai, nada garantia que gostasse de ser acordado por um ladrãozinho bisbilhotando suas coisas. Sam esperou o início da faixa seguinte e colocou o álbum no lugar. Avançou em seguida sorrateiramente até a cadeira: o homem usava uma camisa azul para dentro de uma calça amarelo-clara e um lenço branco em volta do pescoço. De toda forma, impossível distinguir seus traços.

Ainda agachado, Sam contornou a cadeira e viu-se cara a cara com um objeto metálico que pendia do cinto do homem que dormia. Uma pistola... Não era mais um sítio arqueológico, puxa vida, era um quartel de alta segurança!

Pôs-se lentamente de pé e franziu a testa: o homem prostrado na escrivaninha não era seu pai... Era mais velho, uns 50 anos pelo menos, uma barba de três dias que lhe cobria as bochechas, a tez quase cinza e a boca aberta — por sinal, babava sobre um maço de folhas preenchidas por uma letra fina. Em compensação, em meio à bagunça que dominava a área de trabalho, Sam localizou uma coisa interessante: um livro apoiado verticalmente num porta-lápis, ornamentado com uma capa azul sulcada por finos veios escuros e um grande "13" impresso em números dourados. Exatamente aquilo com que devia se parecer o misterioso tratado que o Tatuado incumbira-o de resgatar!

Sam esticou o braço por cima da cadeira: não era seu pai, mas talvez tivesse encontrado uma solução para levar Alicia de volta mais rápido que o programado... Mas quando se preparava para agarrar o tratado, a ampla manga de seu casacão resvalou na face do dorminhoco. Este fungou ruidosamente e balançou a cabeça para enxotar o inseto que o importunava. Em seguida ergueu os olhos para Sam e sua fisionomia sonada transformou-se na mesma hora numa expressão de cólera. Resmungou alguma coisa ininteligível e fez o gesto de sacar o revólver...

V

O sonho do arqueólogo

Samuel foi mais rápido. Agarrou a arma pela coronha e apontou-a para seu interlocutor:

— Mãos ao alto! Não tente se levantar ou gritar, senão eu atiro!

Falara atropeladamente numa língua melodiosa que lhe parecia riquíssima na boca mas que nada tinha a ver com seu inglês materno. Árabe? As palavras lhe haviam ocorrido espontaneamente — o estilo informal também —, como sempre que mudava de lugar e de época, e isso graças à magia da pedra. Quanto às ameaças em si, eram fruto de um convívio assíduo com as melhores séries policiais.

O resultado, seja como for, convenceu: o homem ergueu os braços. Considerou Sam num misto de surpresa e indignação, mais alguma coisa de indefinível no olhar, como se uma parte de si mesmo estivesse longe dali.

— É você que visita o acampamento à noite, não é? — ele perguntou com um leve sotaque. — E que roubou as moedas do túmulo?

Samuel quase respondeu que não, depois ruminou que, se o seu pai utilizara a pedra esculpida, necessariamente tivera que "arranjar" moedas para acioná-la. Era uma oportunidade perfeita para inocentá-lo.

— Exatamente.

— E agora veio buscar o resto, é isso?

— Entre outras coisas — respondeu Sam vagamente.

— Entre outras coisas — repetiu o homem com uma voz debilitada. — Você não tem a intenção de me fazer mal, então?

Com o queixo, o homem apontou para uma caixa de fósforos sobre a mesa.

— A única moeda que tenho está ali dentro. Pegue-a se quiser. Não conto a ninguém, prometo. Mas não me mate, hein?

Suava agora abundantemente, suas poucas mechas descoloridas pelo sol coladas na testa ensebada. Seus traços estavam inchados pelo álcool e sua tez passara do cinza para o amarelo sujo. Aquele sujeito estava visivelmente doente e não merecia que o assustassem mais. Por outro lado, parecia saber muito mais sobre as moedas e todo o resto.

— Preciso de algumas informações — começou Sam. — Em primeiro lugar, quem é você?

— Quem sou eu? — espantou-se o homem. — Você acaba de me apontar a arma dentro da minha tenda e ignora quem sou?

— Sou eu que estou com o revólver — replicou Sam —, sou eu que faço as perguntas.

— Claro, claro. Meu nome é Daniel Chamberlain, dirijo as escavações neste sítio.

Chamberlain, claro! O arqueólogo que contratara Allan junto com outros estudantes para trabalhar nas buscas. Sam lera várias entrevistas suas referentes ao túmulo de Setni, e, se a memória não lhe falhava, aquele caso de moedas roubadas na verdade manchara sua reputação. Eis provavelmente o que o preocupava! Apesar disso, Sam não o imaginara como um alcoólatra doente e medroso. E afinal o que ele tramava com todas aquelas imagens de Sainte-Mary em seu álbum? E com o tratado do número 13 em sua escrivaninha?

— Há um álbum aberto no baú — continuou Sam. — Uma casa aparece nele, sempre a mesma. Posso saber por quê?

Chamberlain esbugalhou os olhos, como se aquela pergunta fosse a mais extravagante que lhe pudessem fazer. Curiosamente, aquilo pareceu quase consolá-lo, como se esperasse coisa pior.

— É o sobrado do meu bisavô — respondeu com um esboço de sorriso. — Um homem extraordinário. A rua fotografada ganhou o seu nome: era uma espécie de celebridade por lá!

Samuel arregalou os olhos por sua vez. Barnboïm, aquele que um século antes cinzelara a pedra esculpida no porão da futura Livraria Faulkner... O arqueólogo Chamberlain era um de seus descendentes diretos! Muito provavelmente, teria sido por seu intermédio que Allan ficara sabendo de Sainte-Mary! Sam balançou a cabeça: se manobrasse com habilidade, talvez pudesse tirar proveito da situação.

— Então você é bisneto de Gary Barnboïm?

— O quê... Como pode saber disso? — balbuciou Chamberlain. — É incrível! Você... você é tão jovem!

— Não se fie na minha idade — sugeriu Sam com um ar enigmático. — Contente-se em saber que sei disso. Disso e de muitas outras coisas. E se quiser que eu o deixe em paz, não se atreva a mentir para mim.

Uma de suas múmias poderia ter espirrado sob suas faixas que o arqueólogo não teria ficado mais estupefato.

— Nesse caso — balbuciou... — Muito bem, realmente, Gary Barnboïm era meu bisavô.

— E por que um álbum com todas essas fotos?

— Digamos... De uns tempos para cá venho tentando recuperar a casa. Ela foi vendida, há alguns anos, depois da morte do meu antepassado. Hoje, está ocupada por uma espécie de velha louca com sua matilha de cães. Impossível fazê-la ouvir a razão, ela se recusa a vender.

— E por que deseja adquirir a casa?

Chamberlain hesitou:

— Porque... Por razões sentimentais, claro. Foi ali que morou o avô da minha mãe, afinal de contas!

— Eu não caio nessa — ironizou Sam. — As verdadeiras razões...

— As verdadeiras razões... Afora os sentimentos? Eu... eu acho que Gary deixou uma espécie de tesouro quando morreu. Naquela casa, justamente. Não tenho provas, mas tenho certeza de que é alguma coisa valiosa. Um jeito de conhecer melhor a história — acrescentou com uma centelha de cobiça nos olhos. — Talvez de me tornar o maior arqueólogo do mundo! É uma boa razão, não acha? O problema é que para pôr a mão na coisa, eu precisava escavar o local à vontade.

Seu tom recuperara a confiança:

— Bom, contei a verdade, está satisfeito? Posso abaixar os braços, agora? Estou ficando cansado...

Samuel assentiu. Compreendia perfeitamente a utilidade da pedra esculpida para um arqueólogo! Mas aquilo não esclarecia a presença do tratado na escrivaninha...

— E como chegou à conclusão de que esse tesouro existia?

— Meu bisavô deixou cartas e agendas. Tudo isso dormiu no sótão dos meus pais até eu descobrir. Eu tinha uns 12 anos. Ele falava de civilizações antigas, objetos estranhos, lugares míticos... Do túmulo do grão-sacerdote Setni, também, em algum lugar nestas colinas. Foi daí que nasceu minha vocação. Mas imagino que você já saiba de tudo isso, certo?

Chamberlain massageou o ombro, como se tivesse sido insuportável manter-se com as mãos para cima.

— No início, eu não entendia muita coisa — ele esclareceu —, aqueles papéis eram tão confusos! Mas de tanto estudá-los compreendi que não se tratava de fantasias. Gary Barnboïm, meu bisavô, desvendara efetivamente o maior mistério da humanidade: podia viajar no tempo!

Espreitou a reação de Sam com uma expressão de desafio. Depois, como este nada deixara transparecer, começou a rir.

— Você deveria ter reagido, meu garoto... Ter me chamado de louco ou de piadista. Ninguém fica impassível diante de uma afirmação desse tipo! Sabe o que eu acho? Estou dormindo. Sonhando! Exagerei um pouco na bebida e nos remédios esta noite e... Devo ter desabado na escrivaninha como um saco de batata. Você, por sua vez, está no meu sonho. Você é... você é a encarnação da minha consciência, pronto. Da minha consciência pesada!

Chamberlain parecia inquietar-se: um ligeiro tique erguia sua pálpebra convulsivamente. Independentemente de seu estado mental, era bem capaz de amotinar o acampamento e o melhor que Sam fazia era pensar em fugir. Mas antes precisava do tratado.

— Esse livro azul, aí, com o número 13, passe-me ele — ordenou.

O arqueólogo esticou o braço e lhe estendeu a obra com um amplo sorriso.

— O Tratado, claro! — zombou. — Acertou na mosca! Não é a fonte de todas as nossas esperanças e de todos os nossos desgostos?

Samuel pegou o livro e o apertou contra o peito. De perto, embora sujo e carcomido nas bordas, o livro não parecia antigo. O 13 dourado decerto era de estilo meio oriental que evocava a Idade Média, mas o papel peliculado no qual estava impresso era tudo que havia de mais avançado.

— É uma cópia, não é? — deduziu Sam.

— Uma cópia — gargalhou Chamberlain —, sem tirar nem pôr! E nisso que reside o problema!

Samuel reavaliou a situação. Se não fosse o original, não adiantaria nada levá-lo para o capitão Diavilo a fim de que ele libertasse Alicia. De volta ao ponto de partida!

Abriu o volume ao acaso: uma estátua da ilha de Páscoa estava desenhada à pena, com uma pedra esculpida em sua base e um esquema mostrando um sol ao qual faltavam dois raios. Na página seguinte, via-se um horrível morcego com uma cabeça de criança, e, anotado embaixo com tinta preta: *caverna maldita do ued Al-Mehdi, uma hora de marcha a noroeste de Isfahã*. Em árabe, *ued* significava rio. Um pouco adiante, havia uma receita que incluía ingredientes tão pouco ortodoxos quanto arsênico, cânfora e mercúrio sulfúreo. Uma poção alquímica? Comentários estavam rabiscados ao lado em vermelho, mas Samuel não conseguia decifrá-los. Virou mais uma ou duas páginas. Aqueles desenhos, aquelas figuras... Já folheara aquela obra antes! Em Bruges, quando penetrara no laboratório do alquimista! Era inclusive daquele grimório que se extraía a maldita fórmula sobre o funcionamento da pedra esculpida: "Aquele que reunir as sete moedas será o senhor do sol. Se conseguir fazer brilhar os seis raios, seu coração será a chave do tempo. Então ele conhecerá o calor imortal."

— O Tratado das 13 Virtudes Mágicas — murmurou. — Do alquimista Klugg...

— Klugg — triunfou Chamberlain —, pronto, chegamos lá! A gente pode fazer o que quiser, até sonhar, que voltamos a ele! — Então — indagou —, se você é realmente meu inconsciente, será que não tem uma ideia para resolver o nosso problema?

— Nosso problema?

— As páginas do fim, você sabe, as que faltam!

Sem largar a arma, Sam se virou para alcançar a última parte do livro, em que faltavam várias folhas.

— Quem as arrancou?

— Foram arrancadas do original por ocasião da invasão da cidade sagrada. Essa cópia reproduz fielmente o modelo.

— A invasão da cidade sagrada? — sussurrou Sam, incrédulo.

— Está tentando me testar, é isso? Talvez eu tenha consumido um pouco de álcool e tranquilizantes, mas não perdi a memória! A pilhagem de Roma, em 1527... As tropas do imperador Carlos Quinto espalhando-se por toda a cidade... Queimando as igrejas, não respeitando nada! Conheço isso de cor! Foi nessa época que o Tratado foi mutilado e que essas páginas cruciais desapareceram!

Samuel dissimulou sua surpresa o melhor que pôde. 1527, Roma, a invasão... Acomodou o grimório debaixo do braço que segurava o revólver e vasculhou o bolso para dele retirar as moedas. Com o polegar, escolheu aquela de ouro que o Tatuado lhe enviara e a enfiou na cara de Chamberlain.

— Ela é exatamente dessa época, não é?

O arqueólogo franziu os olhos.

— *Candor illaesus* — leu em voz alta. — “Alvura imaculada”... É a divisa de Clemente VII, o papa sob cujo pontificado Roma foi saqueada. Esta moeda remonta a essa data, sem dúvida alguma! Faz parte do lote que foi descoberto no túmulo de Setni e depois roubado. O que está tentando me sugerir? Que devo agarrar o ladrão de moedas, é isso? Que isso solucionaria tudo? Mas não tento outra coisa, ora bolas! O acampamento está vigiado e...

— Não se preocupe com o ladrão — cortou Sam —, em vez disso diga-me o que, na sua opinião, havia nas folhas que faltam.

— Mas você sabe tão bem quanto eu! — irritou-se Chamberlain. — Essas páginas encerravam o segredo dos segredos, aquele que persigo há dez anos! O meio de se tornar imortal! Gary Barnboïm faz alusão a isso em sua correspondência... Existe uma vida infinita, sem velhice nem doença de tipo algum. É disso que eu preciso!

O anel da eternidade, agora... Samuel recordou-se das declarações de Vlad Tepes na torre mais alta do castelo de Bran: ele também sustentara que aquele objeto existia. Seria possível que não fosse apenas uma simples lenda?

— E o que mais soube sobre esse anel da eternidade?

— Nada de muito concreto, infelizmente! A única carta em que Gary Barnboïm lhe faz referência é tão curta! Mas nos seus papéis ele fala de dois círculos de ouro que é preciso reunir para abrir a porta da eternidade. É uma prova clara de que ele progredira em suas pesquisas!

— E, nesse caso, que relação isso tem com o Tratado das Treze Virtudes Mágicas?

— Foi interessando-se por Klugg e pelas anotações em vermelho que ele deixou no Tratado que meu bisavô fez essas descobertas. Estava convencido de que essas páginas perdidas poderiam significar o fim de suas buscas. Infelizmente, nunca conseguiu localizá-las. E hoje cabe a mim essa tarefa... Preciso desse anel da eternidade! — declarou com veemência. — Estou doente, compreende? Gravemente doente. Não me restam senão poucos meses de vida, no melhor dos casos, poucos anos. Então, se você me ajudar, mesmo em sonho...

Agarrou o punho de Sam num gesto de súplica e várias das moedas que ele segurava caíram no chão. Sam recuou vivamente, sem com isso abaixar a arma:

— Não se mexa!

Mas Chamberlain já se precipitava para recolher as rodelinhas furadas.

— Incrível! — entusiasmou-se o arqueólogo. — Tem uma igual a esta no Tratado!

Agitou a moeda carcomida com os caracteres chineses:

— Não a reconhece? Veja, logo depois das páginas arrancadas!

Sam abriu novamente o Tratado, enquanto mantinha um olho no prisioneiro. No finzinho do livro, havia uma casa com telhado de pagode desenhada sob o que podia ser uma montanha cheia de árvores. No céu, o sol era uma réplica da moeda chinesa, com seu furo esburacado no meio. No rodapé da página estavam escritas algumas palavras em vermelho, mas eram igualmente indecifráveis para Sam.

— Era o último lugar aonde Klugg devia ir segundo suas próprias indicações. O túmulo de Qin, primeiro imperador da China! Qin também dedicou sua vida a procurar o segredo da imortalidade! Acha que é desse lado que temos que procurar o anel?

— É possível — respondeu Sam, sem convicção.

O arqueólogo examinava a moeda, extasiado.

— Ora, foi por isso que tive esse sonho! A informação está aqui, em algum lugar no meu cérebro, mas eu não era capaz de formulá-la! O túmulo de Qin... Sua localização deve ter sido descoberta há apenas uns dez anos! A zona de escavações é imensa, quase 50 quilômetros quadrados. Tenho um amigo arqueólogo por lá, ele me explicou. Eles começaram por desobstruir os arredores e trouxeram à luz fossas imensas, com milhares de soldados de terracota, em tamanho natural! Um exército inacreditável, encarregado de zelar pelo repouso eterno do primeiro imperador! Alguns textos contam que o próprio túmulo encontra-se sob um enorme sambaqui, algo como uma espécie de colina que vemos reproduzida no Tratado. Qin teria mandado construir uma réplica subterrânea de seu reino, com palácios, casas, rios... E armadilhas extraordinárias para defendê-los! É provavelmente lá que está escondido o anel. É para lá que devo ir!

Chamberlain pronunciara esse discurso com um fervor exaltado, como se para convencer a si próprio da pertinência de suas declarações. Fazia de tudo para recuperar a esperança.

— Se há armadilhas, como você diz, deve ser perigoso... — replicou Sam, que supunha que era para lá que o Tatuado o enviava.

— Qin morreu em 210 a.C., seu mausoléu está inviolado há mais de dois mil anos, quem pode saber o que ele abriga? As autoridades chinesas decidiram não tocar nele para deixar às gerações futuras a tarefa de escavá-lo com técnicas mais eficientes. Mas se eu puder chegar até o sítio de buscas, certamente conseguirei...

O radiocassete parou de repente com um "clong" de mola soltando, interrompendo completamente as especulações do arqueólogo. Houve um longo silêncio durante o qual Chamberlain observava alternadamente seu aparelho de som e aquele rapaz de capuz surgido de lugar nenhum. Dúvidas o assolavam...

— Será que...

— Devolva-me as moedas — exigiu Sam, que percebeu a mudança no ambiente.

— Eu... não estou dormindo, estou?

— Essa pistola é mais do que real, pode acreditar. As moedas, por favor, estou com pressa.

Chamberlain obedeceu, com uma mímica de aflição.

— E o meu sonho, e o imperador Qin? — gemeu. — E o anel?

— Não faço a mínima ideia — admitiu Sam. — Mas, se você fizer exatamente o que eu quero, prometo que logo estará livre para ir se certificar pessoalmente. A propósito, deixo o Tratado com você.

O arqueólogo abaixou o olhar, vencido. A chama que o animara ainda há pouco parecia ter sido bruscamente assoprada: não restava mais senão um pobre homem encolhido em sua cadeira e aniquilado pela decepção.

Ao mesmo tempo que continuava a dar-lhe mostras de respeito, Sam contornou a mesa e pegou um cinto entre o monte de roupas empilhadas no assento.

— Mãos para trás, bem juntinhas — ordenou.

Chamberlain obedeceu.

— Então é você mesmo o ladrão, hein? — perguntou — Será que pode me dizer pelo menos para que você usa essas moedas?

— Trabalho para alguém — respondeu Sam, pensando no Tatuado. — Um homem que usa o símbolo de Hathor no ombro. E, se não fizer questão que ele o visite pessoalmente, é melhor que não aconteça nada comigo esta noite.

— Hathor, a filha de Rá — resmungou o arqueólogo. — A deusa dos dois rostos... Ela pune severamente os homens, mas também sabe recompensá-los. Acha que um dia terei minha recompensa?

Samuel terminou de amarrar seus punhos no espaldar da cadeira. Não gostava nada de fazer aquilo, ainda mais porque lhe ocorrera um detalhe: anos depois de ter sido questionado por sua direção leviana do sítio de escavações de Tebas, o infeliz Chamberlain morrera de câncer.

— Imagino que aquele cuja punição é particularmente injusta pode esperar uma recompensa particularmente alta — ele profetizou para confortá-lo. — Agora, desculpe, tenho que amordaçá-lo. Mas, antes, uma última pergunta: onde fica a barraca de Faulkner?

— A barraca de Faulkner? O que é que...

— Tenho uma coisa para pegar lá. E então?

— É a terceira à esquerda na direção da cerca. Pretende fazer com ele a mesma coisa que fez comigo?

Samuel pôs um dedo nos lábios para impor silêncio. Desatou o lenço branco que Chamberlain usava em volta do pescoço e pressionou-o sobre sua boca antes de amarrá-lo.

— Não vai demorar nada — tranquilizou-o. — Daqui a pouco você será libertado.

Por precaução, introduziu novamente a fita no aparelho e apertou a tecla "play". Às primeiras notas da música, pegou a caixa de fósforos próxima ao copo de lápis e apoderou-se da rodela metálica no interior. Uma moeda amarela, tudo que tinha de mais banal, mas furada no centro como necessário... Guardou-a no bolso, enfiou o revólver na calça e saiu da barraca proibindo-se de virar o rosto.

VI

Deduções

Samuel respirou aliviado o ar quente da noite. Não estava muito orgulhoso da maneira como silenciara Chamberlain, mas tentava persuadir-se de que entre dois males — o desconforto do arqueólogo ou o fracasso de sua missão —, escolhera o menor. Certificou-se de que a sentinela não rondava nas proximidades e caminhou ao longo da cerca até a terceira barraca. Como todas as tendas vizinhas, era menos imponente que a do chefe das escavações e, obviamente, estava mergulhada no escuro. De que maneira seu pai ia reagir quando Sam o tirasse da cama para lhe contar uma história rocambolesca de viagem no passado e modificação do futuro? Samuel podia começar a afiar seus argumentos.

Colou o ouvido na lona e percebeu apenas o rumor do acampamento, o estridular dos grilos e o miado distante de um gato perdido. Ou Allan estava dormindo ou...

Abriu delicadamente o zíper e passou a cabeça. Nenhum barulho, nem sequer o de uma respiração. Pegou o Círculo de

Ouro e passeou seu halo benfazejo pela escuridão. Seu pai podia reclamar da desorganização do filho, mas ele também não parecia um modelo no assunto! Pratos sujos estavam empilhados na mesa dobrável, com latas de conserva e uma garrafa de refrigerante abertas. Havia também miolo de pão, jornais amassados, um jogo de tarô, fichas de plástico...

Atrás do canto das refeições estendia-se a parte do quarto, que parecia mais a bancada de um vendedor ambulante do que um lugar de repouso dedicado à quietude e ao sono: duas camas vazias com sacos de dormir enrolados estavam separadas por uma fileira de roupas mais ou menos dobradas, um violão estava equilibrado numa mochila, um narguilé reinava no meio de uma bandeja dourada, rodeado por um bule e canecas de chá, uma mala aberta transbordava livros e botas de caminhada — curioso convívio —, duas toalhas e duas camisetas secavam numa corda esticada a partir da estaca central etc. Allan e aquele com quem dividia sua barraca deviam ter a mesma concepção de arrumação... E dos programas noturnos, aparentemente!

— O segundo estagiário — murmurou Sam, tomado por uma intuição súbita... — E se fosse ele o Tatuado?

Uma observação de seu avô voltava-lhe à mente: durante aquele famoso estágio arqueológico em Tebas vinte anos antes, um outro estudante, da mesma idade que Allan, evaporara-se como ele do sítio de escavações várias vezes. Logo, era possível deduzir racionalmente que seu pai e aquele misterioso estagiário haviam descoberto e utilizado juntos a pedra esculpida — aliás, era o que provavelmente explicava que sua barraca estivesse vazia no meio da noite. E Samuel não podia deixar de fazer a ligação com o e-mail que o Tatuado enviara-lhe aquela mesma manhã, em particular as frases que dizia sobre Allan: "*O coitado nunca teve ambição, você sabe... Nunca quis compreender o que tinha realmente nas mãos, o que poderia ter feito se fosse menos covarde. O que poderíamos ter feito. Mas ele preferiu continuar um medíocre entre os medíocres.*"

"O que poderíamos ter feito..." Não seria uma alusão velada ao que acontecera na época, quando, depois de ter compreendido o mecanismo da pedra, ambos haviam avaliado a incrível extensão de suas possibilidades? E os lucros enormes que podiam tirar daquilo? Talvez Allan tivesse tido escrúpulos a ponto de desistir de usá-la, o que podia ter feito nascer em seu colega um rancor doentio... Na sequência, o túmulo do grão-sacerdote havia sido selado e a pedra tornara-se inacessível para ambos. Allan Faulkner voltara aos Estados Unidos e os dois ex-colegas haviam perdido o contato... Ou melhor, o Tatuado conseguira manter-se a par da rotina de Allan. Conseguira saber de sua mudança para Sainte-Mary e, mais recentemente, de sua instalação na antiga casa de Gary Barnboïm. Por sua vez, durante todos aqueles anos, ele mesmo não tinha virtualmente perdido seu tempo... Graças ao símbolo de Hathor que mandara tatuar no ombro e a uma outra pedra esculpida que arranjara em outro lugar — a que lhe permitira despachar Alicia para Roma? —, organizara um rentável tráfico de obras de arte. Roubava objetos preciosos no passado, depois revendia-os no presente por somas astronômicas por intermédio da Arkeos.

Sim, as peças do quebra-cabeça começavam a se encaixar...

Por outro lado, pelo que Setni disse a Sam durante seu encontro, a marca de Hathor tinha seus próprios limites e não permitia àquele que a utilizasse deslocar-se ao seu bel-prazer através dos séculos. Daí, talvez, a tentativa do Tatuado de se aproximar de Allan nessas últimas semanas para o caso de este ter descoberto na casa de Barnboïm um meio mais eficaz de viajar. Pudera assim reatar o contato, como atestava a mensagem que Sam escutara na secretária eletrônica da livraria logo depois do desaparecimento do seu pai: "Allan, sou eu... Sei que está aí... Não banque o idiota, responda. Allan, está me ouvindo? Allan? Responda, miserável." Uma voz metálica e dissimulada, impossível de identificar, mas ameaçadora, muito ameaçadora. E que acrescentara depois de uma pausa: "Ok, eu avisei..."

Não obtendo nenhuma resposta de seu ex-colega de equipe, nada impedira então o Tatuado de ir a Sainte-Mary. Uma vez lá, inteirara-se da existência do lote de moedas furadas legado por Gary Barnboïm à cidade e planejara apossar-se delas. Daí aquela operação noturna no museu... Nos dias seguintes, longe de se fazer esquecer, também arrombara a Livraria Faulkner em busca de livros ou documentos. Será que já sabia que Allan partira no encalço do Círculo de Ouro? Era bem plausível. E, uma vez que sua intrusão na livraria não dera em nada, ele concebera o plano delirante de usar Sam para obter o que desejava...

Claro, Samuel tinha consciência de que esse raciocínio apoiava-se em mais hipóteses do que certezas. Contudo, e exceto por alguns detalhes, sua teoria resistia. Teria colocado a mão no fogo: o estagiário e o Tatuado eram a mesma pessoa...

Avançou até o fundo da barraca e debruçou-se sobre a mochila em busca de passaportes ou carteiras de identidade. No bolso da frente, deu com um pequeno relógio redondo com um mostrador creme e números verdes e sentiu uma pontada no coração. Era o relógio de seu pai, aquele que ele vira sempre em seu pulso desde criança e que devia, exatamente naquele instante, esperar sensatamente sobre a mesinha de cabeceira do quarto 313, em algum lugar no início do século XXI. Samuel acariciou com o dedo o vidro e o dispositivo de corda — o orgulho de Allan, nada segundo ele equiparava-se a um relógio em que se dava corda manualmente, e aquele parecia ser de uma precisão impressionante. Que ironia, pensou, que seja justamente esse objeto que o ligue a seu pai pelas sendas do tempo!

— Devo estar um pouco atrasado, papai — ele disse baixinho. — Estou agindo o mais rápido possível, você sabe. Preciso cuidar de Alicia e...

Perturbado com sua descoberta, ergueu-se sem prestar atenção na corda de pano esticada acima dele. Deu de cara com uma toalha, recuou por reflexo e esbarrou no narguilé. Este tombou sobre a bandeja metálica com um barulho sonoro de lata: boiiing! Sam ficou de cabelo em pé... Durante um ou dois segundos, não aconteceu nada, depois um latido estrangulado ressoou no exterior, seguido de uma ordem lançada a meia-voz:

— Não, Sultão! Volte!

O cachorro... O cachorro do guarda o detectara!

— Sultão!

"Esse vira-lata deve ter escapado", pensou Samuel, as pernas subitamente moles. "Ele vai voltar e pôr tudo a perder!"

Hesitou em precipitar-se para a saída, mas era tarde demais, e, de toda forma, não tinha nenhuma chance de ganhar do animal na corrida. Deixou-se então cair no colchão mais próximo, tanto para tentar se esconder quanto para se proteger. Enroscou-se todo em seu casaco, mantendo apenas um minúsculo espaço para ver a chegada da fera.

— Dentro, não, Sultão! — arfou o vigia noturno, cuja lanterna desenhava um círculo de claridade do lado de fora da barraca. — Dentro, não!

Mas Sultão não estava nem aí: já erguia com o focinho a aba de lona da entrada. Começou a rosnar, certo dessa vez de que sua presa não lhe escaparia... Samuel, que sentia a coronha da pistola em sua barriga, agarrou a arma evitando qualquer movimento brusco. Depois do rosnado abafado do início, o animal emitia agora uma espécie de gargarejo pavoroso, mandíbulas retorcidas e incisivos arreganhados. Aquele monstro parecia querer acrescentar uma sobremesa a seu jantar recém-ingerido... Sua silhueta elegante logo veio a se delinear ao lado da mesinha, depois houve um roçar suspeito na cama adjacente e Samuel sentiu um cheiro forte. O mastim estava a apenas um metro, seus olhos como que dois pontos brilhantes, o pescoço espichado e as patas dobradas na postura de uma fera prestes a saltar.

— Rrrrllrrlllrrr...

O cão avançou mais dois passos até arfar seu bafejo fétido no nariz de Sam. Tremia de agressividade, as orelhas para trás...

— Aqui, Sultão! — resmungou o vigia do outro lado. — Aqui, agora mesmo!

Samuel apontou o cano de sua arma para o alto. Enfiou um dedo no gatilho e fechou os olhos, esperando para atirar no instante em que o cão desencadeasse seu ataque. Porém, sem razão aparente, este pareceu subitamente menos determinado: seu insuportável rosnado baixou um tom e ele começou a farejar avidamente a roupa de sua presa. Samuel sentiu em seguida uma língua quente e viscosa varrendo-lhe a testa, enquanto o animal soltava ganidos chorosos. O casaco, compreendeu Sam... Era do vigia! Eis o que desorientava o cachorro! Ele reconhecia o cheiro do dono!

— Junto, Sultão — intimava justamente a voz do lado de fora.

O animal espirrou duas vezes, como se a mistura dos eflúvios humanos confundisse o seu faro, depois precipitou-se repentinamente para trás e correu para a saída.

— Até que enfim, Sultão! — sussurrou o guarda. — Quer acordar todo mundo?

Samuel enxugou a testa copiosamente molhada de saliva. Aquele cão tinha uma afeição tão pegajosa quanto imprevisível...

Permaneceu imóvel na cama até que os passos do guarda se afastassem. Ainda que as coisas tivessem acontecido muito rápido, era um pequeno milagre o acampamento não ter todo se posto de pé para xingar as oscilações de humor do mastim. A menos que estivessem todos vadiando ou entorpecidos pelo álcool, com o qual Chamberlain era muito capaz de encharcá-los...

Sam guardou o relógio em seu lugar e se esgueirou para o lado de fora. A calma voltara ao acampamento e nada parecia ter se mexido para as bandas do arqueólogo. Dessa vez evitara o pior.

VII

Aquele que reunir as sete moedas...

Com a mente invadida por pensamentos febris, Sam percorreu de volta a linha da cerca até o atalho que serpenteava em direção ao túmulo de Setni. Definitivamente, ainda que não tivesse conseguido falar com seu pai, aquela etapa forçada no Egito não se revelara inútil, ao contrário. Por um lado, ganhara uma moeda furada que elevava agora seu total ao tão esperado número sete, por outro aprendera coisas cruciais sobre o Tatuado, em especial as razões precisas que o levavam a querer pôr as mãos ao mesmo tempo no Tratado e no Círculo de Ouro... Como Vlad Tepes antes dele, o Tatuado acreditava piamente na existência desse anel da eternidade, cobiçado, por sua vez, pelo próprio alquimista de Bruges. E, para apossar-se dele, tinha que ler, ao que tudo indicava, as páginas arrancadas do Tratado das 13 Virtudes Mágicas. Ora, como fazê-lo a não ser voltando no tempo, para logo antes de o livro ter sido estropiado? Eis por que o Tatuado enviava Sam a Roma, em plena invasão de Carlos V!

Por outro lado, a descoberta desse anel estava subordinada à posse dos dois círculos de ouro cuja história Sam conhecia depois que Setni lhe deixara a par. Segundo a lenda, o primeiro Círculo de Ouro tinha sido fundido pelo deus Thot e oferecido ao grande mágico Imhotep a fim de que ele partisse no tempo em busca de um remédio para a filha do faraó, na época gravemente enferma. Uma cópia fora fabricada mais tardiamente, quando invasores vindos do leste, os hicsos, tinham conquistado o Egito e se apoderado, dentre outros butins, do relato das viagens de Imhotep. Essa cópia, conhecida como bracelete de Merwoser, fora em seguida levada para o Oriente, onde sua origem e suas particularidades haviam pouco a pouco caído no esquecimento. Pelo menos até Vlad Tepes encontrar os rastros da joia e levá-la para o castelo de Bran. Onde Sam a surrupiara ao mesmo tempo que salvara seu pai...

Em outras palavras, o Círculo de Ouro que Samuel transportava atualmente em seu bolso era na realidade o bracelete de Merwoser. O original, o que Thot forjara, permanecera por sua vez durante muito tempo escondido em Tebas, provavelmente no templo de Amon, onde, graças às suas funções de grão-sacerdote, Setni terminara por descobri-lo. Usara-o por sua vez e, quando Samuel cruzara com ele na casa de Barnboïm em Sainte-Mary, admitira que o tinha consigo, bem guardado em sua bolsa. O que acontecera depois com esse Círculo de Ouro? Samuel não fazia a mínima ideia...

Continuou sua caminhada voltando-se para ter certeza de que não o seguiam. Felizmente, o vigia e seu cão tinham tido a boa ideia de fuçar no lado oposto do acampamento...

Ao passar pela porta do túmulo, Sam sentiu a lenta pulsação da pedra despertando nele, duplicada por uma espécie de murmúrio que parecia subir das entranhas da terra. Parou e espichou o ouvido: o mencionado murmúrio não provinha da pedra esculpida, era o eco de uma conversa travada em algum lugar nas profundezas?

— Papai? — arriscou.

Lançou-se através da série de escadarias e corredores iluminando-se com o Círculo de Ouro. À medida que se enfiava pelo túmulo, tornava-se evidente que a conversa era, na verdade, uma discussão entremeada por estilhaços de voz e choques surdos. Ao chegar ao poço onde pendia a corda de nós, compreendeu que as palavras que lhe pareciam até então distorcidas pela distância eram pronunciadas numa língua que ele não dominava. Entretanto, se não podia captar o sentido, percebia claramente sua violência: os dois homens estavam se confrontando. E um deles tinha o timbre de Allan...

Sam pulou da corda e enveredou por uma espécie de túnel que os arqueólogos haviam escavado para alcançar o sarcófago. Havia um brilho acobreado bem vivo na direção do fundo e sombras agitavam-se berrando, de maneira quase teatral. Ao sair na câmara funerária, Samuel primeiro piscou os olhos, incomodado pela claridade do lampião que se refletia sobre as paredes douradas. Quando acostumou-se um pouco com a luz, distinguiu dois homens brigando furiosamente no chão, ambos vestindo um camisão branco comprido parecido com o que prodigalizava a magia da pedra aos viajantes do tempo. O homem que estava embaixo parecia em maus lençóis: tentava desvencilhar-se do domínio de seu adversário, que passara as duas mãos em volta de seu pescoço e o apertava com todas as suas forças vociferando coisas obscuras.

— Cre vou cuar eu!

Samuel só o via de costas, mas reconhecia sem dificuldade a técnica de estrangulamento do Tatuado, cuja eficácia ele próprio experimentara aquela noite no museu. Quanto à sua vítima, esmagada e arfante, Sam deu um passo lateral para melhor discernir seu rosto. Foi como se um raio atravessasse seu coração: o homem que lutava desesperadamente para aspirar uma golfada de ar era Allan! Um Allan mais jovem, quase magro, com cabelos pretos cobrindo a testa e uma cara de criança apavorada às voltas com aquele mais forte que ela no pátio do colégio... Só que não se tratava de uma briga de colegiais, e sim de uma tentativa de assassinato!

Sam teve que se sacudir para sair do torpor que o prostrava. Seu pai... Aquilo não era um filme, ele não era um espectador... Tinha que agir!

Sacou a pistola do cinto e avançou direto sobre o Tatuado. Levantou bem alto o braço e, sem calcular, bateu com a coronha o mais forte possível. O agressor soltou um "fu" de bola furada e desmoronou para a frente. Sam virou-o de lado e inclinou-se imediatamente para o seu pai a fim de ajudá-lo a se levantar. Sentiu uma espécie de mal-estar: aquele rapaz era apenas um pouquinho mais velho que ele... Parecia recém-saído da adolescência e, apesar disso, tinha os olhos escavados e uma pele de papel machê, como se alguma coisa o roesse intimamente. Doente, devia estar doente... Seu avô contara que na volta de seu estágio em Tebas, Allan perdera dez quilos e pegara um vírus cruel. Uma espécie de advertência, de certa forma, que deveria tê-lo feito compreender que não tinha nada a ganhar percorrendo as sendas do tempo!

Sam estendeu-lhe a mão, que ele agarrou com gratidão ao mesmo tempo que massageava o pescoço. Estava visivelmente atordoado, esgotado, mas, apesar da estranheza da situação, alguma coisa de franco e simpático emanava de sua pessoa. Em outras circunstâncias, Samuel tinha certeza de que poderia virar amigo daquele moço...

Uma vez de pé, Allan apoiou-se, aliás de bom grado, no braço de Sam.

— Sir — murmurou ele. — Horse, não assirai tessor.

Samuel opinou estupidamente com a cabeça sem responder. E por um motivo óbvio: não entendera nada! Droga! Como não pensara nisso antes? Evidentemente, seu pai e ele estavam usando línguas diferentes! Ao chegar ao Egito, a pedra esculpida certamente lhe permitira dominar a língua local, mas Allan, por sua vez, continuava a falar em inglês! Daí as sonoridades vagamente familiares de suas palavras, às quais Sam não conseguia conferir sentido... Ele não dominava mais sua língua materna! E, se a sua conversa com Chamberlain pudera iludi-lo com relação a esse ponto, era porque o arqueólogo exprimia-se perfeitamente em árabe! Ao passo que Allan...

— O qué muove? — interrogou este, desorientado com a expressão consternada de Sam.

Encontrar alguma coisa, rápido... Sam agarrou o seu pulso e o atraiu para o lado do sarcófago onde estava esculpida a pedra.

— Você não deve nunca mais se aproximar disso — declarou ele, destacando cada sílaba. — Está claro? Nunca mais?

Seu tom veemente deve ter contrariado Allan, que franziu o cenho.

— Eu não compreender — disse ele em árabe com um sotaque terrível.

— Não mais tocar na pedra, ok? A PEDRA É PERIGOSA — gritou ele.

Allan soltou sua mão e recuou, subitamente desconfiado.

— Eu não compreender — recomeçou. — Eu partir! Você partir! — acrescentou, apontando o túnel com o dedo.

— Espere — intimou Sam, irritado por não se fazer entender —, você precisa me prometer! Isso é muito importante! A pedra só traz aborrecimentos! Ela é maldita, compreende? MALDITA!

O outro estagiário que jazia no chão começou então a resmungar, como se as vociferações o incomodassem. Aquilo pareceu trazer determinação a Allan, que pegou suas roupas escondidas atrás de uma jarra e caminhou com um passo vacilante para a saída. Voltou-se uma última vez para considerar seu colega no chão, depois recolheu o saco de plástico azul que continha a carne podre e o agitou para Sam.

— Cachorro come! — disse ele com um débil sorriso. — Eu partir!

E enfiou-se pela passagem.

Sam hesitou em lançar-se em seu encalço: tinha a intuição de que não conseguiria mais muita coisa. Por outro lado, seu tempo era contado: o vigia continuava a rondar do lado de fora e Chamberlain podia disparar o alerta de uma hora para outra. Ainda por cima, tinha o Tatuado, que não demoraria a ressuscitar.

O Tatuado...

Sam sentiu um veneno maligno espalhar-se em suas veias. Era tudo culpa dele, no fim das contas... E ele estava ali, desmaiado, à sua mercê...

Samuel debruçou-se sobre o corpo inanimado, ergueu seu braço direito e arregaçou a manga da espécie de camisola. O ombro estava intacto, nenhuma tatuagem. Claro, aquilo não queria dizer nada, a marca de Hathor podia ter sido desenhada muito mais tarde. Quanto à identidade do agressor de seu pai...

Sam ficou de quatro para revirá-lo. Era alto, forte e pesava o mesmo que um burro morto! Sam teve de parar várias vezes antes que os traços do estagiário surgissem na luz dourada...

— Não, ele não!

Fez um gesto de repulsa e o crânio do Tatuado chocou-se ligeiramente com o solo.

— Ele, não — repetiu, quase sem fôlego.

O misterioso estagiário não era outro senão Rudolf! Rudolf, o namorado da tia Evelyn! Rudolf, que de umas semanas para cá instalara-se na casa de seus avós! Rudolf, que urdira tudo desde o início e que bancava o inocente, pregando moral para todo mundo!

— Vou... — começou Samuel, o lábio trêmulo.

Quase sem se dar conta, seus dedos pousaram novamente sobre a coronha da pistola. Seria tão simples... Uma minúscula pressão no gatilho e não haveria mais nem Tatuado, nem ameaças de morte, nem sequestro de Alicia. Tudo voltaria a ser como antes.

Acariciou essa ideia durante um instante, mas logo a arma em seu bolso pareceu-lhe demasiado pesada e fria. Uma coisa era atacar alguém, outra atirar, ainda mais num homem no chão, mesmo sendo seu pior inimigo. Por conseguinte...

Sam levantou-se agilmente e dissimulou o melhor que pôde o revólver no canto dos objetos funerários, atrás de uma jarra. Pelo menos por enquanto, ninguém mexeria ali.

Voltou em seguida até Rudolf e examinou-o mais de perto. Incrível como também estava jovem. Cerca de vinte anos, como Allan. O que já constituía um enigma em si. O Rudolf com que Sam se deparava em seu presente era com efeito um cinquentão, dez anos mais velho que seu pai. Esta era aliás uma das razões principais pelas quais Sam nunca suspeitara dele: na sua cabeça, Allan e o estagiário de Tebas eram da mesma geração, não tinham dez anos de diferença entre si! Havia então realmente alguma coisa que não batia... Como podiam ter ao mesmo tempo a mesma idade no passado e dez anos de diferença no futuro?

Ou então... Samuel lembrou-se das palavras de Setni. O grão-sacerdote explicou que, se ele parecia mais velho do que era, era porque vagara longamente pelas sendas do tempo durante sua existência... E Sam também constatou pessoalmente que, desde que "viajava", adquirira musculatura e estatura. Como se tivesse crescido. Um uso intensivo da pedra poderia provocar uma espécie de envelhecimento precoce? Nesse caso, melhor permanecer na sua época!

O braço de Rudolf contraiu-se fugazmente e suas pálpebras estremeceram. Ia voltar a si.

Sam passou por cima do corpo e foi até o sarcófago. Com a iluminação do lampião, a sala parecia-lhe um pouco diferente. Mais ampla, mais alta... Ainda magnificamente decorada, decerto, mas arrumada de outra forma. Na lembrança que tinha de sua viagem precedente, a pedra esculpida estava virada para o lado oposto, para o fundo do túmulo, e não, como dessa vez, para a grande figura de Thot, que brandia uma coroa... Ou seja, antes da inumação de Setni e à luz de um simples archote. Talvez tivessem feito obras depois... Não era só isso, naquele dia Sam saía do palácio de Ramsés, onde tivera contato pela primeira vez com a cerveja egípcia... Provavelmente não estava então com as ideias muito claras!

Ajoelhou-se diante do grande bloco de rocha sobre o qual repousava o caixão e enfiou o mapa de Roma na cavidade. Depois pegou o Círculo de Ouro. A hora da verdade! Se a fórmula do alquimista estivesse correta, ele devia poder escolher sua destinação e chegar com segurança à sua próxima escala. "Aquele que reunir as sete moedas será o senhor do sol. Se ele conseguir fazer brilhar os seis raios, seu coração será a chave do tempo..." Samuel coletara os elementos necessários, a pedra agora só tinha que cumprir suas promessas!

Enfiou as seis primeiras moedas no interior do bracelete de Merwoser e aproximou-o do sol gravado. Como da vez precedente, cada uma das rodelas encontrou espontaneamente seu lugar em uma ou outra das seis fendas. Ele sentiu então seu ritmo cardíaco acelerar enquanto a pulsação lenta da pedra chacoalhava mais forte dentro do seu peito. Uma espécie de apelo ou de convite urgente...

Virou em seguida a moeda chinesa entre seus dedos, perguntando-se que face seria a melhor para propeli-lo até o túmulo de Qin. Escolheu o lado mais deteriorado e pressionou-o com o polegar sobre o disco solar. Nada se produziu a princípio, mas, após um ou dois segundos durante os quais o batimento no fundo dele fez-se ainda mais imperioso, fagulhas brancas brotaram das ranhuras para formar uma bolha de energia brilhante em torno do Círculo de Ouro, como um pequeno sol que incandescesse a pedra. "Se ele conseguir fazer brilhar os seis raios, seu coração será a chave do tempo..."

Fascinado, Sam contemplou aquela saliência cintilante, do tamanho de uma metade de laranja, que parecia flutuar ao pé do sarcófago. Depois resolveu esticar o indicador para tocar nela. Não era nem quente nem frio, era vaporoso. A sensação de atravessar um gás fosforescente que pinicava ligeiramente a pele antes de deixá-la insensível, quase imaterial. Pressionou com mais força e teve a impressão de que suas falanges atravessavam a pedra sem encontrar resistência. Deu uma olhada no resto da sala para certificar-se de que não era vítima de uma ilusão, mas nada no recinto parecia ter-se mexido. Ou melhor, sim: Rudolf soerguera-se num cotovelo e observava, boquiaberto, o incrível fenômeno. "Paciência", pensou Sam, era tarde demais para dar marcha ré.

Retirou seu dedo da bolha incandescente e pôs rapidamente a mão no topo da pedra. Assim que a roçou, todo seu ser foi sacudido por um longo espasmo de fogo e cada molécula de seu corpo pareceu vaporizar-se sob o efeito do calor...

VIII

O palácio dentro da colina

A escuridão, de novo...

Samuel recobrou os sentidos, deitado de lado, diretamente no solo. A colina do imperador Qin? Ficou de quatro e examinou as diferentes partes de seu corpo: nenhuma dor em nenhum lugar, nem sequer náusea. Um pequeno milagre, comparado à violência com que fora projetado nos corredores do tempo... Se a decolagem era sempre problemática, quem sabe a associação entre o Círculo de Ouro e as sete moedas atenuava as contrariedades da aterrissagem?

O Círculo de Ouro, justamente... Samuel tateou, procurando-o e se perguntando por que ele não iluminava mais. Ao apalpar as paredes à sua volta, percebeu que estava de fato numa espécie de beco sem saída. A pedra esculpida estava engastada na parede do fundo e o bracelete de Merwoser direitinho em seu lugar, sobre o sol. Sam soltou-o sem dificuldade, mas nem por isso ele recuperou seu brilho. Pegou também a moeda chinesa no centro, bem como o mapa de Roma na cavidade e enfiou tudo nos bolsos. Agora, dar no pé...

Ao se levantar, bateu com a cabeça no teto e supôs que devia estar numa espécie de canal escavado nas profundezas. Ao cabo de uns vinte metros, percebeu um tênue raio de luz escoando em torno de uma porta arredondada. Ficou de cócoras e entreabriu o batente: atrás, abria-se um espaço gigantesco mergulhado na penumbra e que abrigava uma grande morada com telhado de pagode. A casa dentro da colina! O desenho do Tratado das Treze Virtudes Mágicas! Chegara ao túmulo de Qin!

Sam quase se lançou para o alpendre com uma decoração complicada que sobranceava a única entrada do casarão, mas lembrou-se da advertência de Chamberlain: o túmulo estava enxameado de armadilhas... Respirou então duas vezes antes de sair e deu um tempo para examinar o local — pelo menos o que podia perceber. À primeira vista, tudo indicava ser um palácio oriental, com seus telhados característicos de pontas reviradas, sua série de terraços cercados por balaustradas esculpidas, seus dois elegantes patamares em branco e vermelho lambidos por chamas de velas imensas. Em cima, a abóbada celeste parecia cintilar de estrelas, mas um exame atento revelava que elas estavam próximas e eram numerosas demais para comporem um céu de verdade. Pedras preciosas que refletiam a luz, talvez, ou então uma substância fosforescente...

Em frente à casa estendia-se um jardim cuja maior parte achava-se na sombra. Sam, por sua vez, encontrava-se a certa altura, a aproximadamente um metro e meio do solo, acima de uma aleia que serpenteava por um canteiro de musgos e pedrinhas. Alguns arbustos com troncos retorcidos estavam plantados nas orlas e, a intervalos regulares, pedras empilhadas formavam pequenos nichos abrigando estátuas rechonchudas.

Samuel desceu do seu poleiro fazendo uso dos três degraus modelados na terra: uns quarenta metros o separavam do palácio, nada de intransponível.

Pôs o pé numa primeira lajota da aleia e logo teve a impressão de que ela afundava. Tomado por um brusco pressentimento, escorou-se na escada improvisada enquanto um silvo rasgava o ar: uma flecha resvalou em seu braço e foi cravar-se na parede de barro com um barulho nojento de ventosa: chlop! A apenas trinta centímetros de seu ombro...

Sam ficou estupefato, o coração ressaltado, sem ousar fazer mais um gesto que fosse. Tentou enxergar no escuro à sua esquerda, de onde a flechada partira, e, de tanto apertar os olhos, acabou por entrever uma linha de formas humanas postadas na escuridão. Arqueiros. Ou besteiros, difícil dizer. Pelo menos uns cinquenta, em duas fileiras. Os primeiros, com um joelho no chão, os outros de pé. Empertigados e impassíveis, provavelmente esperando que ele desse o passo seguinte. Sam então procurou sua salvação do lado direito, mas o comitê de recepção não era mais amável: o mesmo número de soldados, distribuídos também em dois níveis e prontos para transpassá-lo se ele fizesse menção de avançar.

"O que eles fazem aqui?", perguntou-se Samuel. "Como souberam que eu cheguei: e por que não disparam? São cem contra um!"

Após vários segundos de angústia, aquela imobilidade e aquele silêncio lhe pareceram suspeitos. Nenhuma ordem vociferada, nenhum retinir de armadura, nenhuma respiração audível. E se ele estivesse lidando com estátuas? Chamberlain não falara de guerreiros de terracota que defendiam o túmulo? Naturalmente, entusiasmou-se, não se tratava de soldados de carne e osso, mas de estátuas! Um tipo de robôs que disparavam seus dardos quando alguém se aproximava deles e...

Sam observou atentamente o caminho. As lajotas... Eram retangulares, de um suntuoso negro brilhante com ideogramas escarlates desenhados em cima. Eram elas que comandavam o disparo. Um mecanismo subterrâneo devia ser acionado assim que uma delas fosse ativada. Talvez, então, contornando-as...

Sem mover os pés, Sam retirou a flecha da parede de barro onde ela se cravara. A haste era confeccionada numa madeira dura e a ponta de bronze parecia terrivelmente afiada. Um engenho feito para matar, não para ferir. Sam abaixou-se e usou-a para tatear o canteiro de musgo cinza que formava como um tapete acinzentado de cada lado da aleia.

Não precisou se esforçar muito: assim que deu umas batidas de sonda, um maxilar de ferro fechou-se sobre a flecha e a quebrou em três pedaços. O comitê de recepção também planejara armadilhas boca de lobo! Sem contar as outras surpresas que decerto esperavam o imprudente que se afastasse da trilha...

"Vamos", encorajou-se, com certeza havia uma solução. *Necessariamente havia uma solução...* Inspecionou novamente o palácio, mais do que nunca inacessível, o jardim mergulhado na sombra com suas múltiplas armadilhas, a posição das estátuas que ele mais adivinhava do que via, e enfim a passagem com suas lajotas alinhadas duas a duas. Todas estampavam efetivamente um sinal escarlate no fundo preto e se à primeira vista ele pensara numa simples decoração, constatou que bastava um pouco de concentração para desvendar seu sentido: = lua, = homem, = fogo, = árvore, = montanha etc. Ele entendia chinês! A magia da tradução simultânea continuava a funcionar!

Bom, e agora? Uma estimativa rápida das lajotas mais próximas dava aproximadamente uma meia dúzia de caracteres diferentes sucedendo-se na aleia sem ordem aparente. E, se porventura o conjunto tivesse um sentido global, este lhe escapava.

Foi então que o desenho da última página do Tratado impôs-se à sua memória: sobre o sambaqui de Qin, o artista representara uma moeda com um furo quadrado à guisa de sol. Ora, sobre essa moeda...

Samuel pegou febrilmente o Círculo de Ouro no bolso e soltou a moeda que o levara até ali. Era como uma irmã daquela do Tratado e, sobre cada uma de suas faces, os mesmos dois sinais estavam gravados: e , "homem" e "montanha". Precisamente dois dos caracteres que enfeitavam a aleia. "O homem que está na montanha"... Não era a situação de Sam justamente naquele momento? Seria uma espécie de pista para permitir ao visitante atravessar o jardim?

Sam considerou mais uma vez as lajotas: aquela sobre a qual ele saltara à esquerda estampava o sinal da lua. Sua vizinha da direita, por sua vez, exibia o da montanha... Será que era por aí que devia começar?

Avançou cautelosamente o pé e, ao mesmo tempo que ficava de sobreaviso para pular de volta para trás, pressionou com a ponta dos dedos o ideograma montanha. Visivelmente, aquela lajota não afundava... Pousou o segundo pé no retângulo e nenhum arqueiro desferiu flecha assassina. Na fileira seguinte, os ideogramas – fogo – e homem – achavam-se associados. Escolheu "homem", sem provocar qualquer reação por parte das sentinelas. A coisa parecia correr bem...

Continuou dessa forma, alternando escrupulosamente e vendo-se às vezes obrigado a saltar uma ou até mesmo duas carreiras de lajotas para alcançá-los, mas sempre conseguindo dirigir-se para pelo menos um dos retângulos seguros. Não era mais complicado do que jogar amarelinha.

Ao chegar são e salvo sob o alpendre, empurrou a pesada porta com os batentes de bronze e desembocou no pátio interno do palácio, onde reinava um cheiro forte e desagradável.

— De novo! — exclamou.

Três arqueiros de terracota estavam posicionados à sua frente, prestes a disparar seus dardos. Tinham aproximadamente seu tamanho e uma expressão no rosto que impressionava pela autenticidade: olhar taciturno, fronte rija, bigode negro como azeviche, pele acobreada e coque nos cabelos engenhosamente amarrado. Traziam arma colada em sua armadura metálica, a corda do arco esticada ao máximo. Na luz hesitante das velas, a ilusão era perfeita.

Diante deles, a aleia subdividia-se em três ramificações, todas espaçadas por uma série de lajotas sobre as quais se repetia um único e mesmo ideograma, dessa vez mais complexo: à esquerda, no centro e à direita. Uma variante do desafio precedente, que exigia fazer a opção correta a fim de não ser flechado a queima-roupa.

Samuel deixou-se levar pelo desenho dos ideogramas, cuja significação havia descoberto naturalmente, quase magicamente. O primeiro signo, , reunindo dois outros já encontrados anteriormente: e , isto é, "homem" e "árvore". era o homem recostado numa árvore, exprimindo a ideia de "repouso". No meio, a justaposição de , caracteres do fogo e da montanha, designava certamente o vulcão. À direita, resultava da união entre e , o homem e a montanha, os dois signos que lhe haviam trazido sorte até aqui. Ora, na tradição chinesa — em todo caso era assim que sentia instintivamente —, sua combinação tinha um sentido particular: , o homem que vivia em retiro na montanha, remetia à figura sagrada do Imortal. O Imortal... Aquele que o imperador Qin quisera tornar-se!

Sem mais hesitar, Samuel enveredou pela trilha do Imortal. A primeira lajota, a segunda, a terceira... Nenhuma estremeceu, e os três besteiros permaneceram de mármore. Contornou então as estátuas por uma dezena de metros e se imobilizou tapando o nariz: o cheiro irrespirável vinha dali. Um cadáver descarnado, quase esquelético, jazia no solo com uma flecha enfiada nas costas. Um saqueador ou um viajante perdido, que não tivera sorte de escapar dos guardas de Qin? E que teria desmoronado ali, a alguns metros do palácio, a mão estendida para uma porta que ele nunca alcançaria?

Sam preparava-se para fazer um desvio a fim de evitar o coitado quando percebeu o imenso anel que enfeitava seus compridos dedos enrugados. Vencendo a repulsa, debruçou-se: o anel era um *chevalier* de prata, e gravada nele havia uma torre com ameias. Uma joia com que Sam se deparara em outro lugar! Em Bruges, precisamente, no século XV onde aquele anelão simbolizava o poder do chefe de polícia, o Escutador. Seu proprietário inclusive usava-o no dia em que agarrara Sam quando este fuçava em seu gabinete secreto. Pois esse anel não era outro senão o do alquimista de Bruges! E aquele corpo sem vida o de Klugg! Klugg, que chegara até o túmulo de Qin sem desconfiar que ele também seria sua sepultura!

Samuel avaliou a situação: nunca gostara do alquimista, claro, mas saber que ele terminara seus dias ali, cruelmente ferido, longe de sua época e dos parentes... Seria então para aquilo que serviam as "viagens"? Para buscas insaciáveis que levavam a mortes inexoráveis? E para ganhar o quê, no fim das contas?

Sam levantou-se murmurando algumas palavras em memória de seu velho inimigo. Não havia mais nada a fazer, a não ser aprender a lição e redobrar a vigilância... Prudentemente, transpôs os últimos metros que o separavam da entrada do palácio. Este era emoldurado por duas lamparinas imensas, dois grandes vasos brancos de um metro e meio de altura, cheios até a metade de um líquido oleoso com fortes relentos de peixe e onde imergia um longo pavio enrolado em espiral. Dava para iluminar o local durante um bom tempo...

Em seguida, Sam transpôs a porta prendendo a respiração e entrou no casarão. Um vestíbulo decorado com um dragão verde e um dragão amarelo dava para o que parecia ser uma antecâmara: reposteiros vermelhos forravam as paredes e assentos baixos corriam dos quatro lados. À esquerda, uma fileira de degraus descia para um recinto num nível inferior onde estava armazenada uma quantidade impressionante de jarras e cestos, empilhados em prateleiras que iam até o teto. Samuel levantou uma ou duas tampas por curiosidade: grãos de cereais, frutas secas, cerveja... Como no Egito dos faraós, o defunto regalava-se com víveres terrenos durante sua viagem para o além!

Sam deu meia-volta e entrou no aposento seguinte. Um grande círculo de areia amarela estava desenhado no chão, no interior do qual duas estátuas de lutadores vestindo uma simples tanga, músculos proeminentes, encaravam-se. Um terceiro indivíduo no exterior do círculo erguia o dedo como para estimulá-los ao combate — ou para interrompê-lo? Uma espécie de ginásio, conjecturou Sam. A sala de exercícios, toda branca e despojada, dava ao fundo para uma escada de madeira, que Sam subiu para desembocar num terraço. Este também estava iluminado e dava ao mesmo tempo para o pátio e o jardim, conduzindo a um pavilhão cercado por uma galeria coberta onde estava pendurada uma profusão de faixas de cores vivas, como para celebrar uma festa ou uma recepção. Do lado de dentro, um banquete imóvel parecia estar no auge: três mesas gigantescas estavam postas, envergadas sob uma abundância de louça e tigelas, com animais de argila à guisa de pratos, cisne, pato, leitão e, várias estátuas de comensais com as mãos mergulhadas nos pratos ou levando um copinho à boca.

Parecia que uma maldição golpeara os festeiros em plena refeição e que bastava conhecer o feitiço para devolver-lhes a vida...

— Tudo bem, galera — exclamou Sam, a quem o silêncio incomodava —, muito bonita essa história de armadilhas e festim, mas como saio daqui?

Inspecionou o local sem dar com nada que se parecesse de perto ou de longe com uma pedra esculpida e voltou para o terraço, um pouco decepcionado. Continuou então sobre uma pequena passarela que levava a um segundo pavilhão branco e vermelho similar ao precedente, as fitas coloridas pelo menos. O ambiente ali era muito mais sóbrio: o espaço estava praticamente vazio, apenas com uma grande estátua de pelo menos dois metros de altura que reinava no centro, bem diferente daquelas que ele pudera ver antes. Ela representava um homem de meia-idade, com uma barba preta comprida e cabelos presos, os traços e o olhar marcados por uma incontestável majestade.

A maior diferença era que, ao contrário dos comensais de ainda há pouco, estava vestido com roupas de verdade: um manto com amplas mangas num amarelo dourado reluzente, fechado na frente por um avental verde com reflexos tremeluzentes, por sua vez bordado com um emaranhado de motivos vegetais. Usava, além disso, sobre a cabeça, um extravagante chapéu com uma espécie de tábua sobre ele, da qual caíam duas pequenas cortinas de pérolas finas que lhe dissimulavam em parte o rosto. Provavelmente o top da moda em 210 a.C.... Exibia também uma espada prateada no flanco e esticava a mão direita num gesto autoritário, como que para impor sua vontade ao mundo inteiro.

O imperador Qin, evidentemente...

Em torno dele, todas as paredes eram funebremente negras, alegradas apenas por uma série de estandartes brancos marcados com grandes símbolos vermelhos: *Han foi vencido,*

Zhao foi vencido, Yan foi vencido, Wei foi vencido e assim por diante... Sam contou ao todo seis dessas bandeiras, que deviam comemorar as vitórias mais retumbantes do conquistador. A seus pés, sempre, uma estela cinzenta, sempre a mesma, com a seguinte menção: *Qin Shi Huangdi fez isso — O primeiro augusto imperador Qin fez...* Pelo menos uma coisa era certa, aquele sujeito não morrera de uma crise de modéstia!

Seguindo seu caminho, Sam embrenhou-se por uma escada que descia no lado oposto do pavilhão e alcançou o andar inferior por uma porta revestida de bronze que dava para os fundos do palácio.

— Incrível! — deixou escapar.

Era como se ele estivesse num parque feérico sob o céu escuro e estrelado, um quebra-cabeça de ilhas engenhosamente imbricadas, ligadas entre si por pontes extravagantes que atravessavam um rio prateado. Grandes vasos de luz iluminavam cada ilhota povoada por silhuetas de árvores e estátuas, tendo no meio um templo esguio cujo telhado em forma de pagode dominava o conjunto. Na outra margem desse estranho lago, a abóbada celeste morria contra um caos de grandes rochas, como se um terremoto houvesse impedido qualquer retirada para o mundo dos vivos.

Samuel desceu a aleia bordejada de musgo e cascalho para se aproximar da beirada. Mergulhou o dedo no líquido cintilante e o retirou lambuzado de uma substância metálica: mercúrio... Um lago de mercúrio! Passou sobre a primeira ilha simbolicamente vigiada por dois soldados de terracota, os braços cruzados e a espada na bainha. Atrás deles, uma carruagem de bronze, em tamanho natural, puxada por quatro cavalos brancos, parecia ter acabado de deixar o imperador para seu passeio da noite. Um grupo de músicos esperava-o, por sinal, a alguns passos dali para saudá-lo. Em seguida era a vez de vários criados o recepcionarem, alguns totalmente curvados, outros que lhe estendiam tecidos, cestos cheios de frutas ou taças de vinho. O caminho então bifurcava: à direita, para uma ilhota onde pastavam animais imóveis, à esquerda para a elegante construção com telhado em forma de pagode.

Sam escolheu o caminho da esquerda e, uma vez atravessada a ponte, penetrou na torre de divisórias furadinhas, cujos primeiros degraus eram defendidos por dois dragões de pedra. No interior, num aposento único, o imperador Qin repousava num amplo leito branco protegido por quatro cortinados de pérolas. Samuel permaneceu a distância, cheio de um temor respeitoso. O velho jazia hirto, paramentado com uma roupa mortuária de seda multicolorida, um longo cajado preto ao lado. Mal distinguiam-se seus traços sob a grossa barba cinzenta — precisaria afastar as pérolas para ver melhor —, mas pareceu a Sam que as maçãs do rosto e a testa estavam macilentas como se o rosto houvesse pouco a pouco ressecado sob a ação do tempo — ou será que o cadáver passara por um tratamento para conservar a aparência de vida?

Em torno dele, à exceção de assentos de bronze alinhados contra as paredes, o modesto cenário consistia numa inscrição caligrafada numa faixa branca: *Reinei sobre o império com três exércitos: soldados para conquistar, operários para construir, funcionários para administrar.* Três pares de objetos que pareciam ilustrar a divisa estavam presos embaixo: uma flecha e uma espada que se cruzavam, um martelo e uma espécie de faca grossa, um pincel e uma pequena tábua de escrever de bambu. Pouco à vontade, Samuel retirou-se na ponta dos pés: ainda preferia as estátuas.

Continuou sua exploração na outra vertente da ilha, e, após ter transposto uma mureta de pedra, qual não foi sua surpresa ao descobrir todo um mundo em miniatura estendendo-se sobre as ilhotas vizinhas: três cidades de verdade, com suas muralhas, suas ruas, suas casas, seus jardins, reconstituídos às margens do rio de mercúrio... Embasbacado, Samuel passeou por entre aqueles prédios que lhe batiam na cintura, com a impressão de ser Gulliver perdido numa Liliput adormecida. Havia casas de formas variadas, restauradas com um cuidado minucioso, lojas de comerciantes regurgitando de produtos, estrebarias onde pateavam cavalos, janelas abertas para interiores mobiliados, fontes, uma guarita, um palácio imponente dominando o espaço central... Qin mandara construir uma réplica de suas cidades em miniatura... O imperador fizera-se enterrar com seu império!

Samuel continuou dessa forma até a ponte mais distante, que levava à outra margem do lago. Não tinha certeza absoluta, mas de onde estava e sob a luz vacilante, percebia uma mancha mais escura ao pé da muralha de grandes blocos. Uma saída?

Pulou sobre a areia da praia enquanto o batimento duplo amplificava-se no seu peito: devia haver outra pedra esculpida nas imediações! Aproximou-se de uma porta redonda entre as rochas e destravou o ferrolho, munindo-se do Círculo de Ouro. A porta dava para uma caverna bem simples, esculpida na rocha e sem decorações. E bem no meio...

Samuel permaneceu por um instante petrificado, assaltado por sensações contraditórias. A pedra... Ela estava ali... Era a certa, não tinha a menor dúvida, sentia a pulsação dentro de si. E no entanto... Apesar de reinar sobre o solo irregular, ela não tinha nem sol nem cavidade. Era lisa e completamente inútil!

Sam auscultou-a sob todos os veios, procurando compreender. A pedra estava viva, cada molécula de seu corpo lhe dizia isso. Mas onde instalar o Círculo de Ouro? E as moedas? Ela ainda estava bruta, como se ninguém tivesse...

A lenda de Imhotep, pensou de repente. O que lhe contara Setni a seu respeito? Que Imhotep, o arquiteto-médico encarregado de encontrar o remédio para a filha do faraó, recebera do deus Thot a faculdade de confeccionar as pedras. Melhor que isso, Setni acrescentara que, em determinadas circunstâncias, um viajante aguerrido podia esculpir as suas: "Aquele que vagueia pelas sendas do tempo sente pelo menos uma vez a vontade de gravar o sol de Rá", ele garantira... "Com a condição de que escolha o lugar com cuidado e sobretudo que suas intenções sejam puras, o feitiço pode funcionar e a pedra ganhar vida."

Eis em que consistia o último desafio do túmulo de Qin, em modelar sua própria pedra esculpida!

— Mas não sei como fazer! — lamentou-se Sam. — Além de tudo, não tenho ferramentas... Eu precisaria de alguma coisa para esculpir, de uma maça, não sei...

Ferramentas, refletiu. Mas sim, sabia onde vira algumas!

Sem perder um segundo, Sam voltou a toda até a torre funerária de Qin. Subiu correndo a escadaria e só diminuiu ao chegar ao leito. Sobre a divisória continuava a flutuar a mesma faixa: *Reinei sobre o império com três exércitos: soldados para conquistar, operários para construir, funcionários para administrar*. No caso, Sam interessava-se mais pelos operários.

Avançou até a série de objetos presos sob o estandarte e agarrou o martelo e o cinzel. Não haviam sido colocados ali por acaso, claro: eram o passaporte indispensável para o mundo dos vivos!

Sam estava prestes a sair quando um ruído em suas costas gelou seu sangue...

— Espere! — clamou uma voz de além-túmulo...

IX

秦始皇

Samuel voltou-se em câmera lenta, como se todas as suas articulações houvessem subitamente enferrujado. Não, não queria acreditar naquilo...

O imperador Qin levantara-se sobre seu leito e abria o cortinado de pérolas com uma mão trêmula... Um morto-vivo, era um morto-vivo!

Sam quase desabou, mas o tom do velho tinha alguma coisa de imperioso.

— Precisamos conversar. Aproxime-se, tenho que vê-lo...

Samuel obedeceu como um robô, incapaz de resistir a uma vontade que parecia emanar do fundo das eras. Qin tinha os traços de um homem abatido pelos anos e, embora seus cabelos e sua barba ainda exibissem um bonito grisalho, a pele de suas faces e de sua testa não cobria mais que os ossos. Quanto à pupila dos olhos, era quase branca, acrescentando uma nota de terror ao quadro.

— Você é bem jovem — disse ele confuso, unindo as pérolas para mantê-las juntas. — Ele não tinha me avisado...

— Ele? — fez Samuel num sopro.

— Sim, ele... Ele tinha me prometido que alguém viria. Mas não podia prever quando. Nem, o principal, quem... Em todo caso, ele não tinha pensado num garoto.

Suas cordas vocais pareciam rasgar-se a cada sílaba: há quantos anos não falava?

— O senhor não está...? — gaguejou Sam. — Quero dizer, quando passei pela primeira vez, o senhor parecia...

Qin iniciou o que se pretendia uma gargalhada, mas que soava como um sinistro rangido de porta velha.

— Morto, é isso? É, de certa forma estou morto. Pelo menos para os que me enterraram. Quanto tempo faz isso? Cem anos, duzentos anos? Trezentos anos? Não sei mais... Mas, se isso te acalma, logo morrerei novamente. Está na ordem das coisas.

— Eu não... não compreendo — admitiu Sam, desorientado.

— Primeiro vá buscar água para mim — ordenou Qin à guisa de resposta. — Tenho sede. Explico depois. Vá — insistiu ao ver que Sam não se mexia —, há um poço logo atrás. Meu túmulo foi escavado embaixo das Três Fontes, é a água mais pura da região de Xi'an. E pode deixar as ferramentas, não tenho a intenção de roubá-las.

Samuel obedeceu. Colocou o martelo e o cinzel sobre uma das poltronas com braços côncavos e resolveu sair. O poço situava-se a alguns metros dali, dotado de uma manivela para subir ou descer um baldezinho de cerâmica. Samuel soltou e puxou a corrente, depois cheirou a água que tirara: era clara e inodora. Deu um gole, pois ele próprio estava com sede, depois despejou o resto numa das ânforas de barro ao pé da boca do poço. Voltou em seguida para o interior do templo e estendeu o recipiente para o imperador, que nesse ínterim sentara na beirada de sua cama. Qin arrebatou-lhe o pote das mãos sem um agradecimento e o esvaziou após inquietantes gorgolejos. Só parou após ter lambido a última gota, pontuando-a com um sonoro estalo de língua.

— Ah! — exclamou, com a voz mais nítida. — Era de beber que eu sentia mais falta... E você — continuou, apontando para Sam um dedo reprovador —, saiba que devemos sempre nos inclinar antes de servir o imperador. Não é porque você chega de não sei que lugar bárbaro que pode infringir os costumes... E pare também de me olhar com essa cara de idiota, não passei tanto tempo esperando para terminar diante de um jovem tolo com olhos de peixe morto. Agora sente-se e não me interrompa. Talvez eu lhe pareça muito velho e acabado, mas saiba que este braço, que em outros tempos já venceu os Reinos insurgentes, ainda pode te arrebentar...

Ergueu o grande cajado preto com fios dourados espiralados, e Sam julgou mais diplomático fingir submissão. Ocupou lugar num dos assentos, sob o olho leitoso e satisfeito do ancião.

— Ótimo, assim está melhor — aprovou o imperador. — Para começar, é melhor saber algumas coisas referentes à minha pessoa. Abra bem os ouvidos, pois será o último a ouvi-las e não quero que elas se percam... Possivelmente você não percebeu, a julgar pela sua grosseria, mas você tem a insigne honra de estar perante o ilustre Qin Shi Huangdi, o primeiro imperador da China.

Fez uma pausa para saborear o efeito, que Sam intensificou em sua admiração muda.

— Assim como proclama essa inscrição na parede, sou aquele que o Céu escolheu para erigir o mais poderoso e duradouro dos reinos que a Terra já teve. Com esse fim e para que ele possa atravessar os séculos, dotei-o de uma moeda sólida, leis indiscutíveis, uma escrita nova e unidades simples para calcular e pesar... Também mandei construir mil estradas e mil canais, ergui, para protegê-los, uma grande muralha, como jamais se viu igual... Resumindo, tornei este país capaz de desafiar o tempo.

Balançou a cabeça com arrogância:

— A propósito, a China continua a existir na sua época?

— Ehh! Continua, claro — aquiesceu Sam.

— E não é o primeiro entre todos os Estados?

— Bem...

Fazer de tudo para evitar as gafes.

— Sob certos aspectos, isso é exato...

— Ainda assim! E tudo graças a mim! Você se dá conta do privilégio inaudito que lhe concedo ao recebê-lo?

— Inaudito, a palavra é essa — reforçou Sam.

— Ótimo, ótimo — regozijou-se Qin —, seu espírito começa a se abrir... Por outro lado, você deve saber que não empreendemos uma tarefa dessas sem forçar um pouco os homens e o destino. Nem sempre fui compreendido — assegurou, juntando as mãos que tremiam cada vez mais. — Precisei enfrentar muitas reticências e oposições, alguns se levantaram contra mim e fui obrigado a decidir puni-los.

Quantas guerras e quantas vítimas? traduziu Sam, cujos olhos tinham sido abertos pela travessia dos séculos.

— Em suma — suspirou Qin —, à medida que se estendia minha dominação sobre o mundo, fui levado a cometer determinados erros. Erros graves, inclusive.

Houve um silêncio e Sam teria jurado que o olhar lívido do imperador umedecia-se ligeiramente.

— Não me bastava mais expandir meu império sobre os povos, veja você, quis estendê-lo por toda a eternidade. Não reinar mais apenas sobre meus semelhantes, mas também sobre seus filhos, sobre os filhos de seus filhos e sobre todas as gerações vindouras. Decidi me tornar imortal...

Desviou por um breve instante o olhar, como se aquela confissão lhe custasse. Depois, num tom de confidência:

— Conhece a montanha de Penglai, mocinho?

Samuel fez sinal de que não.

— Ela se situa numa ilha distante, nos mares do Leste. É lá, segundo os Antigos, que se esconde a fonte da imortalidade. Ai de mim! Todas as expedições que despachei para lá terminaram desaparecendo ou naufragando. Uma única teve mais sorte e capturou um mago que dizia chamar-se mestre Lu. Ele afirmava ter escalado a montanha de Penglai e ter roubado seus segredos. Como prova, me ensinou uma forma de meditação que se pratica por lá e que permite ao iniciado alcançar um estado de plenitude que o faz flutuar fora do presente. Para isso, basta ficar à escuta do escoar do tempo no interior de si e levar seu coração a bater em uníssono com ele... Aquele que consegue isso pode então cadenciar o desfiar dos segundos e dos minutos à sua volta, até se abstrair do curso normal de sua vida. Foi nesse estado de plenitude que você me encontrou ainda há pouco, um sono da alma durante o qual aquele que dorme não é senão lentamente afetado pelo envelhecimento do corpo...

Certificou-se de que o pote de água estava bem vazio, fez uma cara de contrariedade, depois pigarreou antes de continuar:

— Infelizmente, depois de algumas semanas, mestre Lu conseguiu entorpecer minha desconfiança. Segundo ele, esse estado de plenitude que ele me ensinara não passava da primeira etapa no caminho da eternidade. Porém, se eu seguisse escrupulosamente seus conselhos, logo devia chegar aos meus fins. Melhor ainda, talvez pudesse aprender a arte de viajar entre as épocas... Mas, para isso, ele me assegurava, eu precisava primeiro partir em peregrinação para as montanhas sagradas, a fim de conseguir que o Céu purificasse meu espírito e o preparasse para receber esse dom. Ai de mim! Cegado pelo meu desejo de poder, cometi a fraqueza de acreditar nele. E parti...

"Quando retornei à minha capital, após longos meses de perambulação pelos confins do império, mestre Lu se aproveitara para consolidar seu poder e se apoderar de inúmeras riquezas. Mais uma vez, porém, iludido pelo meu sonho de eternidade, preferi não enxergar. Pior, recusei-me a ouvir aqueles que me preveniam...

Respirou profundamente, prestes a se livrar do que lhe oprimia durante todo esse tempo:

— Um dia, os letrados da Corte apresentaram-se a mim para exprimir suas suspeitas a respeito de mestre Lu e suas verdadeiras intenções. Eu... não apenas recusei-me a escutá-los, como entrei numa cólera negra. Eles exigiam nada mais nada menos que o exílio daquele que ia fazer de mim um imortal! Estimulado por essa miserável serpente cujas palavras peçonhentas corriam nos meus ouvidos, preferi aplicar-lhes um castigo exemplar. Apesar de suas súplicas, apesar de suas mulheres, apesar dos berros das crianças, 460 deles foram executados para apaziguar meu furor. Enterrados vivos — suspirou. — Por ordem e vontade minhas...

Qin apoiou a cabeça entre as mãos e esfregou as têmporas:

— Seus gritos continuam a me assombrar... Estranho, não acha? Eu, que durante tantos anos permaneci insensível à morte de meus inimigos, naquele dia perdi o sono, e junto com ele, o gosto de me tornar eterno. Talvez minha temporada nas montanhas sagradas me tivesse deixado melhor do que eu era... Quem sabe?

Tirou as mãos do rosto, procurando uma aprovação que Sam teria tido dificuldade para lhe dar.

— Primeiro senti a tentação de me vingar daquele que eu julgava ser a causa de tudo — continuou —, o mago bandido, Lu. Mas era apenas outra maneira de me eximir da culpa: o único e exclusivo responsável por aquele massacre era eu. Sacrificar mestre Lu equivalia a expiar meus crimes por intermédio de outra pessoa... Então simplesmente o bani do império, com a proibição de aparecer a menos de dez mil passos de minhas fronteiras. Quanto a mim, qual podia ser a sentença senão a morte? E quem podia ser o carrasco a não ser eu mesmo? Eu precisava me matar para apagar os meus crimes...

"Na véspera do dia em que eu decidira terminar com isso, vim me recolher pela última vez neste túmulo. Sua construção acabava justamente de terminar após 18 anos de obras intermináveis, o que para mim era um sinal celeste... Mas, em vez de estar a sós, tive um encontro imprevisto: um homenzinho com a cabeça raspada e a pele fosca surgiu do nada... Puxei minha espada, acreditando ser o fantasma de um desses letrados cuja morte eu ordenara, mas ele logo me desarmou com um truque qualquer de mágica. Depois, obrigou-me a escutá-lo.

"Um homenzinho com a pele fosca e a cabeça raspada!" agitou-se Sam. "Capaz de desarmar um guerreiro experiente no combate!" Quem mais poderia ser senão Setni, o grão-sacerdote de Amon?

— Ele me explicou que vinha de outro mundo e que conhecia a arte de navegar a seu bel-prazer sobre o curso do tempo. Que sabia o que acontecera aqui e me oferecia o meio de me redimir. Eu poderia ter chamado minha guarda, mas soube na hora que aquele homem não mentia. Perguntei-lhe por que, se ele podia retornar ao passado, não me propunha em vez disso impedir a execução dos letrados, mas ele sustentou que o que estava feito estava feito, e que querer modificar o curso do destino provocava muitas vezes uma cadeia de catástrofes ainda mais devastadora. Que, julgando consertar as coisas, nós as agravávamos...

Sem dúvida Setni, realmente.

— Eu o conheço — afirmou Sam com força. — É o guardião das pedras. Um homem bom, de uma grande sabedoria e que também me ajudou na hora em que eu mais precisava...

— O guardião das pedras — repetiu o imperador. — Isso corresponderia, de fato, sim... Pois é dessas pedras estranhas que se trata... Durante minha ausência, mestre Lu mandara esculpir uma com um sol bizarro, na parte do parque defendida pelos besteiros. Ele começara a esculpir uma segunda, na caverna aqui ao lado, mas o expulsei antes que pudesse levar seu trabalho a cabo. Sugeri ao homenzinho que as demolisse, uma vez que pareciam preocupá-lo, mas ele replicou que destruir aquele tipo de escultura era sacrilégio. E que ele tinha uma ideia melhor que permitiria ao mesmo tempo preservá-las e dar um sentido a meus remorsos.

Qin Shi Huangdi então levantou-se fazendo uma careta. Deu alguns passos vacilantes e aproximou-se de uma das lamparinas gigantes para inspecionar seu conteúdo.

— Era de se esperar! Não há praticamente mais azeite, mas ainda há pavio... Se eu tivesse forças suficientes, encheria todas para que queimassem ainda dias e dias. Fiz isso tantas vezes até hoje...

Voltou-se para Samuel:

— Foi isso que empreendi junto ao seu guardião das pedras. Simulei minha morte, organizei meus funerais e espero aqui a chegada de alguém, fazendo uso da meditação e desse estado de plenitude para prolongar minha temporada o máximo de tempo possível. De quando em quando, desperto, como o que está estocado nos armazéns de víveres, certifico-me de que há combustível suficiente para a luz, refresco-me com a água das Três Fontes, passeio no jardim... Esperando que meu visitante se decida.

— E esse visitante sou eu? — fez Sam, com um nó na garganta.

O imperador apoiou ambas as mãos sobre a bengala à sua frente.

— É o que preciso estabelecer, meu jovem amigo... O homenzinho insistia para que eu pudesse transmitir pessoalmente uma mensagem àquele que chegasse até aqui. Não lhe fornecer indicações escritas, mas falar com ele diretamente, a fim de ter certeza de que essas informações preciosas não cairiam em mãos erradas. Qualquer um pode ler uma inscrição, não é mesmo, ou tomar conhecimento de um bambu caligrafado. Inclusive alguém muito mal-intencionado. Minha função é certificar-me de que aquele a quem entregarei essa mensagem seja digno dela. Seu guardião das pedras julgava que alguém como eu, tendo vivido o que vivi, com meus excessos e minhas deficiências, mas também meu desejo de arrependimento, saberia separar o joio do trigo.

Pela primeira vez desde o início de sua conversa, o rosto de Qin Shi Huangdi iluminou-se um pouco:

— Ora, deixando de lado seus modos deploráveis, sua manifesta falta de traquejo, não creio que você alimente desígnios sombrios. Estou inclusive impressionado que alguém tão jovem tenha conseguido vencer as armadilhas concebidas pelos meus arquitetos... Isso em si já uma prova de nobreza!

— Qual é... qual é essa mensagem? — perguntou Sam.

Qin fitou-o com intensidade:

— Em primeiro lugar, mocinho, devo ter certeza de que você dispõe das qualidades necessárias. Dê-me suas mãos...

O imperador deixou seu cajado equilibrado sobre um assento e pegou os dois punhos de seu interlocutor.

— Agora feche os olhos.

Sam obedeceu, enquanto os dedos ossudos o apalpavam como para lhe auscultar o pulso.

— Eles estão aqui, todos os dois — sussurrou o imperador —, é do que precisamos. Sente-os, não é mesmo?

Afora a pele amarfanhada do velho, Samuel não sentia absolutamente nada.

— Não... não sei... O que devo...?

— Concentre-se em vez de tagarelar. Dentro do seu peito, não está ouvindo? Há um coração, claro, mas há outra coisa. Um outro batimento, outra cadência... Muito mais lenta. Apenas resvala-se em você, eu percebo. É forte, é poderosa, melhor assim... É o ritmo do tempo. A maioria das pessoas não tem nenhuma consciência disso, mas ele flui dentro de nós como flui dentro de todas as coisas... E, se quiser ir embora daqui, terá que aprender a dominá-lo... Somente sob essa condição ele se tornará seu aliado.

Largou as mãos de Sam, que reabriu os olhos para descobrir um Qin Shi Huangdi com a expressão quase amistosa:

— Sim, a seiva do tempo irriga-o poderosamente, mocinho, você merece, acho, receber essa mensagem... Trata-se de uma simples frase, na verdade, cujo sentido você não deve me perguntar de jeito nenhum, pois o ignoro. Seu guardião das pedras, em contrapartida, parecia convencido de que ela era da mais alta importância, capaz de abalar o destino do mundo, para o bem ou para o mal. Daí sua recusa em registrá-la em algum lugar, você compreende. Foi para que ela chegasse à você que velei até hoje...

— E que frase é essa? — pressionou-o Sam.

— O homenzinho disse: "Os dois sóis não podem brilhar ao mesmo tempo."

Samuel julgou ter ouvido mal.

— Os dois sóis não podem brilhar ao mesmo tempo? É isso?

— Palavra por palavra.

— E... mais nada?

— Mais nada, pois é.

Samuel estava pasmo.

— Isso não tem pé nem cabeça!

— Lá vem você de novo com seus maus modos — ralhou Qin. — Você tem fé nesse guardião das pedras, sim ou não?

— Claro, mas...

— Então não é dele que deve duvidar, mas sim de você. Talvez você ainda não esteja à altura da confiança que os outros depositam em você!

— Confiança? Eu... não estou aqui por isso. Tenho uma amiga me esperando e...

O imperador deu de ombros, extenuado, e dirigiu-se até a cama, onde sentou-se, arfante.

— Basta por agora, mocinho, você tem que ir. Fiz-lhe conhecer o que você devia conhecer, evoquei os ritmos do tempo, minha dívida está paga... De agora em diante, tudo isso não me diz mais respeito. Tenho uma amiga me esperando também, e estou bastante atrasado para o encontro.

Deitou-se suspirando, como se todos os seus músculos o fizessem sofrer:

— Faça bom uso do que aprendeu e, principalmente, não divulgue para ninguém. Quanto a mim...

Sem mais se preocupar com Sam, Qin posicionou-se com cuidado no meio da cama.

— Ela já está impaciente há muito tempo, não seria conveniente fazê-la esperar mais, não é mesmo?

Ajeitou seu chapéu e alisou a barba como se quisesse ficar tão apresentável quanto possível para o seu último encontro. Estendeu em seguida os braços ao longo do corpo, diminuindo o ritmo de sua respiração até que ela se tornasse praticamente inaudível.

— Só espero que seja rápido — ele murmurou, abaixando as pálpebras.

Samuel ficou estarrecido, inseguro quanto ao que fazer. Interferir? Sacudi-lo? Exortá-lo a viver? Mas com que direito? E com que objetivo?

Finalmente, decidiu que o melhor seria respeitar a última vontade do ancião: deixá-lo em paz para sempre, cara a cara com a eternidade...

X

Elogio da lentidão

Com a cabeça ainda tomada pelas palavras de Qin, Samuel transpôs as diferentes pontes que levavam até as margens prateadas do esboroamento rochoso. Puxou para si a porta redonda sem refletir e só se recobrou novamente diante da pedra lisa de mestre Lu. Quais eram as intenções do mago chinês ao modelar duas daquelas pedras no mesmo lugar, ou quase? Isso teria um elo qualquer com a frase secreta de Setni: "Os dois sóis não podem brilhar ao mesmo tempo"? E, em caso afirmativo, qual?

O fato de que o grão-sacerdote de Amon tivesse vindo até ali intensificava a sensação de estranheza vivida por Sam. Que mensagem ao certo ele teria querido transmitir? E para quem? Se fossem verdadeiras as declarações do imperador, na época em que imaginara esse estratagema, o próprio Setni ignorava a identidade daquele que visitaria o túmulo. Então a quem era destinada essa curiosa frase?

Samuel deixou suas ferramentas no chão e acariciou a superfície da pedra. Havia praticado um pouco de escultura nas aulas da Sra. Delaunay e guardara uma excelente lembrança — como de tudo que aprendera em artes plásticas, aliás. Mas o exercício consistia unicamente em trabalhar a argila para lhe dar uma forma animal... Esculpir a pedra era outra história!

Sopesou o martelo, tentando lembrar como Peneb, o chefe dos decoradores do túmulo de Setni, agira alguns séculos antes para extrair da matéria formas tão puras e perfeitas. Vendo suas ferramentas bailarem sobre a rocha, aquilo parecia tão fácil!

Sam fixou o bracelete de Merwoser contra a pedra tentando conjecturar as posições respectivas do sol, dos raios e da cavidade. Visualizava tudo muito bem e teria desenhado a coisa sem dificuldade se lhe houvessem dado uma folha e um lápis. Mas com um martelo e um cinzel... Sem grande convicção, apoderou-se das ferramentas e começou a bater na parte superior do bloco para marcar os contornos do disco solar. Porém, após diversas tentativas, o resultado não pareceu nem muito nítido, nem muito circular. Riscos partiam de tudo que é lado e, em matéria de redondeza, seu esboço de sol evocava antes um pneu furado cheio de pregos. Começo promissor...

Decidiu então atacar a cavidade de transporte, que sem dúvida exigiria menos destreza e lhe permitiria aprimorar sua técnica. Mas aí tampouco o resultado foi satisfatório: seus golpes mal arranhavam a superfície ou, ao contrário, provocavam longas e feias cicatrizes riscadas que podiam ser qualquer coisa, sem esboçar a forma desejada. Apesar de tudo, precisava descobrir um jeito, sua vida e a de Alicia dependiam disso!

Fechou os olhos respirando profundamente para tentar represar o início de pânico que despontava. Sentiu intensamente a pulsação da pedra e teve a convicção de que ela só esperava para levá-lo aonde ele quisesse. Bastava apenas ele conseguir esculpi-la e...

A pulsação da pedra... O que lhe havia sugerido Qin a esse respeito? Que, para escapar dali, deveria dominar o ritmo do tempo que escoava dentro dele. E, para fazer isso, cadenciar o seu próprio eu... Mas como fazer isso? interrogou-se Sam, em dúvida.

Na penumbra da caverna, fez força para se concentrar mais. Cadenciar o próprio eu... Controlando o batimento de seu coração, talvez? Não era o que acontecia na hora de dormir? A frequência cardíaca arrefecendo, o corpo se entorpecendo... Um pouco como seu pai, na verdade. Seu pai em coma, com o pulso tão fraco... Ou como o próprio Qin Shi Huangdi, quando se instalava naquele segundo estado que tão frutiferamente adiara o seu envelhecimento. Sim, com certeza, para "cadenciar seu eu", precisava primeiro refrear sua pulsação cardíaca.

Samuel obrigou-se a expulsar de seu cérebro todo pensamento parasita: focar no ritmo no âmago de seu peito e em nada mais... De tanto se concentrar e retesar sua vontade para esse objetivo único, pareceu-lhe pouco a pouco que podia descer em si mesmo e chegar bem pertinho do seu coração. Com um esforço extra se tornou quase capaz de seguir o trajeto de seu sangue através de seus dois ventrículos... O direito, que enviava o precioso líquido para oxigenar-se rumo aos pulmões, o esquerdo, que o distribuía em seguida aos demais órgãos. Os átrios que se enchiam e esvaziavam, as válvulas que se abriam e fechavam, o próprio movimento da vida que palpitava no fundo dele! E depois, bem atrás, aquela outra pulsação, mais pacífica, mais serena, com a qual precisava sincronizar-se a todo custo...

Samuel agora sentia-se bem. O tipo de plenitude que sentimos na hora de cair no sono. Gozava de uma lucidez absoluta, ao mesmo tempo que tinha todos os sentidos aguçados e com uma única preocupação: fazer os dois ritmos que coexistiam nele baterem em uníssono... Docilmente, tranquilamente, seu coração começou a pulsar mais lentamente, como se desde sempre estivesse preparado para isso. Sua cadência caiu até coincidir com a da pedra, depois até superpor-se a ela, depois até fundir-se com ela, depois...

Ele abriu os olhos. A caverna à sua volta estava mudada. Ou melhor, não, era a maneira de ver que mudara. Tudo parecia-lhe mais luminoso, apesar de banhado por uma espécie de bruma esverdeada que diluía os contornos. Seus gestos tinham alguma coisa de insólitos também, desencadeando no ar ínfimas vibrações perfeitamente identificáveis, que se alargavam em círculos concêntricos, como na água. A lentidão cardíaca tinha curiosos efeitos sobre sua percepção do mundo!

A pedra, em particular, revelava-se a ele sob uma nova luz... Só de olhar para ela agora, Sam podia adivinhar a forma exata do sol e dos raios, como se eles se achassem no oco da rocha, esperando apenas ser libertados. A pedra continha nela mesma todos os elementos necessários à viagem, bastava enxergá-los...

Samuel pegou o cinzel como uma nova segurança. Tudo parecia-lhe tão simples, de repente! Começou a bater na ganga da rocha com pequenas estocadas para libertar o sol que vislumbrava no interior. Um círculo impecável apareceu progressivamente, rodeado por cinco fendas que ele fez surgir com a mesma destreza. Com a mão cada vez mais firme, escavou sem dificuldade a parte inferior do bloco, cada um de seus golpes modelando com precisão a cavidade de carga. Como Imhotep antes dele, como Setni ou Gary Barnboïm, agora era ele que aprendia a dominar a arte de esculpir a pedra!

Uma vez terminado o trabalho, Sam descansou as ferramentas no chão, incapaz de dizer se tudo aquilo lhe tomara uma hora ou um minuto: flutuava num outro tipo de tempo, no qual as referências não eram as mesmas. Fechou os olhos para permitir que seu coração recuperasse o ritmo normal e, no momento em que este ajustava-se à sua cadência própria, percebeu no ar um estalo seco, como um grande elástico se soltando. Já ouvira aquele barulho em algum lugar... No dia em que tinha encontrado Setni, na casa de Sainte-Mary, em 1932, Sam e sua prima tinham sido ameaçados pelo bando de patifes que saqueava a casa, quando Setni aparecera de maneira providencial para defendê-los. Diante da pequena gangue que se lançava contra ele, o velho sábio erguera seu cajado e, oh, surpresa!, o tempo parecera refrear-se, congelando seus agressores na imobilidade, enquanto ele turbilhonava de um lado para o outro para aplicar-lhes uma correção. Após ter posto seus agressores em fuga, Setni relaxara a pressão e, num estalo de chicote idêntico àquele, o tempo parecera subitamente retomar seu curso. Mesmo tipo de sonoridade, mesma sensação de ter sido transportado para outro lugar... Samuel não havia agora reeditado a façanha de Setni? Não diminuíra a velocidade do tempo à sua volta?

Abriu os olhos em busca de um indício que confirmasse sua intuição, mas a caverna já recuperara seu aspecto original: não havia mais luz sobrenaturalmente, apenas a penumbra e o cinza da pedra, que exibia um magnífico sol gravado e uma cavidade, tudo que havia de mais regulamentar. Sam conseguira fabricar sozinho a porta por onde ia sair!

Tirou o mapa de Roma do bolso e o inseriu no receptáculo de carga, antes de enfiar na mão a moeda de ouro do papa Clemente VII. Alicia já esperara demais...

XI

O cachecol de neblina

Depois da penumbra, a neblina... Samuel abriu os olhos com a impressão de estar envolvido num imenso cachecol branco, de tal forma a atmosfera estava saturada de partículas vaporosas e sons abafados. Ficou de cócoras no morro de capim em cujo cume ele aterrissara, respirando sofregamente o ar carregado de umidade mas muito mais agradável que o do túmulo de Qin... Oxigênio, finalmente!

Deixando de lado o abrasamento inicial, a transferência fora bem-sucedida e não sentia nenhum dos efeitos desagradáveis da viagem. Merecia até um diploma de escultura em pedra de Thot com menção honrosa do júri!

Pôs-se de pé, espanou os cotovelos e os joelhos, depois considerou a impressionante muralha que se elevava às suas costas. Segundo o mapa de Roma que lhe enviara o Tatuado, a pedra supostamente situava-se ao pé das muralhas da cidade. À primeira vista, aquilo parecia estar certo... Ainda mais porque a um metro do solo uma pichação na parede chamou sua atenção: um par de chifres abaulados com um sol no centro...

A marca de Hathor, a utilizada por Hathor, a utilizada por Rudolf para se deslocar no tempo! Pelo que Sam pudera saber, aquele sinal permitia circular de um período para o outro, com a condição de que tivesse sido traçado ao mesmo tempo no local de partida e no local de chegada. Com o inconveniente, não obstante, de ser impossível prever antecipadamente para qual outra marca de Hathor a pedra decidia despachá-lo... Essa maneira de viajar, bastante aleatória, sem dúvida não era a mais cômoda, mas ela devia ter permitido a Rudolf explorar um bom número de épocas e, sobretudo, retornar a elas depois de deixar sua marca. Também tinha sido graças a ela que ele conseguira arrastar Alicia para cinco séculos atrás.

Samuel vasculhou as ervas daninhas perpendiculares à pichação e logo descobriu um montículo de terra com a sugestiva forma. Escavou um pouco e terminou soltando a pedra esculpida que Rudolf se esmerara em camuflar. Pegou então na cavidade o bracelete de Merwoser, sujo de terra mas intacto, assim como a moeda furada de Clemente VII e o mapa. Desdobrou este último com a esperança de se situar melhor, ainda que a neblina não facilitasse as coisas. À primeira vista, o algarismo 1, que simbolizava a pedra esculpida achava-se bem embaixo das fortificações, a oeste da cidade. Em contrapartida, para ir até o 2, isto é, à biblioteca que guardava o Tratado das Treze Virtudes, precisava entrar na cidade. Ora, não figurava nenhuma porta na gravura... Quanto ao 3, o ponto de encontro com o capitão Diavilo, situava-se do outro lado do rio. Dito isso, as distâncias e a perspectiva pareciam tão aproximativas no desenho que era difícil, a partir delas, tirar conclusões definitivas.

Sam tentou primeiro a sorte costeando o muro para o lado direito. Depois de alguns minutos de caminhada, alcançou a margem do rio, ela também afogada na bruma: a água vinha lamber as muralhas naquele ponto e, para continuar, não havia outra solução senão atravessar a nado. De quando em quando ressoavam rumores estranhos, gritos abafados e estrépitos intermitentes. Era manhã? Noite? A invasão começara? Ou já terminara? Em todo caso, não havia ninguém se aventurando por ali.

Deu meia-volta observando, graças a buracos na toalha de neblina, que a muralha estava longe de ser uniforme: o tijolo alternava com a pedra e alguns setores de muros pareciam encimados por um telhado como se tivessem sido anexados para se transformar em habitações. Também se entrevia no rio espécies de embarcadouros nos quais estavam amarradas longas formas negras que deviam ser barcas. Depois que tivesse se apoderado do Tratado, Sam poderia eventualmente pegar uma para alcançar a outra margem e o acampamento do capitão Diavilo... Por outro lado, precisava antes chegar à biblioteca.

Passou pelo lugar onde estava gravado o símbolo de Hathor, depois escalou uma pequena colina para seguir o muro que fazia quase um ângulo reto. Achava-se agora numa estrada calçada ladeada por jardins e grandes cabanas. Agora que não estava mais num plano inferior, o som ambiente chegava a ele com muito mais força: roncos, relinchos ao longe, o choque do metal, tudo isso misturado num grande alvoroço, como se uma tempestade de soldados e cavalos se preparasse para se abater sobre Roma. O início da invasão, por acaso?

Samuel apertou o passo, intrigado por não perceber nenhum ponto de entrada na cidade. E se não conseguisse um abrigo antes que as tropas de Carlos Quinto estourassem? No pior dos casos, iria mergulhar no rio...

— Por aqui!

Uma voz, vinda de lugar nenhum.

— Mamina, por aqui! Eles estão na porta Torrione, rápido!

A voz devia pertencer a um adolescente que se achava em algum lugar no alto da muralha. Uma silhueta surgiu junto com a bruma, uma mulher encapuzada carregando dois cestos. Estava mais para velha e corria, arfante, na direção da muralha.

— Estou aqui, Enzo — disse ela, soluçando. — Segure a escada, eu...

Avistou Samuel e parou de falar na hora:

— O que faz aqui, *ragazzo*? Devia estar todo mundo lá dentro!

Ela o encarou com o rosto cheio e marcado por rugas, com grandes olhos castanhos e faiscantes.

— Estou justamente tentando entrar — respondeu Sam afobadamente, numa língua cantante e gostosa de falar. — Acabei dormindo na beira d'água e, quando acordei, havia essa neblina. Devo ter me perdido...

Com o correr de suas viagens, Samuel virara mestre na arte de explicações, ao mesmo tempo vagas e plausíveis, para justificar sua presença em lugares onde jamais deveria estar. A desconhecida lançou-lhe um olhar circunspecto:

— Você deve estar completamente bêbado, imagino, para dormir do lado de fora com o que vem por aí!

— Ehh... É, eu tinha bebido um pouco — mentiu Sam, fazendo uma cara envergonhada.

— Todas as portas da cidade estão trancadas, *ragazzo*, nem pense em tentar abrir! Então ignora que o exército desse maldito Carlos decidiu nos sitiar?

— Mamina! — berrou a voz perdida nas alturas. — Preciso assumir meu posto nas ameias!

— É Enzo, meu ajudante — explicou a velha senhora. — Ele parece com pressa de levar um golpe de lança ou de arcabuz. Desmiolado! Como se pudesse sozinho impedir a cidade de cair! Mas ninguém consegue lhe enfiar isso na cabeça, é uma pena, ele ama sua cidade mais que a si mesmo...

Ela estendeu a Sam um dos dois cestos cobertos com um pano.

— Pegue, ajude-me, *ragazzo*. Se não posso salvar a vida de Enzo, quem sabe não salvo a sua...

Pôs-se novamente a caminho num passinho apressado e, fendendo a bruma, foi direto até um ponto das muralhas que ela era a única a distinguir. Uma escada rudimentar estava recostada na pedra, afogada no topo por uma nuvem de algodão. Apesar da idade, ela se lançou galhardamente ao assalto das barras e Samuel viu-a diluir-se no cinza.

— Vá, *ragazzo* — ordenou ela após alguns segundos —, e preste atenção para não perder minha colheita.

Samuel passou um braço sob a alça do cesto e subiu a escada, que julgou perigosamente vacilante. Ao chegar nos últimos degraus, agarrou com alívio a mão que lhe oferecia um rapaz moreno de cabeleira abundante. Sam escalou as grades da janela e aterrissou num recinto que formava uma mansarda e onde estavam dispostas duas mesas cobertas de plantas e folhas jogadas. Os perfumes que elas exalavam, misturados e poderosos, invadiram-no até aturdi-lo.

— Recolha a escada, Enzo, e ponha os postigos — disse Mamina.

Enzo, muito animado, obedeceu, voltando-se para Sam.

— Você estava do lado de fora, é isso... — ele começou. — Tem novidades? Aqui dizem que são pelo menos vinte mil, talvez trinta! Que tomaram posição a meia légua daqui, sobre o Janículo, e que planejam atacar de vários lados ao mesmo tempo... também dizem que, além dos espanhóis e alemães, há mercenários de toda a Europa, gascões, burguinhões, grisões e até italianos, a soldo desses traidores de Colonna — que a pele lhes asse nas costas, estes últimos! E que toda essa ralé está decidida a matar, e até mais do que isso! Se você estava do lado de fora, deve tê-los visto, não?

— Com essa bruma... — declarou Sam.

— Tudo isso porque nosso papa é aliado do rei da França — suspirou a velha senhora, retirando os panos que protegiam seus cestos —, e porque esse francês debiloide está constantemente em guerra com Carlos V. O que podemos fazer, nós, romanos, se o divertimento preferido de todos esses grãos-senhores coroados é guerrear?

Enzo fechou os dois postigos de madeira, trancando-os com uma barra.

— Em todo caso — continuou —, se não os impedirmos de entrar na cidade, eles vão saquear tudo. Carlos V não tem recursos para pagar seus homens, isso é sabido, e os soldados vão descontar em cima da gente. Vão pilhar até o último ducado, sem contar as obras de arte e objetos preciosos.

— Sem falar do meu jardim botânico — reforçou Mamina, que inspecionava o produto de sua colheita. — Esses selvagens não vão se incomodar de pisotear as rainhas-do-prado e as panaceias-de-marco-polo que tive tanta dificuldade em obter!

Ela agitava uma raiz amarela que se parecia com uma batata toda amarrotada com braços, pernas e cabelo de hippie. Ginseng... Samuel já vira aquilo em sua casa, na época em que sua mãe ainda vivia e fazia comida asiática de vez em quando.

— Isso vale ouro, *ragazzo*, eu detestaria perdê-las! Vendo isso até para o papa, que usa para estimular a circulação do sangue.

— A senhora... a senhora é médica? — atreveu-se Sam.

— Herborista, *ragazzo*, nunca passou defronte da minha loja no Borgo?

— Ehh... Não sou daqui — tartamudeou Sam.

— Você então é um jovem peregrino? — perguntou Enzo. — Isso explicaria sua roupa branca... Você escolheu a hora errada, meu amigo, nossa cidade sagrada tornou-se uma armadilha para todos os bons cristãos. E se não nos rebelarmos juntos contra esses bárbaros...

— Devagar, Enzo, se esse menino está aqui para fazer suas devoções, você não vai obrigá-lo a pegar em armas! E você, por sua vez, em vez de se precipitar nos braços da morte, seria mais sensato se me acompanhasse até o palácio do papa, de onde poderíamos alcançar a fortaleza do castelo Sant'Angelo. Lá, pelo menos, você estará em segurança!

— Está fora de questão deixar meus irmãos enfrentarem sozinhos esses ímpios — replicou Enzo com ardor. — E, se devo morrer, juro, será com um sorriso nos lábios, pois terei servido meu Deus. O que há de mais glorioso do que se sacrificar pelo Senhor? — acrescentou, dirigindo-se a Sam.

Este abaixou os olhos, não sabendo muito o que responder. Mamina deu de ombros e enfiou o ginseng num saquinho de gaze com diversas outras plantas cujo interesse ela avaliava à luz das velas.

— Vamos lá — ela disse, uma vez efetuada sua seleção.

Desceram por um alçapão no fundo do recinto, que dava na loja da herborista propriamente dita. A loja era simplesmente extraordinária, com seu grande mosaico estampando uma árvore no chão, suas vigas escuras, das quais pendiam buquês de flores e folhas, suas altas estantes abarrotadas de potes com nomes latinos, seu imenso balcão, cheio de redomas com cogumelos secos, sementes, pétalas de mil cores e até sapos desidratados. Os cheiros lembravam ao mesmo tempo uma perfumaria pelas nuances florais, mas também uma lata de lixo, pelas nuances de vegetais em decomposição. Enquanto Enzo passava o cadeado no alçapão, Mamina começou a vasculhar de um recipiente a outro para escolher os produtos que estimava os mais raros.

— Minha infusão de meliloto e de passiflora — exclamou vasculhando um saquinho cinza em seu embornal —, recebo encomendas até de Veneza. Soberana contra as insônias e a agitação nervosa... Acho que não vai demorar muito para alguém precisar de um pouco disso!

— Tenho que ir, Mamina — anunciou Enzo, após ter arrumado o banquinho alto que permitia alcançar o sótão. — Ou meus colegas vão acabar acreditando que sou um covarde.

Dirigiu-se para a porta próximo à qual estava preparado um equipamento militar completo. Enfiou uma cota de malha por cima de sua roupa de couro, puxou seus longos cabelos para trás para colocar um capacete metálico e se muniu de um fuzil de coronha curta. Quando terminou, Mamina abraçou-o sem nada pronunciar. Ele se desvencilhou com delicadeza, mas com firmeza, daquele enlace, depois abriu a porta, deixando por um instante os inquietantes barulhos do lado de fora invadirem aquele lugar fora do tempo. Na soleira, voltou-se para Sam:

— Há outro capacete e uma lança perto do balcão. Se não quiser amaldiçoar-se um dia por ter abandonado seu papa e sua Igreja...

Ele bateu a porta, devolvendo ao herbanário sua falsa quietude.

— Que pena! — gemeu Mamina. — Enzo banca o valente, mas não passa de um pirralho teimoso! Uma criança! Só espero que seja recompensado por seu fervor e que Nosso Senhor disponha-se a poupá-lo... Quantas coisas abomináveis fui obrigada a ver nesta vida, valha-me Deus!

Passou por trás do grande móvel, depois se abaixou de uma maneira quase cômica para pegar o capacete e a lança às quais Enzo aludira, antes de colocá-los na bancada de trabalho com um retinir metálico:

— Dito isso, se quiser me acompanhar até o palácio do papa, não custa nada se armar. Desde que Roma está sitiada, as ruas do Borgo não andam muito seguras: muitos mendigos e ladrões atravessaram as muralhas. Ora, se tenho que entregar minha loja aos mercenários de Carlos V, pretendo me mudar com alguns tesouros também...

Pegou uma das chaves penduradas em seu cinto e abriu uma gaveta embaixo do balcão. Dali, retirou uma bonita bolsa de couro bem redonda, que enfiou em seu saco.

— Um ano de decocções e cataplasmas, *ragazzo*! Dinheiro ganho duramente com o suor da testa de uma velha, garanto a você! E, já que está aqui... Você poderia muito bem nos servir de guarda-costas, para minhas economias e para mim, não acha? Pelo menos nos escoltar até o palácio do papa? Aliás, seria do seu maior interesse procurar refúgio lá, você também. Posso fazer com que o aceitem por lá, se quiser...

— Quer dizer...

Samuel hesitava: tinha, antes de qualquer coisa, de pôr as mãos no Tratado das Treze Virtudes Mágicas.

— Tenho essa gravura comigo — ele declarou, tirando do bolso o mapa de Roma. — Um amigo me indicou alguns pontos turísticos imperdíveis, principalmente a biblioteca. Sei que as circunstâncias não são as mais apropriadas, mas nunca terei outra oportunidade.

Mamina virou o desenho para ela, franzindo as sobrancelhas.

— Mmmm... conheço esse tipo de gravuras, os vendedores ambulantes oferecem em todo canto da cidade. Quanto a esses números...

Apertou os olhos para melhor interpretar os números:

— O "1" — ela apontava para o lugar onde estava escondida a pedra — situa-se fora dos muros, bem perto do hospital do Espírito Santo. Mas, afora órgãos e doentes, não sei o que há de interessante para se ver lá... O "2" corresponde à biblioteca do papa, você tem razão, dentro dos muros do palácio. Parece que ali está reunida a mais bela coleção de livros da cristandade. Pois eu, você pode imaginar, nunca pus os pés lá dentro... Tudo que aprendi sobre as plantas devo à minha mãe, que por sua vez aprendeu da minha avó. Até que se prove o contrário, não é nas obras de religião e filosofia que desencavamos receitas de infusões! Quanto a esse "3"...

Sua boca se retorceu como se alguma coisa a contrariasse:

— Se não me engano, trata-se do Coliseu. Uma espécie de grande teatro do outro lado do rio, que data da época em que havia combates de gladiadores. É para amantes de ruínas... E, francamente, desaconselho-o a ir lá neste momento.

— Por quê? — perguntou Sam, a quem a cara enojada da herborista não inspirava nada de bom.

— Segundo os boatos, os homens da família Colonna se estabeleceram por lá.

— Os homens da família Colonna?

— Vê-se que você não é daqui, *ragazzo*! Os Collona são uma velha família romana que se opõe ao papa Clemente VII desde a sua eleição. Eles tomaram partido de Carlos V no início da guerra e dispuseram suas tropas um pouco recuadas, esperando para ver de que lado o vento soprava. Mas seus soldados são piores que a maioria dos mercenários, creia-me. Mais depravados que os espanhóis, mais gananciosos que os alemães e mais malvados que todos eles juntos. Alguém como você não duraria muito se caísse em suas garras.

Samuel sentiu um nó na garganta enquanto a imagem de uma Alicia prostrada e em prantos no meio de uma horda de trogloditas sem-vergonha impunha-se ao seu espírito.

Abaixando um tom, a herborista prosseguiu:

— O capitão Diavilo, principalmente, o chefe deles... Para você ter uma noção de como ele é cruel, sabe o apelido que seus soldados colocaram nele? *Il Diavolo* — O Diabo! Só isso!

Persignou-se como se essa simples evocação pudesse fazer o demônio aparecer e Sam estimou que talvez fosse mais razoável aceitar o capacete e a lança...

XII

O cerco de Roma

Roma estava numa guerra tremenda dessa vez... A tempestade que antes parecia rugir havia explodido de repente sobre as muralhas, e a batalha que se travava nas colinas tinha algo de furioso e irreal. Ao pé da muralha, homens atarefavam-se em torno de gigantescas panelas instaladas sobre imensas fogueiras e enchiam seus baldes com uma substância grossa e fervente que despejariam em seguida sobre os agressores. Um pouco adiante, outros formavam uma corrente humana que alimentava com grandes pedras e projéteis diversos os defensores situados na passarela de ronda. Uma chuvinha fina começara a cair sem com isso dissipar a bruma, e o clamor do combate, incrível magma sonoro de berros, explosões metálicas e relinchos amedrontados, parecia descer direto do céu, como se deuses invisíveis se enfrentassem por cima das nuvens brancas. Às vezes gritos mais distintos rasgavam o ar enevoado, conferindo dimensão humana a essa violência celeste:

— A escaaaaada! Empurrar a escaaada para a direita!

— Resina, mais resina! Rápido!

— Morro em nome do Senhor glorioso... Ahhh!

Nessa atmosfera de apocalipse, Mamina avançava com passos nervosos sobre o paralelepípedo abaixando a cabeça e puxando seu capuz para não ver Enzo em meio àquele caos. Samuel caminhava ao seu lado, esmagado entre as sacolas que ela lhe passara com autoridade em volta do pescoço, o crânio espremido na lata de conserva que lhe servia de capacete, os pés dançando em sandálias grandes demais e apoiando-se sobre sua lança para exibir um aspecto marcial.

Deixando as fortificações para trás, logo bifurcaram por uma ruela estreita para chegarem a uma veia mais larga que pessoas apressadas percorriam em todas as direções. Cruzaram assim com dezenas de silhuetas taciturnas e silenciosas que pareciam vagar sem destino, algumas carregando grandes trouxas, outras arrastando carrinhos, outras ainda imobilizando-se sem razão como uma nuvem de insetos desorientados pela tormenta.

Mamina, por sua vez, dava a impressão de saber aonde ia. Subiu a via principal ladeada por lojas com barricadas na frente cujas tabuletas de ferro fundido — padeiro, carpinteiro, *luthier*... — transpiravam umidade. Coberto por aquela neblina sinistra, o bairro comercial de Roma parecia uma cidade fantasma...

Desembocaram em seguida numa praça dominada pela massa poderosa de um palácio com andares ritmados por belas arcadas. Uma multidão apavorada aglutinava-se no ângulo norte, próximo a um pórtico, no qual havia um rebanho inquieto esperando seu pastor. De forma alguma impressionada, Mamina aproximou-se e começou a dar cotoveladas para abrir caminho até a entrada do prédio, acompanhada por um Sam um tanto constrangido. Um cordão de soldados de uniforme azul, amarelo e vermelho obstruía a passagem, dispostos a abater qualquer um que ousasse avançar.

Abaixando o capuz, a velha plantou-se à frente deles:

— Sou Mamina, do herbanário do Espírito Santo — disparou com veemência. — Trago para o papa a panaceia-de-marco-polo que ele me encomendou expressamente.

Fez um sinal para Samuel e este abriu a sacola para mostrar a estranha raiz de ginseng.

— Conheço bem o tenente Maladetta, seu superior — acrescentou ao mais idoso. — E imagino que o senhor deva me conhecer, já visito nosso Santo Padre há quatro anos...

Sob o capacete prateado, o bigode ruivo do soldado estremeceu à guisa de aprovação.

— Perfeito! — alegrou-se Mamina. — Nesse caso, e considerando as circunstâncias, o senhor compreende que Sua Santidade não pode esperar? Se ela souber que seus guardas suíços cismaram com seu remédio...

Com o olhar, Bigodudo ouviu a opinião dos colegas, que não emitiram nenhuma objeção.

— Esse rapaz está comigo — disse ela, apontando para Samuel —, ele me ajuda a defender meu patrimônio contra os ladrões que estão na cidade e preciso de seu auxílio para preparar as poções do papa.

Nova olhadela indagadora de Bigodudo e novo assentimento dos colegas. Os guardas suíços afastaram-se então, levantando suas armas, e Mamina arrastou seu protegido para o outro lado do pórtico, enquanto um murmúrio de descontentamento elevava-se da multidão.

— Também tenho poções para Clemente VII — vociferou uma moça com o manto rasgado.

— Levem-nos à fortaleza Sant'Angelo sob proteção de Sua Santidade — exigiu outro!

Mas por falta de recomendações suficientes, os guardiões do local permaneceram inflexíveis. O portão se fechou e Mamina pegou o braço de Sam, sussurrando-lhe no ouvido:

— Desculpe, *ragazzo*, fui obrigada a faltar um pouco com a verdade, sei disso... mas havia outro jeito? Eles nunca nos teriam deixado passar!

Atravessaram um primeiro pátio igualmente efervescente: um batalhão de guardas suíços passava a toda velocidade por uma porta furtiva, vários grupos de prelados vestidos de preto ou de branco confabulavam sob pórticos e dezenas de criados esfalfavam-se transportando baús, alguns gigantescos. Aparentemente, ninguém duvidava mais da derrota nem da invasão do palácio, e urgia transferir tudo.

— Está vendo o pórtico ao fundo? — disse Mamina, apontando a passagem coberta entre duas colunas. — Ele dá no pátio do Papagaio, que por sua vez dá acesso à biblioteca do pontífice. Não sei que tipo de recepção irão lhe dispensar, mas se o coração está lhe dizendo...

Desvencilhou-o das sacolas que ele carregava.

— Quanto a mim, vou tentar alcançar o castelo Sant'Angelo — explicou ela. — Se mudar de opinião, suba aquela escada à direita e atravesse o terraço, pode ser que você me alcance. Mesmo que eu não consiga ver o papa, tenho um bom número de cardeais na minha clientela. Um deles me ajudará a alcançar a fortaleza...

Vasculhou a primeira sacola e estendeu a Sam um saquinho de pano cinzento.

— Fique com isso, no caso de nos perdermos de vista... É à base de valeriana. Mergulhe algumas horas na água quente e obterá uma infusão deliciosa para amenizar as angústias. E, se por infelicidade, você for ferido, basta passar num pano e aplicá-la na ferida: é um antisséptico muito eficaz. Espero que não precise!

Ela apertou-lhe afetuosamente a mão e se afastou por uma grande escadaria de mármore com seu passo requebrado. Samuel ficou por um instante tentado segui-la, mas achava bem difícil o capitão Diavilo (*Il Diavolo!*) libertar Alicia em troca de algumas belas palavras e um saquinho de infusão. Ele precisava do Tratado...

Sam tomou a direção do pórtico e saiu em outro pátio elevado, do qual se descortinava uma enorme igreja em obras cujos andaimes pareciam investir contra o céu. Várias construções perfilavam-se à sua frente, e Sam escolheu aquela cujo frontão ostentava um livro esculpido com duas chaves cruzadas. A biblioteca do papa, a princípio...

A porta estava aberta e no vestíbulo ele se deparou com um homenzinho louro com cabelos ralos guardando alguns livros no fundo de um baú com ferragens impressionantes. O homenzinho reergueu-se e considerou Samuel, surpreso com sua roupa tão pouco convencional.

— Eu... eu pedi reforços — começou —, mas não esperava por isso. Quer dizer que não há então nenhum soldado ou guarda suíço disponível?

Samuel revirou a mente em busca de uma resposta que o comprometesse o mínimo possível:

— Estão quase todos nas muralhas — sugeriu.

— Nas muralhas — aquiesceu o outro —, evidentemente. Todos os meus auxiliares correram para lá. Qual a importância dos livros diante da guerra, não é mesmo? Ai de mim! O homem gosta de destruir com uma mão o que construiu com a outra. É a história do mundo. Por conseguinte, os livros... Paciência — afirmou com a convicção —, claro, também pretendo lutar. À minha maneira... E o que está em jogo não é de pouca monta, trata-se de salvar nossa cultura! Está disposto a lutar por livros, meu garoto?

Samuel assentiu com a cabeça. Concordaria com tudo, contanto que o autorizassem a se aproximar do tratado de Klugg.

Convidou Samuel a segui-lo ao interior da biblioteca, formada por uma série de três aposentos ricamente decorados e guarnecidos com imponentes estantes envidraçadas, algumas das quais estavam abertas.

— Você nunca pisou aqui antes, suponho...

Samuel fez sinal de que não.

— E qual é sua função exata no palácio? Criado de cozinha? Valete de cavalariça?

— Ehh... herborista. Enfim, ajudo Mamina, a herborista do Espírito Santo. Ela cismou de nos refugiarmos aqui, em virtude dos acontecimentos. Aproveitei a oportunidade para visitar a biblioteca.

Pronunciara estas últimas palavras com uma ansiedade que deve ter seduzido seu interlocutor, pois seus olhinhos maliciosos se franziram, divertidos.

— Queria mesmo visitar a biblioteca? Louvável curiosidade, cá pra nós! Eu adoraria que todos os moradores desse palácio a partilhassem, incluindo os mais ilustres! Meu nome é Patrizio Bocceron — esclareceu, inclinando o busto —, sou o bibliotecário nomeado pelo papa. E, se você se interessa por livros, deleite-se, tem aqui a mais bela coleção de manuscritos e impressos existente no mundo.

Abriu os braços, abarcando o espaço à sua frente:

— Esta primeira sala é a dos autores latinos: santo Agostinho, Tácito, Sêneca e muitos outros... A segunda é dedicada às obras gregas: teatro, filosofia, medicina, astrologia... Tesouros do pensamento, alguns deles com mais de dois milênios! Quanto à terceira sala, que chamamos de Grande Biblioteca, contém obras frágeis ou que nossa Igreja não quer ver circularem livremente. Portanto, como deve desconfiar, eu não poderia autorizá-lo a visitá-la. Em compensação — emendou, sorrindo —, para os dois outros aposentos vou precisar dos seus braços...

Avançou até o meio da sala grega e dirigiu-se a uma das estantes abertas, onde se alinhavam dezenas de volumes com capas esmeradamente decoradas.

— Infelizmente — lamentou o bibliotecário —, não temos tempo para pôr ao abrigo nossos cinco mil volumes. Isso me obriga a fazer uma triagem para selecionar os que não podem desaparecer em hipótese alguma. Definir a essência do gênio humano, de certa forma. Tarefa pesada! Por exemplo, vale mais a pena subtrair à fúria de nossos inimigos essa edição rara de *Física* de Aristóteles ou esse exemplar único de *Geografia* de Ptolomeu? Uma escolha impossível, que equivale a distinguir entre seus filhos os que devem viver e os que devem morrer! Mas uma escolha indispensável também, se quisermos preservar o que somos. Pois a guerra não irá durar para sempre, não é?

Fitou Samuel, para se certificar de que este entendera tudo:

— Portanto, vou lhe passar os livros que eu escolher e você irá guardá-los no baú do vestíbulo, tomando cuidado para não danificá-los. Em seguida, transportaremos esse baú para um lugar seguro. Compreendeu? E tire esse capacete, ele não terá nenhuma serventia para você aqui.

— Estou à sua disposição — disse Sam.

Como poderia discordar, com efeito? Se tinha uma vaga esperança de que o tumulto da guerra lhe facilitaria de uma maneira ou outra o acesso à biblioteca — estava disposto a quebrar uma vidraça ou arrebentar uma fechadura —, nunca teria imaginado ser oficialmente convidado! E pelo dono da casa, ainda por cima!

Pôs então mãos à obra feliz da vida, executando com o maior cuidado as ordens que recebia, manipulando com uma precaução infinita aqueles belos volumes às vezes engastados com ouro e pedrarias, e escutando religiosamente os conselhos ou histórias que Bocceron desfiava. Depois de muitas idas e vindas, deu-se conta de que o batimento do tempo em seu peito tornava-se cada vez mais perceptível quando se aproximava da terceira sala, justamente aquela onde estava proibido de pisar. Isso devia significar alguma coisa... Por outro lado, em vão vistoriara todas as estantes das salas latina e grega, e nenhuma daquelas obras se parecia de perto ou de longe com o Tratado das Treze Virtudes Mágicas. Ou as informações do Tatuado eram falsas, ou então a obra cobiçada escondia-se de fato na Grande Biblioteca...

Depois de meia hora de trabalho intensivo, Bocceron ponderou que não cabia mais nada no grande baú com ferragens e que seria mais sensato parar por ali. Além disso, do lado de fora os barulhos de luta provenientes das muralhas haviam se intensificado, como se os agressores progredissem em direção ao palácio...

— Seria perigoso nos demorarmos mais — constatou ele, arrumando sua roupa preta. — Haveria outros cem livros para pegar, mas...

Fechou o baú abarrotado e agarrou uma das alças de metal na lateral.

— Vamos levá-lo para a fortaleza de Sant'Angelo — explicou. — Lá há um anexo onde guardamos os arquivos do papa; lá os livros estarão em segurança. Vamos, coragem, meu garoto!

Dobraram os joelhos e tentaram empurrar juntos a enorme arca, mas esta não se moveu um milímetro. Fizeram uma segunda tentativa, depois uma terceira num esforço supremo, sem outro resultado: o baú estava como aparafusado no chão.

— E essa agora! — exclamou Bocceron esfregando a testa. — O pensamento dos Antigos é mais pesado do que supomos! Receio que...

Levantou a tampa, observou por um instante a arrumação dos volumes, depois mudou de opinião.

— Não, levar menos seria um crime. Precisamos apenas de ajuda. Quatro homens e um carrinho de mão não é o fim do mundo em todo caso!

Beliscou os lábios com dois dedos, às voltas com uma intensa reflexão.

— Se eu conseguisse me aproximar do cardeal del Monte — murmurou — talvez eu consiga convencê-lo. É um amigo dos livros, um autêntico. A essa hora, está provavelmente em algum lugar lá para os lados do Belvedere e...

Bocceron voltou-se para Samuel:

— Não vejo outra solução a não ser conseguir reforços. O Belvedere fica bem atrás, não demoro. Daqui até lá, não desgrude os olhos do baú e cuide para que nenhum salteador entre na biblioteca. O cheiro do butim despertou muitos apetites nos últimos dias...

Agraciou seu implausível auxiliar com um tapinha no ombro e lançou-se para fora com uma vivacidade surpreendente. Samuel observou-o afastar-se, depois desaparecer rapidamente sob o pórtico enevoado do pátio. Dispunha de alguns minutos para pôr as mãos no tratado de Klugg...

XIII

Na goela do leão

Samuel atravessou rastejando as salas latina e grega para desembocar como um foguete na Grande Biblioteca. Até aquele momento não pudera senão lançar umas olhadelas furtivas naquela direção, e foi arrebatado pela atmosfera de clausura e estudo que ali reinava: a luz quente dos vitrais coloridos, o cheiro de livros velhos e de cera, a grande mesa escura em que manuscritos estavam presos com correntinhas de prata, as amplas poltronas forradas de veludo e todos aqueles objetos que personificavam o desejo de aprender típico de um lugar de saber — um curioso globo de metal, por exemplo, feito de diversos anéis móveis que se cruzavam, uma ampulheta triangular de cinquenta centímetros de altura, diversos instrumentos de cálculo tipo compasso, um relógio grande sem ponteiro com graduações incompreensíveis...

Havia também, além de uma bela lareira com cabeças de leão, cinco armários de ferro dos quais quatro estavam abertos. Sua busca ia tornando-se mais frenética à medida que sentia o ritmo do tempo irromper dentro de si: devia estar bem próximo... Vasculhou primeiro as prateleiras acessíveis, sem nada assinalar que evocasse o tratado de Klugg, depois voltou sua atenção para o móvel aferrolhado cuja maçaneta tentou, sem sucesso, fazer girar. Não insistiu, subitamente persuadido de que o livro estaria em outro lugar. Acabava de constatar, com efeito, que a intensidade da pulsação que sentia variava de uma ponta a outra da sala. Mais fraca quando partia para a direita — lá onde se achava a estante fechada, sobretudo —, mais forte quando voltava para a esquerda.

Samuel posicionou-se no lugar exato onde o batimento do tempo fazia-se mais imperioso em seu peito. Precisamente diante de um espelho oval cuja moldura reluzente era constituída de múltiplas varinhas douradas de tamanhos diferentes, que se irradiavam em coroa. Uma espécie de sol, claramente... Samuel entreviu na passagem seu reflexo no espelho: um adolescente de 14-15 anos com uma camisa duvidosa, os cabelos revoltos — o uso do capacete derrubou seu topete —, os traços puxados e uma espécie de febre nos olhos exprimindo uma determinação feroz. Um menino de rua, de certa forma, provavelmente em busca de dinheiro ou comida para roubar... Em todo caso, alguém que não tinha muita coisa a perder.

Samuel recobrou-se: não era hora para considerações sentimentais. Cumprir sua missão, ponto final. O Tatuado falara de uma estante com um sol em cima que continha o Tratado. Sam tinha à sua frente um espelho que decerto lembrava um pouco o sol, mas ele não achava a estante correspondente. Entretanto, era realmente ali que o ritmo do tempo batia mais forte, como se houvesse uma pedra esculpida ao alcance da mão...

Pegou o espelho e levantou-o para colocá-lo no chão. Uma espécie de cofre-forte embutido na parede estava escondido atrás: 60 por 60 centímetros mais ou menos, uma pequena fechadura, e em cima, um círculo rodeado por seis raios. Um sol! Eis o que devia explicar a pulsação! Seu diâmetro era ideal para receber o bracelete de Merwoser, mas as seis fendas eram diferentes, na medida em que mal tinham profundidade. Impossível introduzir uma moeda. Aquele sol não era destinado à viagem, tinha outra utilidade.

— OK — sussurrou Sam —, acho que tenho o que você precisa.

Sacou o Círculo de Ouro do bolso, soltou o pequeno fecho e retirou as seis moedas. Se o tratado de Klugg estivesse realmente ali, não deveria ser muito difícil de pegá-lo. Inseriu em seguida a joia no astro solar: o bracelete de Merwoser iluminou-se vivamente, enquanto um clique ressoava em algum lugar. Teria adorado que o compartimento secreto se abrisse por si só, mas não aconteceu nada disso. Enfiou seu indicador no buraco da fechadura puxando, sem resultado. O sol e o bracelete não bastavam, também precisava de uma chave...

Repetiu então a operação esforçando-se para entender. Assim que posicionava o bracelete de Merwoser, este se iluminava, um pequeno estampido se seguia e... Tentou localizar a origem do clique. Aquilo não vinha do compartimento secreto nem de uma das estantes, nem dos afrescos nas paredes, os quais estampavam mapas de cidades e países. A lareira... Sim, ao lado da lareira!

Ao mesmo tempo que continuava a manipular o Círculo de Ouro, Sam esbugalhou os olhos. No instante do clique, uma das duas cabeças de leão que enfeitavam os flancos da lareira dava a impressão de se mexer. Um movimento relâmpago, quase imperceptível, como uma tênue mancha desfocada numa foto bem nítida. Samuel correu diversas vezes até o adro da lareira, mas não era suficientemente rápido para chegar antes que a escultura recuperasse sua imobilidade. Porém, após diversas tentativas, constatou que a boca do animal se abria e fechava a uma velocidade estarrecedora e que alguma coisa brilhava em seu interior. A chave do compartimento?

Examinou com cuidado o flanco da lareira: o leão tinha uma bela juba de pedra, olhos esticados e uma boca onde se distinguiam temíveis dentes. Uma minúscula fenda entre as mandíbulas atestava que a boca podia se abrir, mas o lapso de tempo era tão curto, uma vez disparado o mecanismo, que era impensável agarrar o quer que fosse dentro dela. Sam tentou afastar os maxilares com as mãos, sem sucesso. Com uma ferramenta talvez? Um daqueles instrumentos pontudos de matemática ou...

Percebeu a ampulheta triangular sobre a mesa escura e teve uma luz. O escoar do tempo, claro! Meu deus, como tinha sido burro! Afinal, por que o Tatuado não se apoderara até agora do Tratado, quando frequentava a época certa? Isso seria tão óbvio! Ele simplesmente não tinha capacidade para isso... Por causa do leão, que defendia seu tesouro, interditando o acesso ao compartimento secreto! E por que razão ele enviara Sam para o mausoléu de Qin, apesar de todos os perigos? Para ele adquirir os poderes necessários. Rudolf devia saber que uma temporada no sambaqui daria ao adolescente o meio de superar o obstáculo. Afinal, qual a melhor maneira de ser mais veloz do que o leão e confiscar-lhe sua presa? Cadenciar o tempo... E o que aprendera Sam em contato com Qin Shi Huangdi: o autocontrole, a fim de dominar aquela cadência...

Samuel retornou ao compartimento secreto fazendo força para se concentrar ao extremo. Tinha que recuperar aquele estado de transe que lhe permitira esculpir a pedra para escapar do túmulo. Fechou os olhos e desceu mentalmente em si mesmo, obrigando seu coração a bater menos rápido. Experimentou novamente a sensação tão peculiar de se dissolver dentro de seu próprio peito e assistir ao movimento da vida no interior de seu corpo. Sem esforço, sua pulsação cardíaca começou a diminuir até ajustar-se à cadência venerável do tempo. Os dois ritmos agora batiam em uníssono...

Sam abriu as pálpebras para constatar que agora via o mundo através de uma espécie de filtro verde. Pressionou o bracelete de Merwoser sobre o entalhe do sol e, simultaneamente ao "clique" — incrivelmente longo e cavernoso —, pulou na direção da lareira. Tinha a impressão de flutuar no ar, seus braços e pernas fazendo irromper à sua volta uma série de vibrações que se alargavam em vastos círculos concêntricos. Um pouco como se ele se movesse numa dimensão líquida... Os sons também estavam amplificados e deformados, lembrando a Samuel os banhos de sua infância, quando ficava com a cabeça sob a água o máximo de tempo possível e os barulhos de sua casa chegavam a ele com uma nitidez e altura incomuns. Ali, na atmosfera aveludada da biblioteca, as sandálias emprestadas por Mamina batiam como cascos de búfalos, o fragor dos combates soava qual uma orquestra de grandes tambores, e vozes graves pareciam infiltrar-se lentamente através dos vitrais.

Sam viu-se diante da lareira em três passadas, enquanto o leão de pedra parecia rugir ao descerrar o maxilar. Sobre sua língua mineral brilhava uma chave de ouro, que Samuel teve tempo de pegar logo antes de os dentes se fecharem num rugido surdo. Sucesso! Apertando o pequeno objeto em sua mão, partiu novamente em direção ao cofre-forte e introduziu o precioso tesouro na fechadura. A tranca rangeu primeiro à guisa de protesto, mas a porta acabou cedendo. Ela dissimulava uma estante escavada no bojo da parede onde estavam dispostos livros de formatos e aspectos diferentes. Entre eles, um cuja lombada riscada por finas veias escuras atraiu seu olhar. Puxou-o para si: a capa de um amarelo indeciso estampava um

13 escrito à maneira oriental, exatamente como no exemplar do arqueólogo Chamberlain. Tirando a cor, era bem possível que fosse o Tratado das Treze Virtudes Mágicas...

Sam piscou com força por alguns segundos para incitar seu coração a recuperar sua cadência natural. A princípio nada aconteceu, depois sua pulsação cardíaca dissociou-se bruscamente daquela mais lenta que lhe servia de apoio. Houve então um violento estalo no ar e o tempo pareceu se esgarçar antes de retomar abruptamente seu curso. O filtro verde não demorou a ficar opaco e Sam pôde admirar em todo o seu esplendor o tratado de Klugg. Com sua magnífica cor azul restaurada, seus números flamejantes, a matéria sedosa de sua capa, tão antiga e no entanto tão flexível... O sésamo que lhe permitiria salvar Alicia!

— Falta pouco — ele murmurou como se ela estivesse ao seu lado... — Não perca a confiança.

Avidamente, folheou o livro para se certificar de que não era novamente uma réplica: as mesmas gravuras representando diversas pedras esculpidas em lugares bizarros, receitas alquímicas, o odioso morcego com cabeça de criança... Não restava dúvida, era ele mesmo. Ao contrário da vez precedente, entretanto — quando ele folheara a cópia do tratado na barraca de Chamberlain —, ele não era mais capaz de ler os textos em árabe. Mudança de lugar, mudança de dicionário! Em compensação, as anotações em vermelho do alquimista tornavam-se compreensíveis para ele, ainda que determinadas palavras permanecessem obscuras. Sam exprimia-se numa língua italiana ou romana certamente próxima do latim de Klugg, mas não inteiramente idêntica. Assim, a lendária inscrição sobre o funcionamento da pedra esculpida dava mais ou menos isto em sua nova língua: "Aquele que coletar os sete elementos será o senhor do sol. Se ele conseguir fazer brilhar os sete traços, seu coração será a solução do tempo. Ele então conhecerá o calor perene." Não muito claro, para falar a verdade, mas eloquente, em todo caso...

Interessou-se finalmente pelas últimas páginas, que supostamente haviam desaparecido durante a invasão de Carlos V. Incrível! Estavam lá, todas elas, e em perfeito estado! Umas dez folhas no total, recheadas de desenhos e acompanhadas de comentários com tinta vermelha. Uma estátua do deus Thot, os dois círculos de ouro representados com um requinte infinito de detalhes, o retrato de um homem de turbante, brasões, símbolos cabalísticos... Samuel teria adorado examinar tudo mais à vontade, mas o momento não era o ideal: o bibliotecário poderia voltar de uma hora para outra, precisava repor tudo no lugar.

Preparava-se para fechar a portinhola, quando alguma coisa o reteve. O que continham então aqueles livros para merecerem estar trancados a cadeado num cofre-forte com uma fechadura praticamente inviolável? Aquele volume grosso de capa branca e aparência tão inofensiva, por exemplo? Samuel agarrou-o pela lombada e o abriu ao acaso. Um texto impresso com caracteres góticos e imagens pintadas a mão... A língua lhe era desconhecida, mas não a repetição de cada página dupla ao longo de toda a coletânea. Mesmos títulos sempre, mesmo rei representado identicamente com sua coroa... Um livro do tempo?

Samuel tentou outro volume de capa escura, onde cada inicial de parágrafo era realçada por uma vinheta iluminada. Nele também, o conteúdo era cem vezes o mesmo, do início ao fim! No terceiro a mesma coisa, cuja encadernação se desmilinguia, e no quarto idem, de formato alongado. Nada além de livros cujas páginas se repetiam... A biblioteca do papa abrigava uma poderosa coleção de livros do tempo!

Durante longos segundos, Samuel permaneceu embasbacado, sem saber o que pensar, até que um estrépito de rodas do lado de fora arrancou-o de sua perplexidade. Uma charrete ou carroça anunciava-se na corte do Papagaio... Bocceron conseguira a ajuda que fora buscar? Sam largou o livro do tempo que tinha nas mãos, lutando para enfiá-lo numa caixinha de marfim lacrada com cera que ele quase fez cair. Agarrou-a por um triz antes de bater — um pouco forte demais para o seu gosto — a porta do compartimento secreto. O rolar da carroça reverberava no calçamento e Sam correu para pendurar o espelho no gancho. Quanto à chave de ouro... Paciência, ficava com ela! Enfiou-a no bolso, verificou pela última vez se o espelho estava bem reto e disparou em direção ao vestíbulo, sobraçando o tratado de Klugg. Alcançou o imenso baú no exato momento em que vários soldados trazidos pelo bibliotecário emergiam da bruma e, sem refletir muito, escondeu o Tratado debaixo do móvel mais próximo — uma cômoda com colunas.

— Ah! Você continua aí — cumprimentou-o discretamente Bocceron —, ótimo. O cardeal del Monte teve a bondade de providenciar reforços, mas em troca preciso realizar uma tarefa especial para Sua Santidade e...

Não parecia muito à vontade, visivelmente preocupado com outra coisa que não o destino dos valiosos livros.

— Venha comigo — disse ele ao único homem que não estava em uniforme militar e cujo perfil anguloso evocava uma ave de rapina. — Quanto a vocês aí — ordenou aos quatro soldados que se mantinham atrás —, subam esse baú para a carroça e esperem eu voltar. Que ninguém se meta a bisbilhotá-lo, certo?

Os guardas suíços assentiram, enquanto o homem com rosto de águia tirava de sua ampla capa marrom uma chave de prata, que ele agitou na direção do bibliotecário.

— Vamos lá? — perguntou ele. — O soberano pontífice não está nada propenso à paciência esta manhã...

Seria uma alucinação? Exceto pelo revestimento, aquela chave era como uma irmã daquela que Sam acabava de surrupiar na boca do leão. Mesmo tamanho, mesma forma... Mesma fechadura? Bocceron pegou-a entre os dedos e manuseou na luz tênue:

— É a primeira vez que a vejo — disse ele num sopro. — E tinha que ser numa hora dessas, quando talvez tudo desapareça!

— São essas circunstâncias que justificam as ordens do Santo Padre — replicou o outro. — Agora, se pudéssemos proceder...

Afastaram-se para a sala latina sem dar a mínima para Sam, que decidiu segui-los a distância. Será que havia uma segunda chave para destrancar o compartimento secreto atrás do espelho? E se o objetivo dos dois homens era de fato o cofre-forte, o que iriam procurar ali? Samuel teve um pressentimento desagradável: o Tratado das Treze Virtudes Mágicas...

Roçou nas paredes até a sala grega e aproximou-se o máximo possível da entrada da Grande Biblioteca. Os dois homens haviam parado na parte esquerda do recinto, ali onde se situava o esconderijo. Ai!...

— Eu... Eu realmente ignoro o que tem aí dentro — começou Bocceron. — Foi meu predecessor, o núncio Moretti, que me informou da presença desse alçapão quando cheguei... Ele próprio era um assistente novato quando os trabalhos da biblioteca terminaram, já se vão mais de cinquenta anos. O papa Sisto IV, a quem devemos a construção desse local, contratou um arquiteto egípcio para planejar a instalação do esconderijo. Um sujeito estranho, segundo Moretti, mas de uma cultura sem igual...

O sangue de Samuel deu apenas uma volta. Um egípcio estranho... Setni? Houve uma leve batida no piso e Sam supôs que os dois acabavam de colocar o espelho no chão.

— Espantoso, não é? — exclamou Bocceron. — Mais de uma vez, quando assumi minhas funções aqui, me perguntei o que podia conter essa curiosa gaveta. O núncio tinha me explicado que existiam duas chaves no início, mas que uma se perdera. E que a outra estava devidamente guardada no tesouro do papa, no castelo Sant'Angelo. Eu não imaginava segurá-la um dia em minhas mãos!

— Se o Santo Padre houve por bem deixá-la comigo, foi com a instrução de não entregá-la senão ao senhor e de levar imediatamente a coisa para ele — alertou seu interlocutor. — O que representa esse sol em cima?

— Não faço ideia... Pelo que sei, esse arquiteto egípcio não prestava contas senão ao próprio Sisto IV, inclusive quanto à escolha das decorações. Resta saber se essa fechadura funciona: ninguém a utiliza desde 1475.

Vários cliques se sucederam seguidos de um rangido característico: a porta do compartimento secreto acabava de se abrir...

— Livros! — extasiou-se Bocceron. — Livros que eu nunca tinha visto!

— E o escrínio está bem em cima da estante — regozijou-se por sua vez o enviado do papa. — Clemente VII ficará contente.

A tentação foi muito forte e Sam não pôde deixar de dar uma olhada na sala: o bibliotecário apoderou-se de um dos livros do tempo, enquanto seu acólito contemplava a minúscula caixa de marfim que Samuel quase deixara cair ainda há pouco.

— Vou correndo levar o objeto para ele — acrescentou o emissário, fazendo a caixinha desaparecer sob sua capa.

Bocceron segurou-o pelo braço a fim de lhe mostrar o volume que estava em vias de consultar:

— É uma maluquice! — exclamou. — Todos os cadernos são idênticos! Redigidos numa língua germânica, imagino, mas isso não faz o menor sentido!

Enfiou o livro nas mãos do Perfil-de-Águia — que parecia mesmo era com pressa de zarpar — e pegou um segundo volume que lhe provocou os mesmos gritos de surpresa:

— Mas é tudo igual! Observe, as páginas se repetem e...

— Não vim aqui fazer o inventário da biblioteca — cortou o outro. — Meus homens e eu temos que partir o mais rápido possível, então, se quiser aproveitar a carroça, aconselho-o a se apressar.

Samuel compreendeu que era hora de dar no pé. Deu meia-volta discretamente e "pegou emprestado" na confusão uma das cordinhas que sustentavam as cortinas da sala latina. Uma vez no vestíbulo, pegou o tratado de Klugg embaixo da cômoda e o prendeu como pôde em volta da sua barriga, com seu barbante improvisado. Sua camisa decerto formava uma ligeira protuberância, mas, com a neblina, só era possível ver fogo... Saiu em seguida para se juntar aos soldados que se amontoavam em torno da carroça, no instante em que um grito repercutia nos altos muros do palácio:

— Debandaaar! Eles entraram na cidade! Debandaaar!

XIV

Uma caixinha de marfim

A notícia se espalhou pelos domínios do Vaticano como um rastilho de pólvora. Silhuetas surgiram nas janelas repetindo a mensagem e prelados logo invadiram o pátio do Papagaio aproveitando-se do tempo que o inimigo precisaria para atacar aqueles sítios sagrados. A neblina estava um pouquinho menos densa, e o sol que despontava tingia o manto de algodão com um matiz acobreado quase irreal. Detalhe preocupante, a maioria dos canhões se calara, sinal de que a resistência cessara nas muralhas e de que os combates haviam se deslocado para as ruas. Isso não resolvia o problema de Samuel, que pretendia poder ir embora por onde chegara, com a ideia de atravessar o rio e se dirigir ao acampamento do capitão Diavilo. Ia ter que se virar de outra maneira...

Uma vez fechadas todas as portas, Bocceron terminou por sair da biblioteca, com um dos livros do tempo debaixo do braço:

— Achei melhor trazer um — desculpou-se —, nunca se sabe. Se esses vândalos atacarem, tenho quase certeza de que nada lhes resistirá, nem mesmo o alçapão secreto e...

Pelo olhar enfurecido que lhe lançou Perfil-de-Águia, compreendeu que o principal interesse deste último era acelerar, se quisesse permanecer com seu cofre debaixo do braço.

— O Santo Padre talvez já tenha alcançado o castelo Sant'Angelo — resmungou o emissário do papa —, e tenho que me encontrar com ele o mais rápido possível. Não há um instante a perder!

— Estou contigo — obedeceu o bibliotecário.

O pequeno comboio pôs-se em marcha, enveredando por um caminho complicado no interior do palácio para permitir à carroça alcançar sem obstáculo os jardins que se estendiam atrás dos prédios principais. No meio da confusão, Samuel teve que ajudar a empurrar e puxar o veículo. Entre os soldados que se dirigiam ao portão principal para defendê-lo, Bocceron agarrou-se a um que ele conhecia, apenas um pouco mais velho que Sam, e cuja expressão de pânico era triste de se ver.

— Aldo, alguém sabe o que está acontecendo?

— Os espanhóis! — soluçou o rapaz, parando a contragosto. — Transpuseram a muralha no bairro do Espírito Santo, arrombando uma janela que se abria para as ameias... São no mínimo três mil investindo contra nós, e os alemães estão bem atrás! Temos que defender a fortaleza!

Fez um gesto de despedida e partiu como uma flecha.

— Nada de esmorecer — ordenou Perfil-de-Águia —, ou não salvaremos nem esses livros nem nossa pele!

Retomaram como puderam sua progressão, passando de um novo pórtico para um novo pátio, até desembocarem num vasto terraço forrado de pedrinhas onde tiveram que navegar entre as laranjeiras em vasos e as fontes, para chegarem à construção baixa que parecia ser o ponto de ligação de todo o palácio. Guardas escoltavam a multidão de prelados que tentava entrar e à qual se misturavam homens suntuosamente vestidos, mas também mulheres e crianças. Aos suspiros de inquietude e conversas animadas travadas na fila de espera, acrescentava-se uma gama surpreendente de pios de pássaros: um grande viveiro situava-se ao lado, e as aves, enlouquecidas com a balbúrdia, grasnavam em todos os tons.

— Tem muita gente — decretou Perfil-de-Águia —, será necessário negociar. Vou precisar de você, Bocceron.

Enquanto os dois homens iam buscar um salvo-conduto para os tesouros da biblioteca, Samuel debruçou-se para um dos suíços que empurravam a carroça à sua direita, um rapaz forte de ar jovial:

— Não conheço direito o lugar — começou. — Quer dizer que é por aqui que se chega ao castelo do Sant'Angelo?

O outro considerou:

— Há uma passagem coberta saindo desse prédio. Ela atravessa todo o bairro do Borgo até o castelo, é o meio mais seguro para chegar lá. Isso explica toda essa gente esperando — acrescentou, apontando para a fila que se espichava à sua frente. — Enfim, quando digo toda essa gente, também não se trata de qualquer um, hein! Que sociedade elegante, você precisa ver: o bispo Carpi com seu chapéu preto, o cardeal Giberti apoiado em sua bengala, o cardeal della Valle um pouco adiante... Parte da família Orsini também veio, na altura da coluna, e, perto da estátua de Hércules, alguns representantes dos Conti. Quanto ao menino que corre brincando com a varinha, usa as cores dos Frangipani... Toda a nobreza romana, nossa!

— Nenhum Colonna — atreveu-se Sam, que pensava no que Mamina lhe contara sobre os inimigos jurados de Clemente VII e sobretudo sobre o capitão Diavilo, seu carma.

— Fale mais baixo, meu caro — aconselhou-o o guarda —, os Colonna não gozam dos favores da santidade por aqui. Ainda que não estejam completamente errados, se quer saber minha opinião...

Olhou significativamente para ele.

— E o capitão Diavilo? — insistiu Sam. — É ele quem comanda as tropas, não é?

— Ah, Diavilo — disse o guarda suíço erguendo os braços para o céu — é outra história! Tenho um irmão mais velho que foi colega dele quando ele era mais jovem. Uma besta feroz, esse Diavilo, realmente! Sabe o que ele fez quando completou dez anos e seu pai lhe deu sua primeira espada? Rodou-a no ar duas ou três vezes e tchac!, decapitou seu cachorro. Com um único golpe... Sim, sim, pode revirar esses olhos perplexos, o próprio cachorro! Meu irmão conta que esse Diavilo já era completamente louco desde muito novo, e que não melhorou nada desde então. Sua mão, por exemplo. Sabia que ele é maneta? Meu irmão conta que ele a perdeu quando os turcos o capturaram, há mais de vinte anos. Foi jogado numa de suas prisões úmidas, sem comida, condenado a morrer de fome. Mas quando eles voltaram ao cabo de várias semanas, Diavilo continuava lá... Primeiro comeu ratos, depois insetos, depois o musgo e, quando não teve mais nada para mastigar, cortou a própria mão esquerda e...

O guarda suíço fez uma careta de nojo.

— Enfim, pode imaginar o que ele fez. Quando os carcereiros o tiraram dali, estavam tão impressionados com sua coragem que cuidaram dele e o soltaram. Um homem que mata seu cachorro e que é capaz de mastigar a si próprio, é um pouco fora do comum, não acha?

Samuel balançou a cabeça tentando discernir naquilo tudo o que era verdade e o que era lenda. Seja como for, mesmo exagerada, a reputação de *Il Diavolo* não era nada animadora.

— Se ele é tão esperto e corajoso como dizem — sugeriu Samuel —, não seria capaz de se apoderar do castelo do Sant'Angelo?

O guarda suíço mostrou-se categórico:

— A fortaleza é intransponível, pode ter certeza disso. Nenhum dos papas que se refugiou lá pôde ser desalojado até agora. E faz um punhado de séculos que é assim, acredite... Vamos, tranquilize-se, meu caro, depois que estivermos lá dentro, ninguém conseguirá entrar.

— E para sair? — insinuou Samuel, que tinha que pensar em encontrar Alicia a todo custo.

— Teríamos que ser muito malucos para sair do castelo quando a cidade está entregue aos assassinos e saqueadores! E depois, a não ser que alguém tenha asas como os papagaios desse viveiro, não vejo muito o que fazer. Caso você ignore, o Sant'Angelo também serve de prisão, uma das mais temidas de Roma! Foi tudo planejado para impedir qualquer fuga!

Samuel obrigou-se a sorrir em cumplicidade com seu interlocutor, ainda que a perspectiva de se ver confinado numa fortaleza de onde ninguém podia escapar não fosse nada auspiciosa. Paciência, estava com o tratado de Klugg, nada o deteria antes que ele resgatasse Alicia...

Agradeceu ao suíço e afastou-se da carroça, a fim de ajeitar o livro que teimava em escorregar sob sua camisa e consultar o mapa da cidade que mantinha no bolso. Efetivamente, examinando bem, havia no desenho uma espécie de um muro comprido ligando o complexo do palácio a uma grande torre de ameias acima do rio. O castelo Sant'Angelo... Na gravura, suas defesas impressionantes faziam dele uma temível praça-forte, lugar ideal para sustentar um cerco. Em contrapartida, para alcançar o teatro em ruínas que servia de acampamento para o capitão Diavilo, era preciso atravessar uma boa parte da cidade. Não seria um passeio recreativo...

Sam examinava o mapa havia alguns minutos, tentando descobrir o melhor itinerário, quando clamores fizeram-lhe erguer a cabeça. Um personagem ilustre, rodeado por um grupo de cardeais e soldados, subia a alameda em direção ao prédio, suscitando grande emoção ao passar:

— Clemente VII!... É Clemente VII!

— Sua Santidade, abençoai-nos!

— Meu garotinho, por piedade, leve-o com o senhor.

O punhado de guardas que o escoltava mantinha os curiosos a distância e o papa logo alcançou as imediações da carroça, no instante em que Perfil-de-Águia precipitava-se para ele:

— Santíssimo Padre — disse, inclinando-se com deferência —, perdoe meu atraso! Supus que já estivesse na fortaleza e...

— Nada grave — interrompeu-o Clemente VII, indicando a seus homens que se afastassem. — Está com ele?

Enquanto Perfil-de-Águia avançava vasculhando dentro de sua capa, Samuel observou o papa, que estava a cinco ou seis metros dele. Tinha cerca de 50 anos, ar altivo, maçãs do rosto e nariz salientes, cabelos pretos presos sob um solidéu vermelho. Usava, além disso, uma longa batina de um branco imaculado e um manto, também vermelho, que lhe cobria os ombros e o peito. Apesar da arrogância de sua voz, tinha a tez lívida e grandes olheiras sublinhavam seus olhos negros. Um homem de poder, habituado às honras, que sentia seu trono vacilar...

Perfil-de-Águia estendeu-lhe o pequeno escrínio de marfim retirado do compartimento secreto e Clemente VII sopesou-o na palma da mão antes de abri-lo.

— Quer dizer que ele existia mesmo — murmurou. — Então pode ser que eu tenha uma chance de me salvar.

Os basbaques haviam se calado bruscamente sobre a esplanada. Como se tivessem tomado consciência da solenidade do momento. Com um empurrãozinho da unha, Clemente fez o lacre de cera saltar e ergueu a tampa.

— Vazio! — suspirou. — Está vazio!

Atirou a caixa longe num gesto furioso e foi adiante rumo à construção baixa.

— Estou... estou confuso — exclamou Perfil-de-Água ao mesmo tempo que recuava —, segui ao pé da letra as instruções de Sua Santidade, eu não podia prever que...

— Não o censuro por nada! — exaltou-se Clemente VII. — Como poderia sequer fazer noção do que essa coisa guardava? Agora, suma, não preciso mais do senhor!

Os homens do papa interferiram para rechaçar o indesejável que, não obstante, continuava a gritar:

— É que, Santíssimo Padre, há também aquele baú de livros mencionado pelo bibliotecário... Precisamos de sua autorização para deixá-los o mais rápido possível em segurança no castelo...

Clemente não se dignou a responder, mas um dos cardeais que o seguiam dirigiu um sinal para Bocceron sugerindo-lhe que ia cuidar do assunto. Enquanto a multidão deixava o papa passar, Samuel aproximou-se do garotinho que se divertia o tempo todo com sua varinha e que correra pra recolher o pequeno a alguns metros dali.

— Posso ver? — perguntou Sam.

A criança apertou o objeto em sua mão, franzindo o cenho:

— Foi para mim que Sua Santidade jogou!

— Só ver... Prometo devolvê-lo depois. Se você deixar, conto-lhe um segredo.

— Um segredo de verdade? — hesitou o menino, desconfiado.

— Um segredo como você nunca ouviu — assegurou Sam.

Sem desgrudar os olhos daquele estranho adolescente com uma roupa duvidosa, a criança afrouxou lentamente o punho. Samuel pegou a caixa entre seus dedos e a examinou mais atentamente do que o fizera na biblioteca. Um porta-joias muito antigo, cujo marfim amarelara um pouco... Sob a cera vermelha que o lacrava e que Clemente destruíra em parte, a tampa estampava uma espécie de hieróglifo. Um homem com cabeça de íbis, de cócoras e visto de perfil. Uma representação do deus Thot? É possível... Já o interior do escrínio, embora estivesse totalmente vazio, havia sido concebido claramente para receber um anel. A forma circular vazada no pequeno pedestal, com aproximadamente um centímetro e meio de diâmetro, não deixava nenhuma dúvida. Um anel...

— Dá para me devolver, agora? — impacientou-se o garotinho.

Samuel teve a impressão de que o arrancavam de um devaneio remoto. Recobrou-se e agradeceu ao menino com uma piscadela.

— Tome, muito obrigado.

— E o segredo? Você me prometeu um segredo!

— O segredo... — refletiu Sam. — Pois bem, essa caixa de marfim que você segura na mão... Precisa conservá-la preciosamente com você, sempre. Ela contém o tesouro mais maravilhoso e incrível desse castelo.

O garotinho arregalou seus grandes olhos azuis:

— O tesouro mais maravilhoso? Tem certeza?

— Absoluta — afirmou Sam.

XV

O Tratado das Treze Virtudes Mágicas

Estava fora de questão atravessar a galeria elevada que levava ao castelo utilizando a carroça. Dois dos guardas suíços haviam sido mandados de volta para defender o portão central. Samuel teve que ajudar a carregar o baú ao longo de todo aquele interminável corredor de tijolos e pedras que dominava a cidade. Sempre que podia, dava uma olhada através das seteiras para tentar avistar o acampamento de Diavilo do outro lado do rio. Porém, embora a neblina insistisse, uma chuva pesada começou a cair, acrescentando à camada de algodão uma densa cortina líquida.

No interior do *passetto*, a afluência era comparável à de uma galeria de metrô nas horas de pico, e Sam foi várias vezes quase derrubado por prelados sem a menor cerimônia que corriam e exigiam que lhes dessem passagem. As ferragens do baú penetravam em seus ombros, o peso da carga esmagava-lhe as costas, mas pelo menos ninguém prestava atenção nele, nem ao tratado de Klugg atochado em sua barriga.

Ao mesmo tempo que se esforçava para não tropeçar, Samuel pensava de novo na caixinha de marfim e na joia que ela devia ter guardado. Seria possível tratar-se do anel da eternidade? Um escrínio gravado com o símbolo de Thot, a forma circular da marca, o fato de que o objeto tivesse sido guardado em meio aos livros do tempo... Inúmeros indícios apontavam nesse sentido. Mas, se era esse efetivamente o caso, por que o Tatuado não exigira de Samuel que o levasse para ele prioritariamente? Ignorava sua presença no compartimento secreto da biblioteca? Ou, ao contrário, sabia que a caixinha estava vazia? Mistério...

— Vire à esquerda! — intimou Bocceron.

Penetraram na fortaleza por uma porta pesada e cheia de pregos e bifurcaram para uma escada estreita que lutavam para subir, de tão altos os degraus. Bocceron levou-os em seguida até o anexo da biblioteca, que ele abriu com uma das chaves de seu molho.

— Deixe isso na entrada, agora eu me viro sozinho.

O suíço jovial soltou um "ufa" de alívio enrijecendo novamente seu corpanzil e Sam massageou os braços com a impressão de ser infinitamente leve. Decidiu em seguida esquivar-se, pois temia que a protuberância sob sua camisa terminasse por traí-lo. Mas Bocceron não o deixaria tão fácil:

— Terminarei mais rápido se você me ajudar — declarou. — Ainda mais que você já conhece um pouco esses volumes!

Samuel avaliou o recinto abobadado onde se amontoavam estantes, baús e rolos diversos, considerando a amplitude da tarefa e procurando um pretexto para zarpar.

— Bem — começou, segurando o estômago —, primeiro preciso... enfim, preciso ficar sozinho.

O guarda suíço disparou uma sonora gargalhada, mas os outros não acharam o comentário tão engraçado. Samuel desculpou-se e saiu, prometendo voltar.

Uma vez do lado de fora, correu ao acaso em busca de um lugar tranquilo onde pudesse se concentrar no tratado de Klugg. Em seu interior, o castelo tinha características não apenas militares, pela espessura extraordinária de suas paredes, como também de um suntuoso solar, pelas numerosas salas decoradas com afrescos e ornamentadas com tetos com sancas esculpidas. Uma mistura de palácio e fortaleza... A multidão espalhara-se um pouco por toda parte, jovens, velhos, homens, mulheres, alguns sentados no chão em meio a trouxas feitas às pressas, outros de pé conversando sobre os infortúnios da época, outros ainda, menos numerosos, sentados nas raras poltronas disponíveis, aturdidos de cansaço.

Depois de vagar por um momento, Samuel descobriu nos andares superiores um parapeito de janela do qual podia desfrutar ao mesmo tempo de uma fonte de luz e de uma relativa calma. Soltou o cordão sob sua camisa e instalou-se contra a vidraça de caixilhos de ferro: precisava de uma meia hora para consultar o Tratado das Treze Virtudes Mágicas, antes de se concentrar na melhor forma de sair dali e enfrentar o capitão Diavilo.

Sem perder um segundo, mergulhou nas últimas páginas do livro, cuja destruição ele devia impedir e que, segundo Chamberlain, encerravam os dados cruciais sobre o anel da eternidade. Os dez cadernos em questão estavam cheios de desenhos, mapas, signos cabalísticos, a que se acrescentavam as anotações de Klugg em vermelho. Se o significado do conjunto era confuso, isoladamente, determinadas ilustrações lhe eram na verdade familiares. Aquela representação de Thot, por exemplo, na primeira folha do maço... O deus com cabeça de íbis, esboçado a carvão na metade da página, mantinha-se de pé, os braços na horizontal, exibindo em seus pulsos dois grandes braceletes amarelos. Klugg havia inserido um comentário no rodapé e Sam precisou relê-lo várias vezes antes de conseguir interpretá-lo, já que seu "latim" continuava aproximativo. O parágrafo tinha como título: *Os dois círculos de ouro, o autêntico e o falso*. Uma alusão à joia que o próprio Thot fabricara e a cópia realizada por Merwoser, certamente... "Eles são como dois irmãos que parecem próximos e que no entanto tudo separa", dizia em substância o texto. *Eis por que o deus dos dias afasta os braços, um para o leste, onde o sol nasce, o outro para o oeste, onde o sol se põe, a fim de provar que eles se opõem e se completam ao mesmo tempo* — esta última frase estava sublinhada.

A página seguinte, em preto e branco, estampava a imagem de um cemitério numa colina isolada tomada pelo capim. Quatro túmulos estavam alinhados, cada um apresentando um sol gravado em sua base. Apesar do esmero que o artista aplicara para tornar verossímil sua evocação, aquela reunião de túmulos num mesmo lugar era, entretanto, improvável: os dois primeiros mostravam, com efeito, o estilo típico da religião mulçumana, o terceiro era encimado por uma cruz cristã e o quarto era nada mais nada menos que o sarcófago de Setni, reconhecível pela decoração hieroglífica. Um cemitério imaginário... Três linhas de uma escrita cerrada estavam rabiscadas embaixo, mas numa língua que permanecia impenetrável para Sam.

Os cadernos seguintes não pareciam ter, por sua vez, relação direta com o anel da eternidade, nem sequer com a pedra esculpida: um tabuleiro, onde um rei negro de turbante achava-se em posição de risco; seis círculos que acolhiam em seu seio quatro triângulos, por sua vez guarnecidos por uma quantidade variável de pontos — Samuel pensou numa espécie de quebra-cabeça, mas sem conseguir estabelecer sua lógica; um friso vegetal que se desenrolava numa longa serpente de folhas entrelaçadas, graficamente esplêndida, mas cujo sentido permanecia impenetrável etc. Chamberlain teria se enganado ao atribuir àquela parte que faltava do Tratado um valor que ela não tinha?

Felizmente, a antepenúltima página do maço verificou-se mais promissora: tratava-se de um mapa geográfico antigo, dobrado sobre si mesmo, que, uma vez desdobrado, ocupava o equivalente a cerca de quatro folhas. Era de uma grande elegância, desenhado com tinta roxa sobre um fundo sépia, e emoldurado por uma profusão de anotações de Klugg, sinal da importância que este lhe atribuía. O espaço representado, apesar da imperfeição de certos contornos, era sem dúvida nenhuma o do Mediterrâneo oriental, desde o Egito até a atual Turquia — Sam consultara tanto o atlas em consequência de suas viagens que identificava facilmente o desenho das costas e o zigue-zague característico do Nilo. O mapa comportava, além disso, diversas cidades com seus nomes em árabe e algumas figuras como cones pontudos para as montanhas ou ondas estilizadas para o mar. Havia também duas séries de tracinhos amarelos e brancos partindo da mesma região do Nilo e se espalhando em seguida para o norte por caminhos distintos. Eram como dois itinerários divergentes que, tendo sua origem no Egito, dirigiam-se à Turquia, o amarelo seguindo pelo interior, o branco costeando o litoral.

Samuel teria ficado nesse nível limitado de deduções se não houvesse as indicações de Klugg... O alquimista tinha com efeito traduzido diretamente no desenho o nome de determinadas cidades e, principalmente, redigira diversos parágrafos que constituíam inúmeras reflexões úteis à compreensão do documento. Samuel teve que lê-los e relê-los diversas vezes antes de compreender seu sentido e tomar consciência do que tinha nas mãos: um mapa retraçando a história do anel da eternidade...

Tudo começava no Nilo, efetivamente, na cidade que servia de ponto de partida para os dois itinerários. Klugg tivera a delicadeza de transcrever seu nome em caracteres latinos, mas Samuel a teria identificado de toda forma: Tebas, claro... Com relação à cidade, o alquimista acrescentara este esclarecimento: *Num tempo imemorial, os invasores hicsos apoderaram-se do grande reino dos faraós, bem como de sua capital, Tebas. Um novo soberano, cujo nome era Merwoser, mandou fundir o segundo Círculo de Ouro segundo as instruções deixadas por Thot. Mas chegou o dia em que os descendentes de Merwoser foram, por sua vez, expulsos do trono. Fugiram então do reino levando o segundo círculo e o anel da eternidade em seu escrínio branco.*

Um escrínio branco... Como no compartimento secreto da biblioteca!

Os remanescentes hicsos dividiram-se pouco depois em dois grupos: um rumou para leste levando o segundo círculo, chamado também de o impostor, e o outro dirigiu-se para o litoral salvaguardando o anel.

Essa cisão explicava a separação dos dois trajetos também no mapa: o amarelo — cor de ouro — retraçava o périplo do bracelete de Merwoser, o branco — cor de marfim —, o do escrínio... Se o mapa estivesse correto, cada um dos dois objetos descrevera um percurso preciso através de uma série de cidades diferentes: a leste, Basra, Wasit, Babilônia etc.; a oeste, Ramla, Çur, Çaida e outras mais... Klugg limitara suas observações nas margens do desenho a uma dúzia dessas cidades sobre as quais conseguira obter informações: uma data de fundação aqui, o nome de um chefe local ali, a menção de um livro evocando um ou outro dos dois tesouros...

Mas o mais interessante para Sam dizia respeito aos pontos de chegada desses dois itinerários. Segundo o desenho, o bracelete de Merwoser aterrissara na cidade de Izmit, na Turquia, no fim de um percurso de vários séculos. Ora, tinha sido em Izmit que Vlad Tepes admitira ter roubado o Círculo de Ouro em 1447... Chegara a dizer que, na época, ninguém mais sabia de onde vinha a joia nem qual era a extensão de seus poderes. Em outros termos, o mapa dizia a verdade acerca do bracelete de Merwoser! Ele efetivamente percorrera o trajeto indicado! E, se dizia a verdade a respeito do bracelete, por que teria mentido sobre o anel?

Com a ponta do dedo, Samuel refez no papel o segundo itinerário escalonado por quadradinhos brancos. Era muito mais curto e simples de percorrer do que o precedente, uma vez que, depois de sair do Egito, bastava subir em linha reta para o norte. Sua destinação era Antioquia, uma cidade próxima do litoral. Klugg, aliás dedicara-lhe várias anotações num canto do desenho:

Antioquia: foi aqui que, durante mais de um século, perdeu-se o rastro do anel do Tempo, após este ter caminhado secretamente pelas costas da Spiria. O último a atestar sua presença nesse lugar foi o grande filósofo Awzalag al-Farabi, que em seu tratado de 948 sobre os princípios da música conta ter visto no tesouro do cádi de Antioquia um escrínio branco, selado com o sinete de Thot, com um estranho anel de pedra no interior.

Em 1098, por ocasião da primeira cruzada, os soldados de Cristo que haviam partido para reconquistar Jerusalém desembarcaram na Síria e tiraram à força Antioquia das mãos dos seljúcidas. Foi ao pilharem a cidade que descobriram inestimáveis tesouros, como um pedaço da Lança Sagrada que perfurou o flanco de Cristo ou o escrínio de marfim que protegia o anel da eternidade. Este último foi trasladado, junto com uma parte do butim, primeiro para Constantinopla, a capital vizinha do Império Bizantino, depois para Roma, onde o reivindicava o novo papa Pascal. Menção a essa expedição figura no diário de bordo da caravela "La Nonna" encarregada de fazer seu traslado até a Itália.

Desde essa época, o escrínio e seu conteúdo acham-se portanto à disposição dos papas em algum lugar em seu palácio de Roma. É lá que é preciso procurá-lo.

Samuel dobrou novamente o mapa, um enxame de hipóteses povoando sua mente. A mais plausível era que, no fim de suas buscas, convicto de ter localizado o anel, Klugg conseguira dirigir-se a Roma no período que lhe pareceu o mais propício para surrupiar o objeto, a saber, depois da construção da biblioteca dos papas. O papa Sisto IV, porém, convocara para defender seu patrimônio um arquiteto imprevisível, o grão-sacerdote Setni, que imaginara, por sua vez, um dispositivo para cadenciar o tempo a fim de proteger o tesouro... Resultado, uma vez no lugar, o alquimista dera com os burros n'água: podia certamente aproximar-se do compartimento secreto, mas era incapaz de abri-lo! Daí sua decisão, como último recurso, de explorar o túmulo de Qin a fim de aprender a reduzir a marcha do tempo. Uma decisão que lhe custara a vida...

Restava uma questão subsidiária: que papel desempenhara Setni nessa trama? E por que aceitara conceber um esconderijo mágico no palácio do papa?

De certa maneira, a resposta fora dada pelo próprio Clemente VII, duas horas antes, quando havia tirado o lacre da caixinha de marfim e descoberto que ela estava vazia. Samuel suspeitava, com efeito, que o sistema concebido por Setni na Grande Biblioteca não passara de um truque para ele se apropriar de seu conteúdo... Pois quem, então, afora o papa, que possuía uma chave, era capaz de abrir o compartimento secreto? Seu idealizador, naturalmente, Setni... Setni, que podia muito bem ter dado um jeito de pegar a joia, ao mesmo tempo lacrando seu escrínio com um pouco de cera a fim de simular que continuava intacto. Uma oportunidade de ouro para esconder o anel num lugar ainda mais discreto e ao mesmo tempo embaralhar as pistas...

— Está sonhando?

Samuel estremeceu. Estava com o olhar fixado na moldura de madeira da janela e não vira chegar o garoto de ainda há pouco, justamente aquele que recolhera o cofre atirado por Clemente VII.

— Ehh... eu estava pensando — respondeu.

— Já faz um tempo que estou à sua procura — disse a criança fitando-o com um ar contrariado. — Valéria diz que minha linda caixa branca nunca teve conteúdo precioso.

— Valéria? Que Valéria?

— Minha irmã mais velha. Tem 14 anos e me enche o tempo todo... Ela diz que eu não passo de um bebê que acredita em tudo que lhe dizem. Diz também que você zombou de mim com essa história de caixa e que você não entende nada de tesouro.

Samuel voltou-se para ele hesitando quanto ao que devia fazer. O garotinho tinha cabelos louríssimos, uma espécie de penacho no alto da abeca e sentia-se fervilhar nele uma raiva impotente diante da ideia de ser considerado um bebê.

— Mmm! — fez Sam com a maior seriedade. — As garotas de 14 anos não são fáceis, concordo com você. E sua irmã acha que eu não entendo de tesouro, é isso? Nesse caso, eu lhe proponho um negócio. Para lhe mostrar que sou um verdadeiro especialista, vou dar-lhe isto...

Enfiou dois dedos dentro do bolso e retirou a chave de ouro que ele arrebatara na mandíbula do leão de pedra.

— Como é o seu nome?

— Vittorio — disse o garoto enchendo o peito.

— Perfeito, Vittorio. Você vai me fazer um grande favor. Posso pelo menos confiar em você?

O garoto sacudiu a cabeça com convicção.

— Eu tinha certeza! — alegrou-se Sam. — Escute, você vai levar isso para Patrizio Bocceron, o bibliotecário do papa. Ele está no Anexo, dois andares para baixo, perto da escadinha em caracol. Acha que pode encontrá-lo?

Mais uma vez, o garoto inflou o peito.

— Ótimo. Você entregará a ele essa chave em meu nome, ela lhe pertence. Como quem não quer nada, você lhe perguntará se se trata realmente de um objeto valioso... Em função de sua resposta, você saberá se menti ou não a respeito da caixa de marfim. Mas fique tranquilo: em matéria de tesouro, eu sei do que estou falando...

Vittorio pegou a chave com precaução, dirigindo a Samuel um olhar cheio de gratidão, depois disparou pelo corredor, com pressa de cumprir sua missão.

Samuel admirou por um instante o estilo de seus *slaloms* entre os adultos, ruminando que era realmente uma pena que o skate tivesse sido inventado tão tarde... Depois pegou novamente o Tratado, que enfiou mais uma vez sob sua camisa prendendo-o com a ajuda do cordãozinho. Estava fora de cogitação ser suspeito de ter "pego emprestado" o livro e vê-lo confiscado de suas mãos... Aproveitou também para observar pelo vidro o estado do céu: a chuva parara e o sol finalmente se decidia a dissipar a neblina. Lá embaixo, Sam podia agora distinguir o rio e a ponte levadiça que o atravessava, ponte que haviam levantado para impedir qualquer comunicação com a outra margem. No pátio do castelo Sant'Angelo, um grande número de soldados e curiosos estavam espremidos nas ameias, discutiam e exaltavam-se como se assistissem a um espetáculo. Samuel levou uns segundos para compreender o que se passava: a fortaleza agora estava isolada do exterior, mas muitos fugitivos ainda procuravam alcançá-la. Era o caso ao pé dos muros, onde se percebiam barcas que haviam sido puxadas para a margem e pessoas desembarcando e precipitando-se para a praça-forte. Do alto da muralha, guardas suíços lançavam-lhes cordas para lhes permitir içarem-se até eles, sob os vivas da multidão.

Samuel não hesitou: se os romanos tentavam por todos os meios entrar no castelo, ele, por sua vez, devia sair... Correu para a primeira escada e perguntou a uma moça coberta por um véu multicolorido o caminho para o pátio principal. Após alguns desvios, acabou chegando à esplanada, dominada, de um lado, pela espetacular torre de pedra e do outro pela ponte levadiça, empinada como um cavalo para os agressores. Pelo menos duzentos curiosos estavam aglomerados ao longo das muralhas, prodigalizando conselhos e encorajamentos tanto aos soldados que se vergavam para segurar as cordas quanto aos infelizes que tentavam subir por elas:

— Segurem firme, uma mão depois da outra...

— Respirem! O importante é respirar fundo...

— Vamos! Vamos!

Samuel teve que usar os cotovelos para arranjar um espaço junto a uma enorme seteira apontada para oeste. A toalha de neblina que cobria Roma desde a madrugada rasgava-se e, se por um lado vários setores continuavam afogados no algodão, por outro ilhotas cada vez mais numerosas de telhados laranja e vermelhos emergiam com campanários de igreja, monumentos em ruínas e segmentos inteiros do palácio de Clemente VII. O ar continuava a repercutir o barulho das armas e os relinchos dos cavalos, mas, como o essencial dos combates desenrolava-se no interior do Borgo, era difícil saber como manobrava o invasor. Samuel pegou seu mapa de Roma todo atrapalhado e tentou identificar a direção que deveria tomar para libertar Alicia. A cerca de trezentos metros, o curso do rio desviava para a esquerda, banhando a zona onde se situava a pedra esculpida. Depois, havia outra ponte mais adiante, e, na margem oposta, o que interessava a Sam, um emaranhado de ruelas dissolvendo-se na bruma. O acampamento de Diavilo aninhava-se em algum lugar atrás desse bairro, a uma distância indeterminada...

Sam debruçou-se em seguida acima do vazio para tentar avaliar como poderia tirar partido da situação. Vinte metros abaixo, umas dez pessoas esperavam levantando os braços para o céu e suplicando por socorro, enquanto outras cinco haviam começado a escalar a muralha agarrando-se às cordas. Samuel, por sua vez, queria descer... Mas por que lhe permitiriam isso?

Observou melhor o grupo de refugiados: homens bem jovens em sua maioria, um mais velho com uma volumosa cabeleira branca e três mulheres que haviam abandonado suas túnicas de mangas compridas para terem maior liberdade de movimentos.

A situação era dramática... Havia a multidão, os soldados, o nervosismo generalizado... Seria preciso improvisar, pegar todo mundo de surpresa e... fazer um pouco de teatro!

— Nonno! Papi! — berrou de repente, enviando sinais veementes para o ancião de cabelos brancos vinte metros abaixo. — Nonno, está me vendo? Estou aqui, Nonno!

Tomou por testemunha as pessoas à sua volta:

— É meu avô, lá embaixo! Está me vendo, Nonno? Estou chegando!

Gritando cada vez mais alto, Samuel atravessou a multidão de curiosos e foi falar diretamente com os guardas suíços, que eram os responsáveis pelas cordas. Plantou-se em frente a dois deles que esticavam a mão por cima da muralha para um dos sobreviventes prestes a terminar sua ascensão.

— É meu avô — esgoelou-se Sam, fingindo agarrar a corda. — Está logo ali embaixo! Precisam salvá-lo! Nonno — repetiu —, estou indo pegá-lo!

Um dos soldados obrigou-o a se afastar enquanto o outro congratulava o alpinista que conseguira entrar na fortaleza.

— Aquele de cabelos brancos — continuava Sam. — É meu avô! Está velho, com um braço quebrado, não conseguirá nunca subir sozinho... Vai morrer se eu não descer para ajudá-lo!

O segundo guarda debruçou-se por sua vez:

— Está certo que não é um garotinho, mas...

— Eu lhe suplico — insistiu Sam —, é sua única chance! Os espanhóis vão agarrá-lo!

Uma senhora de certa idade, de chapéu preto, interveio junto ao guarda:

— Eu adoraria que um filho meu se dispusesse a quebrar o pescoço para salvar sua velha mãe! — lançou.

— Que beleza! — reforçou um outro. — É muito bonito querer salvar o avô, não acha?

O guarda suíço logo percebeu que não adiantaria nada discutir. Cedeu, apontando um dedo ameaçador para Samuel:

— Tudo bem, mas o risco é todo seu! Se quiser se esmigalhar e quebrar os ossos, não tenho nada a ver com isso. E só se for agora, tem gente esperando lá embaixo!

— Obrigado, obrigado! — exclamou Sam. — Desço, ajudo-o a subir, considere feito!

Agarrou a corda antes que o soldado mudasse de opinião, certificou-se de que o Tratado continuava adequadamente preso em sua barriga e passou a perna pela ameia quando os dois guardas suíços lhe deram o sinal. Em seguida, deixou-se escorregar ao longo do muro, refreando sua queda como podia com os pés, tentando oxigenar-se bem para evitar que seus músculos entorpecessem. Ele não era ruim na escola nos exercícios com corda pendurada e a certeza de que agia para encontrar Alicia decuplicava suas forças. Sua descida, porém, não durou mais de trinta segundos, e ele aterrissou no capim molhado sob uma chuva de aclamações. Uma evasão aplaudida!

Esfregou as palmas das mãos, que ardiam, recuperou as sandálias que deixara cair e pegou o homem de cabelos brancos pelos ombros.

— Nonno — exclamou —, que bom que o senhor está inteiro!

— Ehh... O que é que você...

O velho arregalava os olhos, mas Samuel não lhe deu mais tempo de protestar:

— Estou aqui, Nonno. Está tudo bem!

Passou-lhe a corda na cintura e deu um nó bem alto e sólido, antes de atravessar a ponta entre as pernas dele e lhe pedir para agarrá-la com força.

— Agora segure bem, Nonno! O senhor vai ver, vai subir como se estivesse numa poltrona!

Beijou seu protegido na face e berrou em direção aos soldados sobre a muralha:

— Pode puxar! Devagar, hein, é meu avô!

A corda retesou-se com um estalo seco, e o velho começou sua ascensão, perplexo, mas contente porque tinha conseguido a vez. A propósito, ele não era tão inválido assim, e compensou muito bem os sacolejos de seu corpo apoiando os pés no paredão. Ao chegar ao topo, foi recebido com uma ovação digna de uma estrela, e os guardas correram para soltá-lo, a fim de devolver a corda para seu neto tão corajoso.

Mas Samuel já corria para uma das barcas naufragadas na margem...

XVI

Il Diavolo

Samuel deixou-se arrastar primeiro pela correnteza do rio, batendo na água com a zinga na popa da balsa para não se afastar muito da margem. Passou assim pelas muralhas do Borgo, que ecoava choques violentos e estrépitos de todo tipo, e deslizou ao sabor das águas até a pequena praia perto da qual a pedra esculpida estava enterrada. Virou-se como pôde para acostar, puxou a embarcação para a areia, depois caminhou na direção da pichação de Hator que Rudolf gravara em algum lugar no muro.

Não dera dez passos, entretanto, quando ouviu relinchos provenientes da colina situada um pouco adiante, aquela onde ele encontrara Mamina pela primeira vez. Jogou-se imediatamente de barriga no capim e girou o pescoço para tentar perceber alguma coisa através do tênue véu de neblina: dois soldados fortemente armados e segurando seus cavalos pela rédea. Eles papeavam e riam numa língua bastante gutural, visivelmente confiantes quanto ao desfecho da batalha, e avançaram até os embarcadouros para que seus animais matassem a sede. Apontaram por diversas vezes para o castelo Sant'Angelo, provavelmente entregando-se a comentários pouco amenos sobre o papa, mas não notaram Samuel encolhido nos arbustos. Por sorte, não demoraram a girar nos calcanhares sem explorar as cercanias.

Sam observou-os afastando-se e esperou alcançarem a estrada para se reerguer. A bem da verdade, se resolvera voltar para perto da pedra, era primeiro para se certificar de que ela não sofrera danos durante os combates — ou será que simplesmente sentira necessidade de vê-la e tocá-la? Mas também tinha outra ideia na cabeça: ao chegar ao acampamento de Diavilo, certamente seria revistado e despojado de tudo que possuía de valioso — sem falar no risco de ser executado, óbvio. Ora, segundo as instruções de Rudolf, para resgatar Alicia ele precisava na realidade era da moeda furada de Clemente VII — a moeda cunhada com *candor illaesus*, "alvura imaculada" —, do Círculo de Ouro e, claro, do Tratado das Treze Virtudes Mágicas. Logo, o mais sensato era esconder as outras moedas — principalmente a acinzentada que deveria levá-lo de volta — para evitar que caíssem nas mãos de Diavilo.

Sam retomou sua progressão de quatro sobre o solo encharcado pela chuva, sentindo a pulsação benfazeja do tempo estufar o seu peito. Alcançou o montículo nas imediações do símbolo de Hathor e raspou a terra: a pedra continuava lá, intacta e pronta para funcionar. Contou então 10 metros à direita e enterrou as seis moedas: não ia guardar todos os seus ovos no mesmo cesto!

Preparava-se para voltar à sua balsa quando outros três cavaleiros materializaram-se subitamente no flanco do morro, eles também levando suas montarias até o curso d'água. Outros dois o seguiam, depois mais quatro... Samuel rastejou até sua embarcação para se proteger atrás do casco: era um destacamento inteiro de soldados que vinha dar de beber a seus cavalos!

No fim de um tempo que lhe pareceu infinito e quando tentava lutar contra o sono, o som de uma trompa ressoou na estrada, acompanhado de rufares de tambores. Os soldados no embarcadouro começaram a bater palmas gritando de alegria e deram meia-volta. Alguma coisa estava prestes a acontecer...

Samuel arriscou uma olhada por cima da balsa: o sol terminava de dispersar a bruma sobre o rio, e, a cem metros dali, no promontório, uma coluna de guerreiros de armadura punha-se em movimento, como um exército de máquinas com blindagens reluzentes. Alguns estavam montados em seus cavalos, outros agitavam estandartes vermelhos e cinzentos, todos bradando coisas incompreensíveis abafadas pelo ritmo dos tambores. Deviam ser centenas e centenas a afluir desde as muralhas do Borgo rumo a novos lugares para conquistar.

Samuel pegou novamente seu mapa de Roma: havia uma ponte no sentido do curso do rio, a partir do local onde ele se achava. Não era impossível que, depois de conquistar o palácio de Clemente VII a oeste, o exército de Carlos V tivesse a intenção de investir a leste. A leste, isto é, onde Alicia estava prisioneira...

Uma vez fora de seu campo de visão a multidão metálica e ruidosa, Samuel pôs novamente sua barca na água para atravessar o rio. Todo o peso do cansaço acumulado dessas últimas horas entorpeciam seus músculos e ele foi obrigado a lutar contra a correnteza para conseguir tocar, na outra margem, em uma plataforma flutuante formada por balsas de madeira ligadas por passarelas. O estranho embarcadouro estava deserto, à exceção de um guincho no qual estava pendurada uma trouxa de mercadorias. Ele transpôs as passarelas, penetrou num hangar com uma claraboia e começou a subir uma escada que levava ao nível da rua. À meia altura, porém, foi obrigado a desistir: o cais vibrava sob o passo dos cavalos e ordens lacônicas eram ouvidas daqui e dali. O invasor já se apoderava do local!

Samuel então mudou seus planos: em vez de cortar caminho pelos becos, iria costear o rio. Com efeito, teria maior probabilidade de chegar ao seu destino mantendo-se afastado dos combates... Seguiu então a praia por quatrocentos ou quinhentos metros, caminhando dentro d'água quando a faixa de areia ficava muito fina e jogando-se no chão ou contra os rochedos quando o estrondo das armas tornava-se preocupante. Após meia hora, alcançou uma série de choupanas estropiadas que davam para o rio e deviam corresponder a antigas bases de pescadores. Sam precisava muito de um repouso e escolheu para isso a única choupana ainda com paredes e um telhado inteiro. Varreu com o pé restos de redes e espinhas de peixe que juncavam o solo e deitou-se com a ideia de conceder-se uma breve pausa. Não, dormir, não, apenas esperar protegido que aquela fúria se acalmasse um pouco e fosse novamente possível aventurar-se na cidade sem virar alvo dos mercenários. Porém, o esgotamento logo prevaleceu... Bocejou uma, duas vezes, sentiu suas pálpebras pesarem como chumbo, fez esforços sobre-humanos para não se entregar, mas caiu num sono denso e sem sonhos.

Sam despertou bruscamente com a sensação de falta de ar. Aspirou uma grande golfada e repeliu a espécie de polvo fedorento feito de barbantes e espinhas de peixe que amassava sua cara:

— Eca!

Recuou até a parede da choupana e levou alguns segundos para compreender. Roma... O rio... Alicia...

Levantou-se de um pulo, estudando a praia à sua volta. Começava a anoitecer, tochas haviam sido acesas na ponte e a cidade reluzia dezenas de fulgores incandescentes. Fogueiras ou, quem sabe, incêndios... O clamor furioso da batalha arrefecera, cedendo lugar a uma espécie de murmúrio confuso, entremeado por risos e cantos, mas também por gemidos lancinantes. Quanto tempo dormira?

Febrilmente, desdobrou seu mapa: não tinha outra escolha a não ser voltar para a cidade propriamente dita. Deixou as margens do rio, retornou ao cais e foi obrigado a retroceder para evitar um grupo de soldados que bebia aos altos brados no meio da rua. Pôde então introduzir-se na cidade por um beco escuro, mas não demorou a esbarrar numa forma inerte pendurada num pórtico. Um cadáver... Reprimiu um grito e apertou o passo. Em seguida, atravessou o bairro passando rente aos muros, deparando-se com diversos prédios com as portas arrombadas e outros destruídos pelo fogo. Nenhum sinal de vida em lugar nenhum, a não ser, em algumas praças, os banquetes improvisados dos saqueadores. Os verdadeiros moradores, por sua vez, pareciam ter-se evaporado.

Em dado momento, as casas tornaram-se mais raras e mais baixas, e Samuel teve a impressão de alcançar os limites da cidade. Diante dele abria-se agora um vasto terreno baldio entremeado por colunas e templos quase soterrados, como se um dilúvio de terra e poeira tivesse se abatido sobre eles dias a fio. Havia também o famoso teatro circular, um imponente navio de pedra que parecia chafurdado nas areias movediças, expondo aos ultrajes do tempo o esplendor de sua glória passada. Pedaços de sua coroa de arcadas, em particular, desfaziam-se por inteiro, desenhando sob a lua um rendado de sombras atormentadas.

Sam avançou curvado alguns metros e postou-se atrás de uma coluna. Ao pé daquelas ruínas monumentais, todo um acampamento de lona havia sido montado. O de Diavilo, claro... Seu perímetro era delimitado por uma colina e não parecia haver senão um único acesso possível, guardado por três soldados armados. O conjunto concentrava um grande número de barracas, em sua maioria de amplas dimensões, e dezenas de homens iam e vinham de uma a outra ou então conversavam em pequenos grupos perto de grandes fogueiras cujas chamas crepitavam ao subirem para o céu. A calma e a aparente disciplina das tropas de Diavilo contrastavam com as cenas de bebedeira de que Samuel fora testemunha na cidade. O que tampouco o tranquilizava... na verdade, torcia para que a bebedeira generalizada dos soldados lhe facilitasse a tarefa de libertar Alicia. Aparentemente, só podia contar consigo mesmo.

Embora permanecendo a uma boa distância, Samuel inspecionou as imediações do acampamento. Aproveitando-se da escuridão, talvez conseguisse transpor a mureta, mas e depois? Qual era a probabilidade de acertar de primeira a barraca onde a menina estava presa? E de que essa barraca não estivesse vigiada? E, uma vez libertada Alicia, que chances os dois teriam de sair sem despertar a atenção? Nenhuma, a não ser por uma sucessão de milagres.

Depois de tudo avaliado, Samuel não tinha alternativa: teria de seguir ao pé da letra as instruções do Tatuado rezando para que Diavilo respeitasse sua parte do contrato. Manipulou a moeda dourada em sua mão: *candor illaesus*... Alvura imaculada... Nada garantia que aquilo fosse suficiente para amaciar *Il Diavolo*.

Num passo vacilante, Samuel caminhou em linha reta até a entrada do acampamento. Instantaneamente, uma das sentinelas correu em sua direção desembainhando a espada.

— Alto! Quem vem lá?

— Eu... tenho alguma coisa para o capitão Diavilo — gritou Sam, erguendo os braços.

O guarda chegou nele com três passadas. Não se preocupou com as apresentações e apontou sua arma a cinco centímetros da garganta do intruso:

— Se veio pedir esmolas ou sei lá que outro favor ao capitão, pode considerar-se um homem morto — advertiu.

— Tenho uma coisa para o capitão Diavilo — repetiu Sam, reprimindo o tremor da voz. — Aqui, na minha mão...

Abriu lentamente sua palma e abaixou-a até a altura dos olhos do soldado. Este pegou a moeda, desconfiado.

— É um ducado de ouro — constatou. — Furado no meio. O que significa isso? Não é um mendigo? E essas vestes rasgadas e imundas?

— Essa moeda deve ser entregue pessoalmente ao capitão — insistiu Sam, que se regozijava por ainda não ter tido a garganta cortada. — Ela lhe provará que não minto e que estou de posse de dois objetos da mais alta importância! Aliás, ele sabe do que se trata...

O guarda hesitou um segundo, seu olhar indo da moeda ao livro que Samuel segurava na outra mão. Na dúvida, resignou-se a pedir reforços:

— Fábio! Venha! Leve esse ducado à tenda do capitão. Explique-lhe que esse moleque quer vê-lo. Ele não parece muito perigoso, mas talvez seja um espião do papa... Se o capitão achar melhor degolá-lo, diga-lhe que me encarrego disso imediatamente.

Sugerira isso sem paixão especial, como se decapitar pessoas fizesse parte de suas atribuições rotineiras. O hábito...

Samuel permaneceu vários minutos naquela posição desconfortável, um dos braços erguidos, o outro retesado à sua frente e uma espada no queixo, até o jovem Fábio voltar com a resposta:

— O capitão exige que o indivíduo seja levado até ele — clamou, ofegante. — Agora!

"Um a zero pra mim", pensou Samuel, abaixando o braço.

Mas o outro soldado jogou uma água fria no seu otimismo:

— Não se alegre antes da hora, guri, o capitão adora se divertir com enxeridos da sua laia. E, se você for o que eu penso, ia ter preferido morrer pelas minhas mãos...

Com esse tipo de encorajamento, seu novo anjo da guarda agarrou-lhe o pulso e o escoltou para dentro do acampamento, onde sua chegada deflagrou uma onda de comentários. Havia pelo menos uma centena de homens ocupados pelo acampamento, lubrificando seus arcabuzes, afiando suas lâminas, enchendo tigelas em enormes caldeirões ou dando um trato em seus cavalos, afastados. Todos tinham caras de dar medo, olhos fundos, cicatrizes variadas, narizes inchados, orelhas arrancadas, mas todos concentrados em suas tarefas numa calma surpreendente, o que demonstrava toda a autoridade de seu chefe.

O guarda conduziu Sam até a barraca maior, praticamente no centro do acampamento, e o entregou aos dois armários que barravam a entrada. Os dois brutamontes mediam uns dois metros e tinham o rosto de tal forma costurado por cicatrizes que Sam não percebeu imediatamente que eram gêmeos. O primeiro agarrou-o pelo pescoço, enquanto o outro lhe arrancava o livro e recolhia o conteúdo de seus bolsos: o bracelete de Merwoser, o mapa desenhado e até o saquinho de ervas de Mamina. Ele desapareceu atrás do grosso reposteiro roxo que servia de porta e só voltou cinco bons minutos mais tarde puxando Sam pelo braço para forçá-lo a entrar.

O lugar tinha alguma coisa da caverna de Ali-Babá... Sobre tapetes macios, estavam dispostas grandes almofadas em semicírculo em torno de uma espécie de narguilé incrustado de pedrarias. Do outro lado de um véu diáfano, bandejas de ouro, garrafas de cristal e uma louça suntuosa estavam esmeradamente arrumadas, esperando talvez para serem usadas na refeição da noite. O fundo da tenda evocava ao mesmo tempo um dormitório e uma loja de antiguidades: havia uma cama de madeira escura com as linhas abauladas, afogada no meio de uma quantidade impressionante de bibelôs, espadas, escudos, tecidos cintilantes que desciam em cascata sobre baús, quadros displicentemente recostados em estátuas, por sua vez enfeitadas com colares e anéis. O butim do dia?

O único espaço um pouco livre situava-se à direita, onde o capitão Diavilo, refestelado como se estivesse num trono, contemplava seus tesouros. Vestia preto dos pés à cabeça e uma adaga pendia-lhe no flanco. Como dissera o guarda suíço no palácio de Clemente VII, não tinha a mão esquerda: um gancho pontiagudo saía de sua camisa bufante. Por outro lado, estava mais para corpulento, o rosto marcado como se tivesse sofrido uma doença de pele no passado, seus cabelos preto-corvo presos num coque na nuca. Como se não bastasse, tinha um olhar insustentável, dois olhos amarelos de réptil que davam a sensação de vasculhar sua alma. Examinou intensamente Samuel, suas roupas em estado lastimável, seu rosto sujo de terra, o livro que apertava contra si, depois fez um sinal para seus dois capangas:

— Tragam um assento para o nosso convidado.

Sua voz era baixinha, paradoxalmente suave. Um dos dois brutamontes trouxe uma cadeira que achou perto da cama e obrigou um Samuel muito desconfortável a se ajeitar bem à direita do capitão.

— Muito bem, deixem-nos — fez Diavilo para os dois subordinados.

Os dois seguranças saíram de marcha ré, inclinando-se. Diavilo abriu sua mão direita e considerou a moeda de Clemente VII na palma. Pousara o tratado de Klugg e o bracelete de Merwoser no colo, e Sam sentiu um aperto no coração ao observar que a joia, que em geral cintilava tão delicadamente, não emitia mais luz nenhuma. Como se estivesse órfã de seu verdadeiro dono...

— Então é mesmo verdade, veio por causa da moça? — interrogou o capitão, arremessando os dois anzóis dourados de seus olhos nos de seu interlocutor.

Samuel fez um esforço para não piscar e não demonstrar medo. Felizmente, a imagem de Alicia veio em seu socorro e ele se sentiu um pouco mais forte.

— Onde ela está?

— Na tenda dos feridos... Ela não passou muito bem esses últimos dias — acrescentou, num tom falsamente aflito —, uma febre imprevisível que nos fez temer pelo pior. Chamei o meu médico pessoal e parece que ela está um pouquinho melhor. Para nosso grande alívio, pode imaginar.

Alicia doente... Samuel lembrou-se da febre crônica que tomara sua prima Lili quando ambos haviam desembarcado em Chicago, em 1932. Setni explicara que se tratava do "mal do tempo", um distúrbio que às vezes acometia os viajantes noviços.

— Quero vê-la — exigiu Samuel, com uma firmeza que também o surpreendeu.

— Calminha, meu garoto — replicou Diavilo, sem perder a tranquilidade. — Primeiro temos que conversar.

— Não há nada a conversar — retorquiu Sam —, trato é trato: o livro e o bracelete pela minha amiga.

— O trato, claro... — murmurou o capitão, como se sua existência tivesse se descolado de seu espírito.

Com seu gancho, apanhou a joia com destreza e a enfiou no braço de uma estátua de anjinho a alguns centímetros de sua poltrona. Em seguida, mergulhou na leitura do tratado de Klugg, detendo-se longamente em determinadas páginas e contentando-se em folhear outras. Samuel não ousou interrompê-lo, cruzando os dedos para que ele fechasse o livro sorrindo e lhe mandasse uma frase tipo: "Está tudo certo, meu caro, parabéns! Podem partir, você e sua namoradinha..."

Em vez disso, uma vez terminado seu exame, Diavilo voltou-se para ele:

— Sabe quanto nosso amigo comum pagou para eu lhe prestar esse favorzinho? Quero dizer, para obter esse livro e essa joia?

Samuel sacudiu negativamente a cabeça.

— Cinco mil ducados de ouro. Bela soma, não é mesmo? Por um velho livro incompreensível e um bracelete tosco que vale dez vezes menos do que qualquer um dos objetos aqui reunidos... E sabe por que ele escolheu a mim para executar essa tarefa?

Sem saber porque, Samuel não estava gostando do terreno para o qual Diavilo tentava arrastá-lo:

— Não quero saber — declarou. — Eu só quero que o senhor solte Alicia.

— Você está errado — zombou Diavilo —, isso é bastante instrutivo. Na realidade, nosso amigo precisava de alguém que falasse a língua dos maometanos. Árabe, se preferir... De maneira a se certificar de que esse livro era de fato o que ele esperava. Ora, acontece que vivi um tempo entre os otomanos. Em suas prisões, para ser mais preciso. Uma experiência muito enriquecedora...

Suas pupilas diminuíram até virarem dois pontinhos de metal em fusão e ele levantou seu braço amputado como prova do que declarava:

— Na verdade — continuou —, lá encontrei a própria morte... Não ria, não é nenhuma invencionice de minha parte: estou realmente morto. Um dia, fui capturado no mar pelos piratas do sultão, que me atiraram em suas masmorras. Vítima de inúmeros maus-tratos, acabei sucumbindo, e, como era previsível, acordei no inferno... A lista dos meus pecados já ia comprida, devo-lhe dizer! Quando abri os olhos — acrescentou, debruçando-se para Sam —, estava no meio do Fogo eterno.

Ele prosseguia suas divagações com uma intensidade febril e Sam evitou contradizê-lo. Ainda mais que em suas pupilas, efetivamente, pareciam dançar labaredas.

— Mas tive força de vontade — continuou. — Força de vontade suficiente para voltar entre os homens. Isso me custou minha mão esquerda... Um preço irrisório, creia-me. Desde então, sei exatamente o que me aguarda no além. E, em comparação com tudo que terei de penar por lá, nada mais do que eu possa sofrer nesta vida pode me machucar. Aliás, é por isso, suponho, que muitos dos que me obedecem confiam em mim: bandidos, ladrões, assassinos, eles sabem que percorri o caminho que um dia eles irão percorrer. Tornei-me seu guia.

A grande força desse tipo de maluco, refletiu Sam, era acima de tudo estar persuadido do próprio delírio...

— Se lhe conto tudo isso — continuou Diavilo —, é para que você compreenda uma coisa: por si só, dinheiro não me deslumbra mais. Nem mesmo os cinco mil ducados de ouro prometidos pelo nosso amigo comum. Então me interroguei: O que há de tão precioso nesse grimório para que ele esteja disposto a gastar essa fortuna? E o que pretende fazer com o bracelete? As indicações que ele se dignou a me fornecer até agora permanecem muito evasivas: um tratado antigo, redigido sucessivamente por diversos grandes sábios árabes, cujo valor residiria principalmente no fato de ser único. Uma joia que teria estado antigamente em sua família e que um dia teria se perdido... Nada muito esclarecedor, no final.

— O senhor tem o bracelete e o Tratado — interrompeu Sam. — Este último está completo e na língua certa, pode julgar por si mesmo. Cumpri minha parte do contrato, peço que cumpra a sua.

O capitão se jogou para trás, com um sorriso irônico:

— Tem certeza disso, espirro de gente? E, para começar, conhece todas as cláusulas desse contrato?

— O que quer dizer com isso?

— Que provavelmente há uma disposição que nosso amigo não lhe comunicou. Uma vez obtida a joia e demonstrada a autenticidade do livro, sou obrigado a matar vocês dois.

— O quê?

Samuel quis pular da cadeira, mas, antes que tivesse tempo de se erguer, Diavilo esticou-se com uma agilidade impressionante e agarrou seu pescoço com a ponta do gancho. Sam sentiu uma dor incisiva abaixo do maxilar e um fio de sangue manchando o colarinho.

— O que estava esperando, jovem imbecil? — silvou Diavilo, obrigando-o a curvar-se à sua frente. — Que depois de se atrever a se apresentar em minha tenda poderia continuar sua vidazinha fedorenta como se nada tivesse acontecido? Santa ingenuidade!

Pressionou um pouco mais seu gancho e Sam teve que esmigalhar o nariz no braço do trono para não ser sangrado como um porco. Diavilo manteve-o alguns segundos à sua mercê, depois começou a afrouxar sua tenaz.

— A menos... — insinuou.

Atirou violentamente Samuel para o fundo de sua cadeira e seus olhos pareciam lançar raios.

— A menos que me explique o que contém esse Tratado. E de maneira suficientemente convincente para me dar vontade de poupá-lo. Deu para entender? Quero saber a que correspondem esses mapas e que tipo de tesouros eles assinalam... Quero saber o que significam esses desenhos de braceletes que se parecem tanto com o que você trouxe. Quero saber o sentido dessas fórmulas e desses textos que falam de um anel fabuloso. E todo o resto... Se matar minha curiosidade, então terá a vida salva.

Samuel segurava o próprio pescoço para tentar estancar o sangue que pingava em sua camisa já razoavelmente avermelhada. Sua ferida queimava-o e ele estava vagamente aturdido. Tinha que ganhar tempo...

— E... e admitindo que eu o esclareça acerca de todos esses pontos, promete libertar Alicia?

O capitão Diavilo refletiu, ao mesmo tempo que limpava a ponta de seu gancho em sua calça bufante.

— Se as suas informações me forem úteis — admitiu na ponta dos lábios —, ela também poderá partir.

Samuel tinha tanta confiança em sua bondade súbita quanto na de um lobisomem em noite de lua cheia. Mas não deixava de ganhar tempo com isso.

— E o que me prova que ela já não está morta? — indagou Samuel. — Não há razão alguma para eu revelar esses segredos se não tiver a prova de que ela ainda está viva. Quero vê-la.

Diavilo fitou Samuel com seus olhos inquisitoriais esforçando-se para penetrar suas intenções. Deve tê-las julgado inofensivas, pois resolveu chamar os gêmeos:

— Castor, Pólux!

Os dois brutamontes passaram a cabeça pelo reposteiro roxo.

— Tragam a garota — ordenou o capitão. — Tomando cuidado para que nenhum dos homens aproxime-se dela.

Diavilo afundou em seguida em sua poltrona, ao mesmo tempo que encarava seu hóspede cinicamente, como se estivesse se preparando para pregar-lhe uma peça. De seu lado, Samuel procurava freneticamente um meio de sair dali. Devia ceder à chantagem do capitão? Contar-lhe tudo a respeito da pedra esculpida e do Círculo de Ouro? Com as consequências que isso poderia desencadear se um dia aquele sujeito resolvesse passear pelo tempo?

Ou, ao contrário, era melhor inventar uma história que pudesse satisfazer sua curiosidade? Com o risco de que seu espírito maléfico desmascarasse a trapaça e cumprisse sua ameaça de matar os dois?

Samuel espremeu ainda por um instante seus neurônios antes que o reposteiro roxo se erguesse de novo. Alicia fez sua entrada, emoldurada pelos dois brutamontes. Estava apavorada, seus longos cabelos louros desgrenhados, as faces escavadas por sulcos de lágrimas e os lindos olhos azuis, geralmente tão risonhos, marcados por um infinito sofrimento. Usava a espécie de camisolão que Lili e ele próprio vestiram durante sua primeira viagem, e suas pernas estavam esfoladas como se ela tivesse resvalado em urtigas. Reconhecendo Samuel, tentou gritar alguma coisa, mas só conseguiu emitir uma espécie de queixa abafada. Parecia uma dessas santas que vemos às vezes em quadros religiosos, bela, deslumbrante, e no entanto prestes a ser sacrificada.

Samuel quis precipitar-se para confortá-la, mas Diavilo interpôs-se, encostando seu gancho na barriga dele.

— Um passo a mais e você vira carne moída, mocinho. Na presença de sua namorada. E no estado em que ela se encontra, não creio que o espetáculo lhe seja recomendável. Agora, preste atenção. Satisfiz suas exigências mandando-a vir, agora você vai ter que satisfazer as minhas. E, para começar, proponho-lhe um pequeno divertimento...

Tirou a adaga que trazia no cinto e lançou-a para um de seus dois capangas, que agarrou-a no ar. Em seguida, abriu o Tratado das Treze Virtudes Mágicas numa página que mostrava duas pedras esculpidas, uma ao pé de uma estátua da ilha de Páscoa, a outra atrás de uma fonte.

— Eis o que vamos fazer: vou apontar para você alguns desses misteriosos desenhos que aparecem no livro, e, todas as vezes que você for incapaz de me explicar seu sentido, meu querido Pólux amputará um pedaço de sua amiga. Começando pela mão esquerda, por que não. Pólux, por favor...

O gigante agarrou o braço esquerdo da prisioneira e levantou a manga da blusa dela enquanto seu irmão aproximava a adaga da articulação do pulso. Alicia tentou berrar novamente, mas o terror paralisou suas cordas vocais.

— Fechado? — perguntou Diavilo no auge da alegria. — Então, perfeito. Para começar, poderia me fazer a gentileza de me dizer o que significa essa gravura de sol que aparece aqui com tanta frequência?

Samuel observou a imagem das duas pedras esculpidas agitada com insistência pelo capitão. Não era mais hora de ganhar tempo... Suspirou e fechou os olhos, esperando nunca se arrepender do que ia fazer.

XVIII

Alicia

Com os olhos ainda fechados, Samuel inspirou profundamente. Acalmar-se, acima de tudo, e abstrair-se da fúria reinante... O capitão Diavilo repetiu sua pergunta num tom ameaçador, mas Samuel fazia de tudo para não se preocupar com aquilo. Obrigou-se a se fechar dentro de si como já o fizera por duas vezes no sambaqui de Qin e na biblioteca do papa. A pulsação do tempo estava muito fraca em seu peito, quase imperceptível, mas fazia-se presente... Concentrou-se então para diminuir seu próprio ritmo cardíaco até igualá-lo ao batimento da pedra. No lapso de um instante, teve a impressão de que a palpitação abafada no fundo de si extinguia-se, fazia-se distante e frágil, mas bastou-lhe pensar nos dois sóis gravados no Tratado para que ela se tornasse mais distinta. E, lentamente, serenamente, as duas pulsações em seu peito logo se unificaram...

— Se é isso que você quer! — irritou-se Diavilo. — Powlluux, corrrt suo mao... duo... mao...

A voz do capitão morreu nos graves e suas próprias palavras tornaram-se incompreensíveis.

Samuel abriu os olhos: o interior da barraca assumira um belo matiz verde e denso. Diavilo continuava a apontar para o Tratado das Treze Virtudes Mágicas com um esgar de cólera, mas agora parecia vítima de uma curiosa paralisia, como se o seu corpo pesasse toneladas e sua própria boca se negasse a articular. Só saía de seus lábios um som cavernoso, que se modulava muito gradativamente, enquanto suas pálpebras fechavam-se com dificuldade. Atrás dele, Pólux erguera a adaga bem acima do ombro de Alicia, mas seu gesto estava imobilizado no ar, freado por um fio invisível. Sua prisioneira também era vítima do torpor generalizado, dramaticamente perplexa em sua postura defensiva.

Samuel precipitou-se... Correu primeiro para a pequena estátua de mármore para pegar o Círculo de Ouro, depois empurrou Diavilo, que lhe ofereceu pouca resistência. Transpôs os poucos metros que o separavam dos gêmeos e, ao chegar perto deles, percebeu que a adaga abaixara-se alguns centímetros, que a garota esboçara um movimento com a cabeça para se desvencilhar e que Castor voltara-se ligeiramente para ela a fim de impedi-la. Todos os três não estavam totalmente congelados no lugar, apenas terrivelmente lentos...

Sam contemplou Pólux com um pontapé na barriga que o fez cair para trás numa lentidão inimaginável, afastando porém toda a ameaça da lâmina.

Cuidou em seguida de seu irmão, que continuava a enlaçar sua vítima, e puxou-o para trás a fim de libertá-la. Embora praticamente parado, o gigante não deixava de ser forte, e Sam teve que lhe torcer os dedos com todas as suas forças para fazê-lo largar.

Faltava Alicia...

— Não sei se você me compreende — murmurou ao seu ouvido —, mas vai precisar me ajudar...

Ergueu-a pegando-a pelas axilas e, dobrando os joelhos, puxou-a para si de maneira a encaixá-la em seu ombro direito. Então levantou-se, apertando-a com força para que ela não escorregasse. Em outras circunstâncias, talvez tivesse tido muito mais dificuldade para carregá-la, mas a alteração do tempo exercia sobre ele um efeito eletrizante e ele se sentia irradiado de energia positiva.

Afastou o reposteiro roxo e emergiu do lado de fora. O acampamento de Diavilo apresentava um aspecto implausível: dezenas de homens haviam sido surpreendidos em suas atividades noturnas e pareciam estáticos em meio às tendas. Um deles aproximando milímetro por milímetro uma colher de sua boca, o outro preparando-se para dar um tapinha nas costas de seu vizinho, mas parecendo hesitar, o terceiro tentando sem sucesso cuspir alguma coisa no chão... O próprio fogo lançava clarões em câmera lenta, e, quando arrebatado por seu impulso, Samuel roçou nele e não sentiu nenhuma queimadura.

Depois de conseguir se equilibrar, Sam dirigiu-se para a saída do acampamento ziguezagueando por entre as silhuetas petrificadas que obstruíam a passagem. Atravessou o mais rápido que pôde a plantação de colunas soterradas, elas também envoltas numa neblina esverdeada. Cada um de seus passos desencadeava poderosas vibrações no ar e seu bafejo arfante escapava em tênues redes de bolhas que escorregavam por suas faces. Era um pouco como caminhar no fundo de um oceano de xarope de menta respirando como um peixe...

Percorreu dessa forma cerca de cem metros, com a impressão de que Alicia ficava cada vez mais pesada em seus ombros e de que era cada vez menos fácil manter seu ritmo cardíaco em harmonia com o do tempo. Sentia inclusive um início de crispação penosa no peito... Mas o que podia fazer a não ser avançar? Independentemente da duração do fenômeno, devia aproveitar-se dele e colocar o máximo de distância entre si e Diavilo.

Chegou finalmente às cercanias da cidade e enveredou pela ruela mais próxima. Parou um instante para recuperar o fôlego, pois suas pernas estavam em brasa e, pior, sentia pontadas no coração. Apoiou-se num muro sem soltar Alicia e se concentrou para tentar não perder a pulsação do tempo. Conseguiu, pelo menos provisoriamente, e logo seguiu adiante, mas num passo mais moderado. Passou por dois prédios incendiados e teve forças para esticar até o bloco de casas seguinte. Então viu-se obrigado a parar definitivamente: parecia que um alicate em brasa revolvia-lhe o tórax e seu coração estava prestes a explodir, incapaz de suportar por mais tempo o ritmo anormal que lhe impunham. À beira de um desmaio, Sam escolheu um beco onde diversas portas estavam destruídas e entrou no primeiro prédio aberto. Depositou Alicia no vestíbulo de terra batida e desmoronou ao lado dela, esgotado. Fechou os olhos e seu coração estremeceu brutalmente, enquanto um estalo sonoro rasgava o espaço. O tempo retomava seu curso... Sentiu imediatamente Alicia mexer-se perto dele e teve o reflexo de tapar-lhe a boca no momento em que ela se preparava para gritar.

— Socorro!

— Alicia — ele sussurrou envolvendo-a em seus braços —, sou eu, Samuel... Samuel Faulkner... Você me viu agorinha lá na barraca, lembra?

Ela balançou a cabeça, mas sem parar de se debater.

— Consegui nos tirar de lá — acrescentou —, mas eles não vão demorar a nos perseguir. Se eu largar você, promete não gritar?

Ela emitiu um rugido que devia equivaler a uma aprovação e ele retirou a mão de sua boca, deitando-se finalmente ao comprido para se recuperar um pouco.

— SAMUEL, O QUE ESTÁ ACONTECENDO? — berrou ela, de maneira histérica.

— Mais baixo, por favor, é fundamental que ninguém nos ouça. Eles não devem estar muito longe e...

— MAS QUEM SÃO ELES AFINAL? E ONDE ESTAMOS? QUE LUGAR DE MALUCOS É ESSE EM QUE TODO MUNDO ESTÁ ARMADO E TODO MUNDO QUER ME MATAR? E QUE LÍNGUA ELES FALAM? QUE LÍNGUA *EU* FALO?

Ela o sacudiu para fazê-lo reagir, mas ele estava sem fôlego, com a impressão de ter uma almofada de alfinetes no lugar do coração.

— Estamos em Roma — balbuciou ele —, em 1527. Vou explicar...

— O quê? Que doideira é essa?

Ela se reergueu de um pulo e tateou na penumbra para agarrá-lo pela camisa.

— Enlouqueceu, por acaso? 1527? Isso não faz sentido algum!

Foi obrigada a constatar que Sam não estava em grande forma, pois debruçou-se sobre ele com uma ponta de preocupação.

— Tudo bem, Samuel? Você está respirando com dificuldade... Está ferido?

— Não, não — arfou —, só cansado... Vou recuperar o fôlego e vamos embora daqui.

Ela passou uma mão fria na testa dele e deixou seus dedos correrem ao longo de seu braço para lhe apalpar o pulso.

— Você está fervendo — diagnosticou. — E seu coração... Parece que você acaba de correr os cem metros da sua vida!

— É quase isso — admitiu ele. — Mas garanto que já estou melhor.

Apoiou-se num cotovelo e obrigou-se a sentar.

— Precisamos alcançar o rio, Alicia — decretou. — Então estaremos em segurança e poderei lhe contar tudo que você quer saber. Devemos estar cinco ou seis minutos à frente deles, acho, é sempre assim. Sem contar que eles devem estar se perguntando onde nos procurar.

— Mas quem são esses sujeitos fantasiados, Sam? E como posso me exprimir *com palavras que nem sequer conheço*?

— Depois, Alicia, você saberá tudo depois, prometo.

Ela ajudou-o a levantar-se e eles saíram na rua, onde, felizmente, nada indicava que Castor e Pólux já estivessem em seu encalço. Alicia enfiou seu braço sob o de Sam para ampará-lo e tomaram a direção do rio, antes claudicando do que caminhando. Samuel estava todo dormente, o peito ainda dolorido, as pernas enrijecidas pelo esforço que acabara de realizar. Tinha 500 anos, de repente... Voltou a pensar em Setni, na vez em que o vira utilizar sua capacidade de ritmar o tempo para dar uma surra memorável no bando de pilantras de Sainte-Mary, em 1932. Logo após sua façanha, o grão-sacerdote aparecera todo pálido, ele também nos limites do esgotamento: esticar o fio do tempo como um elástico tinha seus inconvenientes, sobretudo quando ele dava o troco depois...

Refizeram em sentido inverso o trajeto que Samuel percorrera mais cedo no crepúsculo, sem outro encontro desagradável além de uma patrulha no cais, que evitaram escondendo-se na penumbra de uma igreja. Ao chegarem às margens do rio, Samuel já estava menos ofegante, mas evitou assim mesmo abrir-se para Alicia, por um lado porque o silêncio era o melhor aliado deles, mas também porque temia que a menina largasse seu braço. Uma vez um pouco amenizada a aflição de serem alcançados por Diavilo, aos poucos se dava conta de que estava junto dela... Que era realmente a mão dela que ele sentia sobre sua pele, os cabelos dela que esvoaçavam em sua face, o ranger dos passos dela que se misturava ao dos seus. Que de agora em diante estavam ligados pelo perigo que os espreitava e que, independentemente do que viesse a acontecer, deviam enfrentar tudo juntos. Os dois, enfim. Era muito idiota de sua parte, mas, apesar das circunstâncias, Samuel sentia-se quase feliz...

Alcançaram as cabanas de pescadores cerca de meia hora depois. O acampamento de Diavilo parecia-lhes suficientemente distante agora e Alicia ardia de vontade de parar para se inteirar de tudo. Decidiram então fazer uma pausa e sentaram-se protegidos pela choupana onde Samuel dormira. Ele então começou a contar sua história, sem omitir nenhum detalhe: como descobrira a pedra esculpida num canto da livraria, como se vira transportado de uma hora para a outra para a ilha de Iona, a longa série de viagens antes de voltar para casa, o papel de Lili, que tanto o apoiara, suas aventuras em Pompeia ou Chicago, seus encontros com o grão-sacerdote Setni e seu cara a cara com Vlad Tepes, a maneira como conseguira tirar seu pai das masmorras de Bran, sua estupefação quando soubera que Rudolf e o Tatuado eram a mesma pessoa, sua recente expedição ao túmulo de Qin, sua ânsia de botar as mãos no Tratado das Treze Virtudes Mágicas a fim de libertá-la... Até a maneira como refreara o tempo para arrancá-la das garras de *Il Diavolo*.

Uma vez encerrado seu relato, Alicia permaneceu silenciosa, por um instante, admirando o Círculo de Ouro que brilhava novamente sob a claridade leitosa do luar. Depois colocou afetuosamente uma das mãos sobre o joelho de Sam:

— Isso explica muitas coisas. Em particular, aqueles livros sobre o Drácula que você carregava quando veio para minha casa. Ou o fato de não ter contado nada sobre o estado de saúde do seu pai... Mas por que não falou tudo isso *antes*, Sam? Quem sabe eu também não poderia ter ajudado?

Samuel sorriu sem alegria:

— Eu achava que você já tinha sofrido demais por minha culpa para piorar as coisas... Você parecia tão feliz com o Jerry daquela vez, tão serena. Não teria sido legal da minha parte atrapalhar você com meus problemas. E depois, francamente, será que teria acreditado em mim?

Alicia refletiu por um instante:

— É possível que não... Embora, como já lhe expliquei, eu tenha um sexto sentido no que se refere a você: sei quando está mentindo... Em todo caso, a prova de que errou ao se calar é que acabei parando aqui também. Se eu tivesse sabido de tudo antes, teria ficado mais desconfiada... Sobretudo em relação a Rudolf.

Seus traços se endureceram diante da evocação desse nome e Sam sentiu seus dedos crisparem-se sobre sua perna.

— Como... como aconteceu a coisa? — indagou ele. — Ele apareceu de surpresa?

— Nem tanto — respondeu ela. — Na verdade, foi sua prima que me enviou uma mensagem.

— O quê?

— Estou falando. Recebi a mensagem no meu celular. Ela dizia que você queria me ver de qualquer jeito às 19 horas na cafeteria, atrás do rinque de patinação. Você não tinha como falar comigo, então pedira a ela para dar o recado...

— Mas isso é impossível — exclamou Sam. — Lili está numa colônia de férias, a centenas de quilômetros de Sainte-Mary!

— Também achei estranho. Então retornei a ligação para o número que apareceu. Caiu numa secretária eletrônica e era realmente a voz da sua prima. Eu não tinha nenhum motivo para suspeitar de uma armadilha.

Samuel gritou:

— Rato! Imagino o que ele deve ter tramado. Quando Lili me emprestou o celular outro dia, Rudolf me acusou de roubá-lo para vendê-lo depois. E, mais tarde, quando o recuperou, ele pura e simplesmente confiscou-o. Na realidade, usou-o para ludibriá-la!

— E eu caí direitinho — suspirou Alicia —, corri para me encontrar com você! Nem você nem Lili estavam lá, claro, só ele, Rudolf... Ele mentiu dizendo que você não tinha conseguido ir por causa do seu pai na clínica e que pedira a ele para desculpar-se em seu nome. Começou a me explicar que estava muito preocupado com você, que desde o desaparecimento de Allan você estava se comportando de uma forma estranha... Perguntou se eu estava a par de alguma coisa, se você me fizera confidências. À medida que ele falava, minha cabeça começou a rodar.

— Canalha! Ele a drogou!

— Sim... Deve ter dissolvido alguma coisa no meu copo quando fui ao banheiro. O fato é que fui me sentindo cada vez pior e ele sugeriu me levar em casa. Depois, não me lembro de muita coisa. Sim, num certo momento, no carro, eu estava semiconsciente, ele me aplicou uma injeção. Tentei me debater, mas não tinha forças. Aliás, depois ele aplicou outras.

Levantou a manga e o interior de seu braço estava coberto de hematomas.

— Para onde ele a levou? — indagou Sam, para quem o lugar onde Rudolf escondia sua pedra esculpida permanecia um mistério.

— Sinceramente, não lembro quase nada. Teve o carro, no início, com o cheiro de couro... Assentos de pano bege, depois, um zumbido de motor como fundo sonoro.

— Um avião?

— Por que não... Eu estava no nevoeiro. E depois foi aquela queimadura, terrível. Achei que o veículo estava pegando fogo, que tínhamos sofrido um acidente. Cheguei a pensar que tinha morrido.

— É o salto no tempo — analisou Sam —, isso produz sempre esse tipo de efeito. Mas não dura muito. Acho que a pedra que Rudolf utiliza deve estar a poucas horas de Sainte-Mary... Suficientemente distante para precisar de um avião ou helicóptero, suficientemente perto para voltar bem rápido. Foi ele que me tirou da cama no dia seguinte ao seu desaparecimento, para me dizer que sua mãe estava lá e que estava procurando você em toda parte. Então ele já tinha voltado.

— Tem que ser muito crápula — enervou-se Alicia — para fingir consolar uma mãe cuja filha ele acaba de raptar!

— Era um jeito de ele se inocentar — observou Sam. — Além disso, ao voltar para casa, ele também podia me vigiar; ver se eu mordia a isca, se recebia realmente o embrulho com o mapa de Roma e as moedas... Diabólico! O que me espanta — acrescentou — é o papel da tia Evelyn nesse assunto. Admito de boa vontade que ela é intragável, mas daí a ser cúmplice de um criminoso!

— Se isso o tranquiliza, ela não estava com ele — retorquiu Alicia — nem em Sainte-Mary, nem depois. Quando despertei na barraca, só havia homens.

Teve um calafrio antes de continuar:

— Brutamontes disfarçados de guerreiros da Idade Média que me olhavam como um animal exótico. Um verdadeiro pesadelo... Gritei, mas estava amarrada num catre com ferros nas mãos e nos pés. Rudolf avançou... Estava vestido como os outros e acompanhado por Diavilo, que logo notei com seu gancho e sua cara de psicopata. De certa forma, acho que fiquei aliviada quando me obrigaram a tomar mais soníferos:

senão teria enlouquecido. No fim de algum tempo, não sei quanto, caí doente, o que não melhorou as coisas. Voltei a arder, mas dentro de mim dessa vez, e aí também achei que ia morrer. Só recobrei os sentidos hoje de manhã, no meio de um barulho dos diabos, com tiros, gritos... Um médico esquisito parecido com um açougueiro me examinou e me obrigou a beber de novo uma mistura nojenta que derruba a gente em cinco minutos. Quando os gêmeos entraram na barraca esta noite, eu tinha acabado de voltar a mim. Eles me arrastaram como um animal até o patrão deles, e, então, vi você.

Ela se calou, o olhar no vazio, e Samuel pôs sua mão sobre a dela, consciente de que era o único responsável pelo que ela passara. Ela não a retirou, e assim permaneceram por um instante, imóveis, a contemplar as luzes da cidade refletindo-se no rio, tentando fazer abstrair as risadas que disparavam ao longe ou dos gemidos que às vezes subiam para os céus.

— Sei no que está pensando, Sam — ela murmurou após alguns minutos. — Você acha que sou uma coisinha indefesa e que é o culpado por tudo que me aconteceu. Que mais uma vez você não esteve à altura e que eu teria todos os motivos para ter raiva de você... Mas, para começar, você precisa enfiar na cabeça que não sou de açúcar. Claro que tive medo, um medo terrível. Claro que chorei todas as lágrimas do meu corpo... É humano, não acha? Mas sou uma garota forte, também aprendi a lutar, a enfrentar. Pode contar comigo, Sam, é isso que eu queria dizer... E daqui em diante, em vez de querer me poupar sempre, eu gostaria que tivesse confiança suficiente em mim para ser franco comigo.

Apoiou-se num joelho e aproximou-se:

— Por outro lado, nenhuma outra pessoa teria feito o que você fez para me salvar. Quanto mais o Jerry. E agora descubro de verdade meu príncipe encantado.

Ela se debruçou e deu um beijo em sua testa. Foi muito rápido, mas muito amoroso.

— Obrigada, Sam, do fundo do coração. Agora — disse ela num tom mais animado —, é melhor a gente voltar para casa, você está precisando de um bom chuveiro.

Um pouco abalado, Sam pegou a mão que ela lhe estendia e se levantaram juntos. Alicia era definitivamente a pessoa mais maravilhosa do mundo, e de todas as épocas...

Puseram-se novamente a caminho e percorreram a praia até o porto flutuante onde Samuel amarrara seu bote algumas horas antes. A boa notícia era que ele não saíra do lugar, a ruim era que na margem oposta, nas proximidades da pedra, soldados haviam montado um acampamento. Samuel perguntou-se se, por um infortúnio qualquer, Diavilo e seus gêmeos não iam surgir no embarcadouro defronte, mas era apenas um grupo de cavaleiros, que, como pela manhã, haviam escolhido o lugar para dar de beber a seus cavalos. Suas montarias pastavam por ali tranquilamente na sombra, um pouco atrás.

— O que fazemos? — sussurrou Alicia.

— Precisamos subir o rio com o bote — respondeu Sam —, e depois descer aproveitando a correnteza. Torcendo para que eles estejam caindo de bêbados para não nos ouvir!

Os mercenários pareciam bastante alegres, com efeito, cantando cada vez mais e batendo grandes ânforas no solo. Com um pouco de sorte...

— Vamos lá — ordenou Sam.

Soltaram a corda que segurava o bote e o puxaram discretamente a montante, até o ponto onde a praia vinha esbarrar num velho pilar de ponte. Do outro lado do rio, as muralhas do Borgo estavam tracejadas por alguns tristes archotes, que lhe davam um ar fúnebre, enquanto na direção do norte distinguiam-se os fulgores do castelo Sant'Angelo como uma grande vela pousada na água.

Alicia foi a primeira a entrar na embarcação, deitando-se no fundo, seguida por Samuel que se agachou na popa após ter tomado impulso na praia. Deslizaram silenciosamente pela correnteza e Sam conseguiu orientar a embarcação utilizando a zinga para se aproximar o máximo possível da margem oeste. Por sorte, uma vez transposto o meio do curso d'água, a correnteza tendia a conduzi-los à margem certa.

Tocaram a praia ao pé do Borgo, nas imediações do local onde Samuel enterrara as moedas. Desceram sem demora e se achataram na areia: os soldados, a uns cinquenta metros dali, continuavam a jogar conversa fora sem desconfiar de nada. Apenas um dos cavalos manifestara um pouco de nervosismo, começando a relinchar...

Samuel rastejou até o muro e escavou a terra: sua coleção de seis moedas estava intacta.

— Droga! — exclamou baixinho. — Eu deveria ter pego o ducado de ouro!

— O que há? — murmurou Alicia atrás dele.

Ele lhe mostrou a moeda revestida por uma substância acinzentada:

— Rudolf me deu essa moeda, que deve nos permitir voltar ao presente — ele explicou no mesmo tom. — O problema é que são necessárias sete no total para escolher sua destinação e não temos mais do que seis! A sétima está no bolso de Diavilo.

— O que significa...

— De acordo com a minha experiência, com apenas seis moedas e o círculo, a pedra despacha a gente ao acaso para seis épocas possíveis.

— Quer dizer que não vamos voltar para casa imediatamente?

— Temos uma chance em seis, infelizmente! Ou então utilizamos apenas a pedra cinzenta, como Rudolf planejara, e deixamos para trás o bracelete de Merwoser. O que seria um grave erro.

— Então, se há apenas uma solução, por que hesitar? Tanto faz para onde formos, não vai ser pior do que aqui, vai?

Sam absteve-se de responder. Podia, sim, ser pior do que ali... Em todo caso, ele dispôs as moedas em torno da joia e eles avançaram de quatro ao longo da muralha, como dois ladrões. Uma vez sob a pichação de Hathor, Samuel afastou o capim e escavou novamente até fazer emergir a pedra esculpida. Um segundo cavalo começou a relinchar, depois um terceiro, e Sam teve a sensação de que alguns dos cavaleiros se haviam calado.

— Incrível — murmurou Alicia, alisando a pedra esculpida.

Samuel colocou a mão sobre a sua boca. Não se tratava mais de uma impressão: a cantoria havia cessado e dois soldados estavam de pé, apurando o ouvido. Sem perder um segundo, Sam aplicou com habilidade o bracelete de Merwoser sobre o sol de Thot, cada uma das moedas encaixando-se docilmente em seu raio correspondente. Puxou em seguida Alicia para ele e pôs seus dedos no cocuruto oval já quente da pedra. Foi por um triz: um dos cavaleiros fazia gestos significativos na sua direção... Samuel apertou Alicia ainda mais forte enquanto o sol vibrava sob eles e um zunido familiar impregnava o ambiente. Subitamente, como um gêiser borbulhante, a pedra pôs-se a cuspir um ácido fervente que subiu ao longo de seu braço, envolveu-lhe o torso e as pernas, propagou-se rapidamente até Alicia, e depois perfurou cada molécula de seus corpos para dissolvê-los no nada.

XVIII

A Igreja das Sete Ressurreições

Samuel continuava a abraçar Alicia bem forte quando aterrissaram secamente num solo de mármore num local saturado pela iluminação elétrica. A menina se contorcia toda, incapaz de superar a náusea que tomava conta dela, enquanto Sam, por sua vez, voltava a cabeça em todas as direções para se situar: vitrines, roupas, quadros cartazes... À primeira vista devia estar num museu. Esticou o braço para recuperar o bracelete de Merwoser perguntando-se qual das seis moedas os levara até ali: não a chinesa de Qin, claro, nem a do castelo de Bran, tampouco a da Tebas dos anos 1980. Restavam a moeda cinza de Rudolf, a metálica amarela bem comum recuperada na tenda do arqueólogo Chamberlain e a ficha furada de plástico azul.

Fosse qual fosse, em todo caso, aquela moeda não os levara de volta para casa: a pedra esculpida à frente de Sam podia até parecer irmã daquela da Livraria Faulkner, mas a sala que a acolhia nada tinha a ver com o pequeno porão de Allan.

— É... insu... portável... esse... negócio... — balbuciou Alicia.

Ela ajoelhou-se de cabeça baixa, esforçando-se para conter os espasmos que a sacudiam.

— Vai passar — tranquilizou-a Sam, acariciando-lhe os cabelos. — No início eu ficava como você, depois melhorou.

Sam esperou que os enjoos passassem, depois ajudou-a a se levantar.

— Onde estamos? — perguntou ela uma vez de pé, com a voz fraca.

— Ignoro. Não em casa, infelizmente!

Deram alguns passos em meio aos objetos expostos: uma coleção de cerâmicas decoradas, estátuas africanas e asiáticas pousadas sobre pedestais, expositores envidraçados onde se viam pontas de sílex talhadas, pedaços de frisos esculpidos, manuscritos antigos abertos em iluminuras de cores reluzentes... Encostados nas paredes, também havia bonecos de épocas diferentes: um samurai com armadura e katana; um guerreiro asteca — ou algo assim — paramentado com um manto multicolorido e um suntuoso penacho; um cavaleiro com todo o aparato necessário para invadir Roma sozinho, e até mesmo uma múmia deitada no interior de um falso sarcófago, que exibia sobre suas bandagens um desenho quase apagado. Tudo bem, um museu, mas desorganizado...

— Olhe isso! — exclamou Alicia.

Apontava para uma porta bege cujos dois batentes fechados eram ornamentados com um par de chifres pretos com um disco dourado em seu bojo. A marca da Arkeos.

— O que significa isso? — balbuciou Sam.

Foi até a porta e abriu-a precavidamente. Dava para um recinto abobadado iluminado por guirlandas de luz, com fotografias presas nas paredes e, sobre uma mesa coberta com uma toalha preta, uma grande maquete toda branca. Depois de se certificarem de que o local estava deserto, Alicia e Samuel avançaram... A maquete representava um complexo arquitetônico cujo aspecto geral inspirava-se manifestamente no símbolo de Hathor: um primeiro cinturão de construções em forma de U com as pontas reviradas e uma redoma de vidro como uma bola que acabava de se ajustar no meio. Todos os prédios da parte externa tinham uma forma mais ou menos calcada na história e uma pequena etiqueta indicava seu nome: Pirâmide da Passagem, Templo da Regeneração, Pagode da Eternidade, Catedral da Última Metamorfose, Residência Particular do Pandit... O interior da redoma de vidro era decorado, por sua vez, num estilo supermoderno, evocando antes um shopping, mas também exibindo denominações estranhas: Anfiteatro dos Peregrinos, Passarela das Transmigrações, Balcão das Datas, Auditório dos Seis Nascimentos... O conjunto era rodeado por bonitas árvores, aleias floridas e lagos, e o pórtico com colunas da entrada tinha gravado em seu frontão: IGREJA DAS SETE RESSURREIÇÕES.

— O que significa toda essa palhaçada — perguntou Alicia —, faz ideia?

— Talvez — respondeu Samuel, exumando a moeda acinzentada de seu bolso. — O símbolo de Hathor é também a logomarca da Arkeos, a empresa criada por Rudolf para seu tráfico de antiguidades. Se for isso, era diretamente para cá que ele queria nos trazer.

— Você quer dizer, para o seu QG? Mas para fazer o quê?

— Agora você está querendo muito.

— Se for este o caso, não seria melhor irmos embora imediatamente?

— E ir para onde? Voltar para Roma? Para o mausoléu de Qin? Não, primeiro precisamos dar um jeito de voltar para casa. Se caímos realmente em seu covil, deveria haver moedas em algum lugar...

— E se ele nos encontrar?

— Bom... Se nos encontrarmos, vamos ter uma conversinha — lançou ele com uma raiva fria.

Atravessaram a sala da maquete examinando as imagens nas paredes. Mostravam objetos antigos, esculturas, estatuetas, colares etc., e até mesmo um grande mapa do ônfalo, aquela pedra sagrada que supostamente marcava o centro do mundo, roubada séculos atrás em Delfos, na Grécia, quando o próprio Samuel estava lá.

— Estamos realmente na casa de Rudolf — Sam deixou escapar. — Essa fotografia é do Umbigo do Mundo... A Arkeos vendeu-o há algumas semanas por dez milhões de dólares. Devemos estar num tipo de galeria onde ele expõe seus troféus.

— E do outro lado?

Seis grandes pôsteres envidraçados, todos legendados, cobriam a parede defronte. O primeiro intitulava-se *Pirâmide de Djeser, c. 2600 a.C.*, e mostrava um cartucho egípcio no qual sobressaía o símbolo de Hathor; o segundo era a reprodução de um texto chinês que terminava com um par de chifres estilizado circundando um disco solar, com a legenda: *Ode a Ri-dhil-fi, Cânone dos Poemas, c. 1000 a.C.*; o terceiro: *Inscrição do templo de Apolo em Delfos, séc. V a.C.*, apresentava letras gregas gravadas numa placa de mármore igualmente com o símbolo de Hathor; o quarto: *Vitral da catedral de Canterbury, sécs. XII-XIII d.C.*, era a ampliação de uma vidraça colorida na qual se via sem dificuldade o mesmo símbolo de Hathor num emaranhado de vegetais azuis e vermelhos e emoldurado por dois R...

Ao chegar à quinta imagem, Samuel fez uma pausa:

— Está vendo o mesmo que eu?

Alicia aproximou-se... O quinto pôster reproduzia uma pintura, *Os trapaceiros*, executada por Caravaggio em 1595. A composição era magnífica, tanto pelas cores quanto pela luz e a vida que dele pareciam emanar, mas não era nem sua beleza, nem seu tema que haviam atraído a atenção de Samuel. O quadro exibia um jogador de cartas, mais para jovem, cuja credulidade era iludida por dois trapaceiros; o primeiro está em vias de tirar uma carta de paus dissimulada em seu cinto, o segundo espiona as cartas da vítima para dar dicas ao cúmplice. Ora, o caso é que aquele segundo trapaceiro era a cara de Rudolf. Um Rudolf de uns 30 anos, o cabelo ainda bem preto, que deixara crescer um cavanhaque e usava chapéu de plumas e luvas furadas...

— Fantástico — extasiou-se Alicia —, é idêntico a ele! Acha que pode ser uma coincidência?

Samuel apontou uma das cartas que o primeiro trapaceiro escondia nas costas: parecia um sete de copas ou de ouros, a não ser pelo fato de que as marcas vermelhas habituais estavam substituídas aqui por pequenos U revirados com um círculo no interior...

— Rudolf viaja no tempo — lembrou Sam —, e em grande parte graças ao símbolo de Hathor. O que o impediria de posar para um pintor do século XVI?

— Só para colar seu focinho horrível nas paredes de seu quarto, é isso? Esse cara tem um ego bem grandinho, não acha?

— E não é só isso — advertiu Sam.

Com efeito, acabava de postar-se em frente ao último pôster, uma bela foto em preto e branco de um prédio em construção, do qual se via a estrutura metálica sob os andaimes. Um grupo de quatro operários fazia pose sobre uma viga de aço, e distinguia-se Rudolf entre eles, dessa vez vestindo um macacão e um capacete. Parecia um pouco mais velho do que no quadro precedente e estendia sorrindo uma espécie de espelho onde entrevia-se sem dificuldade o desenho de um par de chifres e de um sol. A informação dizia: *Canteiro de obras do Home Insurance Building, Chicago, 1885.*

— Por que ele precisa sempre se mostrar com o símbolo de Hathor? — perguntou-se Sam, perplexo.

— É a ideia que ele fez de uma fotografia de férias! — brincou Alicia.

— Tem outra coisa. Rudolf não faz nada à toa...

Saíram da sala da maquete pelo mesmo tipo de porta gravada com a marca da Arkeos e desembocaram numa vasta biblioteca que também servia de escritório. Não havia mais janela, e sempre a mesma luz artificial.

Alicia e Samuel exploraram primeiro o vestiário contíguo, que comportava um banheiro de mármore e um armário onde estavam penduradas várias roupas de linho — que provavelmente permitiam a Rudolf deslocar-se através dos séculos —, bem como um terno cinza bem cortado, uma camisa branca engomada e um equipamento completo de golfe, incluindo bolsas e tacos. À esquerda do vestiário encontrava-se uma porta blindada que Samuel tentou abrir com mil precauções, mas ela era comandada por um sistema de cartão magnético que não conseguiu burlar.

— Eu gostaria de dar uma olhada do lado de fora — murmurou Sam — nem que fosse para saber onde fica o seu maldito QG!

Alicia, por sua vez, já estava xeretando a majestosa estante de madeira escura, guarnecida com barras prateadas e uma pequena escada corrediça.

— Só livros, Sam, venha por aqui.

Samuel juntou-se a ela. Realmente, além da quantidade de livros antigos ou recentes, muitos dos quais em língua exóticas, toda uma prateleira era dedicada a artigos recortados de jornais ou revistas e esmeradamente emoldurados.

— Este — disse Alicia, com a fisionomia consternada.

Intrigado, Samuel debruçou-se sobre o ombro dela, roçando em sua face na passagem. Tratava-se de uma entrevista na *Nesweek*, intitulada: “Tempo é dinheiro”. Era ilustrada por uma foto de Rudolf bronzeado e arreganhando os dentes, mas inexplicavelmente envelhecido, com rugas em torno dos olhos e cabelos grisalhos. Invadido por uma dúvida, Samuel procurou febrilmente a data.

— M...! — praguejou. — Ele nos mandou para o futuro!

XIX

Uma ficha de plástico azul

— Estamos no futuro — repetiu Sam, incrédulo. — Sete anos depois do nosso presente! Sete anos!

— E isso não é piada ou montagem — reforçou Alicia —, todos os outros artigos também são... como dizer, posteriores a nós!

— Mas por que motivo? O que ele pretende exatamente?

— Você leu a entrevista?

Samuel concentrou-se no texto da *Newsweek*. Tomava cerca de uma página e nele o jornalista interrogava Rudolf acerca de seus grandiosos planos relativos à *Igreja das Sete Ressurreições*:

Newsweek: *Após quatro anos de suspeitas, incluindo uma campanha de ridicularização, a inauguração próxima de sua fundação, a* Igreja das Sete Ressurreições, *constitui uma represália para o senhor?*

Pandit Rudolf: *Não tenho que me vingar de ninguém... Estou inclusive perplexo que as coisas tenham chegado a esse ponto! Quando decidi divulgar a extraordinária experiência que vivi e as lições tão preciosas que era possível extrair dela para toda a humanidade, não esperava esse alvoroço todo! Chegaram mensagens de apoio do mundo inteiro e as críticas maldosas de alguns foram varridas pelo entusiasmo dos demais.*

N: *Como explica, a propósito, o interesse suscitado pela* Igreja das Sete Ressurreições?

PR: *Pelo caráter excepcional de sua mensagem! Quem não sonharia conduzir melhor sua vida, a de seus filhos, a de todos os seus parentes, baseando-se na experiência do passado, na experiência desses cem bilhões de vidas que nos precederam? Existe ensinamento mais belo que o de todos esses homens e todas essas mulheres que, milênios a fio, pensaram, amaram, sofreram, tiveram esperanças antes de nós? Eis o que desejo oferecer a todos aqueles que se dispuserem a me escutar: a herança do saber e da sabedoria de nossos antepassados. A herança de suas vidas! E é porque vivi na carne vários períodos da história que resolvi me tornar uma ponte entre os homens de ontem e os de hoje.*

N: *Apesar disso, o senhor foi ridicularizado por suas supostas ressurreições através do tempo...*

PR: *Creio ter provado que estava falando a verdade. Os maiores cientistas do planeta dobraram-se sobre as provas que lhes forneci e, assim como eu, o senhor conhece suas conclusões: tiveram que admitir a realidade de minhas declarações. Então, sim, vivi no Egito do faraó Djeser, na Grécia antiga, na China das primeiras dinastias e em outros períodos também. Sim, o Criador me escolheu para difundir a mensagem universal do passado e contribuir para o nascimento de um futuro mais feliz para a humanidade... Ele me escolheu, não posso fazer nada.*

N: *Em todo caso, o senhor não deixa de ser um guru.*

PR: *O único título que reivindico é o de pandit, com que alguns amigos indianos fizeram a honra de me discernir. O pandit é um homem culto, um sábio, respeitado porque tem uma longa experiência dos homens e das coisas. O título me cai muito bem.*

N: *E o que diz o pandit Rudolf acerca das polêmicas sobre o financiamento da* Igreja das Sete Ressurreições? *Fala-se de centenas de milhões de dólares que teriam afluído para o seu caixa...*

PR: *O dinheiro não é um fim, é apenas um meio... E nunca obriguei ninguém a fazer qualquer doação! Acontece que muitos cidadãos livres desse mundo julgam, como eu, que meu projeto permitirá construir um futuro melhor. Participar da realização desse projeto é participar da construção desse futuro. Acha isso condenável?*

N: *Alguns também lhe atribuem a ambição de um dia lançar-se numa carreira política.*

PR: *Que eles se juntem à* Igreja das Sete Ressurreições! *Eles parecem saber mais sobre o futuro do que eu mesmo sei sobre o passado!*

Entrevista realizada por Rod Armor

— Pandit Rudolf — resmungou Sam... — Bandido Rudolf, isso sim!

Conteve sua irritação e passou rapidamente os olhos nos outros artigos. Os assuntos eram as façanhas do mestre, comentários sobre as diferentes "existências" que ele levara desde o seu "primeiro nascimento", detalhes sobre suas "ressurreições", que faziam dele uma espécie de "messias" que teria atravessado a história para trazer o conhecimento e a felicidade a seus contemporâneos, testemunhos exaltados de adeptos que garantiam, lágrimas na voz, que o pandit Rudolf estivera com um de seus antepassados séculos antes ou os salvara dessa ou daquela doença graças ao seu conhecimento dos remédios antigos etc.

Mais interessante ainda era uma reportagem da revista *History Today* que contava sobriamente como laboratórios europeus e japoneses haviam autenticado o quadro de Caravaggio ou a foto do Home Insurance Building, atestando efetivamente a presença do pandit Rudolf nessas épocas. Os símbolos de Hathor no *Cânone dos poemas* chinês, no templo de Delfos ou ainda nos vitrais da catedral de Canterbury, eram por outro lado igualmente certificados como "historicamente incontestáveis"...

— Ele fundou uma espécie de seita, não é? — sugeriu Alicia, depois de Sam ter terminado sua vista d'olhos.

— Uma seita que lhe proporciona um absurdo de dinheiro e poder, é, parece que sim. A questão é saber por que ele insistiu em me dar essa moeda cinzenta a fim de que eu descobrisse isso.

Prosseguiram suas investigações para o lado das altas estantes que forravam uma parte da parede atrás dos móveis que faziam as vezes de salão. As portas, em madeira semelhante à das estantes, dissimulavam na verdade grandes vitrines num vidro ligeiramente fosco. Samuel colou o rosto numa delas: moedas furadas, dezenas e dezenas de moedas furadas! Escrupulosamente arrumadas e etiquetadas, como datas e nomes de lugar! O tesouro do pandit Rudolf!

— Acho que temos nossa passagem de volta — Sam deixou escapar.

Tentou girar o trinco para abrir o vidro, mas havia uma fechadura. Alicia e ele inspecionaram então cada vitrine que protegia o mostruário, mas estavam todas com cadeado.

— Não seja por isso... — decidiu Samuel.

Pegou um pesado cinzeiro de inox numa mesa de centro e preparava-se para arrombar um compartimento ao acaso, quando Alicia segurou seu braço.

— Espere! Tem um alarme!

Samuel ergueu os olhos para o teto: em cima de cada vitrine, era possível perceber de fato uma caixinha onde piscava uma luzinha vermelha.

— Antes de quebrar tudo — aconselhou a menina —, seria melhor verificar se a chave não está em algum lugar. Há roupas no armário, vou procurar por lá... Você se encarrega da escrivaninha?

Samuel abandonou a ideia de uma bela explosão de vidro, que não obstante teria servido para ele extravasar, e se resignou a ir examinar a escrivaninha. Esta refletia a megalomania de seu dono: gigantesca, laqueada de preto e atulhada de objetos preciosos, mas também de livros, cartas, faturas... Um livro ocupava um lugar especial: *Minha verdade sobre minhas sete ressurreições,* pelo pandit Rudolf, estampando na capa um retrato solene do mencionado pandit contra um fundo de poente. Samuel nem se deu o trabalho de folheá-lo...

Havia também fotografias de Rudolf em companhia de algumas celebridades com as quais parecia partilhar uma amizade indestrutível desde a aurora dos tempos — Samuel reconheceu, entre outros, uma famosa cantora, agora já velha, e um ator grisalho que fora sucesso de bilheteria em outras épocas... No meio disso tudo reinava uma réplica da pedra esculpida de cerca de trinta centímetros de altura, feita num material sintético azul bem feinho, mas oferecendo uma imitação perfeita da gravura do sol e da cavidade de carga. Comportava, além disso, uma fenda suplementar no topo como um cofrinho de moedas... Ironia involuntária? Eis, com efeito, como Rudolf concebia a pedra: um grande cofrinho que abrigava grandes lucros!

Samuel dedicou-se em seguida às gavetas, elas também abarrotadas de cartas, papéis e revistas a selecionar. Numa delas, desencavou um pilha de jornais que reconheceu instantaneamente: *La Tribune de Sainte-Mary*, jornal local de sua própria cidade! Desdobrou alguns exemplares, todos abordando o mesmo assunto: a *Igreja das Sete Ressurreições*. Ao percorrer as manchetes, teve então como que uma revelação: era na realidade em Sainte-Mary que Rudolf decidira implantar sua seita de iluminados! As primeiras páginas eram explícitas: *Igreja das Sete Ressurreições: a prefeitura concede o alvará de construção!* Ou ainda: *Os moradores da rua Barnboïm mobilizam-se em vão contra os planos do pandit...* Depois, na semana seguinte: *Pandit Rudolf: "Nossa fundação é um formidável trampolim econômico para Sainte-Mary"*. E, a mais recente: *Bairro Barnboïm: começam as obras!* Com uma foto de tratores destruindo os sobrados vitorianos tão familiares a Samuel.

Alicia arrancou-o de seu pasmo:

— Samuel, tenho uma coisa para você! Não achei a chave, mas em compensação...

Colocou sobre o descanso da escrivaninha um retângulo branco plastificado gravado: Residência particular do pandit.

— Estava num dos bolsos do terno — esclareceu. — É o cartão magnético da entrada, não acha?

Samuel assentiu em silêncio, ainda sob o choque do que acabava de ler. Agarrou a mão de Alicia antes que ela a retirasse e mergulhou os olhos nos seus.

— O que há? — disse ela.

Sam mostrou-lhe as primeiras páginas do *La Tribune*.

— Ele está construindo sua fundação canalha na nossa casa, Alicia. Em Sainte-Mary, em plena rua Barnboïm. Está destruindo o bairro, pondo abaixo nossas casas...

Ela decifrou as manchetes por sua vez e seus traços se entristeceram.

— Como isso é possível? — indignou-se. — Ele não pode fazer uma coisa dessas! E as leis?

— Está brincando! Com essa avalanche de dinheiro que lhe cai do céu, Rudolf é capaz de ter comprado a prefeitura e metade dos secretários!

— E a livraria? Você... você acha que ela também desapareceu?

— Claro que desapareceu! — respondeu Samuel com amargura. — Na verdade estamos bem embaixo dela! E é a *minha* pedra esculpida que está na sala ao lado! Era por isso que ela me parecia tão familiar! Rudolf se apossou da minha própria casa!

Alicia pressionou suavemente seus dedos.

— Temos sete anos para impedir isso — afirmou ela. — É mais do que suficiente, não acha? Isso se conseguirmos voltar para nossa casa, para o nosso presente. Encontrou a chave?

Samuel balançou tristemente a cabeça.

— Procurou bem?

— Esvaziei todas as gavetas.

— E a espécie de pedra azul, aí, é o quê?

— Um cofrinho, imagino...

Alicia virou-o com dificuldade de tão pesado que era: ouviram uma pequena cascata metálica no lado de dentro.

— Na minha opinião, tem alguma coisa aí dentro.

— Lógico, é um cofrinho!

Alicia apalpou o sol gravado, a cavidade inferior e a fenda no topo da pedra, sem descobrir abertura.

— É o mesmo tipo de plástico azul de uma das suas moedas, estou enganada?

A pertinência de sua reflexão golpeou Samuel como uma evidência. Ele ajeitou-se em sua poltrona, tirou a espécie de ficha de pôquer furada de seu bolso e estendeu-a para Alicia.

— Como conseguiu? — ela perguntou, estudando-a.

— Meu pai entregou-a ao velho Max para que ele me desse, junto com a moeda do castelo de Bran...

— Então ela vem direto de Allan, não é?

Alicia tentou primeiro introduzi-la pelo orifício do topo, sem sucesso. Pressionou em seguida sobre o sol de Thot e, com um simples apertão, este afundou até tragar a ficha azul para suas profundezas. Houve um breve rangido e uma chave de metal extra-achatada caiu de repente na cavidade de carga.

— As coisas estão funcionando! — alegrou-se Alicia.

Pegou a chave e correu até uma das vitrines, que abriu com um giro da mão:

— De nada... — brincou ela.

Samuel correu até ela. Visto de perto, o armário era um modelo de organização: gavetas corrediças com alguns centímetros de altura, todas elas com umas cinquenta moedas classificadas por ordem alfabética de lugar, com indicações de datas e até mesmo, às vezes, de momentos do dia. Eles tinham destrancado o armário das letras *H* e *L* e este continha, por exemplo, umas trinta menções à cidade de Londres em uma dezena de séculos diferentes... Uma agência de viagens incrível!

— Os S devem ficar mais à direita — sugeriu Sam.

Precisaram de apenas poucos segundos para alcançar a vitrine certa. Afora dois ou três compartimentos dedicados a São Paulo ou Sydney, o essencial do armário era dedicado a Sainte-Mary, com destaque para a década transcorrida. Quinhentas moedas, arredondando para baixo! Inventariaram metodicamente cada nível, até localizar o ano do presente deles, provavelmente um dos mais fornidos do lote.

— Na mosca! — triunfou Alicia.

Apontava para três escaninhos que correspondiam aproximadamente ao momento de sua partida.

— E se voltássemos para imediatamente antes do meu rapto! — sugeriu.

— Impossível — declarou Sam. — Haveria duas Alicia e dois Samuel no mesmo instante em Sainte-Mary, e, segundo Setni, não sobreviveríamos. Não, é melhor irmos na certa: com esta, por exemplo.

Pegou uma medalha prateada bem simples, sem marca nenhuma a não ser os números da data e da hora, gravados de maneira artesanal.

— Seis dias depois do nosso desaparecimento, isso deve resolver... Além disso, a aterrissagem está prevista para meia-noite, é perfeito para um retorno discreto!

Ele se voltou e revirou o medalhão na mão:

— Quer saber o que acho? — acrescentou. — É o próprio Rudolf quem fabrica as moedas...

— Sério?

— Essa série inteira é idêntica. Mesmo metal, mesma forma, mesmas gravuras rudimentares, só muda a data. Ele deve ter dado um jeito de se abastecer com os discos de Thot sem precisar de ninguém.

— Se for assim — divertiu-se ela, apontando um escaninho bem atrás —, deve ter inclusive planejado uma para o dia do seu aniversário: 5 de junho, 17 horas.

— Aniversário... — suspirou Samuel, apoderando-se do medalhão em questão. — Foi o dia em que me deparei com a pedra esculpida no porão do meu pai... Nem cheguei a ganhar um presente! Pelo menos servirá de lembrança — disse, enfiando as três moedas no bolso.

Enquanto Alicia dava uma olhada na vitrine seguinte, ele se pôs à procura de outra data, muito mais importante na sua opinião, que se situava três anos antes do seu presente... Sua esperança era de fato despropositada, mas seu raciocínio era bem simples: e se, por um acaso extraordinário, Rudolf tivesse em seu armário uma moeda do dia da morte de Elisa Faulkner?

Teria então uma oportunidade única para salvá-la... Ainda mais que uma observação de Alicia carambolava na sua cabeça: mesmo que o velho tivesse servido de intermediário, na verdade tinha sido Allan quem insistira em lhe passar a ficha azul. Assim como a moeda que levara Sam até Vlad Tepes... Seria um simples acaso? Ou seu pai lhe fornecera ao mesmo tempo o meio de recuperar o bracelete de Merwoser, graças à moeda de Bran, e a possibilidade de se deslocar em seguida até o antro de Rudolf para descobrir a moeda correta capaz de levá-lo de volta até imediatamente antes do acidente com sua mãe? Como se Allan soubesse que seu velho inimigo dispunha de uma reserva inesgotável de discos de Thot no futuro...

Com um dedo trêmulo, Samuel identificou o ano que procurava. O acidente de carro acontecera num 11 de julho e... Sentiu suas pernas desfalecerem. Havia realmente uma moeda de 11 de julho! Duas até! Uma das 10, outra das 15 horas... E, como se não bastasse, ele podia escolher! Milagre, milagre! A sorte estava do seu lado por uma vez!

Embolsou as duas moedas e pulou no pescoço de Alicia:

— Sabe que eu te adoro? — disse, beijando-a.

— Ei! O que deu em você?

— Tenho uma solução para dar um jeito em tudo!

— O quê?

— Explico quando tivermos voltado para casa. Venha, vamos embora.

— Antes de ir — ela o segurou —, talvez você deva ver isso...

Ela estava em frente à vitrine dos *T* e seu dedo tocava numa moeda coberta com a mesma substância acinzentada daquela que Rudolf destinara a Samuel. A etiqueta no escaninho dizia: *Titanic, 15 de abril de 1912.*

— Que bela porcaria, hein? — disse Alicia irritada. — O troço cinza deve ser um tipo de coral das profundezas ou sei lá o quê... Não era para nossa casa que ele queria nos despachar, era direto para o fundo do oceano!

Samuel balançou a cabeça:

— É melhor prevenir que remediar, não é mesmo? Quantas vezes conseguimos escapar das garras de Diavilo! O que na realidade também significa que Rudolf não fazia ideia de que pudéssemos vir aqui e...

Samuel interrompeu-se. Seus olhos piscavam mecanicamente para a prateleira quando, bem perto das moedas do *Titanic*, ele percebeu uma subdivisão intitulada: *Tebas*. Ora, em meio ao punhado de objetos ali reunidos, achava-se um que ele prezava muito: o anel do escaravelho de vidro que Ahmusis, filho de Setni, lhe dera três mil anos antes para lhe permitir voltar ao seu presente.

— Isso é meu — decretou. — Deixei-o no túmulo de Setni na minha primeira viagem ao Egito e ele não tem nada que fazer nas patas sujas de Rudolf... Agora, sebo nas canelas.

Pegou a garota pelo braço, mas ela congelou dois metros adiante.

— Espere! — sussurrou, colocando um dedo em sua boca.

Fez um gesto de pânico em direção à divisória que dava para o museu privado de Rudolf. Samuel esticou o ouvido e percebeu rumores abafados. Alguém zanzava no recinto ao lado...

XX

Assassinatos em série

— Vá esconder-se no armário — sussurrou Sam. — Vou ver o que está acontecendo...

— O quê? Nem pensar em nos separarmos!

— Faça isso — insistiu —, em dupla ficaremos mais expostos!

Alicia obedeceu de má vontade enquanto Samuel procurava um objeto que lhe pudesse servir de arma. Não achou nada a não ser o cinzeiro de inox, que ele apertou na palma da mão antes de avançar sorrateiramente até a porta marcada com o símbolo de Hathor. A sala da maquete estava vazia e Samuel esgueirou-se até ela. Roçou a comprida toalha preta da mesa e se aproximou da segunda porta para tentar ouvir alguma coisa. Mais nada. Nenhum som, nenhum farfalhar... Será que tinham ouvido apenas os barulhos das obras em algum lugar na superfície? Ou simples passos ressoando nos andares? Tudo era possível... Mas havia também aquelas luzes acesas, aquela camisa e aquele terno no vestiário, aquele cartão de acesso num bolso. Como se alguém tivesse deixado provisoriamente suas coisas. O tempo de utilizar a pedra?

Milímetro por milímetro, Samuel girou a maçaneta da segunda porta com a marca da Arkeos. No início, viu apenas uma parte da vitrine, depois seu ângulo de visão alargou-se para o fundo do museu. O Samurai, o Cavaleiro, tudo parecia calmo. Um pouco tranquilizado, abriu mais para inspecionar o resto da sala quando uma coisa dura e fria entrou em contrato com sua testa. O cano de uma arma...

— Ora, ora, o pirralho do Faulkner! — exclamou Rudolf, escondido atrás do batente. — Eu o julgava afogado a quatro mil metros de profundidade! Solte o que tem na mão e levante-se lentamente.

Samuel obedeceu e sentiu a arma pressionar um pouco mais o seu crânio à medida que se reerguia.

— Quem diria, hein? — grunhiu o Tatuado. — Você não mudou muito, aparentemente.

— Não posso dizer o mesmo de você — replicou Samuel, glacial.

Como na foto da *Newsweek*, Rudolf parecia envelhecido. O mesmo maxilar quadrado, o mesmo olhar duro de um azul metálico, mas muitas rugas no canto das pálpebras, o alto da testa todo desguarnecido e os cabelos cor de neve suja. Vestia o mesmo tipo de roupas de linho daquelas dispostas no vestiário e apontava uma pistola preta e reluzente.

— Por culpa sua, mocinho, por culpa sua! Se você tivesse respeitado minhas indicações há sete anos, eu não estaria aqui... Recue um metro.

Samuel deu três passos atrás e se chocou com a vitrine que continha a moeda.

— Perfeito! Cruze as mãos nas costas e não se mexa mais. Sou um excelente atirador e tenho oito cartuchos de 357 Magnum neste carregador.

Sem desgrudar os olhos de Sam, ele recuou até um cofre-forte aberto, embutido num armário idêntico àquele que abrigava a coleção de moedas. O cofre comportava várias prateleiras e Samuel distinguiu objetos embrulhados, assim como velhos livros.

— Eu estava fazendo uma arrumação quando você me interrompeu. Trouxe uma pequena recordação da minha ida e volta até os citas, há cerca de 2.500 anos. Não me agradaria que ela caísse em mãos erradas.

Com o mesmo sorriso insuportável de empáfia, apontou para um magnífico pingente de ouro de uns dez centímetros, representando um cavaleiro sobre uma montaria empinada. Foi obrigado a se voltar para guardar o produto de seu roubo numa das prateleiras do cofre e Samuel escolheu esse instante para agir. Fechou os olhos, esforçando-se para refrear o seu ritmo cardíaco a fim de refrear a cadência surda do tempo que batia dentro dele.

Porém, assim que começou a palpitação viva de sua carne, ele sentiu uma espécie de punhalada na altura do peito, e teve a impressão brutal de que seu coração ia explodir. Vacilou sobre suas pernas e teve que se apoiar no vidro para não cair.

— Ora — divertiu-se Rudolf —, um mal-estar? Muita pressão, talvez? Nosso viajante ainda está um pouco verde para enfrentar as contrariedades da viagem, é isso? Fique de pé, por favor, e mantenha as mãos nas costas...

Samuel reabriu os olhos e respirou fundo para desapertar a pressão que lhe comprimia o tórax. Não era mais capaz de cadenciar o tempo... Suas reservas de concentração se haviam esgotado ou seu coração não tolerava mais aquilo ou ainda Rudolf tinha o poder de impedi-lo...

— Você me deixou com raiva, veja só — continuou o Tatuado. — Você tinha ficado de me trazer o bracelete de

Merwoser de Roma, lembra? Ignoro o que aconteceu com Diavilo, suas explicações foram confusas. Ele me falou de desaparecimento súbito, de feitiçaria... Não importa, ele simplesmente deixou você fugir! Dito isso, como você não apareceu de novo no presente, achei que tinha utilizado minha bela moeda do *Titanic* e que terminara devorado pelos peixes. Aparentemente...

— Aparentemente eu continuo aqui — desafiou-o Sam.

— Você continua aí, pois é! — zombou Rudolf. — O último representante da família Faulkner!

Sua frase estalou como uma bofetada, e Samuel acusou rudemente o golpe. O último representante da família Faulkner...

— Ah! Vejo pela sua cara de pateta que você ainda não sabia — regozijou-se o Tatuado. — E como saberia, aliás? Então permita-me apresentar-lhe meus pêsames com um pouco de atraso: houve um desafortunado acidente na casa dos seus avós... Queimou tudo.

— O quê?

— Poucos dias depois da sua partida, que pena! A casa pegou fogo durante a noite. Morreram todos.

Samuel fez menção de avançar, mas com a ponta da arma Rudolf intimou-lhe a permanecer no lugar.

— Isso, não, mocinho! Ser morto aqui não fará com que eles voltem.

— E... E o meu pai? — perguntou Samuel com uma voz apagada.

— Coitadinho do Allan — suspirou Rudolf. — Nunca saiu do coma. Os médicos viram-se obrigados a desligar o aparelho no fim de seis meses.

Samuel recebeu como que um segundo gancho no rosto. Seu pai... Seu pai não sobrevivera... Ele fracassara. Do início ao fim!

— A vida é injusta, não é mesmo? — prosseguiu Rudolf. — Repeti muitas vezes isso para mim mesmo. Principalmente quando percebi que, se era possível viajar através dos séculos, a passagem era muito cara: quem viaja envelhece muito rápido e morre prematuramente... Que paradoxo, não? Essa pedra que permite transpor as fronteiras do tempo nos confina cada vez um pouco mais nos limites minúsculos de nossa existência. Sobretudo para mim, que utilizei o símbolo de Hathor durante tantos anos! Você conhece as vantagens e inconvenientes do símbolo, suponho... Ele permite que nos desloquemos ao acaso entre dois pontos onde ele esteja desenhado. Com a ressalva de que existem dezenas de desenhos de Hathor atualmente, e me aconteceu ter de fazer 15 ou 20 tentativas antes de chegar ao lugar desejado... E, a cada salto, minha expectativa de vida caía. Revoltante, não?

O que Samuel achava revoltante era acima de tudo o desprezo infinito que o Tatuado manifestava pela vida dos outros. Pela vida dos Faulkner, em particular.

— À medida que meus testes avançavam — continuava Rudolf —, consegui fazer alguns aprimoramentos. Descobri, por exemplo, que, viajando com um grande número de moedas originárias de um lugar onde figurava o símbolo de Hathor, era possível dividir por dois ou três o número de tentativas para alcançá-lo. Como se de certa maneira conseguíssemos orientar os fluxos do tempo... O que me levou naturalmente a me interessar de perto pelo modo de fabricar os discos de Thot. Dessa forma, aprendi num livro indiano que as moedas de uma época não podiam ser criadas senão no presente dessa época e com a condição de respeitar determinadas regras. Como modelar o metal à luz do sol ou nas proximidades do Círculo de Ouro a fim de impregná-lo com as virtudes do astro luminoso... Foi aplicando essas receitas que comecei a confeccionar minhas próprias moedas e pude me poupar de alguns trajetos inúteis. De alguns, mas não de todos, longe disso. Então continuei a envelhecer, e muito rápido. Daí a necessidade de eu me apoderar do Círculo de Ouro...

Com um gesto, o Tatuado puxou para si uma das prateleiras do cofre-forte. Ela expunha um bracelete dourado, ligeiramente brilhante, que, daquela distância, parecia idêntico ao que Samuel tinha no bolso.

— Você... Você está com ele? — murmurou Sam.

— Sim, estou com ele. Mas não foi fácil... Principalmente por causa dos seus pais.

— Meus pais! — exaltou-se Sam, prestes a pular. — Como ousa misturar meus pais com isso? Eles estão mortos! Não tem respeito por nada?

— Como pode saber se eles não estão metidos nisso? — retorquiu Rudolf. — Você não sabe nada dessa história... Prefere morrer imediatamente pulando em cima de mim ou quer que eu lhe conte tudo?

Samuel cravou as unhas nas palmas da mão para se conter. Não dar a Rudolf uma razão para atirar... Não deixar Alicia sozinha diante desse monstro, não estragar a última oportunidade de salvar o que ele ainda poderia ser. Ter paciência, paciência até que ele cometesse um erro. E aí...

— Estou... estou escutando — disse, engolindo sua raiva.

— Assim é melhor — aprovou Rudolf. — Ainda mais que lhe ofereço um privilégio raro — orgulhou-se —, o de contemplar o Círculo de Ouro. O *verdadeiro* Círculo de Ouro... Você ouviu falar dele, certamente. De acordo com a lenda, ele teria sido forjado pelo próprio deus Thot, antes de ser surrupiado durante a invasão dos hicsos e encontrado séculos mais tarde pelo grão-sacerdote Setni.

Ele deu um sorriso perverso:

— O velho e louco Setni, eu deveria dizer — acrescentou. — Ele se julgava investido de uma missão suprema: impedir que viajantes mal-intencionados perturbassem o curso do tempo para fins pessoais! Que ingenuidade! Como se ele fosse capaz de vigiar a história sozinho!

— Setni era um homem justo e bom — replicou Sam —, um grande sábio que colocou seus imensos conhecimentos a serviço do mundo. Justamente o contrário de você!

— Tão justo e tão bom quanto burro — ironizou Rudolf. — Ele conseguiu descobrir o anel da eternidade, mas nem sequer lhe passou pela cabeça usá-lo em benefício próprio! Escondeu-o em algum lugar no seu túmulo e se contentou em morrer ao lado dele como um imbecil qualquer... Grande sabedoria, realmente!

— Ele sabia do poder maléfico que o anel poderia ter sobre aquele que o utilizasse... Agiu da melhor maneira possível!

— Se você se sente tão próximo de Setni — gargalhou Rudolf —, pergunte-lhe onde ele guardou seu anel e me prestará um imenso favor. Vá — insistiu —, aproveite-se disso, ele está à sua disposição!

Apontava para a vitrine com sua arma e Samuel fez menção de recuar. A múmia... A múmia em sua gaiola de vidro!

— Não, não é possível — balbuciou Sam. — Não é ele!

— Claro que sim, mocinho, claro que sim. O venerável Setni! Arrematado a preço de ouro no museu de Tebas, na esperança de que ele me fornecesse alguns segredos sobre o anel da eternidade... Mas o velho idiota continuou mudo. Não adiantou nada radiografá-lo, fazer uma tomografia, nenhum vestígio de objeto ou joia com ele.

Samuel acabava de levar o terceiro direto no rosto... Ficou por um instante aturdido, dividido entre a tristeza e o pasmo diante daquele pobre corpo enrolado em suas bandagens ocre, com aquele desenho desbotado na barriga, dois triângulos na vertical cheios de pontos no interior. Como uma espécie de ampulheta, símbolo do escoar do tempo... Voltavam-lhe também à memória as últimas palavras que os dois haviam trocado: "Será que um dia nos veremos de novo, grão-sacerdote?", indagara Sam. "Não provavelmente da maneira como você imagina, mocinho", respondera o guardião das pedras. E eis que Samuel encontrava-se diante dos despojos do mais ilustre viajante do tempo, exposto como uma vulgar cerâmica no museu do Tatuado!

— Se lermos direito o Tratado das Treze Virtudes Mágicas — continuou Rudolf —, praticamente não resta dúvida de que ele enfiou o anel em algum lugar em seu túmulo. Há uma página no fim com um desenho do sarcófago e um comentário explícito... Mas onde ele dissimulou-o exatamente, eis o que eu gostaria de saber... Faz uma ideia, por acaso?

— Nenhuma — garantiu Sam.

— Mmm... Paciência, voltaremos a esse ponto mais tarde. Por enquanto eu lhe prometi uma história, não é mesmo? Uma história de trinta anos atrás, que começou quando seu pai e eu trabalhávamos juntos no sítio de escavações em Tebas. Convém você saber que, por uma razão que ignoro, Allan já se sentia irresistivelmente atraído pela gravura do sol: estava convencido de que ela significava alguma coisa. E de tanto girar em volta dela, terminou tentando encaixar uma das moedas furadas jogadas a esmo numa bandeja ali perto... Eu estava bem ao lado dele e foi assim que fomos ambos projetados no tempo. Poupo-o da série de provações que tivemos que atravessar para voltar à nossa época, mas fique sabendo que as coisas não foram fáceis. Quando voltamos, continuamos as buscas, e foi então que fiz uma descoberta capital: um bracelete de ouro fino que parecia encaixar-se perfeitamente sobre a pedra. Uma noite fizemos a experiência e nos vimos novamente transportados para séculos atrás, mas dessa vez com a sensação de poder controlar melhor nossos deslocamentos. Ao retornarmos, entretanto, seu pai achou melhor parar com aquilo. Em vão lhe apresentei as vantagens que poderíamos tirar da situação, ele não quis ouvir nada. A discussão se acirrou, chegamos às vias de fato e...

Rudolf não conteve um tique nervoso, como se, tantos anos depois, o que aconteceu ainda o deixasse perplexo...

— Não sei como seu pai se virou, mas conseguiu me derrubar... Quando recuperei os sentidos, pareceu-me ver uma forma escura perto da parede e uma intensa bolha de luz. Seu pai tinha desaparecido.

Samuel reprimiu um sorriso: era ele a forma escura, e era ele também a coronhada por trás. Uma vingança antecipada, aliás muito bem aplicada, diga-se de passagem!

— Ao sair da câmara funerária — continuou o Tatuado —, fui surpreendido pelo vigia do acampamento. E quando Chamberlain, o arqueólogo do sítio, soube disso, me expulsou brutalmente. Impossível rever seu pai e, o principal, impossível recuperar a joia! Dá para entender melhor agora por que odeio Allan... Ao me roubar o Círculo de Ouro, foi toda uma parte da minha vida que ele roubou!

A mão de Rudolf tremia e Sam temeu por um instante que ele apertasse o gatilho por descuido. Mas ele recuperou o autocontrole, antes de prosseguir:

— Claro, nessa época, eu não tinha consciência do que representava o Círculo de Ouro; minha única preocupação era localizar uma nova pedra esculpida para poder partir novamente. O que acabou me tomando dois anos... Dois anos percorrendo o mundo e revirando as bibliotecas, dois anos de incertezas e sondagem. Mas fui bem-sucedido, felizmente. Em seguida, creia-me, recuperei o tempo perdido... Passei toda a década seguinte viajando, fazendo apenas algumas escalas no meu presente. Acumulando no caminho um belo tesouro de guerra... Pois não foram apenas os objetos de valor que me enriqueceram, você sabe. Havia também as informações precisas de que eu dispunha. Imagine o que você pode ganhar na Bolsa quando sabe exatamente como as ações de determinada empresa vão evoluir nos dez anos seguintes! Ou o que pode lhe proporcionar uma mina de ouro quando você conhece sua localização meio século antes de todo mundo! Então, sim, me refestelei...

Rudolf ostentava um ar saciado que irritou Samuel, ao mesmo tempo incitando-o a ficar na dele. Tamanha autossatisfação talvez fizesse o Tatuado baixar a guarda.

— Rapidamente — emendou ele —, vislumbrei o lucro que obteria se montasse minha própria empresa para comercializar as antiguidades valiosas. Assim nasceu a Arkeos, e seu emblema, a marca de Hathor... Porém, quanto mais eu utilizava o símbolo, que eu também mandara tatuar no meu ombro, mais constatava que o meu envelhecimento se acelerava. Chegara aos meus ouvidos a existência de determinados objetos capazes de limitar os efeitos negativos das viagens e, retomando minhas pesquisas, dei com descrições do Círculo de Ouro e alusões a Setni. Naturalmente, fiz a associação com a joia que seu pai me surrupiara...

Concedeu-se uma pausa para empurrar sua prateleirinha e fechar o cofre-forte, mas com suficiente habilidade para não afrouxar a vigilância.

— Precisei de muitos meses para reencontrar a pista do seu pai. Quando percebi que ele se mudara para Sainte-Mary, não me indaguei muito sobre as razões de sua escolha. Eu sabia da existência de Barnboïm e suas proezas, e logo identifiquei a casa que ele ocupava no início do século. Fui fazer uma visita de cortesia à sua nova proprietária, uma espécie de bruxa alcoólatra que vivia cercada de cães, um mais feroz que o outro. E, então, a cereja do bolo, o velho casarão abrigava uma pedra esculpida!

"A bruxa no início se recusou a me ceder a casa, mas acabamos entrando num acordo: ela me autorizou a utilizar seu porão de vez em quando... O dinheiro é uma música deliciosa, até mesmo para os ouvidos dos que não querem escutar!

Bateu a porta do armário com o calcanhar e deu um passo na direção de Sam.

— Mas isso não resolvia a questão do Círculo de Ouro, como você deve desconfiar. Comecei então a vigiar seus pais. Discretamente, quando meu trabalho ou minhas viagens permitiam... Indaguei-me o que seu pai tramava, se tinha conservado a joia com ele ou se a revendera... Se também tinha um plano na cabeça ou se a sua presença em Sainte-Mary não passava de fruto do acaso. Cogitei arrombar a casa, mas seu pai instalara um alarme e eu não queria correr o risco de ser flagrado. Cheguei inclusive a ver você várias vezes no jardim... Você andava nervosinho aliás, e na verdade malcriado, se bem me lembro.

Samuel sentiu um aperto no coração. Até mesmo na época abençoada da despreocupação, o Tatuado já espreitava, enrodilhado na sombra...

— Então deparei-me com ele. Num fim de tarde, seus pais iam sair com amigos e sua mãe usava-o no pulso. Allan dera-lhe de presente! Ele não tinha o brilho que exibia em outros tempos, mas era magnífico assim mesmo, e eu o teria identificado entre mil. Eu estava estacionado na calçada, o vidro arriado pela metade. Sua mãe passou ao meu lado... Bastava eu abrir a porta e me atirar sobre ela... Mas havia muita gente em volta, eu poderia pôr tudo a perder. Decidi esperar e agir de outra forma.

Deu mais um passo e seus traços se enrijeceram.

— Uma vantagem das viagens no tempo, veja bem, é que elas podem camuflar determinados delitos... Imagine só... Você quer assaltar um banco e tem que forjar um álibi indiscutível. Na data em que você pretende agir, você toma a precaução de aparecer bem longe do banco, fazendo-se notar em qualquer lugar bastante frequentado... Depois, uma semana mais tarde, você retrocede ao dia em questão. Coloca sua máscara, pega sua arma e, não importa o que aconteça em seguida, ninguém mais pode suspeitar de você: vinte pessoas podem testemunhar que estavam ao seu lado no momento dos fatos a centenas de quilômetros dali... O crime perfeito!

Samuel teve a impressão de engolir uma bola de alfinetes:

— Você quer dizer que agiu dessa forma com meus pais?

— Ah, Samuel — exclamou Rudolf num tom exaltado —, parece que não compreende! O Círculo de Ouro me pertencia, seu pai roubara-o de mim! Era apenas um acerto de contas! E, depois, eu tinha que me preparar para uma possível resistência da parte dele! O que aconteceria se terminássemos saindo no braço como da primeira vez? Era impensável eu perder de novo... E se as coisas degringolassem, eu precisava estar precavido! Uma simples questão de prudência!

— Você queria mesmo era se vingar dele — murmurou Sam.

— Talvez! Afinal, não passo de um ser humano, com suas fraquezas. E seu pai merecia um bom corretivo... Em todo caso, preparei tudo minuciosamente. Enviei a um joalheiro de Sainte-Mary instruções precisas para que ele fabricasse 15 discos de Thot na data e nas horas que eu lhe indicava, respeitando os princípios rigorosos de que lhe falei. Nesse ínterim, fui passar uma pequena temporada na Austrália, a fim de não atrair suspeitas, hospedando-me nos mais belos palácios e exibindo-me nas boates da moda. Quando retornei, encontrei o pacote com as moedas furadas e comecei minha viagem de uma semana para trás. Tive que manipular umas seis ou sete vezes o símbolo de Hathor, mas acabei aterrissando na data escolhida no porão da rua Barnboïm.

No interior da garganta de Sam, a bola de alfinetes tornara-se um grande ouriço com espinhos afiados, e foi com muita dificuldade que conseguiu formular sua frase:

— Era... era um 11 de julho?

— Sim, acho que sim — assentiu o Tatuado. — Comecinho do verão, em todo caso. Allan não estava presente, apenas Elisa. Segui-a quando ela entrou na garagem, porém, quando intimei-a a me entregar o Círculo de Ouro, ela veio com uma história de que tinha sido roubado dias antes... Não acreditei nela, obviamente, e obriguei-a a me mostrar sua caixa de joias. Nem sinal do bracelete... Fiquei nervoso, sacudia-a um pouco, mas ela não queria abrir o bico! Como eu podia desconfiar que ela estava dizendo a verdade? Aquilo parecia inacreditável! Só três anos mais tarde, fazendo deduções, compreendi o que acontecera: alguém havia se apoderado da joia antes de mim. Alguém acima de qualquer suspeita. A velha Srta. Mac Pie!

— A Srta. Mac Pie? — balbuciou Sam, que ia de surpresa em surpresa.

— Exatamente. A respeitável senhora, tão ciosa de seus princípios... ela também tem seu lado de sombra, uma ladrazinha mocreia fascinada por tudo que brilha! Quando percebeu o Círculo de Ouro no braço da sua mãe, não pôde resistir. Ela ia muito à casa de seus pais para cuidar de você, lembra-se? Ela se aproveitou disso. Simples assim, como eu poderia imaginar na época? Sua mãe em vão me garantiu que alguém se introduzira na sua casa, eu estava fora de mim e...

Um raio assassino atravessou seu olhar.

— E? — incentivou-o Sam, que sentia a bola dolorosa da sua garganta descer agora para o seu estômago.

— Bati nela um pouco forte demais. Sem querer, veja bem! Ela bateu na quina de uma mesa e... Mas também, que necessidade tinha ela de se debater? — irritou-se. — Seus pais nunca fizeram outra coisa a não ser criar problemas para mim! Ora, resolvi então me livrar do corpo, embarcá-lo no carro e levá-lo para as colinas de Doomsday para simular um acidente... Depois que joguei o carro lá embaixo, tive inclusive que voltar a pé. O fim da picada!

Samuel represava as lágrimas apertando os punhos. Aquilo era demais... Aquele sujeito matara sua mãe e talvez houvesse massacrado sua família... E estava ali, vivinho, deleitando-se com o que fizera, sem uma pitada de remorso. Tinha que pagar, de uma maneira ou de outra. E paciência se Samuel perdesse tudo. Sim, ele tinha que pagar!

— Gostou da minha história, Sammy? — escarneceu Rudolf. — Nesse caso, podemos passar às coisas sérias. Talvez você tenha um presentinho para mim, quem sabe? Vamos, esvazie os bolsos em cima da vitrine — ordenou.

"O bracelete de Merwoser", pensou Sam. Rudolf queria confiscar também o bracelete de Merwoser! E, assim que se apossasse dos dois círculos de ouro, estaria em condições de pôr as mãos no anel da eternidade, sem dúvida alguma. Mas talvez isso também fosse uma sorte... Pois, quando Samuel tirasse o bracelete do bolso, Rudolf seria necessariamente obrigado a relaxar uns segundos, ainda que para admirá-lo. Última oportunidade à vista.

Sam enfiou a mão na sua calça, com os olhos pregados nos do Tatuado, espreitando o menor sinal de desatenção de sua parte. Assim que este desviasse um pouquinho o olhar, Samuel se atiraria em suas pernas tentando desviar a arma com o braço.

Porém, enquanto tentava visualizar o encadeamento de seus gestos, percebeu um barulho para o lado da sala da maquete. Depois outro... Alicia... Ela fora obrigada a se aventurar fora do armário! Instintivamente, Sam deu uma olhada pela porta entreaberta e esse momento foi o suficiente para traí-lo.

— Acha que sou burro! — exclamou Rudolf. — Sua namoradinha está aí, claro. Tinha me esquecido dela! Você a salvou das garras de Diavilo e a trouxe consigo! Ela deve estar escondida em algum lugar no escritório e... Claro! Eis por que vocês nunca voltaram ao presente! Vocês não morreram no fundo do mar, na realidade fui eu que os matei no futuro!

Com a pistola sempre apontada para Sam, ele lhe fez sinal para se dirigir para a porta dupla com as cores da Arkeos.

— Por aqui, Sammy... Vamos brincar de esconde-esconde.

XXI

O sexto dia

— No vestiário — rosnou Rudolf. — Aposto que ela se escondeu no vestiário... Estou enganado? Era o que eu teria feito em seu lugar.

Samuel não respondeu. Empurrou mecanicamente o batente da direita e penetrou na sala da maquete, com o Tatuado em seus calcanhares.

— Na verdade — continuou Rudolf —, não tive tempo de lhe apresentar meu novo rebento! A *Igreja das Sete Ressurreições*... Um verdadeiro sucesso! Em outras circunstâncias, tenho certeza de que você teria se interessado...

Sam não descerrou os lábios, procurando a todo custo um jeito de avisar Alicia e impedir que Rudolf a encontrasse. Mas sentia a arma em sua nuca, e tinha a impressão de ser um carneiro a caminho do abatedouro.

— Continue — intimou-o o Tatuado —, estou louco para ter notícias da senhorita...

Samuel entrou primeiro no escritório e percebeu no ato que a porta de comunicação com o exterior, aquela comandada por uma fechadura eletrônica, estava entreaberta.

— Ora, ora — exclamou Rudolf. — Acho que sua namorada precisou tomar um arzinho. Deve ter pego o cartão no meu casaco e... Mmm, acho que ela não fez uma boa escolha, que pena! Em todo caso, vamos dar uma olhada no vestiário, pode fazer a gentileza?

Obrigou Sam a avançar até o vestiário, que vasculhou sumariamente. Depois retrocederam até a porta da saída e Rudolf fez saltar com a unha a campânula de plástico que protegia o leitor de cartão na parede. Mexeu em alguma coisa nos fios, e um alarme soou enquanto as luzes frias do teto começavam a piscar.

— Ela não vai muito longe — gritou Rudolf —, há homens com cães espalhados por todo o canteiro de obras. Mais uma vez, acho que não fizeram uma boa escolha!

Deu um tabefe no ombro de Sam para lhe sugerir que entrasse no corredor. Sam arregalou os olhos para se situar na galeria riscada por luzes estroboscópicas e impregnada por um cheiro forte de pintura. Onde estava Alicia, afinal? Por que sumira temerariamente?

Caminhou até uma escada toda branca que subia, perguntando-se se não poderia se aproveitar do desnivelamento para dar um pontapé na barriga do Tatuado. Pôs os dedos no grosso corrimão dourado que oferecia um excelente ponto de apoio e decidiu tentar a sorte entre os andares, ali onde a escada fazia uma curva. Mas antes que tivesse subido o primeiro degrau, houve um barulho de ânfora rachada às suas costas, seguido por uma estocada seca. Voltou-se na velocidade do raio para descobrir uma Alicia agitando um taco de golfe com as duas mãos e um Rudolf desabado a seus pés.

— Alicia! — exclamou Sam, dando um salto.

Ela tremia como uma folha:

— Espero... espero não tê-lo matado pelo menos.

— Ele bem que merecia — replicou Sam, certificando-se de que o pulso do Tatuado continuava a bater. — Não, está simplesmente desorientado. Como conseguiu isso?

— Eu... abri a porta com o cartão para fingir que estava do lado de fora e me escondi embaixo da mesa da maquete. Depois, vocês passaram perto de mim, esperei Rudolf sair no corredor e o segui. Tomei o cuidado de pegar um taco no armário e... Oh! Samuel, senti tanto medo quando tive que bater!

Ela se aconchegou em seus braços e Sam a abraçou deliciosamente. Ela estava ao mesmo tempo quente e tiritante e ele não conseguiu impedir-se de beijá-la no canto dos lábios.

— Obrigado, Alicia. Você foi perfeita.

— Eu não tinha dito que você podia contar comigo? — sussurrou ela.

Alguma coisa estalou acima deles e passos precipitados ressoaram na escada entre dois apitos do alarme.

— Rápido — disse Sam, arrastando Alicia com ele —, os reforços estão chegando.

Voltaram até o escritório, fechando a porta atrás deles e se precipitaram para o museu de Rudolf, onde a sirene esgoelava-se com a mesma intensidade. Samuel fez um desvio pelo cofre-forte do armário, mas em vão lutou com a maçaneta de aço, ela não se mexeu um milímetro.

— O outro Círculo de Ouro está lá dentro — justificou-se.

— É um cofre-forte, Samuel! — gritou Alicia. — Acha que eles vão esperar você descobrir a combinação?

Claro, ela tinha razão.

— OK — capitulou —, vamos embora.

Correram por entre os mostruários até a pedra esculpida e Samuel ajoelhou-se para preparar o bracelete de Merwoser. Tirou fora a moeda do *Titanic*, substituiu-a pelas duas datadas de 11 de julho e inseriu a do escaravelho de vidro e a de seu aniversário na cavidade de carga.

— Peguei essa também — disse Alicia ao seu ouvido. — Achei tão bonita...

Estendeu-lhe uma medalha dourada, num carmim delicado, que foi juntar-se às duas outras na base da pedra. Sam então aproximou do sol o Círculo de Ouro, e cada preciosa rodelinha encontrou seu lugar nas ranhuras. Sam introduziu em seguida a última moeda no disco solar, a que supostamente devia levá-los para alguns dias depois de sua partida. Seis pequenos gêiseres de fagulhas brancas brotaram simultaneamente dos seis raios e Alicia abafou um grito de estupefação. Samuel puxou-a para si e eles se apertaram um contra o outro, fascinados diante daquele minúsculo fogo de artifício. Quase instantaneamente, uma bolha de luz brilhante envolveu o sol como se este subitamente ganhasse vida, e Samuel deleitou-se vendo seus reflexos dourados inflamarem também o olhar de Alicia. Dois sóis iluminando-se mutuamente...

Agarrou delicadamente a mão da menina e fez-lhe tocar a semiesfera de energia pura que levitava a 40 centímetros do solo.

— É estranho — ela murmurou depois de alguns instantes... — Parece que lá dentro não há força de gravidade.

Poderiam ter permanecido longos minutos considerando aquele prodígio, a despeito do alarme e das luzes frias piscando, mas os golpes repetidos provenientes do escritório ao lado não os animaram a ficar por ali. Samuel passou seu braço em volta dos ombros de Alicia e pôs a palma da mão no topo da pedra. Sentia ao mesmo tempo a pulsação do tempo poderosamente dentro dele e as vibrações que subiam do solo. Pressionou um pouco mais forte no topo abaulado da pedra e, no espaço de apenas um segundo, uma corrente de lava incandescente pareceu surgir das entranhas da terra, aspirando-os a ambos para um turbilhão de brasa.

Samuel foi o primeiro a recobrar os sentidos, com a sensação inusitada de não ter se movido uma polegada. Um pouco como se tivesse sido fulminado e depois ressuscitado no mesmo lugar. Levantou-se observando à sua volta: o porão da Livraria Faulkner recuperara seu aspecto normal, nada a ver com aquela orgia de néons e antiguidades que caracterizava os aposentos privados do pandit. A mesma lamparina irrigava com a mesma luz triste o mesmo banquinho amarelo e a mesma cama de acampamento. Muito menos chique do que o covil do Tatuado, mas muito mais aconchegante!

Debruçou-se sobre Alicia, que voltava a si com dificuldade de cócoras no cimento poeirento. Ajudou-a a se erguer, enquanto ela balbuciava.

— Onde... onde estamos?

— Na minha casa. Enfim, na casa do meu pai, no porão.

— Voltamos? Tem certeza?

— Tenho, voltamos.

Ela sacudiu a cabeça e, com os traços ainda transtornados pela intensidade da transferência, envolveu com os dois braços o pescoço de Samuel. Permaneceu assim por um momento presa nele, seu rosto enfiado em seu peito, sem falar nada. Desamparado, Samuel não sabia muito o que fazer, e, em vez de estragar tudo, contentou-se em abraçá-la mais forte por sua vez, fechando os olhos. Finalmente ela se desvencilhou dele, desviando o olhar.

— Preciso ligar para os meus pais — ela disse, aborrecida. — É hora de retomarmos o curso de nossas vidas, não acha?

Subiram ao rés do chão em silêncio e Samuel aproveitou enquanto Alicia telefonava para ir mudar de roupa em seu quarto e guardar suas coisas na sua mochila de judô. Quando ele juntou-se novamente a ela no corredor, ela desligava o aparelho.

— E aí? — interrogou-a.

— Meu pai não estava, mas falei com a minha mãe. Ela me disse, resumindo, que era o dia mais feliz da vida dela... Pelo menos, sei como agradá-la! Ela correu para o carro e está chegando.

— Ela estava muito triste da última vez que a vi — compadeceu-se Sam. — O que vai dizer a ela?

Alicia deu de ombros:

— A verdade. É o mais simples, não acha?

Lançou para Sam um olhar cheio de significado e este preferiu mudar de assunto.

— Ehh... eu também, preciso avisar meus avós. Dá licença?

Alicia cedeu-lhe o lugar diante do telefone e subiu para lavar o rosto no banheiro, enquanto ele discava o número de sua avó. Deixou tocar um tempão, pelo menos 12 vezes, mas sem resultado. Tentou de novo, uma vez, duas vezes, três vezes... Devia estar todo mundo pregado no sono.

— Posso pegar uma roupa emprestada? — Alicia interpelou-o lá de cima. — Se minha mãe me vir nesse estado, vai entrar em crise.

— No armário do meu pai — respondeu Sam —, primeiro quarto à direita. Tem um monte de roupas de linho, sirva-se.

A menina desapareceu e Sam tentou contatar novamente seus avós, mas novamente sem êxito.

Alicia desceu instantes mais tarde, vestindo o incontornável conjunto "viajante do tempo" de Allan Faulkner, os cabelos penteados e a tez mais luminosa do que ainda há pouco.

— Conseguiu falar com eles? — indagou.

Samuel perguntava-se que milagre fazia com que a camisa e a calça bege, que nele lembravam um vago pijama, nela parecessem um modelo de alta costura.

— Não responde — disse ele —, já insisti.

— Seus avós não são um pouco surdos?

— Tia Evelyn deveria estar com eles e ela ouve muito bem, até onde sei.

— E Lili? Já voltou?

— Faz seis dias que partimos, Lili só voltará da colônia mês que vem. Com ou sem ela, seja como for, Evelyn e vovó deveriam ter acordado. A não ser que tenham saído no meio da noite, mas isso francamente não combina com elas.

— Acha que há um problema?

— Não sei. Você ouviu o que dizia Rudolf agorinha?

— Bem... Só o fim. Quando ele falava da... da sua mãe.

— É, minha mãe — admitiu Sam num tom lúgubre. — Não foi um acidente, esse porco a matou. Mas tem outra coisa... Ele me explicou que depois da minha partida para Roma, a casa dos meus avós tinha sido consumida por um incêndio. E que eles estavam mortos.

— O quê! — exclamou Alicia.

— Um incêndio, poucos dias depois da minha partida. Então por que não seis, hein?

A garota arregalou olhos estupefatos:

— Você quer dizer que se for assim, justamente nesse momento...?

Um cantar de pneus na rua dispensou Alicia de formular sua terrível suposição. Correram ambos até a porta para receber Helena Todds, que saiu como uma bomba de seu carro e saltou literalmente até a escada da entrada para cair nos braços da filha.

— Alicia! Alicia, minha querida!

Cobriu-a de beijos, soluçando e rindo ao mesmo tempo.

— Mamãe, mamãe, acalme-se! Estou aqui! Sou eu!

— E você está bem? Eu estava tão preocupada! Você emagreceu, parece, não foi? Não a machucaram, pelo menos?

— Estou tão bem quanto poderia mamãe, fique tranquila. Graças ao Samuel, foi ele que me trouxe.

Helena Todds girou então na direção do adolescente, e, recomeçando a chorar, abraçou-o afetuosamente.

— Samuel! Você também voltou! Seus avós procuraram por você a semana inteira! Estavam juntos?

Samuel esquivou-se da pergunta para fazer aquela que lhe queimava os lábios:

— Justamente, meus avós, senhora Todds, tem notícias?

— Pois bem... Eles me ligaram ontem ou anteontem, não sei mais. Estavam bem, por quê?

Alicia e Samuel trocaram um olhar significativo.

— Precisamos levar Samuel até a casa dele, mamãe. Imediatamente.

— Deveriam primeiro ligar para eles! Tenho certeza de que iriam adorar se...

— Isso é muito importante — interrompeu-a Alicia. — Sam acha que eles estão em perigo.

— O quê! O que é que...

— Por favor, mamãe, me escute! Vamos até a casa do Samuel agora e, no caminho, eu conto tudo. Pode ser?

Helena Todds encarou-os sucessivamente, perplexa. Entretanto, diante da situação, deve ter julgado que era um mau momento para recusar-lhes o que quer que fosse e terminou cedendo. Entraram então no carro e Samuel afundou no banco de trás, prestando apenas uma atenção distraída ao relato que Alicia fazia sobre as circunstâncias de seu rapto. Sua mãe bombardeava-a com perguntas, soltava ahs! e ohs! indignados, enquanto Samuel, embalado pelas luzes que desfilavam por trás do vidro, esperava a todo instante ver um grande braseiro iluminando o céu de Sainte-Mary. Pois agora tinha certeza: o incêndio aconteceria realmente aquela noite! E o incendiário só podia ser Rudolf... Caso contrário, como explicar que ele tivesse fabricado uma moeda furada para ir a Sainte-Mary precisamente aquela noite? Manifestamente, o Tatuado escolhera reencenar com os avós de Sam o estratagema que dera tão certo com Elisa... No dia do drama — isto é, hoje! —, ele devia ter ido se pavonear bem longe do Canadá com o intuito de deixar para o seu duplo do futuro a missão de remontar o tempo a fim de cometer seu crime. Livrando-se dos Faulkner, ninguém o teria visto...

Mas, dessa vez, Samuel estava a caminho.

Agora era torcer para que não fosse tarde demais. No armário dos aposentos privados do pandit onde Samuel obtivera a moeda, a etiqueta da hora indicava: *meia-noite*. Ora, alguns minutos depois de sua aterrissagem na livraria, o relógio acima da porta já mostrava 0h34. Mais de meia hora de atraso...

— Temos que avisar a polícia imediatamente! — afligia-se Helena Todds. — O noivo de Evelyn, mas não é possível, em quem se pode confiar? E depois que a obrigou a entrar em seu carro, para onde ele a levou?

Alicia estava no ponto crítico em que devia convencer sua mãe de que viajara no tempo, mas nesse segundo entravam no bairro da avó de Sam e a atenção de cada um dirigiu-se para o alinhamento das casas na semipenumbra. Apenas os postes da rua desenhavam como que manchas claras ao longo dos jardins e apenas duas ou três janelas ainda estavam iluminadas.

— Parece tudo tranquilo, não acha? — murmurou Alicia.

— Estavam esperando o quê? — espantou-se sua mãe. — É quase uma hora da manhã, as pessoas dormem!

Samuel arriou o vidro para inalar o ar do lado de fora, mas não sentiu nenhum cheiro suspeito. O carro virou à direita a fim de pegar a aleia familiar ladeada por coníferas, e passou por um grande veículo preto que vinha na direção contrária a uma velocidade um tanto exagerada, com todos os faróis apagados.

— É o 4x4 de Rudolf! — rugiu Sam.

— O quê, Rudolf está aqui? — atarantou-se Helena Todds. — O que é que... O que devemos fazer?

— Precisamos continuar até a minha casa! — intimou Sam.

Ela acelerou e finalmente perceberam a casa dos avós de Sam a cerca de trinta metros à direita. Inusitadamente, as cortinas do andar térreo e do de cima estavam puxadas, mas distinguia-se na transparência uma espécie de claridade movente, como se vários aparelhos de televisão transmitissem um mesmo programa com as imagens saturadas de amarelo e laranja.

— Tarde demais — disse Sam —, ele já ateou fogo.

XXII

Fornalha

Helena Todds estacionou de qualquer jeito sobre a calçada e Samuel pulou para fora do carro:

— Chamem os bombeiros — gritou —, rápido!

— Não vá! — tentou segurá-lo Alicia. — O resgate logo estará aqui, quer morrer?!

Mas Sam já saltara por cima das flores de seu avô e corria recurvado até a porta de entrada. Enfiou sua chave na fechadura, mas ela se recusou a girar, bloqueada por alguma coisa. Então ele se precipitou para a janela da sala, pegando no caminho uma grande pedra, que atirou no vidro. Este estilhaçou e ele pôde passar a mão para agarrar a maçaneta e abrir o batente. Alicia, que vinha logo atrás, resvalou em seu ombro:

— Sei muito bem que não posso impedi-lo de fazer isso, Sam — sussurrou. — Mas, aconteça o que acontecer, quero que saiba que estou ao seu lado, OK?

Samuel acariciou sua face com a ponta dos dedos, depois passou pelo parapeito da janela, empurrando a cortina. Aquela parte da sala ainda não fora atingida pelo fogo, mas tinha-se a impressão de que uma caldeira roncava bem alto na casa, produzindo ao mesmo tempo um barulho de fole e de remotas crepitações. Voltando a cabeça para a entrada, Samuel viu labaredas saindo da cozinha e do corredor que dava nos quartos de Evelyn e de seus avós. Havia também um cheiro forte de gasolina, talvez proveniente da garagem... Sam pensou por um instante em acender a luz para enxergar melhor, mas temeu provocar um curto-circuito com um monte de consequências imprevisíveis.

— Vovó? — gritou. — Evelyn?

Ninguém respondia. Teria que atravessar as chamas... Sam puxou com todas as forças a cortina, que soltou do varal com uma série de estalos. Envolveu-se no pano como numa toga rezando para que fosse à prova de fogo ou alguma coisa do tipo.

— Evelyn? Vovô?

Todo mundo continuava dormindo.

Precipitou-se então para os quartos, sentindo a temperatura elevar-se à sua volta à medida que avançava. Uma fumaça ácida escapava da cozinha — provavelmente plásticos queimando —, e ele se viu obrigado a tapar a boca com a mão antes de entrar no corredor. Não enxergava muita coisa a não ser a vermelhidão das labaredas lambendo a parede e enegrecendo o papel de parede, sem porém obstruir a passagem. O início do incêndio, ainda... Curiosamente, Sam não estava tão incomodado com o calor como imaginara, como se os seus reiterados experimentos com a pedra o tivessem tornado menos sensível à fornalha.

Desferiu um pontapé na primeira porta entreaberta, a que correspondia à do quarto de sua tia.

— Evelyn! — esgoelou-se. — Evelyn!

Varreu o recinto com o olhar: o fogo começara no banheiro contíguo, onde vários frascos jaziam no chão, no meio de uma poça que se inflamara e se alastrara ao longo dos rodapés e sobre o carpete.

— Tia Evelyn!

Havia um grande chumaço de algodão perto do travesseiro e, inalando-o, Samuel identificou o cheiro enjoativo do clorofórmio... Rudolf deve ter esperado os Faulkner cochilarem e em seguida tratou de fazê-los dormir mais ainda! Sam então começou a esbofetear sua tia a fim de arrancá-la de seu sono artificial. Depois de três ou quatro tabefes, ela abriu os olhos e perguntou com uma voz pastosa:

— As torradas? Vocês deixaram as torradas queimar?

— Não é hora de comer, a casa está pegando fogo!

— A o quê...

Ela precisou de alguns segundos para despertar e dar-se conta da situação.

— Samuel — gemeu subitamente. — Fogo!

— Isso vai funcionar, tia Evelyn, cubra-se.

Desfez a coberta da cama e a envolveu nela.

— Não tire isso de cima de você — ordenou —, estará protegida. Venha!

Obrigou-a a se levantar e, apesar de seus protestos, fez-lhe atravessar a cortina de chamas que obstruía o vão da porta.

— Está tudo queimando! — berrou ela. — Tudo queimando!

Continuou a cacarejar por um instante, depois começou a tossir por causa da fumaça e só murmurou frases ininteligíveis entremeadas por soluços. Sem largá-la, Sam arrastou-a até a sala onde o fogo se aventurava agora para o lado das poltronas.

— Corra para a janela — intimou-lhe —, Alicia vai ajudá-la a sair. Vou procurar vovô e vovó.

Deixou-a prosseguir sozinha e voltou na direção dos quartos, tentando não respirar os eflúvios tóxicos que vinham da garagem e da cozinha. Atravessou em seguida o corredor vulcânico até o quarto do fundo, onde seus avós deviam estar dormindo.

— Vovó — berrou. — Vovô!

Ao entrar no quarto, percebeu instantaneamente o braseiro aceso em frente à cama: uma cesta de papel cheia de roupas e regada com gasolina ameaçava inflamar a colcha. Bem ao lado, Rudolf colocara um botijão de gás, do tipo que alimentava a churrasqueira do jardim. O incêndio não lhe bastava, seu plano era mandar tudo pelos ares... Samuel chutou vigorosamente a cesta tentando lançá-la na direção do chuveiro, antes de arremessar a carga de gás o mais longe possível. Na penumbra, seu avô estava sentado recostado no travesseiro, imóvel e silencioso, Sam precipitou-se para ele.

— Vovô, está tudo bem? Não podemos ficar aqui.

Donovan parecia apatetado, quase sem vontade, reagindo como um autômato aos esforços de Samuel para ajudá-lo a se levantar:

— Alguém gritou, não foi? — perguntou com uma voz ausente.

— Apoie-se na mesinha de cabeceira — encorajou-o Sam, depois que conseguiu colocar os seus dois pés no chão. — Vou cuidar da vovó.

Escalou a cama para se aproximar de sua avó e, com mil precauções, enfiou um braço sob seus ombros para soerguê-la. Beijou-a na face e começou a lhe sussurrar ao ouvido:

— Vovó, é Sam. Preciso que você acorde. Agora.

Ela balançou a cabeça antes de consentir em abrir um olho.

— Sam! — exclamou. — Meu Deus, Sam! Não estou sonhando, é você?

— Está tudo em chamas, vovó — respondeu, se esforçando para parecer tranquilo. — Temos de partir.

— Chamas, ora...

Apesar do estupor que perpassava sua entonação, ela se recobrou rapidamente e sua primeira providência foi se certificar de que Donovan continuava ali. Apontou em seguida para a janela à sua direita.

— Por aqui — indicou. — É o mais rápido...

Ao contrário do quarto de Evelyn, cuja janela era equipada com barras — o que Samuel sempre atribuíra ao seu medo doentio do mundo exterior —, dava para atravessar sem problema para o jardim pela do quarto de seus avós. Bastava passar a perna... Sam afastou as cortinas e escancarou os batentes. O ar frio do exterior fez-lhe uma espécie de carícia no rosto e lhe pareceu que alguém gritava seu nome em algum lugar.

— Samuel! Samueelll!

— Por aqui — fez ele. — Por aqui! Atrás da casa!

Enquanto sua avó contornava a cama para ir socorrer um Donovan completamente desorientado, Sam correu para pegar o botijão de gás e tirá-lo de circulação. Um risco a menos... Depois pegou o banquinho da penteadeira e recostou-o na parede para servir de estribo.

— Samueeelll!

Tia Evelyn emergia da penumbra do jardim, Alicia em seus calcanhares.

— Samuel — ela repetiu arfando. — Lili...

— Lili o quê?

— Ela está no andar de cima, no quarto dela!

— Lili está aqui?

— Está — lamentou-se Evelyn. — Ela voltou ontem. Foi ela que quis, disse que você nunca regressaria sem a ajuda dela!

Samuel sentiu um gosto ruim na garganta. Lili abandonara sua colônia de férias... E agora estava lá em cima, dormindo!

— Vocês chamaram os bombeiros? — indagou.

— Mamãe falou com eles há três minutos — respondeu Alicia —, devem estar chegando.

Devem estar chegando, claro... Só que o quartel ficava na outra ponta da cidade. E até eles entrarem em ação...

— Havia um botijão de gás no pé da cama — declarou Sam. — Temos que avisar eles quando chegarem, talvez haja outros. Vou resgatar Lili... Alicia cuide dos meus avós, tudo bem?

Houve imediatamente uma torrente de exclamações e advertências, mas Samuel não queria escutar nada. Percorreu de volta o caminho do corredor envolto em sua proteção improvisada. Um vapor asfixiante exsudava uma febre doentia por todos os seus poros. Quanto às labaredas, haviam redobrado de intensidade para o lado da cozinha e da sala e começavam a passar por debaixo da porta da garagem, o que não deixava pressagiar nada de bom, considerando que o carro de seu avô estava parado lá dentro...

Samuel lançou-se pela escada e alcançou sem dificuldade o andar de cima. Os dois quartos — o seu e o de sua prima — já estavam tomados pelo incêndio. Ele pensou em suas coisas, em seu computador, nas fotos de sua mãe em sua escrivaninha, em todos os elementos que constituíam sua vida cotidiana e que ele não veria mais...

Mas tudo isso não tinha nenhuma importância diante de Lili.

Avançou até o refúgio de sua prima respirando fundo. As cortinas do quarto consumiam-se com ruídos de papel de bombom e uma parte da estante desenhava clarões amarelos no teto à medida que os livros incandesciam. Felizmente, a cama ficava bem à direita da porta de entrada e Samuel constatou com alívio que não fora tocada pelo fogo. Levantou o edredom com um gesto brusco e descobriu Lili encharcada de suor, encolhida em posição fetal, com uma bola de algodão no nariz. Fez voar o chumaço embebido em clorofórmio e virou-a suavemente até ela ficar de barriga para cima. Estava toda mole, como uma boneca de pano... Se ao menos Rudolf não tivesse exagerado na dose!

— Lili? Lili, minha grande, precisamos sair daqui, rápido.

Sacudiu-lhe o ombro, mas ela permaneceu sem reação. Morta... Pegou então a garrafa na mesinha de cabeceira e despejou água no rosto — o que fez *pschzzz!* de vapor — e ela nem se mexeu. Com o canto do olho, tentou calcular o tempo de que dispunha para reanimá-la: o fogo aparentemente começara na cesta debaixo da escrivaninha, alastrara-se para as cortinas de trás, pulara para a biblioteca contígua e agora se preparava para devorar os pôsteres da parede, bem como o grosso tapete roxo ao pé da cama. Perto de uma pilha de revistas sob a janela, havia também uma forma escura e retangular. Outro botijão de gás, já cercado pelas chamas...

— Lili — ele repetiu sacudindo-a mais forte —, temos que ir. Você precisa de qualquer jeito...

BUM! As últimas palavras de sua frase saíram num tom tão elevado que lhe perfurou os tímpanos. Toda a casa começou a tremer em suas fundações e o quarto foi varrido por um sopro ardente. Instintivamente, Sam deitou-se sobre sua prima, sentindo o hálito incandescente da explosão em seus cabelos e sobre sua pele. Não levantou a cabeça senão depois de alguns segundos, quando as paredes pararam de vibrar e o ar recuperou um aspecto de imobilidade. Em torno dele, os lençóis, os móveis, o chão, tudo estava coberto por um fino pó cinza e uma chuva de partículas calcinadas esvoaçava no calor. Ele cuspiu a espécie de pó que lhe obstruía o nariz e a boca, depois levou suas mãos aos ouvidos: suas têmporas doíam como o diabo e ele não ouvia mais muita coisa, exceto um ruído de fundo, como chiado de rádio. Do lado da janela, deixando de lado a camada de entulho e os fragmentos de papel que dançavam aqui e ali, nada mudara: o fogo continuava a progredir em direção à cama, mas o botijão estava intacto. A explosão deve ter ocorrido em algum lugar no térreo, talvez na cozinha ou na garagem... No vão do corredor, aliás, via-se subir uma coluna de chamas reluzentes, sinal de que o incêndio desenvolvera-se no andar de baixo. Em todo caso, estava fora de questão esperar que uma segunda deflagração se produzisse, ainda mais a três metros de distância.

Samuel passou delicadamente seus braços sob o corpo inanimado de sua prima. Fez com que ela rolasse para a beira da cama, depois, agachando-se, ajeitou-a como pôde sobre seu ombro antes de se erguer fazendo uma careta. Lili pesava uma tonelada... Deu uns passinhos em direção à escada, seu precioso fardo apertado contra si. Os sons exteriores chegavam a ele de uma forma bizarra, como se ele tivesse um capacete antirruído nos ouvidos. Perguntou-se por um instante se não ficara surdo, mas esse pensamento logo foi expulso por outro, mais preocupante: o estado da escada, já que os últimos degraus eram consumidos pelas chamas e o acesso à sala estava seriamente comprometido... Não se distinguia mais o corredor que levava ao quarto de seus avós e uma fumaça negra asfixiante espalhava-se pelo ambiente. Sam hesitou em retroceder para aguardar os bombeiros, mas isso era expor-se a um perigo ainda mais considerável: o de ser pulverizado pela explosão do botijão de gás.

O que significava que, em último caso...

Sam concentrou-se e fechou os olhos. Lembrava-se perfeitamente do episódio perto da barraca de Diavilo, quando o mundo em torno de si parecera entrar na tecla *pause* e todas as fogueiras do acampamento pareceram se congelar. Cadenciar o tempo... Não seria essa a solução para atravessar o incêndio? Com a condição, claro, de ser capaz disso...

Obrigou-se a descer dentro de si mesmo, mas, mal começou a visualizar o movimento regular de seus ventrículos, a dor aguda que sentira nos aposentos do pandit transpassaram novamente seu tórax. Um prego que lhe cravavam no coração... Vacilou, mas o peso de Lili nos braços chamou-o às suas responsabilidades: não podia falhar. Concentrou-se cerrando os dentes e, apesar da dor, continuou a reduzir o seu ritmo cardíaco até obrigá-lo a confundir-se com a pulsação da pedra em seu âmago. Droga! Não conseguiria aguentar mais por muito tempo: faltavam-lhe forças para manter a concentração mais do que um punhado se segundos. Não tinha certeza de que aquilo bastasse para alcançar o ar livre.

Abriu os olhos. A casa tingira-se com uma infinidade de nuances de verde, com grandes feixes esmeraldas que pareciam suspensos no ar, desafiando elegantemente as leis da gravidade. Os móveis formavam como que manchas escuras na sala, o corredor dos quartos evocava uma espécie de túnel e as espirais imóveis de fumaça desenhavam ondas atormentadas no teto.

Sam desceu os degraus apoiando a coxa no corrimão para evitar cair. Chegou diante do mar de chamas que, embora aparentemente congelado, nem por isso deixava de expelir um calor sufocante. Colocou então sobre sua cabeça e a de Lili o cobertor, de que não se desfizera, depois avançou até o meio da fornalha prendendo a respiração. Cinco ou seis metros, sete no máximo, antes de alcançar a janela... Não percebia mais muita coisa do exterior, a não ser a temperatura do cômodo e aquela terrível impressão de que estavam dentro do micro-ondas. Mas o pior mesmo estava em seu interior... Com efeito, tinha que fazer um esforço sobre-humano para manter seu pulso no ritmo da pedra: seu músculo cardíaco latejava, tornando a cada segundo a sensação ainda mais intolerável. A dor começava também a se irradiar para o seu pescoço e seu braço esquerdo, e seu cérebro era obrigado a lutar para não ceder à vontade de desistir de tudo. Mas a vida de Lili estava em suas mãos. E essa ideia fixa, prevalecendo sobre seu sofrimento, guiava-o como um farol na noite.

Continuou a avançar através das ondas inertes de chamas e constatou com alívio que sua intuição estava correta: o calor continuava intenso, mas o fogo não tinha tempo de queimá-lo à sua passagem. Atravessou dessa forma o vestíbulo, com o peito beirando a implosão, reconheceu sob seus pés o tapete da sala, quase esbarrou na quina do sofá e dirigiu-se então para a esquerda, mas foi obrigado a parar de repente perto do porta-revistas. Alguma coisa espremia-se no seu peito... Não tinha mais a ver com a dor, era como um curto-circuito que lhe paralisava toda a parte superior do corpo e ameaçava reduzir seu coração a pó. Se ele não parasse de cadenciar o ritmo do tempo, aconteceria o pior, era inevitável. Entretanto, não lhe restavam senão uns dois metrinhos para alcançar a janela, e Lili continuava inconsciente no seu ombro. Se relaxasse a concentração agora, reativaria brutalmente o incêndio e ambos terminariam devorados pelas chamas. Dois metros...

Com um grito, Samuel arrancou-se da própria dor e se lançou à frente num sobressalto de raiva. Conseguiu dar um passo, depois dois, sentiu todo o seu ser enrijecer-se no momento de dar o terceiro e teve a sensação de que alguma coisa bloqueava-se definitivamente, como se o seu corpo simplesmente não mais lhe obedecesse. Percebeu ao longe o estalo do tempo que voltava a tomar conta do seu corpo e, quase simultaneamente, a última pulsação de seu coração, infinitamente longa, infinitamente deliciosa, como uma última liberdade. Seu cérebro escureceu e ele caiu de cabeça no chão, sem sequer sentir o peso de Lili desmoronando sobre ele.

Seu coração tinha parado de bater.

XXIII

Tia Evelyn

A morte era um sonho de peixe... Um universo líquido, tépido e sereno, onde Samuel movia-se sem mais entraves. Deslizava, seu corpo livre do fardo da gravidade, livre das mil dores que tivera de enfrentar sob sua forma terrena. O mundo à sua volta não passava de fluidos, o escoar e o rumorejar deliciosos da água... Havia decerto aquelas vozes, bem distantes, deformadas pela distância — a distância intransponível da vida? —, que ainda o chamavam da outra margem. Havia decerto aquelas mãos agitando-se sobre sua pele, em busca de um último sopro ou de uma centelha de consciência. Havia decerto aquelas luzes — ou melhor, aqueles clarões — que turbilhonavam no céu escuro como estrelas coloridas. Mas Samuel agora flutuava em outro lugar, isolado de tudo, definitivamente marinho. Ia juntar-se à mãe...

"Ele está indo, está indo...", berrava alguém no outro mundo.

Em seguida, alguma coisa roçou levemente em seus lábios. Alguma coisa infinitamente viva, que tinha o gosto de uma promessa. Um beijo... Um beijo de sol e de riso, um beijo de felicidade e de eternidade... Um beijo de vida. Julgou reconhecer o delicioso rosto de Alicia acima dele, mas provavelmente era apenas uma ilusão gerada pelo seu novo estado, pois na realidade seus olhos não distinguiam senão um vago nevoeiro colorido por manchas vermelhas e amarelas. Entretanto, o beijo prolongou-se, e Samuel teve a sensação de ser lentamente aspirado para fora de sua bolha aquática, como se uma força irresistível o arrancasse de seu novo paraíso. Percebeu então que recuperava a sensibilidade do corpo, e todas as dores que antes conseguira exorcizar voltavam a lhe fustigar, como uma inflamação brutal de todo o seu ser. Vergou sob o efeito da dor, tentou abrir a boca para respirar, não conseguiu, ficou talvez três ou quatro segundos em situação de asfixia e perdeu definitivamente os sentidos.

Sam voltou a si um tempo indefinido mais tarde. Seu espírito emergiu de um redemoinho confuso de imagens, onde se misturavam os rostos amados de sua família, os odiosos de Rudolf e do capitão Diavilo, cenas de pesadelo em que o incêndio competia com o dilúvio, flashes embaralhados de silhuetas brancas, macas e injeções, eflúvios de álcool e retinir de máquinas. Piscou os olhos para se acostumar com a luz verde dos néons e se viu deitado num leito de hospital, vestindo uma espécie de pijama de papel azul, o peito cheio de eletrodos e um cateter encaixado a um tubo no braço. Mexeu prudentemente as pernas e os dedos das mãos e sentiu que sua pele esgarçava nos lugares onde lhe haviam aplicado compressas de gaze. Apalpou por reflexo a zona do coração, mas a sensação de opressão intolerável que ele por diversas vezes sentira desaparecera. Aliás, não se sentia tão mal assim... Deu uma olhada para a bateria de telas e diodos que piscavam ao lado do leito e reconheceu num dos monitores a logomarca da clínica de Sainte-Mary. Lógico. Aquilo significava que ele não se achava muito longe de seu pai e que bastaria levantar-se para ir ao seu encontro...

— Que bom que você está melhor — disse uma voz às suas costas.

Samuel virou para trás. Alguém estava sentado deste lado da cabeceira da cama, na parte menos iluminada do quarto.

— Tia Evelyn? — ele se espantou. — Você está aqui?

— Estou aqui há dois dias — respondeu —, desde que o trouxeram para a clínica. Eu não queria perder o seu retorno à vida.

— Dois dias — repetiu Sam, menos surpreso com o tempo transcorrido do que com a solicitude inesperada de sua tia.

— Como está se sentindo? — indagou ela.

— É... bem. Tenho um pouco a impressão de ter sido engolido por um ônibus, mas, afora isso, acho que estou legal.

Evelyn ergueu sua cadeira para se aproximar de Sam, e, coisa inacreditável, colocou afetuosamente a mão sobre seu antebraço.

— O médico disse que você devia descansar, Sam. Você teve... você teve uma espécie de ataque cardíaco.

Sam recebeu a notícia franzindo os olhos.

— Uma espécie de ataque cardíaco? — repetiu.

— É, enfim... Pelo menos de acordo com os exames, você tinha todos esses sintomas. Mas o médico está confiante, acha que não ficará nenhuma sequela. O resgate apareceu na hora, você recebeu cuidados imediatamente, foi o que o salvou. Agora precisa recuperar as forças, OK?

Pela primeira vez em muito tempo, tia Evelyn não parecia odiar a humanidade inteira, nem seu sobrinho em particular.

Embora ainda pouco tenso, seu rosto se descontraíra e, pela maneira como ela se exprimia e sorria, parecia quase... maternal.

— Como vai Lili? — perguntou Sam. — E vovô e vovó?

— No caso de Lili, foi um pequeno milagre. Não sei como você fez no meio de todas aquelas labaredas e explosões, mas... Ela está incólume, sem o menor arranhão! Um milagre, realmente. Sua avó também vai bem, a não ser pelo incêndio da casa, naturalmente... Mas a família inteira mudou-se para a livraria, você vai ver, está um pouco engraçado. Seu avô, em compensação...

Hesitou por um instante antes de prosseguir:

— Ele ficou muito chocado. Aquele fogo tão violento, aquele despertar no meio da noite, sua casa reduzida a cinzas... Ele... ele não recuperou os sentidos.

— Ainda não?

— Digamos que ele está confuso. A clínica o manteve 24 horas em observação, sem resultado. A maior parte do tempo, ele permanece prostrado em seu leito, os olhos no vazio. E quando fala, não faz nenhum sentido.

— Não há nenhuma esperança de reverter esse quadro?

— Puxa, seu avô sempre foi forte, não é mesmo? Temos que lhe dar uns dias...

— E meu pai?

Tia Evelyn dissimulou seu embaraço, piscando os olhos.

— Tem altos e baixos. Não vou lhe dizer que ele está melhor, seria mentira. Mas enquanto houver vida, não é...

Samuel prometeu-se dar uma passada no quarto 313 assim que o libertassem de seus eletrodos. E se ninguém se decidisse a arrancá-los, ele mesmo se encarregaria disso.

— Há outra coisa que você deve saber — acrescentou tia Evelyn com gravidade. — Nessas últimas horas conversamos muito com sua avó e Lili e compreendi o quanto eu estava enganada a seu respeito. Devo-lhe desculpas, Samuel. Nem sempre me comportei direito com você, fui cega e injusta. Eu só enxergava pelos olhos de Rudolf, ai de mim! Ele tinha, como dizer... me enfeitiçado. Seu eu tivesse um pouco mais de juízo, nada disso teria acontecido.

No lapso de um instante, Samuel se perguntou se não estava realmente morto e se não se achava numa espécie de paraíso onde as tias Evelyn tornavam-se quase digeríveis. Entretanto, não, estavam bem vivos todos os dois e o arrependimento de sua tia parecia sincero.

— Rudolf, justamente — ele emendou. — Foi ele que provocou o incêndio, não foi?

Evelyn olhou para o chão.

— Eu me odeio, Samuel, você não imagina como eu me odeio! Não enxerguei nada, nada! Rudolf supostamente estava em Tóquio cuidando dos seus negócios, não devia voltar antes de quatro dias. E depois não é que ele desembarca no momento em que nos preparávamos para dormir, com os braços carregados de presentes, um para cada um... Ele, em geral tão calmo, parecia nervoso, exaltado mesmo. Se eu soubesse o que o agitava daquele jeito! Enquanto desembrulhávamos os presentes, ele insistiu para que provássemos uma espécie de bebida japonesa que ele trouxera, um xarope adocicado à base de leite e frutas, acho.

— Com um gosto bem forte para disfarçar o sonífero, suponho...

— Lili me chamou atenção para isso ontem — reconheceu amargamente Evelyn. — Depois disso, todos nós começamos a bocejar e fomos logo para a cama. Em seguida... Em seguida, lembro que o meu corpo estava tão entorpecido que caí como uma pedra no colchão.

— Depois que todos dormiram, foi fácil para essa gracinha do Rudolf entrar em ação...

— Os bombeiros detectaram seis botijões de gás — confirmou Evelyn —, mais o que explodiu na cozinha. Vinte minutos a mais e iríamos pelos ares junto com a casa.

— Mais nenhum Faulkner em seu caminho — resumiu Sam, pensativo. — Ainda assim me pergunto por que Rudolf tinha tanta necessidade de se livrar de vocês... Eu e papai, ainda vai, mas vocês?

— Ele provavelmente temia que eu começasse a falar. Que eu revelasse certas coisas. Refleti muito nessas duas últimas noites e cheguei à conclusão de que era a mim que ele queria e que o incêndio não tinha outra finalidade senão me matar. Eu e apenas eu...

Seus traços se endureceram e ela fez um esforço para não ceder ao que devia ser uma espécie de vertigem interior: o homem por quem ela havia sido apaixonada era o mesmo que quisera exterminar sua família.

— Para ser franca comigo mesma — disse ela —, devo admitir que de uns 15 dias para cá alguma coisa mudara entre nós. Ele, sempre tão solícito, tão atencioso, tornara-se distante, quase indiferente. Como se não precisasse mais de mim.

— Como assim?

Ela balançou tristemente a cabeça, assombrada por suas recordações.

— É uma história estranha, Samuel... Durante todo esse período em que vivemos juntos, acho que Rudolf me usou, só isso. Ele não me amava, apenas me manipulava. Qualquer um no meu lugar teria se dado conta disso, provavelmente. Só o prédio de Chicago...

— O prédio de Chicago? — ecoou Sam. — Que história é essa de prédio em Chicago?

— A sede da Arkeos. Oficialmente, essa sede é em Nova York, mas, na realidade, o casarão que abriga os escritórios e onde Rudolf mora fica em Chicago. E tem mais, era nesse lugar que moravam antigamente seus bisavós maternos. Aliás, isso devia ter me deixado com a pulga atrás da orelha, por sinal...

Samuel perguntou-se se o seu acidente cardíaco não o privara dos neurônios indispensáveis ao funcionamento mínimo de sua inteligência.

— Desculpa, tia Evelyn, mas não estou entendendo bulhufas.

— Pois bem... Quando Rudolf e eu viajávamos, era quase sempre para a sede de Chicago que íamos. Rudolf armazenava lá a maior parte de suas antiguidades e era de lá que administrava os negócios.

Chicago, refletiu Sam. O quartel-general de Rudolf a uma hora de avião de Sainte-Mary... Será que fora para lá que ele levara Alicia após tê-la sequestrado?

— E qual a relação entre a sede da Arkeos e meus bisavós, por favor?

— Os pais da sua avó instalaram-se nesse prédio no início dos anos 1930. Estranha coincidência, não acha? Na época, o casarão acabara de ser construído e oferecia todo o conforto moderno. Foi lá que sua avó passou a infância. Ela permaneceu lá até a adolescência, quando arranjou um emprego na mercearia Faulkner e se apaixonou pelo seu avô... Isso explica, quando Allan e eu éramos pequenos, termos passado vários domingos brincando no quintal desse prédio. E foi num desses domingos, justamente, que Allan me levou até a casa das máquinas e aconteceu uma coisa horrível...

Ela sentiu um arrepio, como se imagens insuportáveis viessem à tona.

— Sabendo o que eu sei agora — esclareceu —, depois do que Lili me contou sobre suas viagens no tempo e tudo o mais, terminei achando que uma parte do destino dos Faulkner foi decidida naquele dia. Aquele maldito dia em que Allan teve a ideia de se aventurar por lá... Era tentador, devo reconhecer: sempre nos proibiram de frequentar o subsolo. Por causa da enorme caldeira e das torneiras de água fervente. Mas naquela tarde a porta estava aberta e Allan me convenceu a ir com ele. Descemos as escadas com o coração aos pulos, nos perdemos um pouco entre as adegas, depois demos com a imensa sala das máquinas, onde improvisamos uma brincadeira de esconde-esconde. Foi procurando um esconderijo que Allan descobriu um buraco atrás dos sacos de carvão. Escavando um pouco com a luz da nossa lanterna, abrimos uma passagem por onde podíamos nos esgueirar. O túnel desembocava um ou dois metros depois num recinto cheio de entulho, papéis velhos, ratos mortos e outras imundícies. Havia até restos de ossadas num canto e, bem ao lado, uma pedra de forma abaulada. Com um círculo gravado e riscos bizarros...

Samuel apoiou-se em seu travesseiro e os bip-bips da máquina que monitorava seu coração aceleraram-se bruscamente.

— Tinha uma pedra esculpida embaixo do casarão da vovó?

Evelyn balançou a cabeça:

— Allan batizou-a de "pedra grande". Estava fascinado, não há outra palavra... Quanto a mim, a pedra me atormentava, eu via algo de maléfico nela, com aqueles ossos e dejetos em volta. Insisti para que fôssemos embora dali e ameacei contar tudo aos nossos pais, mas Allan não queria ouvir. Quase brigamos, e, cansado de discutir, ele me intimou: "Se quer voltar, vá sozinha!" Apagou a lanterna e ouvi-o se afastando e rindo. Tentei alcançá-lo, mas o túnel era profundo e estava tudo escuro! Comecei a entrar em pânico, a andar em círculo, a chorar... Fiquei lá uma eternidade, com a impressão de que ratos corriam por entre as minhas pernas, de que um esqueleto preparava-se para pular em mim e de que a pedra malfazeja tentava me engolir. Achei que tinha enlouquecido...

Tia Evelyn estava lívida. Suas mãos tremiam, seu olhar estava parado e Samuel achou que ela estava hipnotizada.

— Me diga uma coisa — falou Sam para amenizar o clima. — Papai voltou para buscá-la não foi?

— Voltou, sim. Mas tarde demais, o mal estava feito. Fiquei com os nervos frágeis desde então: às vezes basta um nadinha para eu mergulhar em estados de pânico absurdos. Sei muito bem que não passava de uma brincadeira de criança, que Allan tinha apenas 10 anos e que não fazia por mal... Não importa, aquilo me traumatizou.

— E... e Rudolf, como ele aterrissou nesse casarão?

— Rudolf? Misterioso como sempre, nunca tocou nesse assunto comigo... Tudo que sei é que, depois da morte dos pais de sua avó nos anos 1970, o apartamento deles foi vendido. Quanto ao resto, há quatro ou cinco anos Rudolf comprou o prédio e fez obras consideráveis antes de ocupá-lo.

— Você perguntou a ele o que ele fez com a pedra grande?

— Ele mentiu dizendo que ignorava sua existência e que os operários deviam tê-la destruído quando fizeram o aterro do estacionamento. Eu não tinha senão uma vaga ideia de onde ela se situava e eu devia realmente ter ido verificar.

— Que mentiroso! — exaltou-se Sam. — Claro que ele ficou com a pedra! Esta é inclusive a única razão que o fez se interessar pelo prédio! Graças a ela, podia passear no tempo e abastecer a Arkeos com todo tipo de objetos de valor!

— Lili teve a mesma reação — admitiu Evelyn. — E, além disso, de tanto discutir o assunto com sua avó, descobrimos outra coisa. Outra coisa que diz respeito a você...

Samuel franziu o cenho e incentivou-a a prosseguir.

— Depois da viagem de vocês a Pompeia, você e Lili estiveram em Chicago, não foi? Num canteiro de obras onde estavam demolindo casas?

— É, sim... Uma retroescavadeira estava inclusive prestes a soterrar a pedra esculpida que havíamos levado conosco e não pudemos fazer nada para impedir.

— Sua avó e Lili procuraram mapas antigos da cidade na Internet. Sua avó é taxativa: foi exatamente naquele lugar que foi construído o casarão onde ela passou a infância...

Samuel arregalou os olhos e o aparelho que media suas pulsações cardíacas excitou-se ainda mais.

— Você está dizendo que desembarcamos expressamente no canteiro de obras onde eles se preparavam para construir a casa da vovó?

Ela assentiu com a cabeça:

— Daí eu ter sugerido que o destino dos Faulkner estava ligado a essa rocha maldita.

— Incrível! — exclamou Sam. — Então todos nós temos alguma coisa a ver com essa pedra! Desde o início! Você, vovó, papai, Lili, eu... Até Rudolf! — exaltou-se. — Sim, claro, até Rudolf! Quando desembarcamos em Chicago em 1932, tinha um carro com a logomarca da Arkeos bem perto das obras. Dei uma olhada: tratava-se da caminhonete de uma loja de antiguidades. Uma loja que pertencia a Rudolf, justamente... O que significa que ele estava sabendo da pedra!

— Ele tramou tudo — reforçou Evelyn —, desde o início. Em retrospecto, fica tudo claro.

— E... em momento algum você desconfiou de alguma coisa?

— Rudolf tinha um lado misterioso, fazia parte do seu charme...

— Por outro lado, você disse que foi usada, não é?

— Pois bem... Acho que na verdade ele me usou para se aproximar de Allan. Para vigiá-lo, conhecer os detalhes da vida dele, não sei... Rudolf sempre me fez muitas perguntas sobre a minha família. Ele garantia que falar dos meus problemas me ajudaria a superá-los, um pouco como uma terapia. Ao mesmo tempo, o que é estranho, recusava-se categoricamente a ser apresentado a seus avós. "Mais tarde", ele me respondia, "quando nós dois estivermos mais firmes." Na verdade, ele temia que Allan se deparasse com ele e o reconhecesse, mas eu não podia presumir. Por sinal, foi só depois do desaparecimento de Allan que ele aceitou aparecer lá em casa.

Efetivamente, Samuel tinha esquecido um pouco esse detalhe, mas só conhecera fisicamente Rudolf um mês antes. Até então, Rudolf não passava de um nome sem rosto que volta e meia Evelyn mencionava e que parecia pertencer a um executivo superocupado cujos negócios internacionais o mantinham distante de Sainte-Mary.

— E quando vocês dois iam à sede da Arkeos — perguntou —, o que faziam exatamente?

— Em geral, Rudolf trabalhava em seus escritórios e eu o esperava em seu apartamento no último andar. Eu não tinha muita coisa para fazer, tinha apenas que ficar pensando nele...

— O quê?

— Pensando nele, é, só isso. Aliás, era impossível não fazer isso, havia retratos dele em tudo que é canto! Ele dizia que saber que eu estava nas proximidades ajudava-o a se concentrar e ter as ideias mais claras. Como se eu lhe enviasse fluidos positivos... Aquilo me parecia tão romântico! Como pude ser tão obtusa...

— E por acaso — continuou Sam, sem deixar transparecer nada — aconteceu alguma coisa recentemente que explicasse a mudança de comportamento de Rudolf?

— Como saber? Ele apenas se tornou... distante. Devíamos ir a Nova York há dez dias, mas na última hora ele quis tomar o avião, supostamente porque tinha um cliente importante para visitar. Encontrou comigo lá dois dias depois, mas estava com a cabeça longe. A partir desse momento, ele...

Evelyn foi interrompida pela porta do quarto abrindo-se abruptamente. Um médico idoso com um bigodão branco entrou, seguido por uma enfermeira empurrando o carrinho. Ambos avançaram direto até a cama.

— Você tinha razão, Janet — declarou o médico sem sequer se apresentar —, os monitores não mentiram, nosso herói realmente acordou!

Aproximou-se de Samuel, observando os algarismos que piscavam nos diferentes aparelhos, depois pegou seu braço para medir o pulso. Com sua cabeleira grisalha desgrenhada, seu bigode e seu aspecto de cachorro velho, parecia um Einstein prestes a resolver uma complexa equação.

— Mmm! — resmungou —, ainda está irregular, mas já está bem melhor. Como se sente, menino?

— Ahn... em plena forma — respondeu Samuel, esperando obter autorização para se levantar rapidamente.

— Ótimo, ótimo — alegrou-se o médico. — Temos apenas que fazer os exames complementares, então... E a senhora, madame — acrescentou dirigindo-se a Evelyn —, deveria descansar, parece exausta. O mocinho se safou, não tema nada. A menos que não aguente as injeções, naturalmente!

Um tilintar no carrinho chamou a atenção de Sam. A enfermeira Janet estava em vias de encaixar numa seringa uma agulha impressionante que parecia saída direto de um filme de terror — *A clínica infernal do Dr. Einstein*, por exemplo. E Samuel odiava injeções... Instintivamente seus músculos se retesaram com a ideia de que dez centímetros de metal iam penetrar na sua carne e vasculhar-lhe as veias. Havia momentos na vida em que era melhor estar morto...

XXIV

Anestesia

Como anunciara o Dr. Einstein — Hawk era seu nome verdadeiro —, Samuel permaneceu 48 horas em observação na clínica de Sainte-Mary. Grande parte de seu primeiro dia foi dedicado a diversos exames, entre eles um teste de esforço numa bicicleta que não revelou nenhuma anomalia preocupante, mas arrancou do velho médico um rosário de suspiros dubitativos:

— Realmente muito bizarro...

Samuel não ousou perguntar-lhe o que havia de tão bizarro no resultado com medo de saber a verdade sobre seu coração, ainda mais se essa verdade pudesse impedi-lo de realizar o que tinha que realizar...

Entre duas idas e vindas ao setor de radiologia, teve em contrapartida a boa surpresa de reencontrar Isobel, a enfermeira que se mostrara tão atenciosa quando ele a conheceu na cabeceira de seu pai e se oferecera para conversar com ele caso se sentisse muito infeliz. Ela parabenizou-o por sua bravura durante o incêndio e, provavelmente emocionada com aquele capricho do destino, voltou diversas vezes para se certificar de que Sam passava bem. Ele se aproveitou disso para lhe fazer umas perguntas e terminou obtendo algumas respostas úteis, sobretudo no que se referia à saúde de Allan. Isobel admitiu com muita franqueza que seu coma na verdade se agravara nesses últimos dias e que ele dava a impressão de mergulhar ainda mais profundamente nos abismos da inconsciência. Em contrapartida, afirmava de boa vontade que esse tipo de patologia era imprevisível, e que não era raro que pacientes como ele voltassem bruscamente à vida. O que para Samuel significava duas coisas: seu pai ainda podia ser salvo e era preciso agir com rapidez...

No dia seguinte, uma parte da manhã ainda foi dedicada a uma nova bateria de exames e foi só no início da tarde que Sam, enfim livre de seus fios e seu cateter, pôde sentir um gostinho de liberdade. Preparava-se para atravessar a clínica e ver seu pai, quando a porta do quarto se abriu e a cabecinha de Lili emoldurou-se no vão. Vendo seu primo de pé, precipitou-se para beijá-lo:

— Sammy! — exclamou. — Estou tão contente, Sammy!

Abraçou-o, quase o sufocando.

— Ei — ele protestou —, não esqueça que está lidando com um convalescente! Quer acabar comigo, ou o quê?

— Sammy, você me salvou! Você subiu lá em cima em meio às chamas, me levou até o salão apesar das explosões, você...

— Tudo bem, tudo bem! — ele interrompeu-a. — Sou um super-herói, OK, mas numa versão supermodesta! Depois, no meu lugar, você teria feito a mesma coisa. Lembra-se quando aterrissamos na pré-história e me vi prisioneiro daquela espécie de tribo hirsuta? Quem teve a presença de espírito de se disfarçar com um crânio de urso para me salvar a pele? Você, não foi? Então...

Lili balançou a cabeça como se ele falasse tolices, mas seus olhos brilhavam de emoção e alegria misturadas.

— Estou tão feliz que você seja meu primo, Sammy... E realmente é muito bom vê-lo em forma de novo!

— Não tenho certeza de que o Dr. Hawk seja da mesma opinião, ai de mim! Ele passa o tempo todo me submetendo a exames como se eu estivesse doente.

— Hawk é aquele de cabelos grisalhos e bigode, não é? Ele disse à minha mãe que você estava com bradicardia.

Ela pronunciara a palavra com certa empáfia, como lhe acontecia quando seu lado sabichona ressurgia à sua revelia.

— Bra o quê?

— Bradicardia... É um distúrbio do ritmo cardíaco, quando o coração tende a diminuir o ritmo além da conta. É provavelmente por isso que ele continua com as análises.

— E a bradicardia é perigosa para os super-heróis? — perguntou Samuel, que tinha uma suspeita sobre a origem do problema.

— Segundo mamãe, o médico não parecia preocupado. A não ser pelo fato de que, em você, isso é bem espetacular, parece. Talvez seja isso que o intrigue.

— Então que ele se contente em ficar intrigado — retorquiu Sam —, não sinto a menor vontade de servir de cobaia indefinidamente. Mudando de assunto, como está o vovô?

— É como se tivesse perdido o juízo — suspirou ela. — Não sabe nunca onde está, nem que horas são, nem se precisa acordar ou dormir... Dá a impressão de estar longe.

— Mmm! — fez Samuel com gravidade. — Esses últimos dias não devem ter sido fáceis para ele. O incêndio da casa, o coma do papai, os desaparecimentos ora de um, ora de outro... Qualquer um teria pirado no lugar dele.

— Espero que você tenha razão — disse ela sem nenhuma convicção. — Enquanto isso...

Ela abriu a grande bolsa multicolorida que usava a tiracolo sobre seu vestidinho amarelo.

Tirou um livro grosso um tanto chamuscado, cuja capa vermelha estava estufada e com vários riscos de carvão e sulcos de umidade.

— O Livro do Tempo! — exclamou Sam. — Você... você o resgatou!

— No fundo do seu armário. Queimou, infelizmente, e também molhou quando os bombeiros entraram. Apesar de tudo, algumas passagens ainda são legíveis.

Samuel pegou o volume em suas mãos com delicadeza. Cheirava ao mesmo tempo a queimado — Samuel teria dito carne queimada, como se fosse um ser vivo —, mas também a umidade. Um pequeno cadáver machucado exumado dos escombros... Ficou um longo minuto a considerá-lo, sem poder exprimir o que sentia de verdade. Um sacrilégio, talvez fosse essa a palavra que se encaixava melhor. Haviam maculado e destruído um objeto sagrado insubstituível. E ele, Samuel, que tinha sua guarda, não fora capaz de defendê-lo.

Abriu o que restava do livro e começou a percorrer as páginas deterioradas e rachadas, algumas das quais se reduziam a uma fina cinza negra assim que se tocava nelas.

— Mais para o fim — sugeriu Lili.

Os últimos cadernos, efetivamente, estavam em melhores condições, ainda que o texto frequentemente desaparecesse sob manchas escuras e o papel tivesse ficado com uma cor caramelo que dificultava sua leitura. Graças às páginas duplas idênticas, entretanto, era possível reconstituir pelo menos o título, *O Ano I da Igreja das Sete Ressurreições*, bem como fiapos de frases aqui e ali: *...o nascimento de uma nova religião* *cujo sucesso foi tão fulminante que...; ...o pandit ainda espera viver mil anos para dar à sua obra a dimensão universal que lhe permitirá ingressar na eternidade; ...Sainte-Mary tornou-se assim a capital de uma fé no tempo e na história que supera tudo que já se...*, etc.

— O que acha disso? — perguntou Sam, após ter decifrado aquele trecho.

— Isso dá a impressão de que Rudolf ganhou, não é? — declarou Lili com tristeza. — Alicia me explicou o que vocês viram no futuro. O canteiro de obras da Igreja das Sete Ressurreições, o museu que Rudolf mandou construir, os artigos onde ele explica o que pretende fazer com essa espécie de seita... A nos basear no que está no Livro, diríamos que ele foi bem-sucedido, não acha?

— É, parece que sim... Ele se fez passar por uma espécie de guru do tempo. E milhares de pessoas acreditaram nele, centenas de milhares talvez. Exatamente o tipo de coisa que Setni queria evitar...

— Minha mãe se odeia por tudo isso — declarou Lili, após uma hesitação. — Enfiou na cabeça que, se tivesse sido mais perspicaz, poderia ter evitado esse desastre. E se, por uma desgraça qualquer, você não tivesse voltado à vida, acho que ela nunca iria se recuperar.

— Conversamos muito sobre isso ontem — reconheceu Sam. — Isso nos... digamos que isso nos aproximou um pouco.

Lili balançou a cabeça:

— De toda forma há alguma coisa que me incomoda a respeito dela e de Rudolf. Na sua opinião, porque ele teve necessidade de se fazer passar por noivo dela? Admito que ela tenha servido de fonte de informações sobre Allan ou sobre você, mas daí a viverem praticamente juntos... O que isso lhe proporcionava? Não lhe parece estranho?

Samuel concordou. Mais uma vez sua prima colocara o dedo num aspecto do caso que, mesmo parecendo secundário, nem por isso deixava de ser menos intrigante. Qual o interesse de Rudolf em levar sua relação com Evelyn tão longe, quando poderia perfeitamente ter-se mantido distante? Sam pensara nisso nas últimas horas e julgava ter encontrado uma resposta.

— É porque ela é sua mãe — deixou escapar de maneira sibilina...

— Essa é uma boa razão, realmente! — ela se zangou.

— Melhor do que você pensa! Por exemplo, será que pode me explicar por que você voltou da sua colônia de férias há quatro dias?

Lili franziu o cenho.

— Pois bem... Em primeiro lugar porque a comida era horrível e depois porque você estava desaparecido há uma semana e eu tinha a nítida impressão de que, sem mim, você nunca voltaria ao seu presente.

— E sou muito grato a você por ter sacrificado suas férias — ele agradeceu. — É muito valioso para um viajante do tempo ter por perto alguém capaz de trazê-lo de volta ao ponto de partida exclusivamente pela força do pensamento...

Lili arregalou os olhos, percebendo de repente aonde ele queria chegar:

— Uau! — exclamou. — Você quer dizer que minha mãe também pode...?

— Claro! Lembre-se das palavras de Setni... Esse dom excepcional que possui é transmitido de mãe para filha!

Lili ficou boquiaberta.

— E era por isso que Rudolf não queria mais abandonar sua mãe! — insistiu Sam. — Porque ela lhe permitia voltar com segurança à sua época de origem... Com muito mais facilidade do que com sua tatuagem e o símbolo de Hathor! Bastava levá-la para seu QG em Chicago e pedir-lhe para esperá-lo pensando nele. Rudolf então só precisava servir-se da pedra com toda a tranquilidade!

— Mamãe também... — repetiu Lili, como se tivesse dificuldade para se convencer.

— E a mesma coisa com a vovó — reforçou Sam. — Eu apostaria que foi ela que transmitiu esse dom a Evelyn... Isso explicaria os sonhos recorrentes que tinha quando papai era prisioneiro do Drácula: ele lhe aparecia numa espécie de bruma, em meio a cenários estranhos, para lhe dizer que não estava morto. Provavelmente por causa desse elo especial que ela tem com a pedra...

— Se estou acompanhando bem, isso significaria que a vovó herdou toda essa capacidade de sua própria mãe?

— Isso seria lógico — admitiu Sam. — Mas há uma outra hipótese: o prédio de Chicago.

— O prédio de Chicago?

— O que eles estavam prestes a construir quando desembarcamos lá em 1932. Aquele para o qual os pais da vovó se mudaram... A pedra esculpida estava soterrada em algum lugar no subsolo, Evelyn te contou?

— Ela ainda estava tremendo.

— Pois bem... Eu me pergunto se não foi por ter passado a juventude inteira lá que ela desenvolveu esse dom. Por causa da proximidade com a pedra.

— Uau! Você quer dizer como se ela tivesse sido coberta pela irradiação da pedra ou algo desse tipo? E que isso fosse transmitido de geração a geração, pelas mulheres?

— Não tenho nenhuma prova... Mas concordo inteiramente com Evelyn quando ela afirma que toda a história de nossa família está ligada a essa pedra.

— E Rudolf, você acha que Rudolf poderia estar ciente de tudo isso?

— Boa pergunta... De que maneira ele soube que sua mãe tinha esse dom? Ele sabia disso antes de conhecê-la? Mistério... Do que tenho praticamente certeza, em compensação, é do que aconteceu há dez dias, quando as coisas começaram a degringolar entre eles. Evelyn me sugeriu que Rudolf mudara de atitude, como se tivesse ficado indiferente. Na verdade, acho que, a partir desse momento, ele simplesmente não precisava mais dela: ele acabava de se apoderar do Círculo de Ouro na casa da velha Srta. Mac Pie, podia se virar sozinho!

— O Círculo de Ouro, claro! Alicia me contou que a velha Mac Pie roubara-o da sua mãe! E que talvez fosse até culpa dela...

Ela parou de repente, consciente de que estava a dois dedos de cometer uma terrível gafe.

— ...culpa dela o fato de minha mãe ter morrido? — completou Sam. — Isso me passou pela cabeça, sim. Se a Mac Pie não tivesse roubado o bracelete, mamãe poderia tê-lo entregue a Rudolf quando ele foi lá em casa para pôr as mãos nele. Eles não teriam brigado, ele não a teria atacado e... Mas, no fim das contas, foi Rudolf quem a matou, não foi? Então há apenas um único culpado aqui — decidiu.

Instalou-se um silêncio opressivo, enquanto Samuel tentava expulsar de seu cérebro imagens de luta, de cabeça batendo na quina de uma mesa, de carro despencando colina abaixo dando várias capotadas.

— Quando desci ao porão — continuou Lili, sussurrando —, vi as moedas que você trouxe do futuro. Principalmente as de 11 de julho, o dia em que sua mãe... desapareceu. Sua intenção é salvá-la, não é?

Samuel fixou um ponto invisível na parede do quarto.

— Vou tentar — acabou admitindo. — Não posso deixá-la morrer desse jeito, assassinada por Rudolf. Seria muito injusto. E depois vou trazê-la para cá, para nossa época. Isso pode ajudar papai a recuperar o gosto pela vida.

Lili avançou um passo e pegou sua mão como se ele fosse uma criança que o sofrimento fazia delirar.

— Imagino muito bem o que está sentindo, Samuel, mas não pode fazer isso. Ainda há pouco você falava de Setni.... Há um ponto no qual ele foi categórico: voltar a um lugar e a uma época onde você mesmo viveu é um ato suicida. "Não pode haver dois espíritos idênticos no mesmo lugar e na mesma época", eis o que ele afirmou! E esclareceu: "Se isso viesse a acontecer, a alma se consumiria inexoravelmente, como que golpeada pelo raio." Você entende o que isso significa, Sammy, não é mesmo? Se voltasse à Sainte-Mary de três anos atrás, você não teria tempo nem de abrir os olhos: morreria!

Samuel despregou seu olhar da parede.

— Existe um meio — disse ele, pesando cada uma de suas palavras —, um meio que o próprio Setni nos indicou. Quando ele apontou o perigo que havia em voltar ao seu próprio passado, acrescentou o seguinte: "A menos que o viajante seja mergulhado num transe hipnótico ou sono mágico." Estou enganado?

— Não está enganado não, lembro muito bem. E aí? Vai me fazer acreditar que você também tem superpoderes em matéria de sono mágico ou transe hipnótico? Você nem sabe o que isso quer dizer!

— Bem... Imagino que se trate de uma espécie de estado mental artificial em que a consciência é alterada. E que, num estado desse tipo, o espírito fique suficientemente adormecido ou modificado ou sei lá o quê para não ser mais ele mesmo.

E, por conseguinte, não mais completamente idêntico ao espírito gêmeo com que se vê confrontado... Talvez seja isso que o salve. Pelo menos, é o que espero!

— Que gracinha! E espera fazer isso com essa bela teoria? Se empanturrar de soníferos antes de partir? Para chegar lá quase nocauteado? Rudolf vai deitar e rolar em cima de você!

— Não preciso tomar soníferos, Lili. Na verdade, no momento em que minha mãe foi assassinada, eu já estava dormindo. Ou melhor, o Samuel da época já estava dormindo. Anestesiado para ser exato... *Pois foi naquela tarde que fui operado da apendicite!*

— A apendicite! — balbuciou Lili, pasma. — A apendicite! Eu não tinha pensado nisso! Mas... mas como pode ter certeza de que os horários correspondem, entre a anestesia e... e o que aconteceu com sua mãe?

— Eu me informei, ora essa. Tem uma enfermeira na clínica, Isobel, ela é superatenciosa comigo. Aceitou dar uma olhada na minha ficha médica nos arquivos. De acordo com o relatório pós-cirúrgico, entrei na sala de cirurgia em 11 de julho às 14h30 e saí da sala de reanimação por volta das 16h30. Sem contar que, segundo ela, os efeitos da anestesia devem ter se estendido por pelo menos uma boa hora. Em outras palavras, entre 14h30 e 17h30, tudo indica que o Samuel da época estava flutuando numa espécie de sono artificial. Do tipo daquele evocado por Setni... O que me dá tempo de avisar minha mãe e salvá-la.

— Tudo bem, mas... e as moedas de Rudolf? Serão confiáveis? Será que você não vai aterrissar em Sainte-Mary uma hora mais cedo ou mais tarde, e terminar, apesar de tudo, pulverizado pelo raio ou sei lá que outra maldição divina?

— Fique tranquila, Lili, as moedas de Rudolf parecem funcionar. Na que Alicia e eu utilizamos para retornar a Sainte-

Mary estava escrito: *meia-noite*. Ora, chegamos à livraria por volta de meia-noite e meia. Não é uma precisão suíça, mas não deixa de passar perto! Quanto às duas moedas de 11 de julho que peguei no armário do pandit, uma estava marcada dez horas e a outra 15 horas. Estou convencido de que foi esta última que Rudolf utilizou. A polícia descobriu o carro da mamãe capotado no morro por volta das 17 horas, tudo então aconteceu obrigatoriamente um pouco mais cedo durante a tarde. Ou seja, no lapso de tempo em que eu estava anestesiado... Em suma, se eu resistir à viagem, talvez possa impedir tudo isso.

— E se conseguir, vai tentar convencê-la a vir com você para o seu presente?

— Em todo caso, é melhor do que morrer no passado.

— Concordo... Mas Setni também lhe disse que era preciso evitar a todo custo mudar o curso do tempo, não foi? Sob o risco de provocar catástrofes inimagináveis. Decidindo salvar sua mãe, você se dá conta do perigo que corre?

— Também pensei nisso — respondeu Samuel, cuja massa cinzenta funcionara freneticamente durante os exames do Dr. Hawk. — Na realidade, voltando três anos atrás, não vou bagunçar com o passado... Ao contrário, vou restaurá-lo!

— Ouvi bem?

— É muito simples! Esse passado de que falamos, o que viu minha mãe morrer... Ele não é o verdadeiro passado, é um passado já transformado por Rudolf!

— Pode ser mais claro?

— Perfeitamente! Na realidade, o Rudolf que bateu na minha casa nesse 11 de julho para pegar o Círculo de Ouro chegava do futuro. Provavelmente não de muito longe, uma semana ou duas... O que permitia ao Rudolf da época — vamos chamá-lo de Rudolf 1 — ir mostrar-se no mesmo momento num lugar bem à vista longe do Canadá e forjar um álibi inquebrantável. O que também pressupõe que existia antes uma versão desse passado sem a intervenção do Rudolf do futuro. Uma primeira versão em que Rudolf 1 contentara-se em ir passear no outro lado do mundo. E nessa sequência original, por definição, mamãe não estava morta! Em seguida, alguns dias depois, Rudolf 2 entrou em cena. Retrocedeu no tempo até 11 de julho graças a uma das moedas que eu resgatei, e lá, então, atacou a minha mãe. Ele de certa forma apagou a sequência original em prol de uma segunda sequência, abominável, em que ele a matou. O que significa que, salvando minha mãe, não modifico efetivamente o passado, compreende?, e sim restabeleço-o em sua primeira versão! Uma versão em que mamãe jamais deveria ter morrido!

Uma centelha de admiração brilhou no olhar de Lili. Estava prestes a objetar alguma coisa quando uma música maluca ressoou no fundo de sua bolsa:

Espero que saiba se comportar,
Oh! sim, o garoto da praaaaia!

— Não — gargalhou Sam. — Não me diga que você manteve esse toque!

— Shhh! — intimou Lili.

Tirou de sua bolsa de palha multicolorida um celular branco que se pôs a berrar ainda mais alto:

Como é bonito, como é fofo
Ele está de olho em mim
O garoto da praaaaia!

Samuel já não se aguentava mais de tanto rir, quando, após ter verificado o número que apareceu na tela, sua prima estendeu-lhe o aparelho:

— Veja, em vez de rir como um idiota... É para você.

XXV

Declaração

Samuel pegou o celular e o levou ao ouvido enquanto Lili deixava o recinto.

— Alô?

A voz do outro lado da linha era como um raio de sol aquecendo-lhe o coração:

— Samuel? É Alicia... Você está bem?

— Alicia! Eu... Sim, estou bem! Muito bem! Devo poder sair logo... E onde você está?

— Meus pais resolveram me afastar de Sainte-Mary até que a polícia prenda Rudolf. Acabamos de chegar à nossa casa de férias perto do mar... O sequestro deixou-os traumatizados, mal ousam abrir as janelas!

— Você contou para eles para onde Rudolf a levou? Para Roma, em 1527 e tudo o mais?

— Mmm! Em linhas gerais... Acho inclusive que foi por isso que eles quiseram me tirar de circulação! Minha mãe parece acreditar em mim, mas meu pai me olha como se eu estivesse totalmente pancada! Estão inclusive com a intenção de me mandar para o psicanalista local assim que possível.

— Conheço isso. Não é o tipo de história que as pessoas gostam de ouvir.

— Bom, mas não foi para falar dos meus pais que eu liguei, Sam. Lili me disse que você está com problemas cardíacos?

— Lili e você ficaram muito amigas, pelo que vejo — esquivou-se, em tom de brincadeira. — Se você tivesse visto a cara de conspiradora que ela fez quando me passou o celular!

— Sua prima é uma garota muito legal e não descobri outro jeito de falar com você tendo a certeza de que ninguém nos escutaria. Se houvesse alguém junto com vocês, Lili tinha como missão simplesmente desligar...

— Duas *Bond girls*! — exclamou Sam, feliz com as precauções tomadas por aquelas senhoritas. — O que significa que tem coisas importantes a me dizer...

— Eu queria poder falar livremente. E em primeiro lugar dessas moedas que você trouxe do futuro... Lili acha que você vai utilizá-las para impedir Rudolf de atacar sua mãe, verdade?

— Foi por essa razão que eu as trouxe.

— Mas ela também acha que você corre para a morte certa se voltar para três anos atrás.

— Tivemos uma conversinha a esse respeito. Acho que agora ela mudou de opinião: na realidade, não arrisco muito mais do que em qualquer outra viagem...

— O que entende por "muito mais"?

— Resumindo, só preciso ir bem rápido. Sem contar que, se eu der de cara com Rudolf, evidentemente, não posso prever o que acontecerá.

— Em todas as hipóteses, é inútil eu tentar dissuadi-lo, imagino?

— Alicia, vendo do lado de fora, sei muito bem que isso não parece muito sensato. Mas também não parecia muito sensato aventurar-se na casa da vovó em chamas ou ir desafiar Diavilo em sua própria tenda. E, no fim das contas, até que não me saí mal, não é? Além do mais, não tenho escolha. Se não fizer isso, estarei traindo a mim mesmo, compreende?

Houve uma ligeira pausa e, durante alguns segundos, Samuel pôde perceber a infinidade de chiados distantes que forrava em surdina a conversa deles. Depois Alicia suspirou com uma resignação dolorosa.

— Fiquei apavorada, Samuel. Quando vi você desmaiado aquela noite no meio dos bombeiros, achei realmente que você tinha me... que você tinha me abandonado de novo. Mas para sempre, dessa vez. Aquilo me rasgou ao meio, mergulhei num vazio intolerável. Havia sirenes, aquelas luzes amarelas e vermelhas, sua tia berrando, os vizinhos e os comentários...

O fim de sua frase morreu num murmúrio inaudível.

— Num certo momento — ela continuou, fungando —, um dos bombeiros gritou que estavam te perdendo ou uma coisa desse tipo. Não me aguentei. Joguei-me sobre você para que você acordasse, para que aquele pesadelo chegasse ao fim... Eu tinha certeza de que podia conseguir, que teria forças suficientes para isso. Mas, mal toquei em você, eles me puxaram para o caminhão a fim de me dar um calmante. Foi só quando transportaram você para a ambulância que um dos enfermeiros veio nos dizer que você estava respirando melhor e que tudo correria bem daquele momento em diante...

Estava quase soluçando e Samuel sentiu uma vontade irresistível de abraçá-la. Mas, droga, ela estava longe, a dezenas e dezenas de quilômetros dali. E ele também ia ter que se afastar, acrescentando ainda mais distância à distância. Daquela que não é fácil percorrer no sentido inverso... Talvez inclusive nunca tivesse outra oportunidade de confessar-lhe o que queria:

— Eu te amo, Alicia — declarou com uma franqueza que o deixou a si próprio surpreso.

— ...

— Te amo desde o início, desde que éramos crianças. E não deixei de amá-la um segundo sequer. Mesmo durante os três anos em que ficamos sem nos ver... Te amo para sempre, Alicia, é muito simples. As poucas horas que passamos juntos, na beira do rio de Roma ou no museu de Rudolf observando o brilho da pedra, são os melhores momentos da minha vida há muito tempo. Porque estávamos juntos... Porque não havia mais medo nem perigo, havia apenas nós dois...

— Obrigada, Samuel — respondeu Alicia com uma voz embevecida. — Eu...

Mas não conseguiu acrescentar nada, talvez demasiado emocionada.

— Isso não é tudo — prosseguiu Samuel. — A outra noite, quando perdi os sentidos depois de retirar Lili do incêndio, caí num estado muito bizarro, como se flutuasse entre dois mundos. E depois, de repente, tive a impressão de partir... Partir de verdade, quero dizer. Foi nesse momento que você se debruçou sobre mim e... e me beijou. Pelo menos, foi assim que o meu cérebro interpretou, não me leve a mal. E instantaneamente, como o óbvio, eu soube por que devia viver. Então voltei para o lado certo. Para o seu lado.

Calou-se, satisfeito com aquela pequena vitória sobre si mesmo. Abrira seu coração com toda a sinceridade de que era capaz, aquela sinceridade que Alicia reclamava que ele não demonstrava para ela. Agora a bola estava com ela... E, independentemente do que ela pudesse decidir, de toda forma a amaria com a mesma intensidade.

Um silêncio instalou-se entre eles, entrecortado pelos mesmos chiados. A respiração de Alicia estava um pouco irregular, sinal de que hesitava quanto ao que dizer.

— É... é complicado, Samuel — terminou por admitir. — A gente... Quero dizer Jerry e eu nos separamos ontem e... está tudo muito confuso na minha cabeça.

— Vocês terminaram? — perguntou Sam, segurando-se para não pular de alegria.

— A gente brigou muito essas últimas semanas. Jerry é muito ciumento, você não pode imaginar. Eu já estava cheia de ser tratada como sua propriedade ou sua coisa. E depois que você apareceu de novo, não sei... Entre Jerry e eu, não é mais mesma coisa.

Ela interrompeu-se de novo e Samuel fechou os olhos apertando bem forte como se aquilo fosse influenciar o restante da fala dela.

— Se eu for ser sincera comigo mesma — esclareceu —, acho que te amo também, Sam. Mas quero ter certeza dos meus sentimentos e...

Começou a falar mais baixo:

— Espere, alguém está subindo... Deve ser o meu pai, que está de olho em mim. Tem medo que eu dê uma pirada e me jogue pela janela, ou sei lá o quê. O que foi, papai? — ela disse bem alto. — Um segundo, estou me vestindo!

Houve barulhos de passos, depois, num sussurro:

— Sinto muito, ligo de novo assim que for possível. Se por acaso... se por acaso você tiver que ir antes de nos falarmos, prometa-me apenas que vai voltar. Confio em você, Sam, sei que vai conseguir. E... enquanto eu estiver aqui... Da próxima vez eu gostaria muito que estivesse acordado quando eu fosse beijá-lo, OK?

Sam caminhava tão rápido pelos corredores da clínica que as famílias dos pacientes que conversavam aqui e ali voltavam-se quando ele passava perguntando-se do que ele poderia estar fugindo daquele jeito. Mas, na verdade, Samuel não estava nem correndo nem fugindo: simplesmente voava. Alicia amava-o, ele ouvira de sua boca! Ela não estava mais com Jerry, e, se parecia hesitante, Sam não tinha nenhuma dúvida: era ele que ela escolheria. Assim que tivesse arrancado sua mãe das garras de Rudolf e que seu pai tivesse emergido do coma, poderia correr ao encontro dela. Tudo então voltaria a ser como antes daqueles três anos de solidão e tristeza. Ou melhor, não, tudo seria mil vezes melhor do que antes!

Sam atravessou o pavilhão cirúrgico e alcançou o saguão da clínica, onde orientou-se sem dificuldade. Com a delicadeza que a caracterizava, Lili encorajou-o a ter uma conversa a sós com seu pai, afirmando que estava louca para ler os quadrinhos que a esperavam em sua mesinha de cabeceira e que se encontraria com ele depois que sua mãe chegasse — o que, segundo ela, não devia demorar. Também não fez nenhuma pergunta sobre o teor de sua conversa com Alicia, contentando-se em sorrir ao constatar o ar radiante do primo. Uma prima de ouro...

Entretanto, assim que entrou no quarto 313, seu bom humor abandonou-o sumariamente. Esquecera como a atmosfera ali era fria e como evocava mais a geladeira de um necrotério do que um lugar de repouso ou convalescença. Ficou acima de tudo impressionado com a ausência de qualquer sinal de vida orgânica, como se a única existência concebível ali fosse a dos diodos piscantes e dos bips monocórdios. Allan estava deitado em posição de cadáver e, prova de que sua saúde se deteriorava, um sistema complexo de tubos azuis agora ligava sua boca e seu nariz a uma grande máquina estilo polvo metálico, equipada com monitores e frascos coloridos que o ajudavam a respirar e se alimentar. Seu corpo, além disso, expunha a mesma magreza apavorante da semana passada e um grande número de compressas continuava a proteger as feridas do seu peito e seu pescoço. Não apenas Allan não ganhava peso, como suas feridas, aparentemente, não cicatrizavam direito.

Samuel deu uma olhada na frequência cardíaca no monitor: 52 pulsações por minuto em média. Nunca esteve tão fraco... Pôs os dedos na mão descarnada que saía do lençol e não conseguiu reprimir um arrepio: seu pai estava frio que nem mármore. Entretanto, era indispensável falar com ele, refazer o contato...

— Papai? Sou eu, Sam. Sinto muito, eu... ainda não consegui trazer a mamãe de volta. Aconteceu um monte de coisas estes últimos dias e... Tive de cuidar da Alicia primeiro.

Começou a contar em detalhes como Rudolf sequestrara a adolescente e como ele precisou trasladar-se do Egito até Roma para poder libertá-la, antes de aterrissar no futuro. Evitou a todo custo, em contrapartida, aludir ao incêndio da casa de sua avó ou à sua própria hospitalização na clínica. No fim de seu relato, porém, e ao contrário da última vez, Allan não manifestou nenhuma espécie de reação. Samuel em vão massageou-lhe o braço, murmurando ao seu ouvido, seu pai parecia tragicamente... ausente.

— Eu gostaria muito de saber sua opinião sobre uma coisa, papai — ele continuou, sem se desencorajar. — Se por acaso mamãe se recusar a me seguir até o nosso presente, tive outra ideia... O anel da eternidade. Suponho que saiba a que me refiro... É aquele anel de pedra que tem o poder de conceder a eternidade. Ouvi falar dele várias vezes e... Enfim, para resumir, segundo o arqueólogo Chamberlain, não apenas esse anel tem o poder de conceder a imortalidade, como pode curar qualquer doença. Então, se é verdade o que diz a lenda e se eu conseguir resgatá-lo, isso poderia nos ajudar muito, não acha? Sei que Setni escondeu o anel em algum lugar em seu túmulo e que são necessários os dois círculos de ouro para encontrá-lo. Já temos o bracelete de Merwoser conosco, e, quanto ao outro bracelete, o que você deu de presente à mamãe, pretendo dar um jeito... O que me diz? Se eu me apoderasse do anel da eternidade, estaria disposto a testá-lo?

Samuel tocou na mão de seu pai ao mesmo tempo que observava o monitor que apontava o ritmo cardíaco. 52... 52... 51... 52... Nenhuma evolução, nenhum tremor, nada. Se esperara provocar uma reação qualquer, fracassara. Ou quem sabe Allan não tinha forças suficientes para se comunicar? Nesse caso, o retorno de Elisa Faulkner corria o risco de acontecer tarde demais.

Tinha que agir rápido.

Samuel obteve autorização para deixar a clínica no fim da tarde, prometendo voltar depois para fazer exames. Beijou seu pai pela última vez, agradeceu a Isobel e entrou, escoltado por Lili, no carro de sua tia.

Ao chegar em frente à livraria, a primeira pessoa com quem se deparou foi o velho Max, que se preparava para soltar sua bicicleta do poste no qual a apoiara. Max soltou uma exclamação de alegria ao ver Sam e correu para apertar a mão que ele lhe estendia — pulverizá-la, na verdade —, enquanto lhe explicava que viera ajudar seus avós a se instalar. Observando-o soltar o cadeado da corrente, Sam foi arrebatado por uma inspiração súbita:

— Sempre me perguntei, Max, por que até aqui na rua Barnboïm, que fica num bairro bem tranquilo, você vê necessidade de usar o seu dispositivo antirroubo.

O velho, cuja surdez era lendária, lançou para ele um olhar vago, com se não houvesse captado:

— *Bandidos que roubam*? Se bandidos roubam na rua Barnboïm? Claro que bandidos roubam na rua Barnboïm! Já me afanaram uma bicicleta no meu jardim, imagine você! É por isso que uso um cadeado!

— E você diria a combinação para mim, Max? — indagou Sam, inocentemente.

— Para você, claro! — ele respondeu sem hesitar. — Pode pegar minha bicicleta emprestada quando quiser!

Fez um sinal para ele se aproximar e sussurrou:

— Basta você ajustar o cadeado para 1937, é o ano do meu nascimento. Esperto, não acha? — acrescentou, com uma piscadela.

Samuel retribuiu a piscadela e acenou com a mão, enquanto Max montava em sua máquina dando uma pedalada vigorosa na direção de sua casa. Era realmente muito prático, uma bicicleta.

Sam entrou em seguida na Livraria Faulkner, e, assim que transpôs a soleira, sua avó precipitou-se para ele, com os olhos reprimidos. Abriu os braços e o apertou contra o seu coração, dizendo baixinho:

— Meu Sammy! Meu Sammy!...

Depois de mimá-lo bastante, arrastou-o para lhe mostrar a nova arrumação. O grande aposento usado normalmente como loja havia sido reorganizado para receber a família inteira; as estantes de livros haviam sido empurradas para as paredes, uma mesa e cadeiras haviam sido colocadas no centro e um cantinho de televisão providenciado perto de uma das janelas. O resultado tinha um lado improvisado e aconchegante ao mesmo tempo, bastante simpático, de toda forma.

— Preparamos para você o sofá-cama encostado na parede — ela apontou. — Terá que se contentar com isso no início, temo eu.

— Sem problema — afirmou Sam.

No andar de cima, o corredor estava atulhado de pilhas de livros e o banheiro com a roupa de cama e mesa resgatada do incêndio — roupa que a propósito exalava um cheiro de fumaça. Lili e Evelyn tinham adaptado o quarto de Sam, transformando-o em alguma coisa entre um dormitório e uma despensa abarrotada de bibelôs da casa antiga, enquanto seus avós haviam se alojado num lugar mais tranquilo, o quarto de Allan.

— Como está o vovô? — interrogou Sam.

Sua avó deu de ombros com fatalismo:

— Que tristeza, hoje até que ele está delirando um pouco menos! Vá lhe dar um beijo assim mesmo, ele ficará contente.

Samuel empurrou a porta um pouco apreensivo e encontrou seu avô sentado na beirada da cama, contemplando o céu através da janela aberta.

— Bom-dia, vovô, tudo bem?

Donovan voltou-se ligeiramente e considerou o recém-chegado por cima do ombro sem pronunciar uma palavra. Estava magro e com a barba por fazer, olhar inexpressivo. Samuel teve um verdadeiro choque vendo-o daquele jeito pálido e abatido, e ficou por um instante incapaz de dizer o que quer que fosse. Encararam-se assim um tempo, depois Donovan começou a falar com uma voz enrolada, quase um balido:

— Estive com ele — começou.

— Esteve? — repetiu Sam. — Esteve com quem?

— Com o diabo — ele respondeu gravemente. — Estive com ele.

— Com o diabo?

— A outra noite, foi... Ele estava de pé à minha frente. Exatamente como você! Trazia o fogo com ele... As chamas do inferno — acrescentou num tom rancoroso. — Queria queimar todos nós!

Rudolf, pensou Sam... Ele deve ter surpreendido Rudolf na noite do incêndio!

— Foi Rudolf que você viu, não foi, vovô? — perguntou.

Mas seu avô parecia não ouvi-lo e prosseguiu com sua invectiva:

— O diabo estava lá! Chegou com as labaredas e tinha o fogo nas mãos! Era o diabo, tenho certeza! — gritou. — O diabo!

Alertada pelo barulho, sua avó surgiu no quarto:

— Calma, Donovan — intimou-o —, calma!

Foi até ele, passou um braço por seu pescoço e o embalou lentamente, falando baixinho. Passou-se apenas um minuto e seu avô terminou voltando à sua sentinela, como se nada tivesse acontecido, os olhos pregados em algum lugar no infinito do céu.

— Está assim desde a manhã — suspirou sua avó. — Ora se irrita, ora fica completamente apático. Os médicos disseram que não podem fazer nada.

Evelyn e Lili acorreram por sua vez ao quarto, e, com a cara desolada, Sam percebeu que elas também não estavam nada otimistas. Samuel sentiu fervilhar dentro dele uma cólera surda: Rudolf fizera outra vítima... Foi direto ao armário de Allan, abriu-o com um gesto raivoso e pegou ao acaso uma camisa e uma calça de linho na prateleira reservada aos trajes de viagem.

— O que está fazendo? — perguntou sua avó, franzindo o cenho.

— Tudo isso não teria acontecido sem o Rudolf — resmungou Sam.

— Concordo, mas o que está ruminando?

— Vou buscar mamãe.

— O quê?! — ela exclamou, dando dois passos em sua direção. — Que história é essa?

— Lili irá lhe explicar os detalhes — respondeu Sam sem se desconcertar. — Vou trazer mamãe de volta, torcendo para que isso ajude meu pai a sair do coma. E quem sabe isso também não provoque uma reação positiva em vovô...

— Trazer Elisa para cá! — repetiu sua avó, perplexa.

Tentou encontrar um apoio em Evelyn e Lili, mas elas abaixaram os olhos sem dizer nada.

— É uma questão de horas — tranquilizou-a Sam. — A única coisa que peço a vocês — acrescentou, encarando-as uma depois da outra — é para pensar em mim quando eu tiver partido. Com vocês três e com o dom que vocês têm, com certeza voltarei!

Samuel ajoelhou-se diante da pedra esculpida. Vestira seu uniforme de viajante, pegou consigo o Livro do Tempo, beijou as três mulheres da família e desceu sem se voltar até a sala secreta do porão. Faltava agora escolher uma moeda antes de partir, pois dispunha de nove delas no momento: a do castelo de Bran, a de Tebas, a chinesa de Qin, a supercomum recolhida na tenda de Diavilo, mais cinco surrupiadas de Rudolf no futuro — as duas que datavam da morte de sua mãe, a que lhes permitira, a ele e a Alicia, voltarem para o presente, outra ainda cunhada no dia de seu aniversário e, finalmente, o disco verde proveniente do escaravelho de Ahmusis. Quais guardar, quais descartar? No que se referia à moeda que decidiria sua destinação, não havia alternativa: seria a de *11 de julho, 15 horas*. Torcendo para que a indicação estivesse certa e para que o horário não estivesse aproximado. Mas quanto às outras seis...

Para começar, Sam eliminou a segunda moeda de 11 de julho, a das 10 horas da manhã. Se desembarcasse três anos atrás antes que sua anestesia tivesse começado, arriscava-se ao pior. Após refletir, descartou também a do castelo de Bran:

não tinha vontade nenhuma de voltar lá. Espalhou então as seis moedas em torno do círculo de Merwoser e aproximou-as da pedra. Elas se encaixaram nas seis fendas e ele só precisou instalar no centro aquela que o levaria para junto de sua mãe. Produziu-se então uma suave crepitação da luz, e o sol de Thot deu a impressão de incandescer. Uma bolha de claridade dourada pareceu irromper na superfície e, no espaço de um instante, Samuel esqueceu o que viera fazer, fascinado diante do fenômeno. O rugido do solo, porém, trouxe-o de volta à realidade... Projetou a mão até o cocuruto da pedra e, antes de ser engolido pela onda de calor, teve apenas tempo de murmurar:

— Sou eu, mamãe, estou chegando...

XXVI

Um peixe no fundo de uma cidade submersa

Samuel recobrou os sentidos num lugar escuro e malcheiroso que o lembrou instintivamente alguma coisa. O ar estava confinado, carregado de mofo, e o solo que sentia sob seus dedos lhe era familiar. Pôs-se rapidamente de pé, retirou a moeda do centro do sol e ergueu o bracelete de Merwoser a fim de se localizar pela sua luz. Um porão... Um porão abarrotado de objetos quebrados, máquinas enferrujadas, caixas de outras épocas... Ainda que o cenário tivesse mudado, Sam não teve dificuldade alguma para reconhecer o subsolo da Livraria Faulkner, ou melhor, do que havia sido antigamente a casa de Gary Barnboïm antes que esta fosse relegada ao abandono. Com efeito, o porão do grande viajante apresentava aproximadamente aquele aspecto quando Lili e Sam estiveram lá no início dos anos 1930... As ferragens e outras velharias não obstruíam daquela forma o espaço, e tampouco havia aquele grande armário branco encostado numa das paredes, mas no geral a atmosfera não deixava nenhuma dúvida: era de fato o mesmo aposento. O que significava que Samuel tinha aterrissado no lugar certo, em algum momento entre os anos 1930 e seu próprio presente. E por que não três anos atrás, precisamente?

Sam foi até o canto onde devia se situar a escada. Um dia o velho Max contara que, antes de Allan Faulkner instalar-se na livraria, quem morava ali era uma velha pirada, Martha Calloway, que viva cercada de cães e era tão simpática quanto uma jararaca dopada com anfetaminas. Depoimento mais tarde confirmado pelo arqueólogo Chamberlain e por Rudolf, este último tendo insinuado que apesar de tudo fora negociar com ela uma espécie de salvo-conduto para utilizar a pedra. Samuel, por sua vez, nada tinha a negociar...

Com os olhos agora acostumados à penumbra, começou a distinguir a zona mais clara, que provavelmente correspondia à fileira dos degraus. Indócil para sair, cometeu entretanto o erro de esticar um pouco demais o passo e prendeu os pés num turbilhão de fios espalhados pelo chão. Estacou imediatamente, mas o mal estava feito: um barulho sinistro ecoou no silêncio opressivo do porão. Sam cruzou os dedos esperando que ninguém tivesse escutado, mas precisou de menos de um segundo para se desenganar: um longo rosnado no andar de cima, depois outro, seguido pelo retinir de garras no ladrilho... Os cachorros de Martha Calloway! As fotografias que Chamberlain tirara da rua Barnboïm lhe voltaram então como flashes pesadelescos: bocas espumantes, cerdas abocanhando a grade, olhares loucos de animais sedentos de sangue... Sam procurou sem grandes esperanças um abrigo no meio daquele entulho. Diante de uma matilha raivosa, suas chances eram ínfimas... Uma torrente de latidos reverberou na escada, e, apesar dos riscos que corria, Sam teve que se render à única solução que lhe restava. Concentrou-se cerrando as pálpebras e fez força para não pensar em mais nada, principalmente no acidente cardíaco de que havia sido vítima. Obrigou-se em seguida a descer o mais rápido possível para dentro de si mesmo e forçou seu coração a diminuir o ritmo para ajustar-se à cadência lânguida da pedra. Felizmente, não foi atormentado por nenhuma dor no peito, sentindo inclusive que sua frequência cardíaca arrefecia docilmente. Apertou os punhos retesando sua vontade ao máximo para acelerar o processo e de repente teve a impressão de que seu corpo se abandonava à pulsação do tempo. Conseguira...

Sam abriu os olhos: uma tênue luz esverdeada parecia agora envolver o porão. A menos de um metro de distância, um enorme dinamarquês com as mandíbulas arreganhadas estava parado como uma pedra, as patas traseiras dobradas como se estivesse prestes a pular. Atrás dele, quatro outros cães apenas um pouquinho menores pareciam congelados em seu impulso quando transpunham os últimos degraus. Um deles estava inclusive suspenso no ar, prestes a tocar o solo numa incrível câmera lenta.

Samuel não pensou duas vezes: lançou-se pela escada tomando o cuidado de evitar as feras e saiu no corredor que levava à cozinha. O cheiro que reinava era o de um zoológico e, ainda por cima, mal conservado... Sam enviesou para o salão e deu de cara com a deliciosa Martha Calloway. Vestia um comprido penhoar espalhafatoso e empunhava um fuzil de cano duplo, visivelmente decidida a pulverizar o intruso que ousara penetrar no seu porão. Toda enrugada, tinha as faces e o queixo flácidos e usava um bandó na cabeça dividindo seus cabelos em duas massas iguais, lembrando duas orelhas penduradas, sem falar no lábio superior retorcido num resmungo silencioso... Era a cara dos seus cães de guarda, sem tirar nem pôr!

Sam abriu caminho empurrando-a para uma poltrona, feliz que ela estivesse impossibilitada de mordê-lo. Correu no mesmo impulso até a porta e girou a chave na fechadura antes de guardar o molho no bolso. Do lado de fora, o quintalzinho tinha sido transformado em quartel de segurança máxima para as feras: a mureta e as barras que isolavam o espaço haviam sido reforçadas por uma grade de três metros, várias tigelas estavam presas numa parede com correntes, e as dez casinholas de telhados pontudos tinham algo de um campo de concentração. Mais três cães da mesma raça estavam em posição de ataque no meio da aleia, mandíbulas arreganhadas, cheios de apetite também.

Sam avançou até a porta que dava para a rua. Achou-a bem trancada, claro, mas levou apenas um curto instante para localizar a chave certa no molho e saiu finalmente na calçada. Fechou a tranca atrás dele, a fim de retardar seus perseguidores, e observou no caminho o magnífico porta-chaves em forma de dinamarquês onde estavam gravados o nome e o endereço da dona do pedaço: *Martha Calloway, rua Barnboïm 27, Sainte-Mary*. Não havia mais sombra de dúvida!

Hesitou em seguida em relaxar a pressão sobre seu coração. Dispunha de um tempo limitado, sabia disso. Quatro ou cinco minutos no total, considerando as experiências anteriores. Isso, se o seu coração tolerasse o choque. Ora, sua faculdade de cadenciar o mundo podia verificar-se um trunfo decisivo se por acaso ele esbarrasse com Rudolf... Convinha então esgotar desde agora suas parcas reservas? Porém, por outro lado, se fosse alcançado pelos cães de Martha Calloway ou caso não conseguisse chegar ao quarteirão de Bel Air a tempo, nunca teria outra oportunidade de cruzar com Rudolf! Sem contar que também tinha uma tarefa a cumprir durante a qual não podia ser visto...

Sam pôs-se a correr tomando cuidado para ficar em sincronia com a pulsação lenta da pedra. Passou pela casa dos Bombardier e pela dos Foster e finalmente alcançou a casa do velho Max, cuja porta empurrou. Na mosca! A bicicleta estava presa numa das duas árvores do quintal como sempre. Inspecionou o dispositivo antirroubo que travava a roda traseira e constatou que era de um modelo idêntico ao que ele já conhecia. Ajustou o cadeado para 1937 e o gancho metálico pulou, soltando a corrente.

— Sinto muito, Max — murmurou —, é por uma boa causa.

Montou então na bicicleta e pedalou uma centena de metros com a impressão de ser um peixe lançado num *sprint* no fundo de uma cidade submersa. A cidade parecia de fato afogada sob uma massa de água verde com reflexos turvos que Samuel fazia turbilhonar a cada pedalada, enquanto redes de bolhas escapavam de sua boca a intervalos regulares. Incrível...

Não se deixou empolgar, porém, e, uma vez a uma distância respeitável de Martha Calloway e de sua matilha, apeou para deixar o tempo retomar o seu curso. Fechou os olhos, libertou seu coração da coerção que lhe impunha e esperou que um estalo seco rasgasse o espaço à sua volta. Quando afinal abriu as pálpebras, Sainte-Mary recuperou como que por encanto sua fisionomia costumeira: casas com janelas elegantes, flores desabrochando nos canteiros, crianças brincando nos balanços... O sol brilhava alto no céu e a temperatura estava divinamente agradável. Uma temperatura de julho, tentou persuadir-se.

A confirmação de que aterrissara na hora certa, além de no lugar certo, chegou um pouco mais tarde, quando passou por uma farmácia cuja fachada era encimada por uma faixa digital por onde desfilavam informações diversas, entre as quais a data e a hora: 11 de julho, 15h12... Entrara certinho na janela de tempo que estipulara!

Animadíssimo com essa nova certeza, Samuel redobrou seu ardor até sentir uma pontada de dor depois de pedalar como um louco. Ia ver sua mãe, era questão de minutos! Ela devia estar em algum lugar na cidade àquela hora e... Sim, revia a cena com uma clareza inédita. No momento em que o levaram para a sala de operação, Elisa lhe prometera dar um pulo em casa para buscar seu pijama predileto — o do Super-Homem. Ela acrescentara que aproveitaria para passar no centro comercial a fim de comprar uns gibis e os chocolates que ele adorava. Sam podia sentir de novo a suavidade de seu beijo na face quando ela lhe desejara boa sorte: "Você terá apenas a sensação de dormir, querido Sam, e quando acordar estará tudo terminado..." Recordava-se principalmente do rangido da maca avançando em direção ao elevador, das palavras do enfermeiro que a empurrava — "Há uma fila de espera no setor, mas não se preocupe, logo vamos cuidar de você" —, a batida de uma porta à sua esquerda... Nunca antes aquelas imagens ou aqueles sons haviam-no perturbado com tamanha intensidade! Simplesmente nunca mais voltara a pensar naquilo!

E outras lembranças já colidiam em seu espírito: o gosto amargo do calmante que uma enfermeira loura lhe ministrara e que o havia deixado grogue, os cinco desenhos animados que tinha sido autorizado a assistir, a visita da Srta. Mac Pie um pouco mais cedo na manhã — ela levara uma caixa de bombons cujas embalagens douradas ela mesma desfizera avidamente a fim de provar — e muitas coisas mais! Era alucinante a precisão dos detalhes, como se ele presenciasse todos esses acontecimentos novamente!

No fim de 15 minutos, Samuel chegou finalmente ao pé da colina que levava ao bairro de Bel Air. Com a dor tornando-se cada vez mais incômoda, teve que diminuir a velocidade e fazer as curvas que ele conhecia tão bem mais devagar. Alcançou com dificuldade a avenida ladeada por bordos que assinalava a entrada do seu antigo bairro e suspirou de alívio: tudo parecia normal. As bonitas casas brancas com colunas dominavam serenamente os gramados floridos, alguns veículos estavam comportadamente estacionados junto à calçada e os passarinhos nas árvores competiam nos trinados. Nada deixava pressagiar um drama prestes a acontecer...

Passou pelo nº 18, onde percebeu a velha Mac Pie podando suas roseiras, continuou até a esquina da rua e seguiu rente à sua casa — sua ex-casa — como se estivesse tudo normal. Sentiu uma pontada no coração ao reconhecer na varanda seu jogo de dardos preso na parede e a mesinha dobrável onde seus pais tomavam café. Outras imagens logo afluíram, como aquele último almoço em família quando estavam todos os três reunidos em torno de um churrasco e quando Allan anunciara que teria que se ausentar por dois dias para conferências em Toronto. Mas Samuel tentou imediatamente reprimir aquela nova saraivada de recordações: era fundamental não se deixar arrastar pela emoção.

Passou pela segunda vez em frente à sua casa certificando-se de que todos os automóveis no meio-fio estavam de fato vazios, depois, tranquilizado — nada de Rudolf à vista —, desceu da bicicleta. Encostou-a na caixa de correspondência azul que estampava os nomes Elisa, Allan e Samuel Faulkner, e atravessou a aleia calçada massageando a barriga: é, depois que se dedicara ao skate, perdera a manha da bicicleta... A porta principal estava fechada, assim como a da garagem, e ele constatou, colando seu ouvido no batente, que nenhum barulho suspeito provinha do interior. Sua mãe ainda não devia ter voltado.

Passou fugazmente pela sua cabeça arrombar a casa para entrar — quebrando a vidraça de uma janela, por exemplo —, mas todas as saídas tinham alarme e ele não sentia a mínima vontade de que a polícia de Sainte-Mary viesse prendê-lo por furto. O melhor ainda era esperar que o carro de Elisa aparecesse na avenida... Ou então... Ou então utilizar esse lapso de tempo para pegar o segundo Círculo de Ouro como prometera a seu pai. Afinal de contas, a Srta. Mac Pie tinha algumas contas a acertar com a família Faulkner... ou não tinha?

— Bom-dia, senhorita Mac Pie — disparou Sam.

A velha senhora que estava debruçada sobre uma roseira reaprumou-se com um movimento de recuo.

— O senhor me deu um susto, rapaz — ela protestou. — O que deseja?

Samuel fitou-a nos olhos sem responder. E pensar que naquela manhã mesma ela tinha ido à clínica bancar a vizinha bem-intencionada, ao passo que dias antes abusara da confiança de Elisa e Allan para roubar-lhes o Círculo de Ouro!

— Em primeiro lugar, quem é o senhor? — ela acrescentou, considerando suas roupas com desconfiança. — Se é para uma pesquisa ou coisa do gênero, não conseguirá nada.

— Se eu lhe explicar quem sou — insinuou Sam —, a senhora pode não gostar de saber. Venho justamente lhe oferecer uma chance de se redimir...

— O senhor faz parte de uma seita, ou o quê? — irritou-se a Srta. Mac Pie falando mais alto. — Estou me lixando para o que o senhor vende! Saia de meu jardim imediatamente!

— Não creio que a senhora seja, propriamente falando, uma ladra — continuou Sam sem perder a calma. — Acho que agiu por impulso. Quando viu aquele bracelete no pulso da Sra. Faulkner, foi mais forte que a senhora. Teve que se apossar dele a todo custo. Pois não é que hoje a Sra. Faulkner decidiu pegá-lo de volta?

— Que maluquice é essa? — perguntou num fio de voz. Deu um passo atrás e agitou seu podador.

— Ou o senhor some da minha frente agora mesmo ou então chamo a polícia!

— Boa ideia — retorquiu Sam. — Eu poderia contar como a senhora passa o tempo quando lhe confiam o cuidado de crianças. Atrás de joias bonitas, por exemplo...

"A Srta. Pirata", como a apelidava Allan, foi desmascarada. Escancarou a boca como que para se indignar, depois deve ter refletido que amotinar o quarteirão não seria bom negócio para ela.

— Quem é o senhor? — ela repetiu, um tom abaixo

— Eu estava de manhã na clínica — prosseguiu Sam para finalizar o ato. — A senhora usava um bonito vestido verde com um decote exagerado. A senhora disse à Sra. Faulkner que a blusa verde dela era linda de morrer e que depois da operação, se ela quisesse, a senhora estava à disposição para ficar com seu filho. Uma vizinha exemplar, não é mesmo? Desinteressada, solícita... Em compensação, a senhora devorou metade da caixa de bombons que tinha levado, o que não é muito educado.

A velhota pareceu perder o rebolado, como se sua máscara caísse. Abandonou sua expressão hostil, ficou tão cor-de-rosa quanto as rosas que estava podando, e começou a amarrotar nervosamente seu avental xadrez.

— O que deseja afinal? — gaguejou.

— Ajudá-la a apaziguar sua consciência, Srta. Mac Pie... Mas para isso a senhora precisa devolver o bracelete. Vou devolvê-lo à Sra. Faulkner e prometo-lhe que ela nunca saberá quem o roubou. Imagino que isso irá lhe tirar um peso das costas...

Samuel não estava seguro de sua estratégia, mas não tinha nenhuma outra. A não ser que agisse como Rudolf e partisse para a persuasão física, o que não fazia realmente o seu gênero.

A Srta. Mac Pie hesitou um pouco, observou as janelas dos arredores para certificar-se de que ninguém os espiava, depois convidou seu estranho visitante a acompanhá-la até sua casa, resmungando coisas ininteligíveis. Samuel seguiu-a até uma sala abarrotada de objetos em que a tônica era o excesso: excesso de poltronas, excesso de relógios, excesso de estatuetas de gatos sobre incontáveis aparadores, excesso de flores amarelas e marrons num papel de parede asfixiante... Como se a velha precisasse daquele exagero todo para mobiliar sua solidão.

— Era... era um empréstimo — defendeu-se, voltando-se para ele. — Eu ia devolver, claro que ia devolver! Era só para tê-lo um pouco comigo, só isso! Aliás, ela não deve gostar tanto assim desse bracelete, quase nunca está com ele! Eu achava que ela nem iria notar!

Samuel reprimiu qualquer comentário: o assunto estava bem encaminhado e convinha não correr o risco de estragar tudo. Além do mais, com seu permanente que puxava para o roxo, o rosto marcado pelos anos e seu semblante de colegial pega em flagrante delito, a Srta. Mac Pie inspirava-lhe mais pena do que raiva.

— Gosto muito desses Faulkner — ela continuou —, o problema não é esse. Além disso, juro, é a primeira vez que isso me acontece! E depois, é verdade que isso está me atormentando. Tenho que admitir — soprou —, tem alguma coisa nesse bracelete.

Dirigiu-se até a escada e pôs uma das mãos no corrimão:

— Mas afinal o que me prova que o senhor vai de fato devolvê-lo? Que não vai fugir com ele?

— Esse bracelete pertence aos Faulkner — respondeu Sam com convicção —, é para os Faulkner que deve retornar. Quanto a saber se estou tentando enganá-la... Creio ter demonstrado que eu dizia a verdade ainda há pouco, não? A respeito da clínica e da joia. Ora, a senhora ficaria assombrada se eu lhe contasse tudo que sei sobre os Faulkner e a senhora. Detalhes que ninguém no mundo é capaz de imaginar. Veja-me como uma fada-madrinha, Tiffany. Uma fada que faz tudo para consertar as coisas... Afinal de contas, qualquer um pode cometer um erro um dia, não é mesmo?

A velha fitou-o longamente antes de se decidir. Depois murmurou alguma coisa como "Maldito bracelete!" antes de enveredar pela escada. Uma vez lá em cima, conduziu Sam até um pequeno gabinete decorado com aquarelas insípidas e foi destrancar a gaveta de sua mesa de trabalho, na qual empilhavam-se catálogos de jardinagem.

— Prometa não contar que fui eu!

Samuel balançou a cabeça.

— Se eu quisesse denunciá-la, Srta. Mac Pie, bastaria chamar a polícia. Mas já lhe expliquei, quero que tudo se resolva na moita.

A velha senhorita pareceu satisfeita. Mergulhou a mão na gaveta e tirou dela um saquinho de veludo azul fechado por um cordão. Desfez o nó e lentamente, muito lentamente, despejou o conteúdo da bolsinha na palma da mão. O Círculo de Ouro escorregou para a mão dela e ela pareceu tremer devido a um ligeiro calafrio:

— Apesar de tudo, é magnífico — suspirou.

Samuel deu um passo, o olhar magnetizado pela elegância refinada do Círculo de Ouro. Àquela distância, parecia um irmão do bracelete de Merwoser, exceto que tinha alguma coisa de indefinivelmente mais sofisticado, como se tivesse sido polido por um número ainda mais venerável de séculos. Em contrapartida, brilhava menos que sua cópia e, embora de uma bela cor dourada, não parecia emitir luz própria.

Samuel aproximou-se mais um pouco, sob o olhar abatido da velha.

— Sei o que está sentindo — murmurou para consolá-la. — Mas a senhora sabe tanto quanto eu que devemos devolvê-lo à Sra. Faulkner.

Seus dedos fecharam-se sobre a joia no instante em que um barulho de motor chegava da rua... Sam precipitou-se para a janela que dominava o jardim: o carro de sua mãe subia a avenida na direção do nº 26. Ele ficou como que petrificado... Ela estava lá, estava viva! Não podia vê-la porque não estava do lado certo, mas era o seu carro! Seguiu-o com os olhos até a curva e finalmente conseguiu libertar-se de seu torpor: tinha que encontrá-la antes que Rudolf se intrometesse.

— Preciso ir — exclamou. — Aprecio imensamente o seu gesto, Srta. Mac Pie. E tudo ficará entre nós, tem a minha palavra.

Dirigiu-lhe uma breve saudação e bateu em retirada na direção da escada, percebendo, na hora de guardar o Círculo de Ouro em seu bolso, que este brilhava intensamente como se houvesse subitamente se iluminado... Um bom presságio?

Saiu do nº 18 e pegou a bicicleta encostada na cerca, mas, quando ia montar, voltou a sentir uma violenta queimação acima da sua perna direita. Emitiu um grito abafado e estacou na hora. A fisgada devia ter provocado uma distensão muscular... Isso lhe acontecera uma vez durante um treinamento de judô: machucara a panturrilha e tivera que ficar dois dias na cama. Dois dias sem mexer um dedinho. O que também significava que agora ele podia desistir da bicicleta...

Sam prosseguiu então a pé, segurando a perna direita. Subiu a avenida mancando e, ao chegar ao local onde esta fazia a curva, percebeu na calçada, a uns vinte metros, uma motocicleta que não estava ali anteriormente. Um modelo banal, inteiramente preto e com um aspecto inteiramente inofensivo. A não ser pelo fato de estar estacionada bem defronte da casa dos Faulkner...

XXVII

Tão perto do objetivo...

Samuel percorreu a aleia calçada do nº 26 tão rápido quanto sua dor na perna permitia. O motor da motocicleta ainda estava quente, o que significava que seu proprietário acabara de desembarcar. Seu proprietário... Rudolf?

Foi até a garagem, onde sua mãe estacionara o carro e não pôde deixar de passar a mão na carroceria do belo Chevrolet vermelho. Fazia três anos que não tocava nele. Três anos que o via amassado e achatado em seus pesadelos como uma sucata sob um rolo compressor. E ei-lo ali, diante de seus olhos, intacto! Pelo vidro, dava até para ver, no banco de trás, bonequinhos de plástico de sua coleção de Playmobil... Ficou arrepiado de emoção e teve que raciocinar: não podia deixar-se levar pela nostalgia.

A partir da garagem, Sam atravessou a lavanderia e entrou na cozinha, onde respirou inebriado o cheiro da canela e do bolo. Esquecera como aquele bonito cômodo inundado de sol tinha o perfume dos anos felizes... Quantas vezes não viera instalar-se ali, na mesa de carvalho, só pelo prazer de fazer o dever de casa enquanto sua mãe preparava crepes ou cookies!

Penetrou no grande salão estilo colonial, decorado com instrumentos musicais e máscaras africanas — a paixão de Elisa — e espichou os ouvidos. Havia vozes distantes no andar de cima, vindo provavelmente de um dos quartos do fundo.

— Não estou brincando — ameaçava Rudolf.

— Eu também não — replicava sua mãe, com frieza. — Juro que esse bracelete estava nessa caixa...

— Então onde ele está AGORA? — gritou Rudolf.

— Não sei, eu...

Uma espécie de porta de armário bateu e Samuel correu para a escada. Porém, não conseguiu ir muito longe: a queimação difusa que até aquele momento espalhava-se dentro de sua barriga tornou-se bruscamente mais nítida e mais incisiva, como se uma gilete cortasse meticulosamente sua pele. Sem forças, desabou em cima do corrimão com uma das mãos na barriga! Tinha a impressão de que lhe rasgavam o ventre!

— E aí, nessa gaveta, tem o quê? — irritava-se Rudolf.

Sam cerrou os dentes para não gemer. Queria poder seguir adiante, mas suas pernas recusavam-se a sustentá-lo. Com os olhos embargados de lágrimas, levantou a camisa: nada, nenhuma marca, nem corte, nem sangue. E, mesmo assim, que vontade de gritar! Uma faca invisível revirava suas vísceras na altura de sua cicatriz e... Sua cicatriz... A apendicite... A apendicite, claro! Era a única explicação possível! Nada a ver com a bicicleta nem com a fisgada no baço. O que ele sentia era o que acontecia com seu outro eu no mesmo instante na clínica de Sainte-Mary! Depois da crise de apendicite, o bisturi de um cirurgião!

Samuel tentou controlar a respiração. Sim, só podia ser isso... De uma maneira ou de outra, devia estar em conexão com o corpo ou o espírito do Sam que ele havia sido três anos antes — daí as lembranças tão vivazes que o haviam assaltado agorinha. E, se a anestesia do seu duplo salvara-o da implosão cerebral, isso não o impedia de viver a distância a agressão física representada pela intervenção cirúrgica.

— Estou lhe avisando que se você não me encontrar imediatamente esse bracelete — continuava Rudolf lá em cima —, isso não vai acabar bem...

Samuel tomou um pouco de ar e fez um esforço violento para se levantar. A dor continuava ali, intolerável, lancinante e, no entanto, não tinha nenhuma causa concreta, não passava do eco de uma operação que se desenrolava longe dali. Não era sua carne que era torturada, não era seu apêndice doente que iam seccionar... Ele *já* tinha sido operado, já tinha sua cicatriz, não corria mais risco nenhum! E, se demonstrasse vontade suficiente, se conseguisse dominar aquela ilusão de dor...

Curvado, Samuel conseguiu subir um degrau, depois o segundo. Sua mãe estava lá em cima, era a única coisa que contava.

— Está mentindo — vociferava Rudolf —, está mentindo desde o início! Como seu marido!

— O senhor conhece o meu marido? — espantou-se Elisa.

— Ora, se o conheço! E se acontecer alguma coisa com você hoje, será tudo culpa dele...

Samuel mordeu o beiço e teve que levantar sua perna direita com as duas mãos para poder subir os últimos degraus. O quarto de seus pais, na ponta do corredor, parecia-lhe inatingível.

— Como conheceu o meu marido? — indagava Elisa, estupefata.

— Muito comprido para explicar. Tudo que posso lhe dizer é que Allan tem uma dívida comigo. Uma dívida alta. E tenho a impressão de que é você que vai pagar...

Seguiu-se um estalo sonoro, tipo uma bofetada, seguido por uma exclamação de surpresa que congelou Samuel.

— Isso é só um aperitivo do que lhe espera — continuou Rudolf. — Vou contar até três. Se no três eu não tiver o bracelete, juro que pode dizer adeus ao seu querido marido. Um...

Samuel progredia no corredor amparando-se como podia na parede. Nunca chegaria a tempo. Rudolf ia matar sua mãe sem que ele pudesse levantar o mindinho... Fechou os olhos em desespero de causa e tentou reunir o pouco de energia que lhe restava para refrear o seu ritmo cardíaco. Trabalho perdido... Impossível concentrar-se, de tal forma a fisgada dentro de sua barriga absorvia seu espírito.

— Dois...

— Juro que não sei onde está esse bracelete — protestou Elisa, aterrorizada. — Se eu soubesse, eu...

Sam então tentou gritar para avisar que era ele que detinha o Círculo de Ouro, mas o tênue fio de voz que se dignou a sair de sua garganta logo foi encoberto por um grito de Elisa acompanhado de um estrépito de móveis. Rudolf devia tê-la agredido novamente!

Depois veio o silêncio...

— Três... — enfatizou o Tatuado com deleite.

Samuel estava a apenas um metro da porta entreaberta. Pelo vão, avistou sua mãe deitada no carpete, entre uma poltrona e um banquinho derrubados. Parecia inconsciente.

— Mamãe! — ele implorou com uma voz cavernosa. — Mamãe!

Superando sua dor na virilha, irrompeu mancando no quarto e se precipitou para o corpo inanimado.

— O que é que...? — rugiu o Tatuado.

Mas Samuel ignorou-o, deixando-se cair perto de Elisa, que jazia com os braços totalmente abertos, uma escoriação sangrando na têmpora. Sem dar a mínima para as injunções de Rudolf, apoiou o ouvido no peito de sua mãe: sob a blusa de bolinhas, seu coração continua a bater... Estava viva!

— Vire-se imediatamente ou furo sua pele — vociferou Rudolf.

Samuel hesitou por um segundo, depois terminou obedecendo. Sua mãe não estava morta, isso era o mais importante. Acabaria descobrindo um jeito de tirá-la dali, mas enquanto isso tinha que obedecer. Girou então lentamente e tentou uma cara boa. O Rudolf que ele tinha à sua frente parecia mais jovem do que o que conhecera em seu presente — menos rugas nos cantos dos olhos, cabelos mais escuros apesar das têmporas já grisalhas, a silhueta mais esbelta... Em compensação tinha o mesmo olhar duro e cruel, e o mesmo maxilar crispado, o de uma fera sôfrega por terminar com sua presa. Usava um terno cinza-claro e apontava para Sam uma pistola que exibia um cano mais comprido do que o normal — equipada com um silenciador?

— Ela está sangrando — soprou Sam o mais alto que pôde. — Temos que levá-la para o hospital.

— Foi realmente "mamãe" que ouvi você relinchar ao entrar, não foi? Que besteirada é essa?

Samuel lutava para conservar uma atitude digna a despeito da tenaz que lhe beliscava as entranhas.

— Responda — insistiu o Tatuado. — Por que a chamou de mamãe? Ela tem um filho só e ele tem 10 ou 11 anos que eu saiba. Já estive com ele várias vezes e...

Sua expressão tornou-se inquisidora:

— E essas roupas de linho, onde arranjou?

— Ela está ferida na testa — prosseguiu Sam, esforçando-se para articular. — Temos que cuidar dela urgentemente.

Rudolf debruçou-se sobre ele sem largar a arma:

— Incrível! — exclamou. — Você parece com ele, é mesmo... Mas mais velho!

Recuou então subitamente dois passos, como se acabasse de compreender.

— Levante-se — ordenou. — Levante-se!

Samuel fez uma careta de dor e teve que se contorcer para ficar de pé.

— Explique-me de onde vem — intimou Rudolf. — E não se atreva a mentir.

Samuel piscou os olhos e percebeu que continuava incapaz de se concentrar suficientemente para influir sobre sua pulsação cardíaca. O que podia fazer naquelas condições? Como conseguir que Rudolf poupasse sua mãe? A menos... Talvez houvesse um argumento ao qual o Tatuado se mostrasse sensível. Um argumento que ele mesmo usara depois do rapto de Alicia...

— Venho lhe propor uma troca — declarou Sam, limpando a garganta.

— Uma troca, só isso! E que troca, por favor?

— Se for embora e deixar minha mãe tranquila, entrego-lhe o Círculo de Ouro.

Um relâmpago de cobiça brilhou nos olhos do Tatuado, enquanto um leve tremor lhe agitava o canto dos lábios.

— Então é você que está com ele — deduziu. — Trouxe-o de sua época, é isso? Quanto? Quatro anos no futuro? Cinco anos?

— É, mais ou menos.

— Posso saber que pedra você utiliza?

— A de Barnboïm.

— A de Barnboïm, veja só... Quer dizer que Martha autoriza-o a passar na casa dela? Mas eu achava que tinha exclusividade!

— Eu... tive sorte — defendeu-se Samuel. — Aproveitei-me de um momento em que ela não estava me vendo.

— Sorte, hein? — repetiu o Tatuado. — Desconfio das pessoas que têm sorte, são perigosas. Pois não podemos muita coisa contra a sorte, não é mesmo? Exceto quando ela começa a virar, claro... Então, esse bracelete?

— Eu lhe direi onde ele está assim que puder chamar a ambulância — improvisou Sam. — E se você prometer ir embora depois.

O Tatuado balançou a cabeça:

— Claro... Deixo você chamar a ambulância e, em troca, você me diz onde está o Círculo de Ouro. Um negócio justo, com certeza.

Seu sorriso sarcástico, entretanto, desmentia a amabilidade de suas declarações.

— Vejamos — continuou —, tentemos refletir. — Você aparece do nada enquanto estou... digamos, acertando as coisas com a sua mãe. Manifestamente, você chega direto do futuro, pelo menos a julgar por quem você é, ou seja, o filho de Allan, pela idade que tem e que não deveria ter, e também por essa fantasia que equivale a uma confissão. Sem falar nessa cara de aspirina que poderia ser um efeito colateral da viagem. Logo, a questão é: por que vir se enxerir especificamente hoje?

Rudolf deslocou-se um pouco para a esquerda a fim de ter ao mesmo tempo Elisa e seu filho no campo de mira.

— Será que posso sugerir uma hipótese? — ele continuou. — Suponhamos que minha conversinha com sua mãe tenha chegado a um impasse. E que você, em algum lugar no seu futuro, tenha enfiado na cabeça que podia mudar alguma coisa nele. Com a condição de retroceder, claro, e me trazer o Círculo de Ouro. Precisamente esta tarde. Isso poderia explicar tudo, não? Ignoro como conseguiu fazer isso, mas o fato é que você está aqui... E, logicamente, deve estar de posse do objeto de troca. Deve ter trazido com você... Portanto, se não quiser que eu exploda sua cabeça numa época na qual você não tem nenhuma razão para morrer, aconselho-o a pegar essa mesinha e colocar o bracelete em cima dela. Fui claro?

O Tatuado aliou o gesto à palavra retesando o braço na altura dos olhos de Sam.

— Posso contar até três, se preferir.

Ia atirar, era óbvio: não havia um grama de piedade em seu olhar. E, depois do filho, se livraria da mãe. Samuel cogitou em jogar a mesinha na cara dele, mas estava fraco demais. Mal conseguia reunir forças suficientes para odiá-lo... O essencial, no imediato, era ficar vivo a fim de proteger Elisa. E aguardar o instante em que Rudolf cometesse um erro.

Sam terminou então por se debruçar, segurando a parte lateral do corpo e mordendo a língua para não gritar. Colocou de pé a mesinha e tirou do bolso o Círculo de Ouro original — o que acabava de pegar com a Srta. Mac Pie — antes de colocá-lo no tampo preto da mesinha. Parecia um sol horizontal deitado num mar de ébano...

— Ele brilha — murmurou Rudolf —, brilha magnificamente. Apenas um viajante pode fazê-lo brilhar, sei alguma coisa sobre isso... Esse bracelete era meu, veja você, e seu pai o roubou de mim. Uns vinte anos atrás. Num certo sentido, você vem reparar o erro dele.

— Nesse caso, seria justo o senhor nos deixar ir embora em paz — afirmou Sam. — Pegue o bracelete e vá. Juro que não iremos denunciá-lo.

— Duvido realmente que vocês me denunciem — aprovou o Tatuado. — Mas tenho que ser prudente também: como saber se você não está armado? Eu não gostaria que você se aproveitasse da minha partida para atirar nas minhas costas. Portanto, esvazie seu outro bolso, meu garoto, parece bem cheinho.

Se já não estivesse pálido, Samuel teria ficado lívido. O segundo Círculo de Ouro... Ele nem cogitara em protegê-lo!

— Eis uma hesitação suspeita — rugiu Rudolf. — Precisa de ajuda para se decidir?

Abaixou a arma alguns centímetros e apontou-a para o rosto de Elisa.

— Se não vai fazer por você mesmo, faça por ela. Tão perto do objetivo, seria uma pena fracassar, não acha?

Samuel achou que ia desmaiar. Separando-se também do bracelete de Merwoser, não teria mais como levar sua mãe para o seu presente, nem, muito menos, voltar... Além disso, sentia-se completamente esgotado...

— Pior para você.

— Espere — falou Sam com dificuldade.

Enfiou a mão no outro bolso, tirou dele o chaveiro em forma de dinamarquês de Martha Calloway e deixou-o cair na mesinha.

— Chaves — riu o Tatuado. — Impressionante... Que mais?

Mecanicamente, Sam fez seguir-se o bracelete de Merwoser, que, ornamentado com seus seis discos de Thot, começou a tilintar no silêncio. Rudolf observou-o com uma expressão sôfrega.

— Não é possível! O segundo Círculo de Ouro também! Mas você é uma verdadeira mina, mocinho! Acabe de revirar os bolsos para eu me certificar de que não tem mais nada. Vamos!

Samuel obedeceu novamente e acrescentou ao butim que se amontoava sobre a mesa a moeda furada de 11 de julho. Rudolf fez-lhe sinal para afastar-se até o espelho do fundo e aproximou-se do tesouro. Inspecionou primeiro os dois círculos de ouro sem despregar um olho de Sam, e, embora fizesse força para nada deixar transparecer, pareceu sentir uma alegria doentia pensando em tudo que aquelas joias lhe permitiriam realizar. Depois se interessou pela moeda de 11 de julho e estalou a língua de maneira desaprovadora:

— Admita, mocinho, esse disco de Thot me pertence, não é? Onde o desencalhou?

Seria aconselhável confessar-lhe a verdade? A Igreja das Sete Ressurreições e tudo o mais? E dessa forma dar-lhe ideias perigosas que de toda forma ele não demoraria a ter? Samuel achou que não.

— No meu presente — disse.

— Você insiste? E onde no seu presente?

— Bem... Em Chicago — mentiu Sam. — Na sede da Arkeos.

— Também conhece a Arkeos? Realmente... Com essa carinha de filho de papai, você é um adversário temível, ao que tudo indica.

Rudolf considerou-o como se procurasse sondá-lo mais, e depois declarou:

— Em outras circunstâncias, talvez pudéssemos ter trabalhado juntos... Quem sabe você tivesse sido mais corajoso e clarividente que seu pai? Talvez não tivesse me traído também...

Samuel já ouvira aquele tipo de conversa. Em geral, terminava muito mal...

— Sinto muito, mocinho, mas a vida é feita de escolhas e não posso deixá-lo no meu rastro, nem você nem sua mãe. É aqui que nos despedimos.

Samuel viu a extremidade do silenciador voltar-se para ele qual um olho metálico e apontar para o meio da sua testa. Se pelo menos tivesse meios para se insurgir, tentar alguma coisa... Mas seu corpo era só esgotamento e dor.

— Será que posso pelo menos beijar a minha mãe? — ouviu-se implorar.

O Tatuado deu de ombros, soberano:

— Não sou um monstro, apesar das aparências. Mas seja breve, tenho horror a demonstrações de afeto.

Sam desmoronou junto a Elisa sem se preocupar com a queimadura que lhe incendiava as vísceras. Aquilo de toda forma não ia durar. Olhou pela última vez para sua mãe e a achou tão bonita, tão comovente... Parecia adormecida, com uma flor vermelha na têmpora. Ele gostaria de lhe falar, pedir-lhe perdão, dizer-lhe como lamentava não ter estado à altura. Dizer-lhe também que ela havia sido uma mãe maravilhosa e que, prestes a morrer, ainda preferia que fosse ao seu lado.

— Basta — interveio Rudolf. — De joelhos.

Samuel segurou a mão de sua mãe. "Pronto", pensou, "chegou a hora..."

Sentiu sob seus dedos a singela aliança de ouro, símbolo do amor que Elisa e Allan haviam jurado um ao outro. Um amor eterno, cujo fruto era ele, Samuel.

— Ande logo — grunhiu o Tatuado —, ou começo por ela.

Com um último pensamento dirigido a seus pais, Sam acariciou o anel. Talvez o amor fosse realmente a única coisa imortal neste mundo... Pôs-se de joelhos sobre o carpete, quase resignado a morrer, quando uma ideia fulgurante atravessou-lhe o espírito. O anel... Por que não justamente o anel?

Levantou a cabeça para o seu carrasco:

— Antes que você atire, Rudolf — lançou ele com uma voz rouca —, tenho uma última proposta a lhe fazer. Se nos poupar, posso lhe dar uma coisa muito mais preciosa do que o Círculo de Ouro. Posso lhe dar o anel da eternidade...

XXVIII

Dentro do porta-malas

Samuel não passava de um traste no porta-malas de um carro. Sua dor na virilha era tão aguda que ele se mantinha em posição fetal e cada solavanco lhe arrancava um gemido. Não era mais apenas a queimadura de antes, mas também a sensação de que o haviam amputado de um pedaço de si mesmo: sentira precisamente o instante em que o cirurgião seccionara o apêndice e teria jurado agora que uma agulha ia e vinha dentro da sua barriga. Se acrescentarmos a isso ao espaço apertado, o calor e o barulho ensurdecedor do motor...

Mas estava vivo. Assim como Elisa, aliás, que devia estar em algum lugar no assento traseiro do automóvel, mergulhada nas brumas da inconsciência. Pois era este o primeiro milagre do anel da eternidade: ter conseguido prolongar a existência da mãe e do filho moribundos... Com efeito, Rudolf, não hesitara antes de perceber o partido que poderia tirar de tal objeto. Pesara durante alguns segundos os prós e os contras, depois declarara:

— Estou escutando...

Sam então contara que durante uma viagem a Roma em 1527 tivera nas mãos um livro secreto, o *Tratado das Treze Virtudes Mágicas* que encerrava todas as informações necessárias à descoberta do anel — com a condição, evidentemente, do interessado possuir os dois círculos de ouro.

— Que tipo de informações? — indagara o Tatuado.

Foi nesse ponto que Samuel tivera que se mostrar convincente. Chutara que o Tratado pululava de indicações — o que era exato — e que, a priori, era impossível para ele saber quais eram úteis e quais não eram. Mas ele dizia que, uma vez no lugar certo — o túmulo de Setni no caso —, a pessoa poderia situar-se e descobrir o anel.

— Meu primeiro reflexo seria pensar que você está tentando ganhar tempo — observara Rudolf em primeiro lugar. — Mas acontece que também ouvi falar desse Tratado e, pelo que sei, ele se parece com o que você descreveu. E, caramba, depois de conseguir trazer os dois círculos de ouro, você merece um pouco de crédito, não é mesmo? Por conseguinte, vou lhe dar uma colher de chá, para você e sua mãe... Mas apenas uma, hein? Se não cumprir sua promessa, não se preocupe, não faltarei com a minha.

Arrastara-o em seguida até a garagem sob a ameaça do revólver e o obrigara a entrar no porta-malas do Chevrolet. Nos minutos que se seguiram, Sam ouvira um barulho de porta, depois um ufa! de alívio quando o Tatuado depositara alguma coisa pesada no assento. Em seguida, ouviu uma batida na tampa do porta-malas:

— Sua mãe está no banco de trás — murmurou através da carroceria —, podemos ir. Se você se comportar, correrá tudo bem.

O carro arrancou no momento preciso em que, no setor cirúrgico da clínica de Sainte-Mary, o bisturi do cirurgião cortava o apêndice de seu *alter ego*, e Sam não pudera fazer outra coisa senão contorcer-se ainda mais...

O trajeto fora relativamente curto, o que parecia confirmar que a destinação escolhida era a rua Barnboïm. Entre duas idas e vindas da agulha imaginária sobre sua ferida imaginária, Sam naturalmente se perguntara se não tinha assumido um risco temerário ao prometer o anel da eternidade ao Tatuado. Se este um dia se apoderasse dele, Sam não queria nem imaginar o gênero de catástrofe que isso poderia acarretar. Mas, além de dar mostras de instinto de sobrevivência, Sam esperava, uma vez no túmulo de Setni, recuperar faculdades suficientes para impedir Rudolf de matá-los. Tinha sido, em todo caso, a melhor desculpa que conseguira arranjar...

O carro parou em meio a um concerto de latidos e Sam ainda teve que esperar longos minutos trancado no porta-malas, ao passo que o motor continuava ligado e ele só percebia fiapos de conversa incompreensíveis. Finalmente, a tampa se abriu e ele teve que proteger os olhos para não ficar cego com a claridade.

— Sua mãe está bem vigiada — avisou o Tatuado. — Ao menor deslize da sua parte, os totós de Martha irão adorar antecipar seu jantar. Se entrar direitinho na casa, em compensação, não lhe acontece nada.

Samuel teve toda a dificuldade do mundo para se desenrolar. O Chevrolet estava parado no quintal, entre as casinholas dos cães, e Rudolf, que segurava seu revólver junto ao quadril, tivera tempo de mudar de roupa. Usava agora um conjunto de linho bem parecido com o de Samuel e lançava olhares furtivos para os arredores. Mas os vizinhos não pareciam interessados no barulho proveniente da casa da velha Calloway: deviam estar acostumados.

Sam subiu com dificuldade os degraus da escada da entrada, ainda mais que dois cães rodopiavam em torno dele latindo e babando como se impacientes para dar início ao aperitivo. Penetrou no salão, onde reinava um terrível cheiro de estábulo e a porta se fechou em suas costas antes que tivesse dado três passos.

— É ele? — rosnou Martha Calloway.

— É ele — admitiu Rudolf.

Martha Calloway plantou-se diante do adolescente e enfiou-lhe o fuzil sob o queixo:

— Como você fez para que eu e os bebês não te víssemos?

— Tive sorte — respondeu Sam, esforçando-se para sustentar seu olhar.

Ela realmente parecia um cachorro velho, com suas bochechas flácidas e um bandó que lhe deixava com dois chumaços de cabelo pendurados de cada lado da cabeça. Um cachorro fumante, além do mais, pois ela também tinha uma guimba amarela grudada no canto dos lábios, o que tornava sua dicção pastosa.

— Sorte é o cacete — resmungou, enfiando-lhe o cano no pescoço.

— Basta — interveio Rudolf, obrigando-a a abaixar a arma. — Ainda preciso dele um instante. Em vez disso, cuide dela.

Apontava para Elisa, ainda inconsciente, deitada num sofá estropiado de cores lamentáveis, com uma mordaça que cobria-lhe a boca e um trapo de pano imobilizando as mãos. Três mastins mantinham-se em posição de sentido diante dela, a língua pendente, ganindo a intervalos regulares.

— Ela não corre o risco de fugir! — gargalhou Martha Calloway.

— As chaves estão no carro — prosseguiu o Tatuado. — Sabe o que tem a fazer?

— Tudo bem, não sou idiota — ofuscou-se a outra. — Às 16h30 em ponto, se você não estiver de volta, arremesso a bela dama e seu carro na ribanceira de Doomsday. Mas tem que ter um extra para o táxi, cavalheiro, precisa saber. Um polpudo suplemento até...

— Sem problema — esquivou-se Rudolf. — E, se ela acordar daqui até lá, não a deixe fugir.

— Embora o filho tenha me pregado uma peça uma vez — cuspiu a domadora de feras —, a mãe não vai repetir a farsa, acredite em mim! E, já que está aí, as chaves que esse ladrãozinho me roubou, quando ele vai me devolver?

— Depois, depois — respondeu Rudolf, irritado. — Agora, ele tem coisa melhor a fazer. Venha por aqui, você...

O Tatuado empurrou Samuel na direção da escada que levava ao porão e vários dinamarqueses tomaram a sua frente para escoltá-lo, fungando e mordendo a bainha de sua calça.

— Dalgon! — berrou Martha Calloway, fazendo as paredes estremecerem. — Aqui!

Como se recebesse uma violenta descarga elétrica, o maior dos cães deu meia-volta, com o rabo entre as patas, imitado imediatamente por seus três congêneres.

— Podem descer tranquilos, meus bebês vão se comportar — acrescentou num tom maternal.

Samuel abriu a marcha num passo inseguro, alegrando-se que a luz do subsolo estivesse acesa dessa vez. Sob a luz fria, o porão continuava a mesma confusão, e ficava cada vez mais impossível circular sem tropeçar.

— No fundo — intimou Rudolf.

O espaço em torno da pedra esculpida estava desobstruído e o armário branco ao lado dela, aberto. Tratava-se manifestamente do armário pessoal do Tatuado: seu terno cinza, bem como outros pertences estavam pendurados em cabides e uma pilha de roupas de "viagem" enchiam uma prateleira. Na parte interna da porta, estava pintado um símbolo de Hathor em preto.

— Reconheço que este lugar tem algo de sórdido — insinuou Rudolf —, mas, de certa forma, é isso que constitui sua força. Entre essa despensa e os cães, meu segredinho foi muito bem guardado até agora. Pelo menos, até você chegar... Pronto, estique os braços para trás.

Samuel obedeceu e o Tatuado pegou uma calça de linho e a amarrou em volta de seus pulsos à guisa de algemas. Sam soltou um suspiro de dor, não porque o linho estivesse cruelmente apertado, mas porque aquela nova posição, com as mãos nas costas, obrigava-o a se vergar e intensificava as fisgadas no seu estômago.

— Vai precisar ser menos frouxo se quiser ajudar sua mãe — zombou Rudolf. — É o fuso horário que o incomoda? Veja bem, isso por um lado até que vem bem a calhar...

Pegou no armário um estojinho preto, que abriu rente aos olhos de Samuel. Tratava-se de um despertador de viagem, cujo mostrador, uma vez desdobrado, indicava 16h16.

— Bom, chega de enrolação... Daqui a 15 minutos, Martha vai acompanhar sua mãe para um último programa nas ribanceiras de Doomsday. Do jeito que ela dirige, infelizmente, tenho muito medo de que isso termine num acidente. Vai ficar órfão, mocinho... A não ser que você e eu voltemos a tempo de dissuadir a Sra. Calloway de pegar o volante, naturalmente.

Dobrou novamente o despertador e o pôs no lugar.

— Como você já deve ter feito a experiência — prosseguiu —, o tempo passa sete vezes mais rápido no passado do que no presente. Em outras palavras, quando partirmos, disporemos de aproximadamente sete vezes 15 minutos para realizar nossa tarefa. Uma gorda hora e meia... Parece-lhe suficiente?

Samuel fez sim com a cabeça, mesmo não fazendo a mínima ideia da maneira como poderia obter o anel da eternidade. Mas o importante era mudar de lugar e se livrar de Rudolf.

— Perfeito — este aprovou. — Agora — continuou, tirando do bolso o bracelete de Merwoser e suas seis moedas —, que disco de Thot vamos escolher, por favor?

— Este... este de vidro — balbuciou Sam. — Ele fazia parte de uma joia em forma de escaravelho que data da época de Setni... Mas como posso ter certeza de que conseguiremos voltar para cá depois? — ainda teve forças para perguntar.

— Muito fácil — garantiu o Tatuado —, utilizaremos a moeda que o trouxe para cá. Quando solicitamos um disco de Thot para retornar a um local já visitado, ele nos despacha para depois da última utilização da pedra. Para não colocar o viajante diante de si mesmo... Não sabia disso?

Samuel foi obrigado a admitir que não, o que fez nascer um sorriso arrogante nos lábios de seu interlocutor.

— Fazer o quê — gabou-se —, você tinha que ter tido um professor de verdade. Mas, até com o próprio filho, tenho a impressão de que Allan falhou...

— Estamos perdendo tempo — Sam contentou-se em replicar.

— Tem razão, mocinho, estamos perdendo tempo! E o que existe de mais precioso do que o tempo, não é mesmo? Vamos, vamos embora.

Fechou o armário, sopesou por um instante seu revólver e passou por trás de seu prisioneiro como que para guiá-lo em direção à pedra.

Porém, enquanto Samuel se preparava para avançar, Rudolf aproveitou-se de sua vulnerabilidade para lhe desferir uma poderosa coronhada na cabeça. Sam teve a impressão de que o teto do porão desmoronava sobre sua cabeça e tudo ficou preto.

XXIX

Dois sóis não podem brilhar ao mesmo tempo

A dor na barriga passara, foi a primeira coisa de que teve consciência. Não sentia mais a queimação atroz na virilha, nem a agulha que se esmerava em torturá-lo. Em contrapartida, tinha uma barra na altura da nuca, e jazia lamentavelmente no chão duro e frio, as mãos amarradas nas costas. Um peixe morto no fundo de um freezer... À sua volta reinavam o silêncio e a escuridão absolutos. Há quanto tempo estava ali? E onde se enfiara Rudolf?

Sam cuspiu o pó que tinha na boca e se contorceu para se levantar. Conseguiu ficar de pé apoiando-se num bloco de pedra retangular, no qual julgou reconhecer, pelo toque, o pedestal destinado a servir de base para o sarcófago de Setni. Este não estava no lugar, o que sugeria que haviam aterrissado na época certa... Quando Sam fizera sua primeira viagem a Tebas, com efeito, as obras do túmulo estavam perto do fim, mas o caixão em si ainda não havia sido instalado. Sam convivera assim vários dias com os operários encarregados da decoração do túmulo, antes de conseguir encontrar Ahmusis, o próprio filho de Setni, que lhe dera o escaravelho de vidro graças ao qual pudera regressar.

Sam esboçou três passos laterais e esbarrou numa parede. Pelo que se lembrava, as dimensões deviam corresponder aproximadamente às da câmara mortuária: um pouco mais de quatro metros por quatro, com o sarcófago no centro. Um indício a mais... Mas por outro lado isso não explicava o que acontecera com Rudolf. Teria se perdido no caminho, engolido por alguma fenda do tempo? Seria uma excelente notícia, não fosse a ausência de qualquer vestígio do Círculo de Ouro — dos círculos de ouro, melhor dizendo — de que Sam precisava para regressar. Ora, ele tinha que ser rápido. E, para começar, livrar-se do pano que esmigalhava seus pulsos...

Sam foi se esgueirando rente à parede e bateu numa espécie de cerâmica ou arca que repercutiu sonoramente. Objetos ou provisões destinados à derradeira viagem do grão-sacerdote... Quando Sam deixara aquele lugar depois de sua entrevista com Ahmusis, diversos elementos da mobília funerária já estavam armazenados, o que parecia confirmar sua primeira intuição.

Passos ressoaram em algum lugar em cima, e Sam ergueu os olhos. Uma luz alaranjada acabava de iluminar o buraco perfurado no meio do teto. O orifício, suficientemente largo, representava a única abertura pela qual era possível o acesso ao recinto. Originariamente, uma escada de corda permitia entrar e sair, mas alguém devia tê-la retirado. E esse alguém...

— Até que enfim, acordou! — troou a voz ignóbil de Rudolf. — Faz pelo menos dez minutos que estou andando de um lado para o outro, achei que tinha hibernado.

Ficou de cócoras na beirada do buraco e agitou a tocha que tinha nas mãos na direção de Sam, antes de acrescentar:

— E Elisa, está pensando nela? Você não está aqui para descansar!

— Foi você que me agrediu! — protestou Sam.

— Claro que sim! Me toma por um iniciante? Acha que eu teria sobrevivido a todas essas viagens se não fosse um pouco desconfiado?

Passou o archote para sua mão esquerda, depois sacou a arma e a apontou para Sam.

— Sabe de uma coisa? Tive duas boas surpresas ao desembarcar aqui. A primeira é que, como eu esperava, o Círculo de Ouro não influi em nada quando o colocamos na cavidade da pedra. Ele deve fazer parte integrante das sendas do tempo ou alguma coisa desse gênero... Seja como for, consegui transportar meu revólver e o bracelete juntos. Prático, não?

Vibrava.

— A outra boa notícia é que, quando chegamos, havia uma tocha ardendo atenciosamente no chão. Como se o visitante precedente a tivesse deixado para nós. Ora, o visitante precedente...

Não precisou terminar a frase, certo de que Samuel o compreenderia com meias palavras. Sua teoria era exata, com efeito, um viajante utilizando um disco de Thot para voltar a um lugar já visitado via-se expedido para o local pouco depois de sua última passagem. Em outros termos, havia grandes chances de que a tocha em questão fosse aquela que Samuel abandonara após o seu primeiro encontro com Ahmusis!

— Que ironia, não é mesmo? — escarneceu o Tatuado. — Como se você tivesse feito questão de iluminar esse momento único, quando me preparo para me tornar imortal! E agora, mocinho — intimou-o num tom de urgência —, só lhe resta terminar o trabalho. Onde está o anel?

Samuel não respondeu, procurando perto dos objetos funerários alguma coisa que pudesse ajudá-lo. Duas ou três jarras de argila na penumbra, estatuetas de animais, vários assentos, uma lança... Uma lança... Se conseguisse alcançá-la e cortar suas amarras, quem sabe não poderia utilizá-la também como arma?

— Já vadiou o suficiente — ameaçou o Tatuado —, o cronômetro gira!

Sam deslocou-se até a parede mais próxima, onde estampava-se uma grande figura de Thot cercado por uma miríade de personagens em miniatura. Ele fingiu examinar a singela coroa que o deus com cabeça de íbis tinha nas mãos, e ao fazê-lo, estudou a lança recostada na parede a um metro de si. Tinha tudo de uma lança de verdade com uma lâmina de verdade.

— Eu poderia começar por uma bala no joelho... — insinuou Rudolf.

Sam fechou os olhos e se concentrou sutilmente no duplo batimento dentro de seu peito. O local devia estar carregado de energias positivas, pois conseguiu colocar instantaneamente sua pulsação cardíaca em uníssono com a da pedra. A penumbra iluminou-se sensivelmente e assumiu um belo tom verde-claro, enquanto o ar ambiente parecia agregar-se em longos filamentos móveis. Teve, porém, a sensação bem nítida de que não dispunha senão de uma capacidade de frenagem limitada — vale lembrar que já se desgastara muito na casa de Martha Calloway! Mas será que tinha outra escolha?

Com o cotovelo, fez a lança cair no chão e a enfiou entre seus calcanhares de maneira a imobilizá-la. Depois ficou de cócoras em cima da parte metálica e, após tateá-la, conseguiu girá-la para cima a fim de manipular o tecido que o paralisava. Sentiu as fibras se desfiarem sob a ação da lâmina, mas Rudolf tomara a precaução de dar várias voltas e vários nós. Aquilo podia demorar...

Enquanto tentava se desvencilhar, Sam observou a câmara funerária ao seu redor. Por sua forma geométrica e suas paredes esculpidas na rocha, evocava uma piscina antiga cheia de uma água âmbar saída diretamente de um conto de fadas — de uma cor bem próxima, em todo caso, à do escaravelho de vidro. A tocha projetava estranhos reflexos acastanhados no teto, e Rudolf, que a agitava, parecia uma silhueta petrificada numa pose agressiva. Quanto ao pedestal do sarcófago no centro do recinto, estava transparente em certos lugares, revelando formas aninhadas no vazio, sob a ganga da pedra...

— E essa agora! — murmurou Sam, deixando escapar uma série de bolhas.

Era exatamente como sob o sambaqui do imperador Qin, quando se achara numa caverna escura e tivera que esculpir com as próprias mãos sua primeira pedra! Se à primeira vista esta lhe parecera inteiramente lisa e comum, com a frenagem do tempo, pudera vislumbrar em transparência os contornos da escultura a realizar. Da mesma forma que ali, sobre o pedestal do sarcófago, conseguia distinguir, nas profundezas da matéria, os contornos de um sol com os raios projetados...

Samuel franziu os olhos para visualizar melhor o desenho incrustado. Alguns detalhes insólitos que ele observara até então sem compreendê-los voltavam embaralhados à sua memória, enquanto a frase sibilina que o imperador Qin lhe transmitira antes de morrer ganhava subitamente uma nova ressonância: "os dois sóis não podem brilhar ao mesmo tempo"... Os dois sóis! Claro! Isso explicava tudo! Não havia uma, mas duas pedras esculpidas sobre o pedestal do sarcófago! Dois sóis! E dois sóis que decerto não podiam "brilhar" juntos, pois não se revelavam senão em períodos distintos! Isso justificava a sensação de desorientação que Sam sentira ao aterrissar no túmulo na época em que seu pai o explorava...

Daquela vez, com efeito, Sam voltara a si ao lado dos objetos funerários, ao passo que, em sua lembrança — isto é, antes da inumação de Setni —, a pedra esculpida situava-se no lado oposto, na parte que dava para o fundo do recinto. A coisa parecera-lhe insólita, mas ele tinha tantas outras preocupações naquele dia...

Agora, estava tudo mais claro: cada extremidade do pedestal abrigava na verdade sua própria pedra esculpida, mas uma e outra só eram vistas alternadamente. Com os funerais de Setni, por exemplo, apenas aquela orientada para o fundo da câmara mortuária era acessível. Tinha sido por ali, a propósito, que Rudolf e ele acabavam de chegar... Mas depois do enterro de Setni — ou pelo menos num período mais recente —, o viajante não tinha mais outra escolha a não ser utilizar o segundo sol, aquele orientado para a grande figura de Thot e a mobília funerária. E era precisamente esse sol que Samuel vislumbrava agora em transparência, aconchegado no coração da rocha...

Quanto a saber o que tornava possível aquele prodígio... Talvez a intervenção de um escultor, após a inumação de Setni, tivesse dissimulado uma das pedras antes de fazer surgir a outra... Ou teria sido um truque de mágica do próprio grão-sacerdote, que certamente havia visitado seu próprio túmulo já que escondera nele o anel?

Em todo caso, Samuel estava convencido de que a frase misteriosa do imperador Qin aludia claramente à câmara funerária. Os dois sóis não podem brilhar ao mesmo tempo... Uma espécie de código que, uma vez decifrado, devia conduzir inclusive ao tesouro supremo!

Duas gotas pesadas caíram de sua testa, e simultaneamente Sam tomou consciência de que suava e de que esse suor não se devia ao esforço que produzia: também começava a sentir um início de crispação no peito. Puxou com toda a força o pano que o aprisionava, mas a calça de linho resistia ferozmente. Nunca conseguiria se libertar antes de se ver obrigado a relaxar a pressão que exercia sobre o curso do tempo...

Soergueu-se por um instante para tentar represar a dor que se instalava e, ao levantar a cabeça, observou que havia também algo fosforescente na superfície do pedestal. Uma espécie de círculo, talvez até dois, cingindo símbolos que reluziam na mesa de pedra. Mais uma pista?

Avançou até o bloco para se certificar: dois círculos gêmeos — como os círculos de ouro? — emitiam efetivamente uma luz opalescente, cada um deles exibindo em seu bojo uma espécie de cruz cujos braços eram na verdade formados por quatro triângulos. Como se não bastasse, alguns desses triângulos — ou se tratava de pirâmides? — continham uns pontinhos situados no centro, na base ou no topo, conforme o caso.

Samuel ficou por uns segundos a contemplá-los. Já tinha visto aquele tipo de composição em outro lugar... No *Tratado das Treze Virtudes Mágicas*, no caso... Meia dúzia de combinações de círculos e triângulos, em posições variadas, sem ordem nem sentido aparente. Samuel lembrava-se muito bem de haver se detido nelas, embora fracassando em desvendar seu mistério. E não era agora que teria tempo para isso...

Deu meia-volta na direção da lança e continuou seu trabalho de desbastamento, logo conseguindo dilacerar outra camada do pano. Dessa forma podia mexer um pouco melhor as mãos, mas nem assim se safara. A dor em seu peito tornava-se cada vez mais aguda e, uma vez que obviamente não conseguiria libertar-se suficientemente rápido, julgou mais sensato não arriscar uma crise cardíaca. Além do mais, um esboço de plano começava a se formar em sua mente...

Sam então reposicionou-se diante da grande figura de Thot numa atitude de surpresa, como se tivesse derrubado a lança por descuido. Depois piscou os olhos e um estalo violento ressoou no ar confinado do recinto, substituído por uma detonação ensurdecedora cujo eco repercutiu de uma parede a outra. Uma jarra de argila estilhaçou bem ao seu lado e ele grudou na parede dourada num sobressalto. Rudolf acabava de atirar nele!

— O que você tramou? — berrou o Tatuado.

— Está maluco! — insurgiu-se Sam. — Poderia ter me matado!

— Pois é exatamente isso que vai acontecer! — soltou Rudolf no auge do nervosismo. — De costas para a parede e não se mexa um milímetro!

Fervilhando de raiva, ele desenrolou a escada de corda e soltou a tocha a quatro metros abaixo dele. Sem parar de ameaçar Sam com sua arma, desceu agarrando-se com uma das mãos nas barras trançadas e, uma vez no chão, lançou-se sobre seu prisioneiro. Empurrou-o até a figura de Thot antes de lhe enfiar sem cerimônia o cano do revólver no olho esquerdo.

— Agora — ordenou —, você vai me explicar o que inventou... Que negócio foi esse que me paralisou?

— Não sei! — improvisou Sam. — Também senti uma coisa estranha, como se eu não conseguisse mais me mexer! Primeiro foi essa lança que caiu e depois...

— Uma bala na cabeça — gritou o Tatuado —, é isso que você merece! Vou fazer um buraco na sua maldita cabecinha!

— Juro — defendeu-se Sam, temendo que sua pupila explodisse sob a pressão do metal —, não tenho nada a ver com isso! Mas acho que descobri uma coisa — apressou-se a acrescentar. — A respeito do anel...

— A respeito do anel, hein? — guinchou Rudolf, apertando mais forte.

— Acho que sei como alcançá-lo.

— ACHA ou SABE, sua barata?

— Eu... acho que posso chegar até ele.

O ódio incendiário que Rudolf expelia era quase palpável, e durante um ou dois segundos Samuel julgou realmente que ia ser liquidado. Mas o Tatuado se recobrou:

— Você tem interesse em ser convincente — rosnou.

— Eu... tenho certeza de que há uma segunda pedra esculpida — arriscou-se Sam. — Escondida desse lado daqui do pedestal — precisou, apontando com o queixo a extremidade mais próxima do bloco de pedra.

— Outra pedra esculpida? Escondida?

— É... No *Tratado das Treze Virtudes Mágicas*, o pedestal é representado com uma pedra que é vista do exterior e outra dissimulada no interior — garantiu Sam. — Suponho que seja preciso utilizá-las sucessivamente para alcançar o anel.

— Utilizá-las sucessivamente... — repetiu Rudolf, desconfiado. — Que invencionice é essa agora?

— Nessa mesma página do *Tratado* — prosseguiu o adolescente —, havia também uns sinais bizarros desenhados no pedestal. Talvez instruções... Verifique você mesmo!

— Instruções...

Rudolf franziu o cenho e recuou para se colocar atrás do suporte do sarcófago. Na passagem, pegou a tocha, e, com o revólver sempre apontado para o seu interlocutor, iluminou o lugar onde em breve descansaria o cadáver de Setni. Estudou a superfície do bloco rochoso por um momento, com a expressão severa, depois resmungou:

— E você, compreende alguma coisa?

Sam interpretou a pergunta como um convite para juntar-se a ele. Desencostou da parede e avançou até o pedestal ruminando que finalmente tinha uma pequena chance de retomar as rédeas da situação... À luz da labareda, os dois círculos eram decerto menos impressionantes do que quando cintilavam ainda agora, mas nem por isso deixavam de ser perfeitamente discerníveis, gravados no cinza da pedra. Além disso, eram cercados por um sol e por umas ondinhas estilizadas:

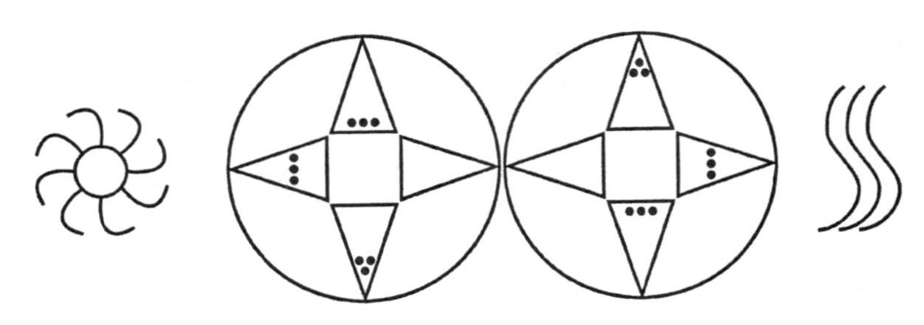

— E aí? — interrogou Rudolf.

Samuel refletia. Nas páginas do Tratado das Treze Virtudes Mágicas, os círculos duplos e os triângulos eram representados em múltiplas posições diferentes. O que provavelmente significava que era possível deslocá-los...

— Tente girá-los — sugeriu Sam.

Sem largar o revólver, Rudolf pressionou seu polegar direito num dos círculos, que girou lentamente um quarto de volta com um barulho de moinho de grãos.

— Um mecanismo secreto, você tinha razão! Camuflado sob o sarcófago... Seu pai e eu não tínhamos nenhuma possibilidade de descobri-lo! E depois?

— E depois, precisamos da combinação certa. A que leva até o anel.

Rudolf ergueu o cano para ele:

— Tem uma ideia, espero?

Com efeito, Sam tinha uma. Uma ideia que, de certa maneira, vinha do próprio grão-sacerdote.

— Você... você já viu a múmia de Setni? — perguntou.

— Conheço-a de cor — gabou-se o Tatuado. — Inclusive já entabulei negociações para adquiri-la junto ao museu de Tebas!

— Então deve ter notado que há uma espécie de símbolo no peito. Dois triângulos, um sobre o outro, como estes aqui... Inclusive com as manchinhas ocre no interior, meio apagadas. A primeira vez que o vi, aquilo me fez pensar numa ampulheta.

— Uma ampulheta! — exclamou Rudolf. — Ora, mas claro, uma ampulheta! Isso explicaria os pontos nos triângulos: são grãos de areia! Uma ampulheta contém grãos de areia, não é mesmo? Bem sacado, meu garoto! Continue assim e salvaremos Elisa antes que Martha se dê conta da nossa partida!

Samuel não acreditava um segundo nos estímulos do Tatuado. Sabia muito bem o que este fizera com seus avós e sua mãe numa versão recente do passado. Rudolf só tinha uma intenção: eliminar todos os Faulkner que se pusessem em seu caminho... Não, em vez de confiar em suas promessas, precisava primeiro convencê-lo a partir de novo. Partir para o mesmo lugar, isto é, o túmulo, mas para outro período, o dos anos 1980. Nessa época, quando ele deixara o sítio das escavações, Sam escondera a arma do arqueólogo Chamberlain atrás de uma das cerâmicas. Se conseguisse recuperá-la agora, teria uma boa chance de se safar... Com a condição todavia de se livrar daquelas malditas amarras! De tanto retorcer as mãos nas costas conseguira soltar um polegar, mas ainda não era suficiente...

— Qual é a próxima etapa? — interrogou Rudolf.

— Pela lógica, se considerarmos que dois triângulos formam uma ampulheta, teremos que combinar os dois triângulos certos para formar a ampulheta certa.

— O que vai nos transportar até o anel, é isso?

— Certamente — reforçou Sam.

— E, na sua opinião, quais são os dois triângulos certos?

— Bem... Em primeiro lugar, não existe um número infinito de posições... A inicial é provavelmente a que você armou, com os dois triângulos vazios. O que seria coerente, no fim das contas: se estão vazios, é porque não há areia, e, se não há areia, não há ampulheta. Cabe a nós descobrir uma combinação mais satisfatória... Que mostre a ampulheta em operação, por exemplo.

Rudolf aprovou. Com o dedo, fez o círculo da direita girar meia-volta e o da esquerda um quarto de volta para compor uma nova figura:

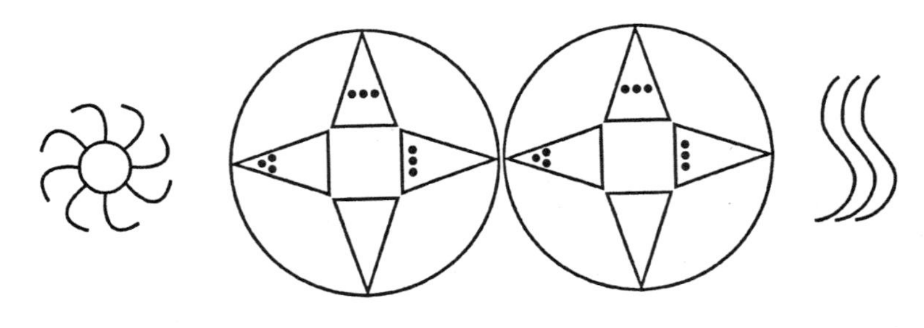

— O que acha disso, mocinho? A areia desce de um lado à direita e se acumula do outro, à esquerda... Uma boa ampulheta em condições de funcionar, não acha?

— Pessoalmente — sussurrou Sam após uma hesitação —, eu evitaria essa combinação.

— E por quê, por favor? — irritou-se Rudolf.

— Por causa do sol e das ondas ao lado dos círculos. São provavelmente referências que indicam o topo e a base. O sol no céu e o mar na terra; o topo à esquerda, a base à direita....

— Grunf — bufou Rudolf, envergonhado —, você se acha esperto? Igualzinho ao fanfarrão do pai!

— Prefere que a pedra nos projete em qualquer lugar? — retorquiu Samuel.

O Tatuado lançou-lhe um olhar venenoso, e, sem dizer nada, manipulou as duas rodas para inverter a posição dos círculos até obter uma ampulheta corretamente orientada:

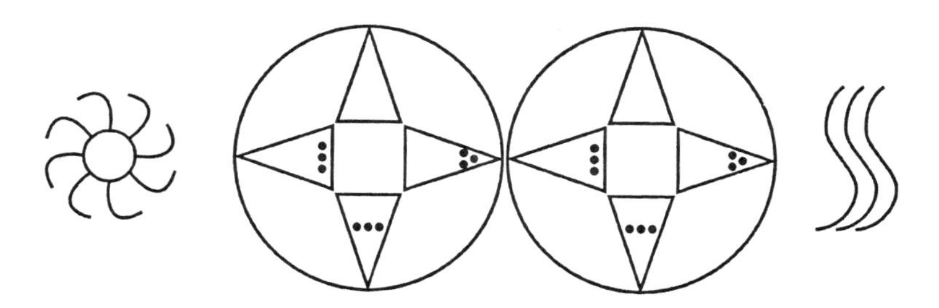

Observou em seguida o resultado, esperando provavelmente que acontecesse alguma coisa, mas nada se produziu.

— Como saber se funcionou? — impacientou-se.

— Só tem um jeito — afirmou Sam. — Regressar ao túmulo numa outra época a fim de acionar a segunda pedra esculpida. Se não estivermos enganados, deveremos alcançar o anel.

— Mmm... E o que me prova que você está falando a verdade?

— Nada, só que, como eu, você sabe que Setni ocultou o anel em algum lugar em seu túmulo, e que, se ninguém o descobriu até agora, é porque está bem escondido... Além disso, você e eu não ignoramos que são necessários os dois círculos de ouro para descobri-lo. Por que não os dois círculos de ouro, se há justamente duas pedras esculpidas? Além do mais, acho que você mesmo tem uma parte da resposta para sua própria pergunta: lembra-se onde se situava a pedra em relação ao sarcófago na época das escavações?

Com um sinal da cabeça, Rudolf apontou a extremidade do pedestal impecavelmente liso.

— Esta não é a melhor prova? — triunfou Samuel. — Onde então se encontra essa pedra esculpida que você utilizou alguns séculos mais tarde? Onde, senão no interior do pedestal?

O Tatuado pareceu render-se a seus argumentos.

— Se essa segunda pedra só é acessível num outro período — indagou —, como fazer para encontrá-la?

Samuel respirou fundo antes de responder. A última curva antes da última reta... Inventar uma grande mentira!

— Dentre as sete moedas que você tirou de mim — começou —, há uma com inscrições em árabe. Ela pertencia a Gary Barnboïm. Conhece Gary Barnboïm, suponho?

Rudolf não piscou.

— O arqueólogo Chamberlain era seu neto — prosseguiu Sam. — Herdou um monte de pertences dele, entre eles cadernos nos quais Barnboïm conta que aterrissou um dia no túmulo do grão-sacerdote Amon e que nele não havia nenhuma saída. O que significa que ele aterrissou aqui mesmo, num período compreendido entre o momento em que Setni foi enterrado e aquele em que Chamberlain abriu pela primeira vez a câmara funerária. Em outras palavras, numa época que corresponde àquela que procuramos. Ora, foi essa moeda árabe que ele utilizou... Ela deve nos conduzir diretamente até a segunda pedra.

Samuel cruzou os dedos — acabava de libertar seu anular das faixas de linho. Sua mentira seguia seu curso, com a condição de que Rudolf não se mostrasse muito detalhista. Este fitou-o intensamente, talvez procurando detectar alguma armadilha.

— Uma vez que agora parece que nossos destinos estão ligados — ele declarou com um sorriso meloso —, há uma coisa que você precisa saber, mocinho. Nunca conseguirá reencontrar sua mãe sem mim, pode tirar o cavalinho da chuva. Nunca. Está claro?

— É justamente para reencontrá-la que me esforço para aturá-lo — replicou Samuel. — E se isso tiver que durar ainda uma ou duas viagens, garanto que irei sobreviver...

— Melhor assim — gargalhou Rudolf —, pelo menos você e eu sabemos a que nos agarrar. Agora, recue até a parede e não se mexa mais.

Samuel obedeceu, enquanto o Tatuado colocava a tocha quase consumida sobre o pedestal do sarcófago e tirava do bolso um dos braceletes rodeados pelos discos de Thot. Fez alguma coisa com as moedas — Samuel foi incapaz de discernir o quê —, depois se encaminhou até a pedra que os levara até ali. Colocou então o Círculo de Ouro sobre o sol, liberando uma bolha de energia pura que logo tomou conta da sala com sua luz benfazeja.

— De frente para mim — intimou o Tatuado.

Sam apressou-se em recolher como pôde os pedaços de pano que pendiam em suas costas e se voltou para a grande figura de Thot rezando para que Rudolf não detectasse nada de suspeito. Como atacá-lo dessa vez? Com uma jarra? Com a coronha do revólver?

— Bem... — regozijou-se o Tatuado, aproximando-se dele. — Agora, nós dois, pequeno Faulkner.

Pressionou a arma na direção dos rins de Sam e passou seu outro braço em torno do pescoço do garoto, apertando-o bem forte até estrangulá-lo. Sam tentou debater-se, mas estava sem ar, e, como pudera experimentar no museu de Sainte-Mary, Rudolf tinha uma força anormal.

— Fique tranquilo, pequeno Faulkner — ele murmurou ao seu ouvido —, vamos dar um passeio.

XXX

O guardião das pedras

— De pé!

Samuel recebeu um tremendo chute nas costelas e, com a mente ainda embaralhada pela violência da transferência, encolheu-se ainda mais no chão.

— De pé! — repetiu Rudolf, mais alto.

Um segundo chute acertou-o no quadril e Sam pôs-se penosamente de joelhos. Um turbilhão de imagens e impressões chacoalhava em sua cabeça: Rudolf estrangulando-o ferozmente com o braço, depois o arrastando pelo chão como saco velho, a bolha de energia pura faiscando sobre o pedestal, o rio de lava que o engolira quando já estava soterrado pela metade...

— O que você tramou? — rosnou Rudolf. — Hein? Não há mais bracelete sobre o sol, nem moeda...

Samuel piscou. A luz estava muito fraca, mas ele não teve dificuldade alguma para distinguir o revólver a cinco centímetros do seu rosto. Pareceu-lhe inclusive que Rudolf tremia.

— E esta época, por que me despachou para esta época? Fale!

O Tatuado encostou a arma na têmpora de Samuel e o obrigou a levantar-se. Ele se ergueu como pôde, os punhos ainda amarrados, e lançou um olhar panorâmico para a câmara funerária. Tinham aterrissado do lado da grande figura de Thot dessa vez, e a segunda pedra esculpida finalmente desvelava-se a seus pés. Vazia... O sarcófago de Setni repousava, por sua vez, sobre o pedestal e percebia-se, no fundo da sala, a passagem que a equipe de Chamberlain escavara na rocha durante a exploração. Era, aliás, dali que provinha a tênue luz que lhes permitia situar-se no túmulo...

Em outras circunstâncias, Samuel teria se alegrado: ganhara sua aposta. Graças à moeda árabe de Allan, retornara ao túmulo de Setni na época certa, a do sítio arqueológico, e, segundo tudo indicava, após ter encontrado seu pai ali. Ora, tinha sido justamente depois desse encontro que Sam escondera o revólver de Daniel Chamberlain. Se conseguisse libertar-se de suas amarras e aproximar-se dos objetos funerários...

— Se não me disser como resgatar o anel — advertiu o Tatuado com uma voz alterada —, juro que atiro!

Apesar da penumbra que o envolvia, Rudolf parecia estranho, ao mesmo tempo muito pálido e sacudido por calafrios. Um acesso de febre, como Lili ou Alicia tiveram durante suas respectivas viagens? Ou simplesmente medo de que o controle da situação estivesse em vias de lhe escapar?

— Sinto muito — desculpou-se Sam, tentando ganhar tempo —, eu nunca disse que tinha a receita detalhada! Tudo que sei é que, de uma maneira ou de outra, é preciso utilizar as duas pedras e os dois braceletes. Tem certeza de que o primeiro Círculo de Ouro não está do outro lado, com todas as moedas?

Para sua grande surpresa, Rudolf não ladrou por causa disso jurando encher a cabeça dele de chumbo, mas começou a contornar o pedestal a fim de verificar por si mesmo.

— Nada! — exclamou, uma vez do outro lado. — Nem bracelete, nem moeda!

— E o segundo Círculo de Ouro — indagou Sam —, desapareceu também?

O Tatuado levou a mão ao bolso.

— O que é incompreensível — resmungou, tirando a joia dourada —, é que o outro círculo estava na cavidade com a arma, mas tudo que serviu para nos trazer aqui desapareceu! Então o melhor que tem a fazer é me dizer em que você nos meteu — acrescentou, mirando na cara dele —, senão garanto que nunca mais verá sua mãe.

— Talvez seja preciso acionar novamente as ampulhetas — chutou Samuel, ao mesmo tempo que continuava a retorcer o máximo que podia o pano em suas costas. — Escolher outra combinação para fazer o anel aparecer...

— Levantando o sarcófago, é isso?

O Tatuado pareceu refletir um instante, depois se debruçou sobre o caixão do grão-sacerdote e começou a empurrá-lo para fazê-lo mover-se no chão e liberar o pedestal. Deslocara-o cerca de uns trinta centímetros quando um rangido soou na galeria escavada na rocha. Rudolf voltou-se imediatamente, apontando a pistola para a passagem:

— O túnel... — ladrou Rudolf. — Maldito Faulkner! Claro! Foi por isso que você me trouxe para cá!

Apontou alternadamente sua arma na direção de Sam e da galeria, tomado por um frenesi incontrolável.

— O sítio arqueológico! Como pude ser tão ingênuo! Você voltou aqui de propósito... Nada a ver com Barnboïm ou o anel da eternidade! Será que esperava que Allan viesse em seu socorro? Seu papai querido, hein? A vinte anos de distância!

Sua dicção tornava-se cada vez mais espasmódica e ele gesticulava como se o seu corpo inteiro estivesse tomado por comichões. Um acesso de loucura?

— Apareça — disse ele ao intruso que supunha escondido na passagem. — Apareça ou transformo-o em peneira!

Samuel então foi tomado por uma dúvida: e se seu pai tivesse dado meia-volta depois que os dois se falaram? Com a finalidade de saber mais sobre ele, por exemplo? Ele era bem capaz disso...

— Você, não se mexa — disse o Tatuado para Sam, que se curvou um pouco para ver melhor. — Sua vez não tarda a chegar.

A luz na galeria oscilava agora da direita e da esquerda e sombras deformadas começavam a dançar nas paredes do túmulo: alguém se aproximava com uma tocha ou coisa similar.

— Dois Faulkner pelo preço de um! — exultou Rudolf. — A caçada promete!

A silhueta de um homem vestindo roupas claras delineou-se finalmente na entrada da passagem. Tinha os braços erguidos e seu rosto estava escondido pela arandela manual que empunhava.

— Largue isso, Allan, não tenha medo — riu Rudolf. — É apenas uma reunião entre velhos amigos...

O misterioso viajante pareceu hesitar, depois afastou lentamente a lanterna, como se não tivesse compreendido direito a intimação. Reconhecendo-o, Samuel congelou-se no lugar e o Tatuado emitiu um grunhido.

— Nããão o! Impossível!

Não era Allan que se aventurava dentro do túnel, era Rudolf! O jovem Rudolf! O que Samuel atacara quando lutava furiosamente com seu pai! E que ele deixara no chão, quase grogue, antes de partir novamente. *Havia agora dois Rudolf cara a cara!*

O olhar de Samuel estudou um e outro alternadamente, incrédulo. O jovem Rudolf, por sua vez, parecia paralisado diante daquele *alter ego* com as têmporas grisalhas apontando a arma para ele. Quanto a seu similar mais velho, apesar da luz quente da lamparina, não parecia mais apenas lívido, mas literalmente transparente. Era, além disso, percorrido por tiques nervosos, como se uma corrente elétrica o sacudisse da cabeça aos pés. Observava seu caçula com um ar desamparado, provavelmente pressentindo que alguma coisa de terrível ia acontecer: aquele encontro de duas idades de si mesmo atentava contra a natureza...

Passou-se um minuto num silêncio absoluto, em seguida o Tatuado pareceu se recobrar. Com as pernas arqueadas, todos os membros tiritando, os músculos hirtos como se tentasse impedir alguma coisa de fugir de si mesmo, girou para Samuel:

— Acha que me venceu, pequeno Faulkner? — rosnou com uma voz do além-túmulo. — Acha que pode se livrar de mim e ir embora como se nada tivesse acontecido? Esqueça... Aconteça o que me acontecer, minha vingança já começou. Adeus, pequeno Faulkner...

Franziu o cenho e se crispou sobre a coronha do revólver, tentando mirar em seu alvo sem se mexer muito. Amparou o punho com a outra mão, quase conseguiu estabilizar seu gesto, mas, no momento em que se preparava para atirar, um violento flash de luz irrompeu de supetão no recinto. Samuel supôs inicialmente que a arma explodira, mas não se ouviu nenhuma deflagração, e, passado o ofuscamento, percebeu que a fonte do clarão incandescente não era outra senão o próprio Tatuado... De maneira espetacular, com efeito, seu corpo metamorfoseara-se num gêiser luminoso, cujas origens humanas eram vagamente identificáveis, e que liberava um fluxo de partículas brancas na atmosfera confinada do túmulo. Rudolf acabava de implodir! O invólucro carnal cuja integridade ele se esforçava para preservar acabava brutalmente de ceder! Ele não passava agora de um buquê de energia ígnea que se expandia a partir de sua substância, os átomos que o compunham anteriormente dissipando-se aqui e ali numa nuvem incandescente. Pagava com a vida seu desprezo pelos homens e pelo tempo!

Não longe dali, apavorado com a marcha dos acontecimentos, seu duplo juvenil largou a arandela e saiu em disparada através da galeria gritando frases incompreensíveis. Samuel, por sua vez, recusou-se a desviar os olhos. Era como uma advertência que devia gravar para sempre em sua memória: jamais, jamais subestimar o poder da pedra...

O fluxo de partículas foi se rarefazendo e a fonte de luz se apagando à medida que despachava para o nada as últimas fagulhas daquele que não mais existia. Então a calma voltou à câmara funerária. No lugar onde Rudolf se achava antes não subsistia mais senão um monte indistinto de linho, uma arma ridícula e um pequeno círculo brilhante. Samuel vencera.

Com a ressalva de que o essencial ainda estava por ser realizado...

Virou-se para uma das arestas do pedestal e recorreu às asperezas da rocha para soltar os três dedos de sua mão ainda prisioneiros e terminar de se libertar. Quanto tempo se passara desde que haviam deixado a casa de Martha Calloway? Não mais de meia hora a princípio, mesmo contando os períodos em que perdera a consciência... Ora, ele dispunha de quase duas horas. Tudo era possível, bastava acreditar!

Precipitou-se para o fundo da sala, deu um chute no revólver e recolheu o Círculo de Ouro. A julgar pela intensidade de seu brilho, tratava-se do original da joia sagrada. Quanto a saber onde havia desaparecido o bracelete de Merwoser e o conjunto das moedas...

Voltou para o lado do sol esculpido, inspecionou a cavidade, mas não obteve mais nada. Sem os discos de Thot, entretanto, não seria fácil regressar a Sainte-Mary. Ou será que, justamente, não era mais possível utilizá-los? Ou será que, montando a ampulheta e colocando o Círculo de Ouro sobre a primeira pedra, Rudolf e ele haviam desencadeado um mecanismo que impedia a utilização das moedas furadas? Não deixando alternativa a não ser posicionar por sua vez o segundo Círculo de Ouro?

"Dois sóis não podem brilhar ao mesmo tempo..."

Mas e um depois do outro, por que não?

Samuel aproximou da pedra o elegante bracelete de aura sobrenatural. O círculo encaixou-se no sol, sem parar de brilhar, mas sem tampouco provocar reação perceptível. Nada mudara na pedra, nem dentro da cavidade de carga, nem sobre o pedestal, nem...

Samuel sentiu subitamente uma curiosa impressão. Alguma coisa se tramava às suas costas... Deu meia-volta, temendo o pior, mas o que descobriu na parede dourada não tinha nada a ver com o que imaginava. O deus Thot... se mexia! E não apenas ele! Todos os personagens em miniatura a seus pés puseram-se em movimento também! Como num desenho animado! Figuras longilíneas captadas de perfil, vestindo roupas vaporosas e exibindo cabeleiras abundantes, moviam-se sobre uma série de linhas horizontais. Uma história em quadrinhos viva!

Sam deu um passo à frente para se certificar de que não era vítima de uma alucinação. O deus com cabeça de íbis dominava com sua elevada estatura aquele afresco móvel, inclinando majestosamente seu pescoço e seu longo bico como que para sagrar um faraó invisível com a singela coroa que segurava. Uma vez realizado esse simulacro de sagração, reerguia-se lentamente e depois recomeçava seu gesto com a mesma solenidade.

De ambos os lados de suas pernas, como crianças traquinas, os bonequinhos pareciam dançar uma louca sarabanda.

Examinando mais de perto, aquela anarquia não era senão aparente: com efeito, cada tira tinha unidade própria, colocando em cena os mesmos personagens, que realizavam alternadamente as mesmas ações. E, dentre esses personagens, havia um que voltava incessantemente: um homenzinho vestindo uma túnica, que, ao contrário dos outros, tinha a cabeça raspada e carregava um embornal a tiracolo. Setni? Pelo menos tinha sido sob aquela forma que ele aparecera para Lili e Sam, da vez em que se encontraram: careca e com uma sacola da qual recusava-se a se separar. Naturalmente, não havia como identificá-lo formalmente: afinal, as figuras gravadas na parede estavam apenas esboçadas na matéria dourada, seus olhos bastante similares, as expressões de seu rosto idênticas... Mas aquela tinha alguma coisa de familiar. E depois, aquilo não era no fim das contas o túmulo do grão-sacerdote de Amon? O lugar exato onde deviam celebrá-lo?

Agarrando-se a essa ideia, Samuel prosseguiu seu exame e terminou por compreender que cada "sequência" que ele tinha sob os olhos era uma espécie de história curta que tinha Setni como herói. Na altura do joelho esquerdo do deus Thot, por exemplo, via-se uma série de cinco vinhetas animadas — Samuel não achava outra palavra — que o representava como servidor do templo — prosternado diante de uma estátua colossal — a estátua de Amon? —, depois procedendo a suas lavagens rituais numa piscina, depois descobrindo entre os bambuzais uma arca de onde exumava diversas tabuinhas — as que explicavam o funcionamento da pedra? —, depois, ajoelhado diante de um sol gravado que ele tocava com a mão, depois despertando à beira de um rio nas proximidades de outra pedra...

A narrativa seguinte descrevia-o, de acordo com cinco outras vinhetas, no meio de cavaleiros com couraças de ferro e aparentemente procurando entrar numa torre. O seguinte, numa ilha de vegetação luxuriante — capinzais altos balançando —, tentando impedir um trio de fanáticos de destruir uma pedra esculpida semissoterrada no solo — a julgar por seus extravagantes chapéus triangulares e suas espadas, Samuel teria apostado em piratas. A partir daí, aliás, Setni era sistematicamente retratado com uma réplica da pedra em sua mão direita, como se tivesse se tornado seu representante ou protetor. O guardião das pedras.

Samuel agachou-se para descobrir mais à vontade a série dessas aventuras rupestres. Continuava sem compreender o sentido de determinadas cenas — como a que mostrava o venerável viajante numa cadeira sobre um andor, jogando um jogo desconhecido com uma princesa coberta de joias —, mas outras eram bastante descritivas. Numa delas, especialmente, Setni explorava o centro de uma montanha arredondada, descobria um palácio em forma de pagode, depois conversava longamente — em dois "quadrinhos" sucessivos — com um velho barbudo ladeado por um cajado, que finalmente o ajudava a deitar-se numa cama. O imperador Qin, claro... Um pouco adiante, era possível vê-lo ocupado em desenhar com bastante aplicação um mapa coberto de países e continentes — o famoso mapa de pedras de que tinha tanto orgulho! Umas 15 crônicas em movimento nesse estilo serviam de cenário para a grande figura de Thot, que continuava, por sua vez, a inclinar seu busto com gravidade. Os 15 trabalhos de Setni, de certa forma! A lenda do guardião das pedras.

Porém, dentre todas essas evocações, uma reteve particularmente sua atenção. Tratava-se da última série de imagens que se desdobrava no rodapé da parede da esquerda. Talvez ele não estivesse sendo muito objetivo, mas julgava reconhecer ali duas crianças, um menino e uma menina, mais magras por sinal, em companhia do grão-sacerdote. No primeiro dos cinco quadrinhos em questão, Setni, com sua pedra na mão, corria atrás dos dois adolescentes através de um longo corredor — um trem, deduziu Sam, como em Chicago! No segundo, o grão-sacerdote intervinha para salvar com grandes chicotadas aquelas mesmas crianças de um grupo de pilantras — a gangue de Paxton! No terceiro, todos os três conversavam em cima do mapa das pedras, e no quarto, aparecia uma pirâmide de degraus construída por um arquiteto, viajante do tempo — Imhotep, manifestamente, cuja história Setni lhes contara naquela ocasião. No quinto, enfim, desenrolava-se uma estranha cerimônia: o grão-sacerdote, de pé, estendia sua pedra esculpida para o adolescente, que pousara um joelho no chão. O adolescente a recebia de olhos fechados e com as palmas das mãos voltadas para o céu, como se estivesse sendo investido de uma importante missão.

Samuel considerou longamente a vinheta. Se os quatro primeiros capítulos desse relato refletiam com bastante fidelidade seu encontro com o grão-sacerdote em Sainte-Mary, o quinto francamente distanciava-se da verdade. Ou devia ver naquilo apenas um símbolo? Uma espécie de caminho? Com efeito, Setni sugerira que Samuel teria dado um excelente guardião das pedras... Porém, até prova em contrário, este nunca aceitara!

Ou então... Sam observou mais detidamente os gestos do velho sábio, aquele estilo muito digno de se curvar para colocar o objeto nas mãos de seu sucessor. Havia certa semelhança com a atitude do deus Thot... A não ser pelo fato de o deus Thot não segurar uma pedra miniatura, mas uma coroa. Uma coroa bastante banal, não obstante, uma espécie de bandó circular, sem decoração nem arabescos. Uma coroa que, além disso, ele não colocava sobre nenhuma cabeça. A menos... A menos que, em vez de uma coroa, se tratasse de um anel... Um anel consideravelmente maior, talvez devido à sua importância. O anel da eternidade... Não tinha sido para obtê-lo que Sam combinara os dois círculos de ouro?

Sam não hesitou por muito tempo. Ajoelhou-se ao pé da grande figura de Thot, do lado onde este se inclinava, e, a exemplo do jovem companheiro de Setni na vinheta, estendeu suas mãos espalmadas fechando os olhos. Devia parecer ridículo, mas se aquela era a melhor maneira de conquistar o anel e ir embora...

No início não aconteceu nada, depois, ao cabo de alguns segundos, houve um barulhinho, como uma cascata metálica, nas proximidades do sarcófago. Samuel reabriu os olhos e correu até a pedra esculpida. O Círculo de Ouro original continuava sob o sol, mas a cavidade de carga não estava mais vazia: agora havia um punhado de moedas no interior...

Sam contou-as febrilmente: uma, duas, três, quatro... sete, havia sete! Sete moedas só para ele! E não era só isso! Se o bracelete de Merwoser não retornara, em compensação um anel de pedra fizera sua aparição. O anel da eternidade... A sorte grande!

Sam fez o pequeno objeto rolar na concha de sua mão, ao mesmo tempo emocionado e impressionado. Parecia qualquer coisa! Nenhum sinal, nenhuma gravura, apenas um anel de pedra acinzentada, todo áspero, ainda por cima... Vendo-o, quem poderia suspeitar que encerrasse um imenso poder? E ele, Samuel, estava de posse dele!

Voltou-se para testemunhar sua gratidão ao deus Thot, mas o afresco atrás dele já recuperara sua imobilidade. Paciência... O urgente agora era retornar ao 11 de julho.

Sam agarrou o Círculo de Ouro sobre a pedra e abriu o delicado fecho para equipá-lo com os elementos indispensáveis ao seu funcionamento. Enfiou primeiro a ficha de vidro oriunda do escaravelho, depois a moeda amarela do arqueólogo Chamberlain, a chinesa de Qin e a árabe do seu pai, quando um detalhe o intrigou. Um detalhe que precisava de mais luz para ser esclarecido...

Foi pegar a arandela portátil na entrada do túnel e recostou-a no pedestal para ver melhor. As três moedas que lhe restavam eram as que haviam sido surrupiadas no escritório de Rudolf e que este se dera ao trabalho de confeccionar manualmente. Eram todas as três muito parecidas, cunhadas num mesmo metal prateado e com a data e a hora gravadas a mão. Mas, se a primeira remetia efetivamente ao aniversário de Sam, 5 de junho, se a segunda era de fato aquela que lhe permitira voltar do futuro com Alicia, a terceira, por sua vez, não indicava absolutamente o 11 de julho... Em vão ele a virou e revirou em todos os sentidos, mantinha-se obstinadamente com a data do 23 de julho!

— Canalha! — exclamou. — Canalha!

Rudolf... Rudolf mudara a moeda que lhes devia permitir regressar à casa de Martha Calloway! Deve ter se aproveitado do momento em que Sam estava trancado no porta-malas do Chevrolet para substituí-la por outra mais tardia! 23 de julho... Isso devia corresponder ao seu presente! Doze dias mais tarde! Em outras palavras, o Tatuado nunca tivera a intenção de socorrer Elisa... Simplesmente planejara voltar à sua época depois de se apoderar do anel! Eis por que insinuava que Samuel nunca mais veria sua mãe!

Desiludido, Samuel quase mandou para o espaço todos os discos de Thot. Depois lhe pareceu ouvir latidos ao longe e ele tentou se acalmar. O vigia do acampamento devia estar fazendo a ronda do lado de fora com seu cão de guarda, e não ia demorar para Rudolf ou Allan — ou mesmo Chamberlain — darem o alerta...

Não entrar em pânico. Tinha o Círculo de Ouro consigo, tinha as moedas, já era alguma coisa. Será que, fazendo um desvio no caminho, uma escala intermediária, poderia alcançar Sainte-Mary no momento desejado?

Sam passou novamente em revista as sete moedas. A bem da verdade, uma única lhe oferecia uma pequena chance de chegar lá em prazos razoavelmente curtos. A do seu aniversário... Naquele momento de sua história, com efeito, seu vizinho, o velho Max, ainda guardava provisoriamente alguns discos de Thot que Allan Faulkner deixara em suas mãos. E, dentre eles, uma determinada ficha de plástico azul que permitia alcançar o domínio secreto de Rudolf no subsolo da Igreja das Sete Ressurreições... Que encerrava, dentro do escritório, guardada num armário, a moeda de 11 de julho...

Claro, isso significava pelo menos duas etapas suplementares antes de reencontrar sua mãe. E tudo em menos de noventa minutos, cronometrados. Difícil... Difícil, mas não impossível. Ainda mais que a moeda do seu aniversário estava assinalando 17 horas, e nesse dia — aquele em que tudo começara! — Samuel partira para sua primeira viagem rumo à ilha de Iona no fim da manhã. Portanto, não corria o risco de ver-se cara a cara consigo mesmo... Uma condição indispensável para o seu sucesso!

Feita sua escolha, Samuel dispôs os discos de Thot sobre o Círculo de Ouro e aproximou-o do sol. Soltou nesse ínterim um gritinho de surpresa quando a joia lhe escapou das mãos para vir instalar-se por si só no lugar certo. Parecia quase viva e impelida por vontade própria!

Pérolas douradas brotaram então em cascata das seis ranhuras, dando origem a uma magnífica bolha luminosa. Samuel colocou o anel na cavidade de carga e estendeu a mão para a pedra esculpida. Nunca antes sentira tão poderosamente a pulsação do tempo em seu peito, nem o fervilhar do mundo sob seus pés. A terra, o tempo, o sol, era como se ele se fundisse com o universo... Projetou a palma da mão fitando pela última vez a pedra e sentiu-se irresistivelmente tragado por ela.

XXXI

Presentes

Samuel despertou com uma sensação estranha: sentia frio. Apesar da corrente de ar quente que o aspirara para fora do túmulo, estava congelado... Abriu os olhos e compreendeu que alguma coisa não ia bem. O porão não apresentava o aspecto que deveria apresentar. Em todo caso, não o aspecto em que o deixara no dia de seu aniversário... Não havia mais divisória para dissimular a pedra, nem reposteiro com unicórnio, nem leito de campanha, nem banquinho amarelo, nem, muito menos, qualquer pedra!

Ergueu-se titubeante, aturdido. Era de fato o porão, não obstante, mas nada estava igual. Havia caixas de papelão por toda parte, um carrinho com rodas para deslocá-las, uma grande mesa de madeira sob a janela entreaberta, partículas de isopor e barbante espalhadas aqui e ali, cheiro de tinta... Como se alguém estivesse se instalando depois de uma mudança.

— A pedra — murmurou.

Procurou no canto, ao fundo, e a descobriu, camuflada sob uma toalha de plástico, o Círculo de Ouro e as moedas comportadamente no lugar. Soltou um suspiro de alívio, enfiou a joia em seu bolso e constatou nesse ínterim que tremia como uma folha. Vasculhou também na cavidade de carga, resgatou o anel da eternidade e o apertou bem forte na palma da mão esperando que ele lhe dissipasse um pouco de calor e reconforto. Depois aproximou-se da janela por onde entrava um dia ainda ameno e luminoso, que poderia muito bem ser um 5 de junho às 17 horas... Mas, em caso afirmativo, o que acontecera com seu porão?

Percebeu sobre a mesa uma imponente tabuleta com letras maiúsculas desenhadas em verde: *3 DE JUNHO, INAUGURAÇÃO DA LIVRARIA FAULKNER!*

3 de junho, releu Samuel, arrasado... Impossível! Seu pai abrira sua loja no inverno, poucos dias antes do Natal! Aquilo não fazia nenhum sentido!

Teve que se apoiar no tampo de madeira para evitar que suas pernas falhassem e derrubou com isso um pote cheio de canetas hidrocor. Sentia-se fraco... Não era apenas o disparate da situação, era dentro dele, tipo uma revolução interior.

"3 de junho", repetiu para si, perplexo... Em 3 de junho, dois dias antes do seu aniversário, seu pai supostamente inaugurara uma livraria que já existia há meses! Era absurdo, completamente absurdo!

Sam pôs as duas mãos sobre a mesa curvando-se para não cair e tentou acabar com a desordem que se propagava pelo seu corpo. Devia haver uma explicação para tudo aquilo... Se a moeda levara-o ao lugar certo e se, apesar disso, nada mais era como antes, isso só podia significar uma cosia: o passado tinha sido modificado. Outra sequência temporal devia ter começado nas semanas, nos meses, talvez nos anos que haviam precedido o dia do seu aniversário de 14 anos. Uma sequência em que os acontecimentos se haviam encadeado de maneira diferente do que ele pudera viver, até desembocar naquela implausível inauguração de 3 de junho. O que também significava que, naquela nova versão do passado, Allan possivelmente não desaparecera — uma vez que dava o pontapé inicial na sua livraria! — e que seu filho não tivera então que vasculhar o porão para encontrá-lo... E, por via de consequência, este provavelmente nunca descobrira a pedra nem fora transferido para a ilha de Iona!

— Eu tinha certeza disso — sussurrou alguém atrás dele.

Samuel voltou-se, tomando a precaução de continuar apoiado. Embora não tivesse reconhecido exatamente o timbre da voz, as inflexões em contrapartida eram-lhe intimamente familiares. No pé da escada um adolescente de jeans e camisa branca, com um embrulho debaixo do braço, observava-o atentamente. Samuel Faulkner... *Um outro Samuel Faulkner!* A mesma idade, um belo rapaz na verdade, uma mecha rebelde nos olhos, talvez de compleição um pouco mais franzina...

Nada assustado, ele avançou, estudando o recém-chegado com um misto de boa vontade e intensidade.

— Então não estou louco, não é? — começou. — Você existe de verdade?

Sam era incapaz de responder, dividido entre a estupefação de se ver diante de si mesmo e a sensação de que seu invólucro corporal não conseguiria mais contê-lo por muito tempo. Sua carne e seu sangue começavam de fato a crepitar sob sua pele como se estivessem se preparando para escapar...

— Todas essas visões que tenho de três anos para cá — continuou Samuel. — Depois da minha operação e do que aconteceu com a mamãe... Eu bem que desconfiava que não eram meros sonhos!

Deu mais um passo e estendeu-lhe a mão num gesto fraternal:

— Vi você inúmeras vezes, você não imagina... Aqui, em Sainte-Mary, mas nos lugares mais estranhos também. Aquela cidade sob a neve, Bruges, onde você corria no interior de uma roda de madeira. A caverna pré-histórica com aquele urso que o ameaçava, enorme. A ilha da Idade Média onde os barcos dos vikings aportaram. E aquele vulcão que destruiu todas as casas dos arredores. O médico acha que tenho tendências esquizofrênicas, um tipo de desdobramento da personalidade... Mas eu sempre disse que aquilo não era coisa da minha cabeça. Que era real, *que eram minhas lembranças!*

Havia em suas palavras uma espécie de aflição, quase de dor, e Sam soube instintivamente que era ele a causa. Aproveitando-se de sua própria operação de apendicite para ir a Sainte-Mary três anos antes, ele devia ter provocado uma espécie de distorção no curso da vida do jovem Samuel. Um elo particular deve ter se criado entre eles para além do tempo e do espaço, um elo que provavelmente explicava aquelas visões sobrenaturais. Afinal de contas, se o Sam do futuro pudera sentir as dores da intervenção cirúrgica, por que não teria transmitido em troca alguma coisa de si mesmo ao Samuel do passado?

— Sinto... Sinto muito — foi o que conseguiu articular.

— Não precisa se desculpar — sorriu seu duplo —, você não tem culpa disso. Ou então temos ambos, certo? Acabei compreendendo isso quando papai comprou essa casa e reconheci o lugar sem nunca ter posto os pés aqui! Foi a partir disso que comecei a investigar e...

Interrompeu-se, com a expressão preocupada:

— Você parece estar tiritando? Está com frio?

Sam sentia-se cada vez pior, com efeito, à beira do colapso. Seus músculos estavam dormentes e ele tinha a impressão de que o menor movimento de sua parte podia fazer rachar a fina membrana de sua epiderme que ainda o mantinha num bloco único. Não se esquecera do que tinha acontecido com Rudolf...

— Eu... acho que vou morrer — soprou. — Mas isso não é grave. Se você e papai...

Não prosseguiu, muitas ideias tristes entrechocando-se na sua cabeça, de toda forma dali a pouco não passaria de um feixe de fagulhas.

— Você não vai morrer — replicou o outro Samuel avançando. — Você está com o anel da eternidade, não está? Basta enfiá-lo no dedo. Está escrito aqui!

Com seu braço livre, agitou o objeto que segurava contra si para desvencilhá-lo do saco de papel que o embrulhava, revelando um belo livro antigo em couro vermelho. O Livro do Tempo... Ele tinha o Livro do Tempo!

— Você está pálido — acrescentou, apressando-o. — Talvez seja bom correr.

Samuel suspirou, julgando ser tarde demais: seu corpo reduzia-se agora a uma bolha prestes a explodir. Com dificuldade, afrouxou os dedos e enfiou desajeitadamente o indicador no anel que conservava nas mãos. Não teve tempo, porém, de sentir qualquer efeito, pois, num flash ofuscante de luz, o universo à sua volta foi pelos ares, dispersando aos quatro ventos o que lhe restava de consciência...

Samuel estava estirado no chão. A ideia de que estava morto ocorreu-lhe por um instante, mas alguma coisa provocava-lhe comichões no nariz: um pedaço de isopor obstruía sua narina. Aparentemente, não saíra do porão... Não tremia mais, não tinha mais a impressão de que ia explodir, mas ainda assim sentia-se incomodado. A meros cinquenta centímetros, percebia também a capa tranquilizadora do volumoso livro vermelho.

Apoiou-se no cotovelo para ficar de pé e então se deu conta de que a manga de sua camisa exibia um branco imaculado. E que vestia um jeans.

— Magro — deixou escapar —, o que é que...?

Levantou-se de um pulo, uma vaga dor na cabeça. Estava sozinho.

— Samuel? — chamou.

Mas ninguém respondeu. E por todos os motivos... A um metro dali, perto da mesa, havia um montinho de roupas amarrotadas. Suas roupas. Como se ele tivesse se despido às pressas. O que, em outros termos, significava...

— Incrível! Estou sonhando!

Ajoelhou-se diante do que restava de seu uniforme de linho e o apalpou em todas as direções, em estado de pânico. Mas era de fato sua roupa de viajante. Se até o Círculo de Ouro estava em um dos bolsos! E um pouco mais adiante, encostado no pé da mesa, o anel de pedra que devia ter rolado.

Samuel recolheu-o com certa apreensão. Não se tratava de um sonho, não... Ele realmente estivera prestes a implodir e se transformar num gêiser de partículas brancas, como Rudolf. A diferença é que usava o anel...

Sam apalpou os braços, as pernas, o rosto. Era efetivamente seu corpo. Mas menos recheado talvez. Um pouco menos de músculo, um pouco menos de desenvoltura... "Na realidade, você e eu somos apenas um, não é mesmo?" A frase ainda ressoava em seus ouvidos... Pela lógica, Samuel deveria ter morrido, e, no entanto, não estava morto. Despertara naquele corpo que não era completamente seu corpo. E sozinho. "Somos apenas um..." Que outra explicação para isso senão que Samuel e seu outro eu haviam de certa forma se reunido? Que haviam se fundido? Que, graças ao anel da eternidade, Sam sobrevivera à destruição anunciada, mas sob outra forma? E, como não era possível para dois seres idênticos coexistirem num mesmo lugar e numa mesma época, haviam se fundido um no outro. Agora eram apenas um....

Sob o choque, ressabiado, Sam estendeu o braço para o Livro do Tempo. "Está escrito aqui!", garantira seu *alter ego*. Acariciou a bela capa grossa e rachada que tão bem conhecia: estava tal e qual a vira pela primeira vez, como se os efeitos do incêndio tivessem sumido e como se Rudolf nunca tivesse rasgado nenhuma de suas páginas. Um novo passado, um novo presente...

Folheou ao acaso. Todas as páginas duplas eram idênticas como deviam ser e um mesmo cabeço distribuía-se sucessivamente no alto e à esquerda: Os caçadores do anel. Antes de decifrar o texto em si, o olhar de Samuel foi atraído pelas quatro gravuras em preto e branco, estilo século XIX, que o ilustravam. Cada uma representava um personagem diferente, todos conhecidos seus, exceto um, um homem barbudo com um chapéu caído na cara chamado Fouldr II, de acordo a legenda. Quanto aos outros três, Samuel não tivera dificuldade para identificá-los: havia Klugg, o alquimista de Bruges, captado quando parecia fugir pela janela de um palácio oriental. Havia também Setni, que era visto abrindo uma estante muito parecida com as da biblioteca vaticana. E, na última, o próprio Samuel, com um joelho no chão e de olhos fechados, recebendo das mãos do deus Thot uma espécie de coroa ou anel fantasticamente dilatado. Sam fizera uma entrada bombástica no Livro do Tempo!

Com a curiosidade aguçada, concentrou-se no texto:

Após vários séculos de incertezas e especulações, o anel da eternidade foi descoberto e resgatado no sítio de escavações do túmulo do grão-sacerdote Setni (gravura 1) em Tebas, em 4610 depois do faraó Djeser, calendário da III Dinastia. Foi um jovem viajante respondendo pelo nome de Sem (ou Sam, ou Saum) que, após várias tentativas para localizá-lo, descobriu o esconderijo do anel sagrado, que o deus Thot, Coração de Rá, Padroeiro dos Escribas e Calculador do Tempo, entregou-lhe pessoalmente (gravura 4). Lembramos aqui que o anel da eternidade (ou anel do Tempo ou da Perpetuação) foi forjado com a finalidade de proporcionar ao deus Rá, Astro Solar, Grão-Juiz e Senhor de todas as coisas, a perenidade de sua travessia do mundo na Barca dos Céus. Embora ignoremos de que maneira precisa o anel do deus Rá chegou às mãos dos homens, sabemos, em contrapartida, que ele suscitou a cobiça de um bom número destes, às vezes designados sob a alcunha de caçadores do anel. O primeiro certamente foi Nerferhotep, em 885 depois do faraó Djeser, calendário da III Dinastia, que empreendeu, aos 37 anos...

Seguia-se uma longa evocação — Samuel pulou várias linhas — de um certo número desses "caçadores do anel", que, ao longo dos milênios, haviam se lançado atrás das pistas da joia, e entre as quais figurava o nome de Klugg. Quanto ao relato de suas próprias aventuras, vinha bem no finzinho, na verdade uma passagem sucinta, evocando apenas as escalas na China e em Roma, mas sem fornecer detalhes sobre a maneira como conseguira concluir suas buscas. O Livro do Tempo sabia visivelmente mostrar discrição acerca dos pequenos segredos de cada um.

O último parágrafo evocava os poderes atribuídos ao objeto sagrado, em especial sua capacidade de, *em quaisquer circunstâncias, seja qual for o perigo, preservar a existência de seu portador e prolongá-la até que este haja por bem suprimi-la.* Era com toda a certeza esse trecho que sugerira ao outro Samuel, o do passado, que bastaria seu "mais velho" enfiar o anel para se salvar...

Samuel fechou o Livro do Tempo e apoiou a cabeça entre as mãos. Sentia-se... bizarro. Não exatamente mal fisicamente, mas desorientado. E tampouco se esquecia de que precisava agir rápido. Correr até a casa do velho Max, conseguir a ficha de plástico azul, partir novamente... E seu pai... Seu pai que estava bem vivo em algum lugar por ali. O que devia fazer?

Uma porta abriu-se nesse instante no andar de cima, liberando um fluxo de música. Uma voz que ele conhecia bem começou então a gritar:

— Sammy? Pode vir, está pronto!

Lili... Sua querida, sua adorada Lili.

— Sammy? Está me ouvindo?

O adolescente levantou-se, incapaz de decidir que conduta adotar. Na dúvida e por precaução, recolocou o Livro do Tempo em seu saco de papel, fez uma bola com suas roupas, que guardou numa caixa de papelão vazia e enfiou o anel de pedra em seu indicador. Por via das dúvidas...

Lili agora descia a escada. Apareceu num lindo vestido branco, os cabelos soltos nos ombros, uma carinha de censura traquinas nos lábios:

— Sammy! Você ainda está metido aí no porão! Não quer que seu pai instale uma cama e uma televisão?

Ela não mudara. Provocadora, segura de si. Um sonho de prima.

— Eu... estava pensando — desculpou-se Sam.

— Ah, isso é novidade! Venha, vamos, está tudo pronto, só falta você!

Hesitou uma fração de segundo em segui-la, o que ela não deixou de notar:

— Ei! Tem certeza de que está tudo bem? — indagou. — Você parece perdido. É a ideia de envelhecer um ano que o preocupa?

— Ehh... Deve ser.

— Vai melhorar quando você comer o bolo! Vamos, depressa!

Samuel alcançou-a como um robô. Seu aniversário... Claro, era seu aniversário! Seu pai devia estar pertinho! Ia poder falar com ele, tocá-lo. Apenas alguns minutos! Depois cuidaria da ficha azul...

No andar de cima, um cheiro bom de chocolate sobrepujava com vantagem o da pintura e um velho clássico dos Rolling Stones rolava como fundo sonoro. A porta da cozinha estava fechada, mas a da sala estava aberta e seu avô achava-se na soleira, de braços abertos:

— Está se fazendo de difícil, Sammy? Estou com fome!

— O cavalheiro exila-se no porão para pensar — ironizou Lili. — Mal completa 14 anos e já se preocupa com o tempo que passa.

— O que eu deveria dizer na minha idade?

Sam aproximou-se e abraçou-o, comovidíssimo. Ainda tinha na mente a imagem de seu avô sentado num canto da cama, os olhos perdidos no céu, pronunciando palavras sem pé nem cabeça.

— Para sua idade, vovô, você parece em ótimas condições, não acha? — disse carinhosamente.

— Ficarei ainda melhor quando tiver provado esse maldito bolo! — afirmou. — Entre!

Samuel obedeceu e entrou na parte da livraria, decorada de uma maneira um pouco diferente do que conhecera até então: tons pastel, madeiras mais sofisticadas para as prateleiras, um cantinho de leitura com poltronas e um sofá de design mais moderno. O conjunto era aconchegante, realçado pela circunstância por guirlandas multicoloridas e buquês de flor, com pequenos cartazes pendurados por toda parte: *Feliz aniversário, Sam!; Amamos o nosso Sammy; 14 anos de felicidade* etc.

Sam foi obrigado a fazer um esforço para não desmoronar diante daquelas mensagens de amor. Sua perturbação era tão grande que chegou a ter a sensação, no espaço de alguns segundos, de que aquela casa era realmente a sua e de que participara fisicamente de sua arrumação: por exemplo, quase jurava que tinha sido ele que classificara pessoalmente aquela coleção de dicionários na parede da esquerda... Ou colara aquelas etiquetas *Religiões* e *Esoterismo* nas estantes envidraçadas da direita. Como se ele próprio tivesse agido.

Controlou-se, porém: independentemente do que sentisse, não passava ali de um passageiro em trânsito.

— Papai está aqui? — perguntou.

— Perto da vitrola — apontou seu avô —, junto dos presentes. Mas não toque em nada, hein!

Sam precipitou-se. Contornou uma estante com a indicação *História*: *Alta e Baixa Idade Média* e avistou seu pai atrás, debruçado sobre uma pilha de discos, perto de uma mesa posta para o lanche, onde reinavam dois volumes embrulhados em papéis reluzentes:

— Papai? — chamou.

"*Time is on my side, yes it is!*", esgoelava-se Mick Jagger.

— Papai! — repetiu mais alto.

Dessa vez, Allan se virou, com um largo sorriso:

— Sam! Finalmente deixaram você entrar! Seus avós adoram esse tipo de circo! Portas fechadas, surpresas...

Samuel olhou para ele fixamente, pasmo. Era de fato seu pai. Em plena forma. De pé, vivo, uma capa dos Stones na mão.

Feliz de estar ali e nem sequer desconfiando do drama que se desenrolara e que continuava a se desenrolar à sua volta. Allan Faulkner, o protótipo do excêntrico, com a cabeça sempre nas nuvens, amante de belos livros e belas histórias... Allan Faulkner, cujo destino estava ligado desde a infância à pedra esculpida e que não hesitara em desafiar o Drácula para salvar sua bem-amada. Allan Faulkner, seu pai, simplesmente.

— Ei! — exclamou —, eu disse alguma coisa errada? Se foi a respeito de seus avós, era uma piada, juro! Eu também adoro surpresas!

— Posso... posso te beijar? — murmurou Samuel.

— Claro que pode me beijar! E desde quando precisa de autorização para isso?

O próprio Allan se adiantou e depositou um sonoro beijo na bochecha de seu filho, deixando este retribuir da mesma forma.

— Mas talvez fosse melhor — acrescentou — você esperar até abrir os presentes... Pode ser que fique decepcionado!

Aquilo era seu pai inteirinho: em todo aniversário, ele teimava obstinadamente que, apesar de todos os seus esforços, tinha sido impossível providenciar os presentes tão esperados E todas as vezes, claro, quando Sam desfazia os embrulhos, estavam todos lá... Samuel estaria inclusive disposto a apostar qual era o conteúdo dos dois embrulhos: o menor continha um belíssimo relógio de pulso que ele vira na joalheria Victor's e que mostrava a hora de várias cidades simultaneamente; o segundo, maior, devia ser a enciclopédia sobre a civilização egípcia de que ele tanto necessitava para suas pesquisas.

Samuel sacudiu a cabeça novamente como que para expulsar os pensamentos parasitas. Que milagre o teria feito conhecer a natureza desses presentes? Ele nunca pedira enciclopédia egípcia e menos ainda escolhera relógio no Victor's! E, no entanto, muito estranho, visualizava-os perfeitamente, a ambos...

— Fechem as cortinas! Abaixem a música!

Tia Evelyn irrompeu como um furacão na sala, distribuindo suas ordens e dirigindo a Sam um sinalzinho cúmplice ao vê-lo. Nessa versão do passado, ela parecia entender-se bastante bem com seu sobrinho... Melhor assim. Ela e Lili trataram então de ocultar as janelas enquanto Allan cortava o som e seu avô acendia as luzes. Sam pensou que, se não zarpasse imediatamente, as coisas podiam complicar-se terrivelmente.

Deu alguns passos despretensiosos na direção da porta de saída e pôs sua mão na maçaneta no momento em que sua avó e outra senhora chegavam da cozinha. Samuel suspendeu seu gesto à revelia, pasmo: a senhora em questão era Tiffany Mac Pie, espremida um vestido florido cafonérrimo. O que ela fuçava por ali? Quem mandara convidar aquela velha coruja enfeitada para o seu aniversário!

Seguiu-a com os olhos enquanto ela se apoiara na parede do fundo, fazendo de tudo, parecia, para evitar seu olhar. Sam teria naturalmente protestado contra sua presença, ou, pelo menos, exigido explicações, mas de repente teve uma visão fugaz, uma recordação fragmentária, cuja tonalidade geral dizia que a Srta. Mac Pie fizera alguma coisa de bom para os Faulkner. Alguma coisa de muito bom, até... Com efeito, Sam via-se agradecendo-lhe em seu jardim, numa manhã de tempo bonito, após ter-lhe presenteado com aqueles bombons que ela adorava. Ela parecia constrangida, mas os aceitava mesmo assim... E depois a visão sumia, como viera, deixando atrás de si uma impressão persistente de realidade, ainda que Sam tivesse obscuramente consciência de que aquela lembrança era de uma natureza que o transcendia.

— Espero que esteja com fome, Sammy! — disse-lhe sua avó, empurrando a pilha de pratos sobre a mesa para abrir um pouco de espaço.

Com o olhar malicioso, fez um desvio em sua direção e consertou a mecha rebelde que cobria sua testa:

— Seu bolo, meu querido, quero saber sua opinião! Tiffany tem uma receita ex-tra-or-di-ná-ria!

Saiu em seguida dando uma corridinha para a cozinha e deixando seu neto cada vez mais perplexo. Tiffany... Uma receita extraordinária... Por que sua família bajulava tanto aquela velha mal-educada?

Mal teve tempo de se fazer a pergunta quando outra cena voltou-lhe à memória. Uma cena que também tinha certeza de jamais ter vivido e da qual, no entanto, se lembrava de cada detalhe. Achava-se sentado numa cadeira na delegacia de polícia, com seu pai... Isso devia ter se dado alguns dias depois de sua operação de apendicite, pois continuava a sentir um incômodo na altura da virilha. O policial, um homem bigodudo de uniforme, era particularmente atencioso. Falava até baixo para um sujeito tão grande, talvez em razão das circunstâncias... Falavam da Mac Pie, justamente. "Foi ela que nos avisou", explicava, "sua vizinha... Ela foi alertada por movimentos suspeitos em frente à casa de vocês. Primeiro, um rapaz de bicicleta numa roupa esquisita, tipo pregador de seita. E depois outro, mais velho. Ela achou que eles tinham arrombado a residência de vocês, pois, no fim de um instante, o mais velho saiu da garagem ao volante do carro. Como ela nunca o tinha visto e sabia que vocês não estavam, preferiu nos avisar. Quando a patrulha chegou, a casa estava aberta e havia vestígios de luta num dos quartos. Tememos o pior, claro. Perto da cama, estava isto..."

O policial então exibira um saquinho de plástico onde podia-se distinguir na transparência um chaveiro com forma de cão dinamarquês com um nome escrito em cima: *Martha Calloway, rua Barnboïm 27, Sainte-Mary*. "Foi assim que obtivemos o endereço", acrescentou.

Sam gostaria de poder se concentrar mais nessa lembrança essencial, mas seu avô apagou de repente as luzes e todo mundo começou a cantar:

— Pa-ra-béns pra você... Nes-ta da-ta que-ri-da...

Sam lutou desesperadamente para não perder o fio de sua visão, mas sem sucesso... Adquirira uma certeza, entretanto: todas aquelas imagens inéditas que surgiam em seu espírito estavam ligadas ao outro Samuel. Tratava-se de suas lembranças, de sua história... Com a fusão dos dois, deviam ter misturado também uma parte de suas memórias! Ora, as lembranças dessa outra metade de si mesmo mostravam alterações importantes no passado. Alterações tão importantes que deviam ter afetado em profundidade o curso desses três anos.

— Mui-tas fe-li-ci-da-des, mui-tos a-nos de vi-da...

A canção terminou numa explosão de palmas e o coro dos Faulkner começou a saudar o enorme bolo coberto de velas que fazia sua entrada vindo do corredor: uma peça de três andares, coberta de chocolate e com espirais de suspiro e creme, com dois pequenos vulcões que lançavam fagulhas azuis no topo.

— Viva, viva! — vibrava Lili.

— Feliz aniversário — reforçava Allan.

— E longa vida à Livraria Faulkner! — acrescentava seu avô.

Hipnotizado, Samuel observou a chegada daquela pequena obra-prima da confeitaria espocando mil fogos na semi-penumbra. Curiosamente, não era sua avó que trazia o bolo arranha-céu. Também não era a Srta. Mac Pie — igualmente feliz — nem mesmo tia Evelyn. Mas então...? Aquela silhueta... Aqueles cabelos compridos elegantemente presos atrás... Aquele passo e aquele porte de rainha... Uma ilusão? Outra visão?

— Mamãe? — sussurrou, com um nó na garganta.

O suntuoso bolo atravessou a sala sob as risadas e vivas enquanto Sam sentia lágrimas embargarem seus olhos.

— Mamãe, é você mesmo?

A luz das velas iluminava o rosto de Elisa com reflexos dançantes que lhe davam um aspecto de deusa. Era realmente ela... Linda, radiante... Incontestavelmente ali... E tão próxima!

Samuel sentiu alguma coisa prestes a ceder no mais íntimo de si mesmo. Sua mãe estava viva, sobrevivera! Era o sentido dessas lembranças que o fustigava de uns minutos para cá a propósito da Mac Pie. De uma maneira ou de outra, a velha pirata contribuíra para salvá-la! Provavelmente pedira socorro depois de sua conversa com Sam e, graças ao molho de chaves de Martha Calloway, os policiais tinham seguido a pista até a rua Barnboïm. E chegado antes que a domadora de cães executasse sua ameaça de matar Elisa Faulkner...

O que também significava que a intervenção de Samuel três meses antes tinha sido um sucesso! Impedindo o Tatuado de assassinar sua mãe, ele iniciara uma nova sequência temporal, provavelmente mais próxima da versão original, na qual Elisa Faulkner vivia encantadoramente! E na qual Allan não tinha mais nenhuma razão para estar hospitalizado nem Samuel para se lançar nas sendas do tempo! Um retorno à normalidade, de certa forma!

— E aí, meu querido Sam — encorajou-o delicadamente Elisa —, não vem soprar as velas?

Sam obrigou-se a sair do torpor delicioso que o arrebatara. Aquela voz... Aquela voz que tantas vezes o embalara, consolara, instruíra, guiara. Aquela voz da qual tentara lembrar-se tantas vezes durante as noites intermináveis em que estava tão sozinho. Aquela voz cristalina, de paz... Maternal... Que bom obedecer novamente à sua mãe!

Sam descolou-se finalmente da porta e, sem desgrudar os olhos de Elisa, aproximou-se da mesa. Notou na passagem que ela tinha uma pequena cicatriz na testa, ali onde Rudolf a golpeara. Mas, quanto ao resto, era completamente ela mesma!

— As ve-las! As ve-las! — seu avô e Lili pediam ritmicamente.

Sam voltou-se então para aquele prodígio arquitetônico do glacê onde estava escrito com chantili cor-de-rosa: Feliz aniversário, Samuel! Inspirou longamente e soprou com todas as suas forças as 14 pequenas chamas com tanta convicção que parecia querer apagar a lembrança daqueles anos escuros. Em seguida foi uma explosão de cumprimentos e vivas que Sam mal percebeu: já se jogara nos braços de sua mãe. Refugiou-se no aconchego de seu ombro, a cabeça enfiada em seus cabelos, respirando o perfume inebriante de sua infância e mordendo o lábio para não chorar.

— Te amo, mamãe — articulou num murmúrio.

— Também te amo, Sam querido.

Toda a família acolheu essas demonstrações de afeição com novos arroubos de entusiasmo, e, enquanto Lili acendia de novo a luz, Sam teve que se separar de sua mãe para agradecer a todos individualmente, inclusive à Srta. Mac Pie. Seu avô, o mais impaciente de todos, agitou então os dois embrulhos de papel dourado.

— E agora, os presentes! — empolgou-se.

Sam desfez as fitas multicoloridas sob os oh! e ah! de admiração lançando olhares fugazes para seu pai e sua mãe, de mãos dadas. A felicidade reencontrada... Como adivinhara um pouco antes, o menos volumoso dos dois embrulhos continha um relógio impressionante com o estojo cromado, cheio de botões e mostradores.

— Além da hora daqui, o relojoeiro ajustou para os fusos de Bruges e de Tebas — esclareceu Elisa. — Como você queria.

Bruges e Tebas, parecia tão longe...

— É tão bonito — não conseguiu conter-se a Mac Pie. — Brilha!

Sam em seguida rasgou a embalagem do segundo embrulho, do qual extirpou uma suntuosa *Enciclopédia dos faraós*, igual à que ele consultara — numa outra vida! — na época em que procurava a significação do símbolo de Hathor. Um volume do século XIX particularmente raro, que, vindo de seu pai, era também uma marca de estima.

— E se no futuro você continuar a se interessar por livros — acrescentou Allan —, pode me ajudar na livraria uma ou duas tardes por semana. Não é tão longe de Bel Air afinal de contas e isso pode lhe render um trocado.

— Seria maravilhoso — aquiesceu Sam, que registrou na passagem uma informação capital: naquela sequência temporal, os Faulkner deviam ter conservado sua casa de Bel Air. Mais uma excelente notícia!

— Está tudo muito bom, mas e esse bolo — estrondeou seu avô —, é para comer ou só para enfeitar?

— Donovan, você é pior que uma criança — repreendeu a avó de Sam.

— Minha querida, esta é a única vantagem de envelhecer! — ele replicou. — A única!

Elisa preparava-se para cortar o maravilhoso bolo decorado diante de um púbico superinteressado, quando tocaram a campainha.

— Pode ir ver quem é, Sam? — perguntou.

Podia despregar a lua do céu se fosse esse o desejo dela...

— Talvez seja o vizinho — sugeriu sua avó —, aquele que mora um pouco mais em cima e que é meio surdo. Ele é tão atencioso, contei a ele que íamos festejar um aniversário e disse que ele podia dar uma passada.

"Max"!, deduziu Sam. Só faltava o velho Max na foto! Será que vinha espontaneamente trazer a ficha furada de plástico azul? Se fosse esse o caso — improvável, a bem da verdade —, ele podia desistir de contar com Samuel para partir novamente: o garoto não tinha mais nenhuma vontade de ir embora. Aquela época convinha-lhe perfeitamente... Ia adotá-la!

Ainda assim correu para abrir a porta, e seu coração parou imediatamente de bater. Alicia... Alicia estava à sua frente. Mais resplandecente do que nunca, vestindo um jeans escuro e uma camiseta laranja onde estava escrito em letras turquesa: *A terra é azul*. Carregava no ombro uma mochila cheia de bolsos e, debaixo do braço, um objeto fino e retangular embrulhado em papel Kraft. Considerou Samuel com seus grandes olhos travessos:

— Surpresa! — exclamou.

Depois, diante do ar confuso de seu interlocutor:

— Posso?

Samuel abriu passagem e a garota foi recebida com uma salva de: "Alicia!"; "Até que enfim!", "Chegou na hora agá!" etc.

— Perdão — desculpou-se, saudando a roda —, queria ter chegado mais cedo, mas acabei de sair do meu estágio de fotografia... Ah! Vejo que já abriram os presentes!

Largou sua mochila cheia de bolsos na soleira e voltou-se para Elisa, que servia a primeira fatia do bolo para Donovan:

— Senhora Faulkner, posso pegar seu filho emprestado um instantinho? É particular...

— Claro, Alicia. Mas só se prometer devolver antes do vovô comer o bolo inteiro!

Alicia agarrou Sam pelo braço e puxou-o para o lado de fora, para a escada da entrada, cujo balaústre estava recém-pintado de um branco ofuscante. Em seguida fechou a porta atrás de si.

— Desculpe por raptá-lo, mas não gosto muito de encontrar a Mac Pie... É a rainha da fofoca! Puxa, também tenho um presente para você.

Estendeu-lhe o embrulho que tinha debaixo do braço, uma espécie de envelope, e Sam teve que fazer um esforço para parar de contemplá-la: Alicia estava incrivelmente linda, com seus longos cabelos louros presos atrás com um grande prendedor violeta, sua pele delicadamente esticada, seus traços tão puros, seus olhos de um azul oceânico...

— Ei, por acaso está dormindo? — ela brigou.

Sam resolveu pegar o envelope e abriu-o para ver o conteúdo na palma da mão. Tratava-se na verdade de uma composição fotográfica numa moldura velha e graciosamente enfeitada. Via-se nela, do lado esquerdo, uma velha polaroide na qual Alicia e ele apareciam aos 9 anos olhando-se desafiadoramente sob a jovem espatódea do jardim dos Faulkner. À direita, uma segunda fotografia mostrava-os hoje: abraçando-se pela cintura sob a mesma espatódea, que, como eles, crescera. As duas fotos estavam cercadas por uma quantidade de retratos de Sam em idades diferentes, algumas em preto e branco, outras, coloridas, de formas e tamanhos variados, o conjunto formando um mosaico cativante de sua existência, além de ser uma autêntica obra de arte.

— É... é maravilhoso, Alicia. Obrigado. Muito obrigado...

— Reconhece essa polaroide? — ela perguntou. — É a nossa primeira foto, logo depois da minha mudança para Sainte-Mary. Na época, não parecia que ia dar muito certo entre a gente, não é mesmo?

Samuel fitou-a, perdido de amor, com a consciência clara de que, acontecesse o que acontecesse dali para a frente, Alicia seria seu presente para sempre.

— Felizmente — ela acrescentou —, o tempo passou depois disso, não acha? Feliz aniversário, Samuel...

Apoiou-se na moldura da porta e puxou-o para si com uma espontaneidade desconcertante. Depois passou carinhosamente seus braços em volta do pescoço dele e pousou delicadamente seus lábios sobre os dele. Seu beijo tinha o gosto da eternidade...

Este livro foi composto na tipologia Classical Garamond BT, em corpo 11/15, e impresso em papel off-white 80g/m² no Sistema Cameron da Divisão Gráfica da Distribuidora Record.